앉아
주세요

§ 안아줘요 §

2012년 2월 10일 초판 1쇄 인쇄
2012년 2월 15일 초판 1쇄 발행

지은이 § 홍설
발행인 § 곽중열
기획&편집디자인 § 신연제, 이윤아
발행처 § (주)조은세상

등록 § 2002-23호(1998년 01월 20일)
주소 § 경기도 고양시 일산동구 장항동 558번지 6호
Tel § 영업부(031)906-0890 편집부(02)587-2966
e-mail romance@comics21c.co.kr
값 9,000원

*본서의 내용을 무단 복제하는 것은 저작권법에 의해 금지되어 있습니다.

Copyright©.홍설 2012. Printed in Seoul, Korea

*파본이나 잘못된 책은 바꾸어 드립니다.

ISBN 978-89-6159-737-1

Contents

프롤로그-너와 나의 7
1. 순수의 시대는 11
2. 다시 처음으로 38
3. 되돌아가 깨닫고(1) 57
4. 되돌아가 깨닫고(2) 68
5. 질투와 질투를 133
6. 부르는 순간 159
7. 한 걸음 다가가 171
8. 마주 잡은 두 손에 189
9. 연인의 이름으로 214
10. 우리의 순간을 위해 242
11. 언제나 267
에필로그- 그의 눈물 339
번외-그들만의 사정 351

Hidden story 1 365
Hidden story 2 378
Hidden story 3 383

GOOD WORLD ROMANCE NOVEL

 프롤로그─너와 나의

"우와, 이게 뭐야."

같은 동네 같은 아파트, 같은 라인에 사는 동갑내기 지호는 한껏 차려입은 친구를 보며 놀란 눈을 만들었다. 말 그대로 '이게 뭐야' 싶을 만큼 오랜 친구의 모습이 당황스럽고도 놀라웠다.

"이상해?"

"어."

"진짜?"

"어, 어 아니. 아니야."

생각보다 많이 놀란 모양이다. 그도 그럴 것이 친구들 연지곤지 찍어 바르던 고등학교 때에도 로션 하나만 바르고 다녔던 게 미덕이었다. 그런 친구가 하지 않던 화장을 제법 두텁게 한 게 낯설기만 하다. 촉촉하게 보이는 분홍빛 입술에 선이 날카롭게 그려진 아이라인까지 전부 놀랍다.

"갑자기 웬 화장이야?"

"응?"

비단 화장뿐만이 아니었다. 보통 교복을 주로 입었지만 이따금 보인 평상복은 언제나 청바지 아니면 편한 면바지였던 미덕인데 오늘은 달랐다.

긴 머리카락은 그냥 묶어 놓은 것이 아니라 뒤로 늘어트려 놓아 꼬불꼬불 볶아놓고 잔뜩 힘을 줬다. 거기다 우뚝 올라선 높은 하이힐까지 정말 미덕답지 않은 차림새다.

"진짜 제대로 힘썼는데."

그래도 오늘만큼은 이해가 가는 지호다. 원하는 대학을 가기 위해 한 번의 재수를 겪으며 미덕은 무던히도 힘겨워했었다. 남들보다 조금 뒤처진다는 생각, 곱절은 더 어려운 공부도 그랬지만 그것을 떠나고라도 가장 큰 이유가 하나 더 있었다.

"너 오늘 학교는?"

"오늘 수업 없어."

정말로?

퉁명스럽고 까칠까칠하게 대꾸하는 지호는 미덕의 오랜 소꿉친구였다. 흔한 여자친구보다 더 가깝고 오래되어 이성보다는 가족이라고 해도 무리가 없는 그는 특별히 다정하진 않았지만 오늘 또 이렇게 입학식에 같이 와줄 만큼 속정이 깊었다.

"애도 아니고 그냥 쉬어."

"가준다고 할 때 그냥 고맙습니다. 해라."

남들이 보면 미덕이 같이 가달라고 애원이라도 한 것으로 보일 정도다. 살짝 눈을 흘기며 얄미운 지호를 보던 미덕은 잠시 눈을 감았다 뜨며 고개를 들어 올렸다. 지어진 지 어느덧 십 년이 훌쩍 넘은 고층 아파트는 언제나 그러했듯 높게 서서 작은 미덕을 웅장하게 내려 보고 있었다.

"뭐해? 안 가?"

"어, 가야지."

시간이 여유롭지도 않은데도 미덕은 어쩐지 미적거리며 주변을 둘러보고 있었다. 마치 뭔가를 기다리는 듯한 태도에 지호는 눈을 찌푸렸다.

결국 오지 못하나 보다.

간밤에 왔던 전화에 가슴이 터질 것만 같았다. 나지막한 음성, 장난기가 묻은 그 목소리에 심장은 더없이 크게 흔들렸고 흥미 없이 남들만큼 준비하던 입학식 전날의 풍경은 완전히 달라졌다. 데려다 준다고, 와준다고 말했다. 바쁜 시간 쪼개 너를 위해 시간을 내겠다고 말하는 그의 말에 왈칵 눈물이 날 정도로 떨려서 그것을 참느라 다소 뚱한 말이 나왔었다. 올 수 있을지 없을지 확신할 수도 없지만 그래도 기대하게 하는 마력이 '그'에겐 있었다.

"후."

어차피 손해 보는 것은 항상 기대하는 사람인데. 이 지고지순한 마음은 언제나 사라지질 않는다. 기껏 예쁘게 차려입고 화장을 해도 정작 봐줄 사람이 없다는 건 너무나도 슬픈 일이다.

"짐 들어줘?"

고맙게도 지호가 친절을 베풀며 손을 뻗었다. 짐이라고 해봐야 가방

하나뿐이라 줄 것도 없지만 아마 대놓고 실망하는 미덕을 알아채고 괜히 말을 거는 걸 거다.

내일 보자, 꼭 갈게.

전화기 속 기계음이 섞인 말소리에조차 설레는 마음, 오랫동안 간직했던 그 마음. 들어도, 들어도 부족해서 허덕이게 되는 작지만 끝이 없는 마음을 어느 누가 이해해 줄까. 쓰린 속을 가다듬고 옆에 선 지호에게 다시 한 번 진심으로 고맙다고 말하려던 찰나였다.

"아오, 진짜."

소위 뭐 씹은 듯 일그러진 얼굴이 된 지호가 두 손을 주머니에 콱 찔러 넣고 눈썹을 마구 꿈틀거렸다. 급변한 그의 얼굴에 당황한 미덕이 지호의 시선이 닿는 곳으로 고개를 돌리고 정말 거짓말처럼 탄성이 터질 뻔했다.

"아."

그다.

그 사람이다.

훤칠하게 큰 키에 트렌치코트를 여미며 나서는 남자.

"덕아."

애간장을 녹일 듯 오싹하게 끌어당기는 목소리에 미덕은 이미 한 걸음, 두 걸음 다가가고 있었고 짜릿하게 다가오는 눈웃음에 마음이 완전히 녹아버렸다.

"오빠."

최희도. 강미덕이 너무도 사랑해 마지않는 그 사람이 바로 눈앞에 있다.

1. 순수의 시대는

    고층 아파트가 성행하면서 불쑥불쑥 높아지는 건물들 때문에 필수로 설치된 엘리베이터는 좁고 답답하고 쇠 냄새가 날듯 차가웠다.

    그런 차가운 공간에서 눈이 동그란 꼬마가 또랑또랑한 검은 눈으로 아이스크림을 막 입에 넣고 있는 희도를 뚫어져라 바라보고 있었다. 머리를 양 갈래로 묶고 막 학교에서 돌아온 듯 책가방 뒤에 신발주머니를 대롱대롱 달고 있는 모습이 무척 귀여웠다. 그가 힐끔 내려다보니 아이가 놀라 얼른 앞을 바라보았다.

    이 아파트에 이런 아이가 있었던가?

    그러고 보니 얼마 전에 새로 이사를 온다고 아래층이 북적거렸었고 어제저녁 어머니가 달달한 떡을 간식으로 주시기도 했다. 아마 그 이사 온 집의 아이인 듯하다. 아이스크림을 한입에 넣고 교복 넥타이를 죽 당기던 희도는 다시 느껴지는 시선에 고개를 돌렸다.

깜빡깜빡.

까맣고 예쁜 눈동자가 초롱초롱하게 그를 보고 있다가 다시 앞을 바라본다.

오호라? 요즘 과하게 공부를 좀 하느라 스트레스가 있던 그에게 꽤나 앙큼한 활력소가 찾아온 기분이었다. 본래 아이들을 좋아하지도 않고 차라리 말 못하는 갓난쟁이가 훨씬 편한데도 불구하고 이 꼬마아이가 귀여워 보이니 이 이름도 모를 아이는 무척 대단한 아이임이 분명했다.

그 사이 열린 문으로 아이가 쏙 달려가 버렸다. 이사 왔다더니 그의 아랫집으로 온 모양이다. 끝까지 그를 재미있게 해주는 꼬마다. 집으로 들어가자마자 그날따라 일찍 들어와 동생의 야간자율학습 땡땡이친 것을 훈계하겠다며 날라 차기를 시도하는 누이 희영의 발을 막느라 아이는 금세 잊혀졌다.

한바탕 맞고 뛰고 먹고 자고 일어나니 등교할 시간이 훌쩍 지나있었다. 누나는 이미 저 혼자 가버렸고 어머니는 '어머? 너 안 갔니?' 라며 아침 요가를 하고 계셨다. 이미 지각은 정해졌으니 케세라세라를 중얼거리며 바게트만 하나 집어 들고 집에서 나온 희도는 마침 도착한 엘리베이터에 올랐다.

땡.

응? 벌써? 우물거리며 빵을 씹다가 몇 초 만에 다시 열린 엘리베이터 문 앞에는 그의 평균보다 아래로 그를 보고 선뜻 들어오지 못하는 작은 아이가 안절부절 어쩔 줄 몰라 하고 있었다.

어제 잠깐의 즐거움을 전해 주었던 까만 눈의 작은 여자아이. 내가 그리 무섭게 생겼나, 하는 마음에 열림 버튼을 누르고 살짝 손짓하자 냉큼 들어와 구석에 콕 박힌다.

늦잠까지 자서 머리가 아팠는데 여자아이를 보니 상쾌한 바람을 맛본 기분이다. 머리를 곱게 양쪽에 돌돌 말아 올려놓은 것이 꼭 만두 두 개를 붙여 놓은 것 같다. 아침 대신 물고 있던 바게트 반쪽을 질겅질겅 씹던 희도는 따끔거리는 시선에 샥 고개를 돌렸다.

아니나 다를까 자신을 보고 있는 여자아이가 놀라서 얼굴을 붉히고 있었다.

하하, 귀여워라.

제법 바른 미소로 방긋 웃어주자 조금 더 볼을 붉힌 아이가 엘리베이터 문이 열리자마자 후다닥 달려 나갔다. 덕분에 너무 바빠 나간 탓인지 엘리베이터 턱에 발이 걸리고 아이는 새된 비명과 함께 앞으로 기울었다. 순간 재빠르게 희도의 손이 아이를 붙잡았다.

"괜찮니?"

아이의 어깨를 잡고 몸을 낮추며 겨우 바르게 세워주자 많이 놀랐는지 희도의 팔을 꽉 부여잡은 아이가 얼른 고개를 들어 올리며 눈에 물기를 가득 머금으며 입술을 달싹거렸다.

같이 사는 누나마저도 어릴 적부터 괴상함의 도가 터서 우는 것도 제대로 본 적 없던 희도에게 작고 여린 아이의 눈물은 신기할 수밖에 없었다.

자연스럽게 아이의 머리를 쓰다듬어주며 엘리베이터 문이 닫히지 않게 막는 희도는 사람 좋은 미소와 더불어 겁먹지 않도록 상냥하게 말했다.

"다행이다. 어디 다치지는 않았어?"

사람 괴롭히는 재미로 산다고 해도 과언이 아닌 희도의 다정한 말투는 전에 없을 만큼 놀라운 것이지만 다행히 주변엔 아무도 없었다.

곧 있으면 콧물이라도 흘릴 것 같은 아이는 달래주니 놀란 가슴 진정 못하고 더욱 훌쩍였다. 희도는 자꾸 샘솟는 장난의 욕구를 억누르며 교복 셔츠의 소맷길로 아이의 눈가를 닦아주었다.

"많이 놀랐나 보네. 나 여기에 살고 있어. 우리 어제 봤지?"

고개를 끄덕끄덕.

빤히 마주친 시선에 어쩐지 짜르르한 느낌이 든다. 쿵, 하고 마라톤의 스타트 라인에 섰을 때처럼 아주 짧게 긴장감이 돌고 아이는 깜빡깜빡 눈을 굴리더니 곧 작은 목소리를 냈다.

"저, 오빠."

"……어?"

"고맙습니다."

'뭐, 뭐지? 이, 이 귀여움으로 범벅이 된 생물은?'

어디서도 볼 수 없었던 여자아이가 오빠라며, 생각보다 정확하고 바른 음성으로 말하자 희도는 스멀스멀 올라오는 장난을 감히 지우기가 어려웠다. 이내 그의 손이 만두처럼 먹음직스럽게 말린 머리를 잡은 건 정말 본능이었다.

"어어?"

갑작스런 희도의 행동에 당황한 아이가 다리를 구르고 그는 번지는 웃음을 참지 못했다. 그의 입가에 즐거운 웃음이 상냥함을 가장해 번졌고 조금 긴장이 풀어진 아이와 눈을 맞추며 희도의 입이 움직였다.

"오빠는 희도라고 하는데, 꼬마 이름이 뭐야?"

스스로 생각해도 어디 대패질이 필요한 능글맞은 물음이었지만 아이는 순진하게 눈동자를 대록대록 굴리다가 경계심을 풀며 말했다.

"강미덕이에요."

꼬마야, 모르는 사람이 뭘 물으면 이렇게 쉽게 대답하면 못써요. 나처럼 못된 사람한테 알려주면 큰일 나. 어쨌든 이름도 어쩜 이렇게 예쁠까.

이 앙증맞은 생물에게 어떤 말을 해야 할까 고민하던 희도는 학교에 늦었다는 사실도 잊으며 웃었다.

"몇 살?"

딱 봐도 10살쯤 되어 보여 물었으나 정작 미덕의 입에서 나온 나이는 생각보다 많았다.

"열세 살이요."

이제 완전히 경계심을 풀고 살짝 웃음까지 보이는 미덕이를 보면서 희도는 진심으로 놀라 눈을 크게 뜨고 내려다보았다.

"정말 열세 살?"

미덕은 약간 자존심이 상했는지 새침한 얼굴로 고개를 끄덕이며 숙여버렸다.

"와, 너는 정말 딱 이대로 있어야 할 것 같다."

그의 가슴은커녕 배 가까이에 웃도는 작은 아이. 미덕은 아마도 이 고등학교 3학년의 아주 잘생긴 오빠 때문에 얼마나 울게 되고 가슴을 졸이게 될지 상상도 하지 못했으리라. 멀어져가는 희도의 모습을 보면서 미덕은 자꾸 울긋불긋 변하는 얼굴에 눈을 꼭 감았다.

15

가슴이 콩닥콩닥한다.

갓 사춘기에 접어든 여자아이의 가슴을 흔들기에 충분한 부드러운 미소는 오랫동안 남았고 그것이 첫사랑이라고 말하기에 부족하지 않은 감정이 되기까지는 얼마 걸리지 않았다.

때아닌 곤란함이 번지는 이른 오후.

미덕은 엄마의 난감해 보이는 듯한 얼굴에 머뭇거리며 손톱을 문질렀다.

"미안해, 엄마 이해해 줄 거지?"

이렇게 엄마가 부탁까지 하는 것은 다름 아닌 아파트 반상회 때문이었다. 이사 후 처음 가는 반상회에 아이를 데려갈 수는 없는 노릇이고 데려간다 치더라도 워낙에 극성맞은 늦둥이 아들이 얌전히 있어줄지 모른다. 해서 미덕이 현덕을 좀 돌봐주면 좋으련만 오늘따라 그것이 달갑지 않은 모양이다.

"미덕아, 응?"

과자로 달랠 수 있는 애도 아니고 열세 살이 되면서 슬슬 사춘기가 오는지 회유가 잘 먹히지 않는다. 이럴 때는 다 큰 어른 대하듯 말하면 곧잘 먹혀들어가곤 하는데 오늘따라 그것도 쉽지 않다. 오밀조밀한 얼굴의 콧등까지 조금 커질 정도로 뭔가 심기가 뒤틀린 모양이었다. 하여간 여자애는 어렵다.

"왜 그렇게 뚱할까. 동생 보기 싫어?"

나이 차이가 많이 나는 남동생에게는 꽤나 그럴싸한 누나로 보이고 싶은 듯해서 어지간해선 여기까지 오면 고개를 끄덕이고 마는 미덕이었다.

"배 아파요."

잘게 찌푸려진 표정을 보면서 정희는 작게 한숨을 내쉬었다. 바로 한 시간 전만 하더라도 간식까지 먹어놓고 배가 아프다니 뭐라고 말해야 할지 모르겠다. 이렇게 꾀를 부리는 아이는 아니었는데.

"얼른 다녀올게. 한 시간, 아니 삼십 분!"

결국 수긍하는 모양새로 동생 현덕의 손을 잡은 미덕은 현관문을 나서는 엄마에게 인사를 했다.

심술보인지 젖살인지 구분이 불가한 현덕의 부푼 볼이 우물거리고 있었다.

"여기서만 놀아야 해."

놀이터의 낮은 턱을 경계 삼아 손으로 빙 둘러 말하자 현덕은 듣는 둥 마는 둥 이미 모래판에 푹 빠져버렸다.

"휴."

친한 친구들과 떨어지고 도시라고 말하는 이곳에 이사 온 지도 벌써 일주일이 넘었다. 학교에서도 아직 친한 친구들이 없고 마음 둘 곳이 마땅치 않은 섬세한 소녀는 나이답지 않게 한숨만 내쉬며 놀이터 벤치에 앉았다.

현덕은 이미 놀이터를 점령한 듯 미끄럼틀 꼭대기에 올라가 먼저 놀고 있던 아이들에게 호령 아닌 호령을 하고 있었다. 어떤 때 보면 저런 현덕이가 부럽기까지 했다. 사실 요즘은 학교에 가기도 싫고 엘리베이터가 있는 집도 싫었다. 게다가 다음 주부터는 학원도 가야 한다며 엄마가 콧바람까지 내니 더 기운이 빠져버렸다.

"배 아파."

찌릿하게 아파 오는 배를 움켜쥐었다. 안 아프다가 가끔씩 톡톡 아파 오는 게 여간 기분 나쁜 게 아니다. 괜스레 몸을 뒤틀고 뚱한 얼굴을 한 미덕은 겨우 가라앉은 배의 뒤틀림에 몸을 늘어트렸다. 머리도 멍하고 몸도 늘어지니 자연스레 생각도 많아지고 눈에 보이는 아파트와 연관되는 한 사람이 떠올랐다.

"최희도."

그날 이후 아직 한 번도 보지 못했지만 그 얼굴이나 목소리만큼은 또렷하게 기억하고 있다. 어디서도 본 적 없었던 세련된 외모와 평범한 교복임에도 놀랍도록 눈을 당겨 몰입시키던 그의 모습은 다시 생각해도 얼굴을 붉어지게 만들었다. 무척 호쾌하게 웃던 웃음소리가 귓전에 맴돌며 다음 날 다시 한 번 보기를 바랐지만 지금까지 뒷모습도 보지 못했다.

"에구."

그래서 기운이 빠지는 것일지도 몰랐다. 생소한 곳에서 만난 이에 대한 미묘한 동경이 저도 모르게 샘솟고 있다. 희도를 생각하던 미덕이 정신을 차린 것은 아파트가 쩌렁쩌렁하게 울릴 정도로 크게 들리는 울음소리 때문이었다.

팔딱 일어나 고개를 돌릴 새도 없이 눈앞에는 모래판에 엎어진 현덕과 현덕을 밀친 것으로 보이는 여자아이가 있었다. 이상한 것은 엎어진 현덕이 아니라 여자아이가 울고 있다는 점이다.

"뭐지?"

미덕이 움직이기 전에 또래로 보이는 남자아이가 빠르게 달려와 씩씩거리며 현덕을 노려보고 있었다. 소심한 성격은 어디 가고 울컥하고 화가 솟아올라 눈에 불을 켠 미덕 역시 얼른 모래판으로 들어섰다.

"현덕아!"

소중하고 또 소중한 동생이 모래에 너부러져 있는 모습에서 어찌나 화가 나는지 미덕은 얼른 현덕에게 손을 뻗었다. 그러나 미덕의 도움도 필요 없이 벌떡 일어난 현덕은 심술 가득한 얼굴로 말했다.

"모쌩겨써."

불쑥 튀어나온 혀 짧은 말에 미덕은 물론 앞에 있던 남자아이와 여자아이도 화들짝 놀랐다. 잠시 멈췄던 아이의 울음이 다시 터지고 미덕이 당황해서 현덕의 입을 막아보려 했지만 이미 터진 말은 주워 담을 수 없었다.

"혀, 현덕아."

평소에도 누나를 누나로 대하지 않는 현덕이 말을 들을 리 없었다. 여자아이의 오빠로 보이는 아이가 씩씩거리며 주먹을 들고 쿵, 현덕의 머리를 찧었다.

"……."

손을 쓸 새도 없이 벌어진 일에 미덕은 큰 충격을 받았다. 워낙에 손이 귀한 집안이라 미덕으로 만족하다가 생긴 귀하디귀한 현덕은 집에서도 한 번 맞아 본 적 없었다. 버릇없이 자란 것에 한몫하게끔 귀하게 키운 늦둥이가 아닌가.

"너, 너어……너, 뭔데, 네가 뭔데."

울먹거리는 말소리로 겨우 한 마디씩 내뱉는 미덕의 말소리에 한 대 맞고 독기가 서렸던 현덕이 아기 맹수처럼 남자아이에게 달려들었다.

애초에 잘잘못을 따지자면 여자아이나 현덕이나 잘한 것은 없었다. 먼저 미끄럼틀을 독차지하고 으르렁거렸던 것도 현덕이고, 그런 현덕에게 모래를 뿌리며 바보라느니, 멍청이라느니 나쁜 말을 한 여자아이도 잘못이 있었다.

당연한 수순으로 현덕이 남자아이와 함께 모래판을 뒹굴뒹굴 굴러버린다.

일단 말려야 하고 뭐라고 대꾸도 해줘야 하는데 배가 너무 아파서 일어설 수가 없었다. 절로 나는 눈물에 끄윽, 목구멍으로 울음소리를 삼키면서도 고개를 푹 숙인 미덕은 그대로 엉덩이를 대버렸다.

"꺄악!"

놀란 미덕이 비명을 지르며 눈을 동그랗게 떴고 뜬 눈에 보이는 건 이제 소년이라고 하기에는 무리가 있는 사내가 있었다. 종종 떠오르던 사람이 자신과 가깝게 자리하고 있는 게 미덕은 꿈만 같았다.

"거기 꼬맹이들. 신성한 놀이터에서 지금 뭐 하는지 모르겠네."

시원시원한 목소리가 울리자 엎치락뒤치락하던 아이들이 멈췄다. 저보다 어린아이를 때리기가 난감해서 한 대 두 대 맞으며 툭툭 밀치기를 반복하던 남자아이, 지호는 여전히 달려드는 현덕을 무시하며 눈에 힘을 주었다. 왜 고등학생이 참견하느냐는 눈이다.

"눈에서 레이저 나오겠다. 아무리 그래도 그렇지 어떻게 그 어린애랑 주먹다짐을 하고 있냐. 거시기 떼라 인마."

흔들림도 없이 주저앉은 미덕을 단번에 안아 올리고 그대로 꼬마들에게 훈계를 하는 장난스런 얼굴은 분명 희도다. 미덕은 털컥 움직이기 시작한 심장의 울림에 울던 것도 멈추고 입만 오물거렸다. 왜 자신이 이렇게 안겨 있는 것인지 당최 알 수가 없다.

"괜찮니? 어디 많이 아픈 것 같은데."

상냥하기 그지없는 미소가 아픈 배도, 복잡한 머리도 모두 씻어내 주는 것 같았다. 부끄러움이 몰려와 치마를 부여잡고 입술만 어물거리고 있는 미덕이 무겁지도 않은지 한쪽 팔로 엉덩이를 받쳐 올린 희도는 약간 헝클어진 머리를 쓰다듬으며 웃었다.

"머리 다 헝클어졌다. 어디 아파?"

"아, 아니요."

"그냥 말해도 괜찮아. 배가 아픈가."

거리낌 없이 자신의 배에 손을 가져가는 희도의 행동에 놀란 미덕이 얼른 큰 손을 붙잡았다. 미덕의 얼굴쯤이야 단번에 가릴 것 같은 큰 손이 미덕의 보드라운 손에 턱하니 잡혀 올려졌다.

고개를 도리도리 흔드는 미덕의 귀여운 행동에 희도는 언젠가 한 번 느꼈던 짜릿한 맛을 새삼 알아차렸다. 이 귀여운 생물은 오랜만에 봐도 여전했다.

"데려다 줄게. 여기는 동생?"

"네……현덕아!"

거의 반쯤 희도에게 홀려 짧은 대꾸만 하던 미덕이 퍽퍽 소리가 나게 발길질과 주먹질을 하는 현덕이 보였다. 그에게 안겼을 때보다 두 배로 더 놀란 미덕이 바동거리자 희도가 괜찮다는 양 다시금 미소를 지었다.

"안 아프니까 걱정하지 마."

누나를 들어 올린 괴물같이 큰 아저씨를 무찌르기 위한 혼신을 다하는 공격에도 빠히 안 아프다는 말을 해대는 통에 현덕이 제법 당황하며 멈춰버렸다. 남아 있는 한 손으로 현덕을 들어 올리려다가 다시 미덕을 고쳐 안은 그는 밝게 말했다.

"사나이는 걸어와야지. 다리가 얼마나 짧은지 보자."

제대로 알아들을 거라곤 생각하진 않고 말한 듯하지만 똘똘한 현덕은 희도의 능글맞은 표정에 꽁해졌는지 척척 앞으로 걸어 나갔다.

"우리도 갈까?"

부드러운 미소가 녹아든다. 백마를 탄 왕자님도 그런 왕자님이 없었다. 아픈 미덕을 공주님처럼 안아 올린 아주 잘생긴 왕자님. 이미 녹아버린 미덕의 어린 마음은 여기저기 달콤한 향기를 뿜어내고 있었고 부끄러운 마음을 감추지 못하고 눈까지 내리깔았다.

열심히 올라가던 엘리베이터가 중간에 잠시 멈췄다. 땡, 하고 열린 문으로 중년의 두 여성이 서 있었다.

"미덕아."

미덕의 엄마 정희는 낯가림이 심한 딸아이가 시커먼 사내에게 안겨있는 것에 놀라 엘리베이터에 타지도 못하고 머뭇거렸다. 교복을 입었으니 학생인 것 같은데 영문을 알 수가 없다.

"너 여기서 뭐하니."

자연스레 엘리베이터에 올라탄 희도를 노려본 또 다른 여성, 희도의 엄마는 겁을 먹은 듯 보이는 미덕을 힐끗거리다가 아들의 귀를 잡아당겼다.

"이게 무슨 무례한 짓이야? 다 큰 아가씨를 왜 그렇게 안고 있어?"

정희의 '미덕아' 하고 부르는 말에 희도의 품에 안긴 아이가 누군지 눈치 챈 희도의 엄마는 질책 아닌 질책을 했고 눈인사로 미덕에게 인사했다.

마치 희도에게서 미덕을 인계받듯 안은 정희는 뾰루퉁한 얼굴의 현덕과 잔뜩 붉어진 미덕의 얼굴을 보며 아리송한 표정을 지었다. 먼저 내린 정희에게 가볍게 목례를 한 그는 그 수려한 용모에서 빛 발하는 미소를 지으며 손을 흔들었다.

"다음에 또 보자."

다음 층수에서 문이 열리기가 무섭게 내리는 희도의 뒤를 따른 어머니가 뒤를 쿡 찌르며 말했다.

"범죄는 안 된다?"

"엄마."

황당한 아들의 얼굴에 그녀가 키득거렸다. 근래 수차례 귀여운 꼬마 아이가 이사를 왔다며 희도답지 않게 수다를 떨어대더니 아무래도 아랫집 아이인 듯했다. 정 없고 장난기만 가득한 새카만 녀석이 그래도 꽤나 오빠티를 내니 우스워 절로 웃음이 나온다.

위층이 희도 놀려먹기에 바쁘다면 아래층 미덕의 집 역시 상당히 분주했다. 계속해서 배가 아프다, 아프다 하더니 미덕의 원피스 자락에 점점이 붉은 꽃이 묻어나 있었다. 얼핏 보면 알아보기 어렵지만 조금만 집중하면 알아챌 수 있는 그런 흔적이었다.

"세상에, 우리 딸 다 컸네."

묘하게 섭섭한 마음이 듦과 동시에 뿌듯함이 찾아와 정희의 가슴을 흔들었다. 언제나 여리고 착하기만 한, 요즘엔 사춘기에 접어든 것인지 살짝 반항을 하기도 하지만 어쨌든 참 작은 아이라고만 여겼다. 어린 동생보다도 더 여려 보여서 걱정되기만 했는데 조금은 이르다 싶은 초경이 미덕에게 찾아왔다.

"축하해."

열세 살. 분명 이르다면 이르다고 할 수 있는 시기. 게다가 몸도 마음도 그저 어린애와 같던 미덕이 어쩌면 어딘가 자라난 것인지도 모른다. 다른 사람은 모르게, 스스로도 눈치 채지 못하게 급변한 무언가가 아이를 자극했고 맺히지 않았던 꽃봉오리에 이슬을 떨어트린 것일 수도 있다.

이유야 무엇이든 간에 미덕은 아릿한 통증에 배를 쓸며 문득 떠오르는 희도의 모습에 얼굴만 붉혔다. 이 바로 위층에 그가 있다. 한없이 높고 크던 멋진 오빠가 저 위에 있다.

*

이런 말을 하기에는 뭐하지만 희도는 진심으로 놀랐다. 갑자기 달려든 차에 치일 뻔했을 때보다 지금이 더 놀랐다고 그는 장담할 수 있었다. 하루가 바쁘게 지나 숨 가쁘게 달려온 지난 시간 동안 사실 아주 조금은 잊혔던 아이가 다시금 새록새록 생각이 날 무렵 그의 앞에 나타난 것은 3월의 봄날이었다.

"와, 우와. 와아. 이야아."

두꺼운 의학서적과 토익문제집을 동시에 들고 한숨을 내쉬며 엘리베이터를 기다리고 있던 그의 뒤로 긴 머리칼의 약간 마른 듯 작은 키의 여학생이 섰을 때까지만 하더라도 딱히 별다른 소감이 없었다. 속으로 요즘 학생들은 두발이 자유화구나, 하고 생각만 했을 뿐이었다. 이상하게도 우물쭈물 거리는 행동이 신경 쓰이기는 했지만.

그러나 엘리베이터 문이 열리고 사각 기계 안으로 들어서서 몸을 돌렸을 때 한달음에 다가온 그 커다란 눈을 불과 0.1초 만에 알아보았다 해도 과언이 아니다. 여전히 작은 키지만 동글동글 양쪽으로 머리를 묶고 다니던 어린아이가 아니었다.

"미덕이야? 그래?"

"안녕하세요."

조금 더 성숙해진 목소리와 수줍음을 머금은 눈동자에 희도가 다시 한 번 탄성을 보였다. 그리고 엘리베이터에 조심스레 올라타는 미덕을 보면서 또 '와하' 하고 웃어버렸다.

같은 아파트와 같은 동, 바로 윗집 아랫집이었지만 벌써 2년 가까이 얼굴을 보지 못했었다. 그가 의학도의 길을 걸으며 공부에 매진할 수밖에 없었고 가시밭길 수능과 지옥이나 다름없는 대학 1년생을 지나가며 조금의 틈도 없이 도서관에 파묻혀야 했다.

필히 희도는 먹고대학생이 될 거라 했던 어머니와 희영의 예언이 보기 좋게 빗나갔다. 새벽에 나가 새벽에 들어오는 생활이 조금씩 안정권을 되찾아 피곤에 잔뜩 절어 돌아온 그에게 마치 비타민제라도 되는 양 나타난 아이는 다름 아닌 미덕이었다.

반듯한 교복에 길게 내린 머리카락, 뽀얀 피부가 무척이나 귀여운······아니, 이제는 예쁘다고 해야겠다. 어쩐지 뭔가 해주고 싶은 욕구가 물씬 부풀어 오른다.

"맛있는 거 먹으러 갈까?"

"네? 아, 네."

사춘기 소녀의 가슴을 뒤흔들기에 충분한 말을 뱉으면서도 아무런 사심도 보이지 않는 얼굴. 미덕은 벌써부터 흥분으로 고양된 가슴에 입만 벙긋거렸다.

집으로 들어가는 것을 2순위로 밀어버리고 반가움에 미덕의 손을 와락 잡은 희도는 그대로 근처 아이스크림가게로 향했다. 뭐라도 사주고 싶은 마음이 망설임도 없이 행동으로 행해지고 말았다.

상당히 자기중심적인 행동에 무신경한 태도였지만 미덕은 전혀 개의치 않고 졸졸 따라갔다. 오히려 잡힌 손과 그의 얼굴만 번갈아 바라보며 기뻐했다.

그는 여전했다. 아니, 오히려 전보다 훨씬 멋있어졌다. 같은 학교의 남자애들과는 비교도 할 수 없게 멋지다. 매번 꽥꽥거리며 장난만 치는 같은 반의 지호와는 천지차이다.

"뭐 먹을래? 다 말해. 오빠가 다 사줄게."

싱글벙글하며 미덕의 등을 아이스크림 진열대 앞으로 민 희도는 애석하게도 흠칫거리는 미덕을 알아차리지 못했다. 얼마 전부터 착용하기 시작한 와이어 브래지어의 끈이 그의 손바닥에 닿는 것 같았다. 얇은 와이셔츠라면 몰라도 두꺼운 동복 재킷이 있는데도 불구하고 부끄러워 움츠린 미덕은 서둘러 아무 아이스크림이나 콕 찍었다.

"그럼, 나는 이거랑 이거."

몇 가지 아이스크림을 고르면서도 미덕은 고개조차 들기 어려웠다. 얼굴도 제대로 못 봤는데 어째서 아직도 이렇게 가슴이 두근거릴까? 어렵지 않게 희도를 좋아하고 있음을 깨달은 지도 벌써 1년도 넘었는데 이 작은 흔적은 점점 더 커지는 것만 같다.

"미덕이 정말 예쁘다. 아, 혹시 내가 바쁜데 막 데려온 거 아니야? 괜찮을까 모르겠네."

이제야 자신의 상황을 묻는 희도였지만 그래도 미덕은 고개를 끄덕였다. 작고 여린 꼬마 아가씨는 언제나처럼 어리기만 했다. 중학생이 되었지만 예전 초등학생의 모습이 가득하다.

"먹어. 자."

스푼을 건네주고 아이스크림 통을 조금 밀어준 희도는 제가 무슨 오빠, 거의 아빠라도 된 양 시종일관 흐뭇한 미소를 짓고 있었다. 스푼으로 푹 하고 파란색 아이스크림을 떠 뭣도 모르고 입에 꾹 담은 미덕은 순간 입 안에서 통통 튕기는 맛에 눈을 크게 떴다.

"우, 우앗!"

자극적인 맛을 별로 좋아하지 않아 매운 것도 잘 먹지 못하고 탄산음료도 제대로 못 마시는 미덕이었다. 그런데 입으로 아이스크림 자체에 들어 있는 작은 알갱이가 씹히며 입 안에서 통통 튕기기 시작하자 삽시간에 당한 미덕은 스푼을 떨어트리고 입가를 막았고 덩달아 놀란 희도가 서둘러 손을 뻗으며 제 입가를 막는 미덕의 손을 잡았다.

"왜 그래! 괜찮아? 미덕아?"

"괜찮······읍."

녹지도 않는 알갱이가 통통 튕기며 입 안을 따끔거리게 만들었고 그 자극에 절로 눈물이 맺혔다. 얼마 만에 만나고 얼마 만에 하는 대화인데 이 대책 없는 상황은 뭐란 말인가. 엘리베이터 앞에 선 그의 뒷모습을 단번에 알아보고 매번 꽉 묶던 머리도 풀고 립글로스까지 칠하며 다가섰던 것인데 이런 꼴사나운 모습을 보이다니 입의 자극이 아니라 속상해서 눈물이 날 지경이었다.

"놀랐나 보네. 이 아이스크림이 원래 좀 그래. 오빠가 신경을 잘 못 썼어. 미안해."

"네?"

"오랜만에 봤는데 속상하다."

정말로 다정하게 쓰다듬어주는 손길에 미덕의 심장이 당장이라도 녹아내릴 것 같았다.

지금에 와서 이런 말을 하기에는 뭐하지만 역시나 미덕은 희도에게 있어 빨간 망토를 쓴 귀여운 꼬마다.

속세에 찌든 더러움을 정화시켜주는 그런 정화수이자 비타민이자 일종의 자양강장제라고도 할 수 있겠다.

아쉬움이 남는 짧은 만남을 뒤로하고 엘리베이터에서 헤어진 두 사람은 다시 안타깝게도 꽤 오랫동안 만날 수가 없었다. 갈수록 바빠진 희도가 학교에서 살다시피 하며 잠수를 타버리고 미덕은 엘리베이터를 탈 때마다 한숨을 내쉬었다.

이 네모난 기계는 여러모로 사람을 쓸쓸하게 만든다.

*

다시 봄.
그리고 봄비.

"아, 싫다."

우산을 가져오지 못한 미덕은 번쩍번쩍 천둥까지 치며 우렁차게 울리는 봄비에 숨을 길게 내뱉었다. 봄비라면 이름처럼 잔잔하게 내려줬으면 좋겠는데 새까만 먹구름으로 뒤덮인 하늘은 그런 생각을 비웃기라도 하듯 비를 퍼부었다.

"춥다."

"응."

옆에서 같이 서 있던 지호가 교복 주머니에서 껌을 하나 꺼내 미덕에게 건네주고는 자신도 하나 입에 넣고 우물거렸다. 무슨 인연인지 아파트 이사 온 지 얼마 안 되던 날부터 티격태격하고 으르렁거리던 두 사람은 중학교는 물론 고등학교까지 함께 다니고 있었다.

싸우다 보면 정도 든다더니. 서로 둘도 없이 가까운 친구가 된 게 정확히 언제부터인지도 모르겠다. 그냥 언제부터가 둘은 함께 다니고 있었다. 민감한 사춘기시절 연애감정은커녕 동성친구 대하듯 자연스러운 태도는 어릴 적과 같지만.

"현덕이 오라고 해."

"지수 오라고 해."

남의 동생 들먹이는 지호에게 그의 동생을 얘기하며 방어한 미덕은 다시 한숨을 쉬었다. 사실 전화는 해봤는데 대책 없는 콧방귀 소리만 들었다.

엄마는 오늘 반상회라고 하시더니 전화도 받지 않고. 말이 반상회지 실상은 부녀자들의 수다모임인지라 한 번 모이시면 누가 연락하는지도 모르고 이야기를 나누신다. 그건 지호의 어머니도 마찬가지.

"맞고 가긴 그렇다."

"당연하지."

봄비는 잘못 맞으면 감기에 제대로 걸리기 십상이다. 감기가 무섭다기보다는 괜히 긁어 부스럼 만들기가 싫은 두 사람은 학교 현관 앞에 쭈그리고 앉아 쏟아지는 비만 하염없이 바라보았다. 야간자율학습이 끝난 직후라 벌써 9시도 훌쩍 넘어 슬슬 몸에 추위가 올랐다. 팔을 쓸어내리는 미덕을 본 지호는 결국 가방을 그녀에게 맡기며 재킷을 벗어 머리에 둘렀다.

"뭐해?"

"편의점 가서 우산이라도 사올게. 안에 들어가 있어."

"십 분은 더 가야 하는데?"

"그렇다고 여기 계속 있냐. 하필 또 오늘 반상회 할 건 뭐야."

"다녀올 테니까 한 20분만 기다려. 올 땐 택시 타고 올 거니까."

그렇게 말을 마친 지호는 교복 재킷을 위로 끌어올리곤 빗속으로 달려갔다.

한때는 지호가 멋있어 보인 적도 있긴 했다. 의외로 세심한 성격에 호탕한 남자다운 모습까지 갖춘 친구다. 어릴 때부터 제 여동생이라면 죽고 못 사는 시스터콤플렉스라는 것을 모른다거나 희도에게 정신이 팔려 있지 않았더라면 어쩌면 지호를 좋아했을지도 모른다고 미덕은 고개를 끄덕였다.

훤칠하게 커진 키로 열심히 달려가는 지호를 멍하니 보면서 미덕은 그의 가방을 품에 안고 쭈그려 앉았다.

"최, 희이, 도오."

젖은 땅에 손가락으로 이름을 써본 미덕은 발그레해진 볼을 두드렸다. 괜히 마음이 부끄러워졌다. 이 부끄러움은 대체 언제까지 이어질 작정인지 이러다 정말로 그의 얼굴을 마주하게 되면 확 토마토처럼 익어버릴지도 모르는 일이다.

정신 차려야지, 강미덕.

괜히 화끈거리는 볼을 잠재우느라 뺨을 몇 대 때렸다. 그래도 가라앉지 않아 여기저기 돌아다니던 미덕은 순간 물기 가득한 부분을 발견하지 못하고 그대로 발을 헛디뎠다.

"꺄아악!"

"이야, 우리 덕이 제법 여자 흉내 내는데?"

재빠르게 미덕의 허리를 잡아당긴 희도는 벌렁벌렁 거리는 심장에 눈이 얼굴 반만큼 커진 미덕을 놀리며 그녀를 바로 세웠다. 그의 가슴팍 앞에서 가쁘게 숨을 몰아쉬는 미덕이었다.

"오빠?"

"그래. 뭐하는데 사람 오는 것도 몰라."

세상에!

지금 이게 꿈인가, 생시인가!

미덕은 너무도 기뻐서 다리라도 동동 구르고 싶은 심정이었다. 병원에서 일하느라 문자 하나도 제대로 보내기 어려워 전전긍긍하던 희도가 바로 그녀의 눈앞에 우산을 들고 서 있다. 비 오는 날, 우산이 없어 추위에 떠는 그녀를 구하기 위해 온 그런 기사님처럼!

백마처럼 하얀색 우산이 아니라 검은색 우산이라는 점이 아쉽지만 미덕은 환하게 웃어버렸다. 무척이나 사랑스럽고 예쁜 웃음에 희도는 일순 움찔거렸다. 전처럼 환히 웃고 있는데 어쩐지 미묘하게 다르다.

"여긴 어떻게 오셨어요?"

"어머니께서 너 학교에 있을 거라고 그러시더라."

어렵지 않게 추측할 수 있다. 까칠한 현덕이 비웃음 줄줄 날리기는 했어도 엄마에게 비 오는 사정을 말했을 것이고 함께 계시던 희도의 어머니가 그를 이곳으로 보냈을 것이다.

작게 고개를 주억거리는 미덕을 보던 희도는 제 손에 있던 우산을 전해 주려다 이내 쓰고 있던 우산을 미덕이 있는 쪽으로 기울였다.

"같이 쓰자."

"네?"

"괜히 우산을 두 개나 펼 필요는 없잖아."

가슴의 쿵쾅거림이 더욱 커진다. 쏙, 하고 들어간 그녀의 몸이 희도와 닿는다.

"비 안 맞게 좀 더 옆으로 와."

이미 미덕 쪽으로 우산을 기울여 놓았으면서도 우산을 조금 더 옆으로 옮긴 희도가 말하자 미덕이 얼른 손사래를 쳤다.

"전 괜찮아요. 오빠 다 젖겠어요."

"괜찮다. 까짓 아프면 내 엉덩이에 내가 주사 놓지 뭐."

"풋."

수줍게 입을 가리며 웃는 미덕의 얼굴에 희도의 가슴 한쪽이 알아채지 못하게 균열이 생겼다.

"다행이다. 그래도 차가 있을 때라서."

"차요? 오빠 차 있었어요?"

미덕의 기억으로는 희도에겐 차가 없었다.

"아니. 잠깐 빌렸어."

피식 웃으며 앞을 가리킨 희도의 손끝에는 정말 검은색 세단이 미덕을 기다리고 있었다.

"안녕?"

여자다.

"아……."

뭐라 대답하지 못하고 머뭇거리는 미덕에게 안전벨트를 착용하던 희도가 피식 웃으며 여자에게 말했다.

"원래 좀 낯을 가려. 덕아 여긴 이 차 주인."

"차 주인이 뭐야, 너."

"사실이잖아."

"야!"

퉁명스러운 말투는 미덕에게 대하던 것과는 확연하게 달랐으나 친근하게 토닥거리는 모습에 미덕의 정신이 다시 흔들렸다. 시동이 걸리고 차가 움직이는데도 미덕의 시선은 여전히 옆을 보며 까르르 웃는 여자에게 향해 있었다.

소실(消失). 마음의 인내가 사라진다.

예쁜 언니의 말에 희도가 고개를 끄덕이며 짧게 대꾸를 하고 그러다 다시 미덕에게 말을 거는 순환이 이어졌지만 미덕은 가슴에 떨어진 얼음덩어리에 입술을 깨물었다.

사라진다.

맑고 고왔던, 순수하기만 했던 그를 향한 사랑이 변질되어버린다. 혼자만의 그런 짝사랑이 거짓말처럼 다른 무언가에 뒤섞여버렸고 미덕은 품에 쥐고 있는 지호의 가방을 조금 더 꽉 끌어안았다.

왜? 어째서 오빠의 옆에?

아니, 당연해.

그는 그녀보다 나이가 많은 어른이고 자신은 이제 겨우 고등학교 1학년이었다. 이 교복을 벗으려면 아직도 2년도 훨씬 더 남아 있는 학생. 당연히 희도가 여자친구를 만들든 어찌하든 본래의 수순이다. 더욱이 저 여자가 그의 여자친구인지조차 확인되지 않았음에도 상실감에 머리가 어지럽다. 홀로 갖는 배신감이 얼마나 큰지 조금도 예상할 수가 없다. 상상조차도 하지 않았었다.

그에게 연인이 생길 거라고는.

아, 아아.

배가 아파져 오기 시작했다.

"미덕이 요즘 공부는 잘하고 있어?"

"……네."

"어째 대답이 시원찮은데."

울컥거리는 마음이 솟아올랐지만 미덕은 가까스로 마음을 추슬렀다. 이상하다. 마음속 어느 실타래가, 곱게 펼쳐져 바람에도 자연스레 날릴 것 같던 그런 실이 어딘가 꼬여버렸다. 백미러를 통해 미덕을 보던 희도는 그녀의 품에 안긴 검은색의 가방을 발견했다.

"그건 무슨 가방이야? 네 건 아닐 테고."

무슨 보물이라도 되는 양 힘껏 쥔 것이 영 마음에 들지 않았다. 모양이나 크기가 사내아이의 것일 텐데 어째서 미덕이 저렇게 세게 쥐는 건지.

"설마 남자친구 사귄다고 공부 안 하는 거 아니지?"
미덕은 대답 대신 조금 더 세게 가방을 쥐었다.
"그 왜 우리 아파트에 사는 애. 걔랑 친해 보이던데."
"걔 거예요."
새치름한 미덕의 고개가 옆으로 살짝 돌아갔다. 그런 그녀의 태도에 희도의 목이 조금 탄다.
"정말 그래?"
어느새 그의 목소리가 딱딱하게 굳어져 있었다. 대꾸는 하지 않고 창밖만 열심히 보던 미덕에게 희도는 저도 모르게 퉁명스러워진 말투로 한 마디 하고 말았다. 전에는 하지 않았던 잔소리다.
"학생이 공부해야지. 너 지금부터라도 대학 갈 준비해야 해."
"……."
"그때 공부하느라 얼마나 힘들었는데."
자존심이 상해서, 그의 말에 더없이 상처를 받았다. 그만하라며 희도의 팔을 건드리는 여자의 모습도, 속도 모르고 자꾸만 공부를 외치는 희도도 지금 이 순간만큼은 정말로 보고 싶지 않았다. 그래서 역시 퉁명스런 말이 나와 버렸다.
"오빠보다 머리 좋아서 괜찮아요."
"어?"
"왜 그래, 왜 싸워."
여자의 말에 희도는 눈살을 찌푸리다가 흘러가듯 중얼거렸다.
"애랑 무슨."
희도의 말이라면 팥으로 김치를 담근다고 해도 믿었던 미덕이었다.

뭐든 네, 예하고 수긍하고 고개만 주억거리며 수줍게 웃던 미덕이다. 잔뜩 날이 선 미덕의 새침한 말투에 희도의 당황스러움이 눈에 보일 정도였고 옆에 앉은 여자는 생소한 그의 모습에 역시 놀라워하고 있었다.

원망스러웠다.

송두리째 마음만 앗아가 놓고 어린애 취급하며 잔소리를 하는 희도가 미웠다.

또렷하게 자신을 보는 미덕의 눈에 희도는 쉽사리 입이 떨어지질 않았다. 한없이 어리던 아이가 순식간에 자라난 것만 같다. 그것이 씁쓸하면서도 묘한 간지러움을 주기 시작했다. 애써 쓰디쓴 침을 삼킨 희도가 분위기 반전을 위한 듯 입을 열었다.

"근데 밥은 먹었어?"

뜨거울 정도로 다정한 목소리에 미덕은 무릎에 놓은 가방을 쥐다 고개를 옆으로 돌렸다.

"잠깐만요."

그때 비가 오느라 느리게 달리는 차 밖으로 지호가 달려가는 것을 발견한 미덕은 정말 간절하게 차를 세워 달라 부탁했다. 반사적으로 브레이크를 밟은 그와 역시 의아해하며 보는 여자의 시선에 미덕이 말했다.

"이만 내려야 할 것 같아서요. 친구가 지나갔어요."

"누구?"

"지호요."

순간 일그러지는 희도의 얼굴을 보지 못하고 미덕은 아직 잠금장치가 되지 않은 문을 열었다. 이 공간에서 벗어나고 싶다.

아, 울고 싶다!

자신의 이름을 부르는 희도의 목소리가 들렸지만 미덕은 서둘러 나와 이미 지나친 지호를 향해 달렸다. 내리는 비는 마구 그녀를 때렸지만 그보다 더 아픈 건 마음이었다.

철벅철벅.

느려지는 걸음에 어느덧 학교 교문 앞에 다다른 미덕은 지호의 가방을 꽉 끌어안고 주저앉았다.

〔애랑 무슨.〕

"으, 으으."

차라리 깊게 파인 상처로 포기가 되면 좋으련만. 상처 주는 말조차 너무도 좋아서 미덕은 입술을 꽉 깨물고 울고 또 울었다. 없어진 미덕 때문에 헐레벌떡 돌아 나오던 지호가 우산을 받쳐준 이후에도.

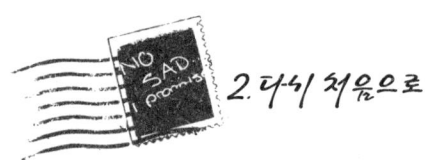

2. 다시 처음으로

동그란 눈이 앞에 있는 조교의 얼굴을 가득히 담는다.

"어디요?"

"알만한 애가 왜 이래? 너 힘들게 넣은 거야. 그러니까 절대 싫다고 하지 마."

입술을 꼭 깨물고 받아든 합격통지서만 가만히 내려 본 미덕은 이게 무슨 우연인지 혀를 내둘렀다. 졸업까지 앞으로 3개월이나 남아 있는 지금 당당히 취업통지서를 손에 쥐고 있는 것은 대단한 일이지만 차마 '와!' 하고 좋다고 말하기가 어려웠다.

일단 지원했던 곳은 총 3군데로 꽤 알아주는 병원들이었다. 지난 학교생활 동안 장학금을 받을 만큼 열심히 공부를 하고 실습 역시 아주 훌륭한 성적으로 마무리를 했었기에 크게 걱정하지 않은 것도 사실이었다.

그런 그녀를 비웃기라도 하듯 1지망이었던 지방 종합병원은 보란 듯이 그녀를 낙방시켰고 2지망이던 인천의 대학병원 역시 아쉬움의 손을 흔들었다. 전혀, 예상치도 못했던 곳이 덜컥 붙어버리니 뭔가 어깻죽지가 무거워졌다.

사실 그녀가 다닌 대학은 아주 특별하게 대단한 학교는 아니었다. 그렇다고 하위권도 아니었지만 지금 합격통지서를 받은 이 대학병원으로 들어가기엔 스스로도 역부족이라고 여겼고 그 때문에 그냥 한 번 넣어본 상태였다. 소위 말하자면 '찔러 넣기' 정도일까. 면접 또한 썩 나쁘지는 않았어도 확 좋았다는 것도 없었다. 그런데 덜컥 붙으니 얼떨떨하다.

"교수님 두 분이나 추천서 써주시고 내 동기 하나가 거기 인사과에 있어서 정보도 좀 얻었거든. 그 왜, 말했잖아. 너 면접 가기 전에 옷차림이나 그런 거."

"아."

"야, 거기 못 가서 안달이 난 애들이 한 트럭이다. 거기 넣어서 떨어진 애들이 얼마나 많은데."

안다. 알고 있다.

기쁘지 않은 것도 아니다. 그렇지만 지금 미덕의 마음은 심란한 상태, 바로 그것이었다. 되기를 바랐지만 한편으론 되지 않았으면 했던 그런 마음. 기쁘지만 막상 다가오니 확연하게 기뻐하기도 묘한 감정. 멍한 표정의 미덕이 너무 기뻐서 그런 것이라 생각한 조교는 그녀의 어깨를 두어 번 두드렸다.

"힘들겠지만 잘해야 해. 이제부터 정말로 간호사가 되는 거야."

자신보다 훨씬 더 뿌듯해 보이는 조교의 얼굴에 고개를 끄덕인 미덕은 몰래 한숨을 내쉬었다.

"그냥 안 한다고 할까."
"뭘?"
중얼거리는 그녀의 말에 맞은편에 앉아 있던 남자가 반문했다.
"아, 아니요."
그녀의 어설픈 말에 그는 눈가를 한 번 씰룩거리곤 대놓고 미덕의 오장육부를 거덜 냈다.
"귀엽기도 하지."
그가 사람 낯 뜨겁게 하는 말에 도가 텄다면 그녀는 얼굴 근육 정리에 대해선 달인이 되어 있었다.

가방 한쪽에 자리 잡은 봉투를 연신 힐끗거리며 미덕은 자신의 앞에서 '나 진짜 짱 멋져' 기운을 폴폴 풍기며 미소 짓는 희도를 향해 배시시 웃었다. 속으로야 뭔 소리가 나올지 모른다마는 여하튼 겉으론 웃어 본다.

지금 그녀가 이렇게 와 있는 것은 다름 아닌 중요한 이야기가 있어서였으니까. 그냥 훅하고 말하면 될 것을 바보처럼 입이 쉽게 떨어지지 않았다. 비록 부끄러워 숨기는 했지만 이렇게까지 어색하게, 대하기 어려워하게 된 것은 고등학교 때, 그 비 오던 날이었다.

"저 오빠."
직접 이렇게 찾아온 만큼 할 말은 하고 가야겠다 싶어 어렵지도 않은 말을 꺼내는데 희도의 작은 손짓에 단숨에 막혔다.

"덕이 이리 와봐."

"네?"

톡톡.

자신의 옆자리를 두드리며 눈웃음 살살 치는 것이 상당히 멋있지만 미덕에겐 저 사람이 갑자기 뭔 난리인가 고민이 된다. 또 뭔 꾀가 생각나서 사람을 오라 가라 하는지 모르겠다.

여기는 명백히 사람 많은 카페였고 자신은 벽에 붙은 긴 소파에 희도는 반대편 소파에 앉아 있는, 누이 좋고 매부 좋고 여하튼 아주 최적의 거리였는데 말이다. 이유를 알고 싶어 가만히 있자 비죽 올라가는 희도의 눈초리가 보였다.

'내가 간다. 가.'

"오빠 아는 사람 있지 않으세요?"

"응, 괜찮아."

침을 꼴딱 삼키고 어쩔 줄 몰라 하니 여기저기서 시선이 옮겨오고 있었다. 이곳은 희도가 일하는 대학병원의 카페였고 그는 유명한 미남 의사양반으로 통하고 있다. 그런 그가 웬 어리바리한 여자를 대동하고 있으니 오가는 시선은 많았고 더욱이 이 기묘한 대치 상황에 얼핏 관심도도 높았다.

"오빠."

"싫어?"

이 사내는 저 배알이 꼬이면 멋대로 행동하는데 도가 튼 사람이다. 벌게진 얼굴을 후드 티로 가리고 희도의 옆에 앉은 미덕은 어깨에 얼굴을 기대는 그 때문에 흠칫 몸을 굳혔다.

"피곤해."

말하는 것 90%가 장난인 사람이지만 거짓말은 하지 않으니 아마 무척이나 고된 나날을 보내고 있는 듯하다. 일단 괴물 같은 최희도라 할지라도 피로는 느끼는 모양이다. 그를 불러낸 것은 그녀인지라 막 사과를 하려 하니 그의 다감한 음성이 울렸다.

"괜찮아. 이렇게라도 보니까 좋다."

"예?"

"우리 덕이 없으면 오빠 못 자."

이런 말에 미덕의 가슴은 이따금 조이고 또 조여 온다.

그의 말 하나하나에 숨이 막힐 만큼 아찔했던 때, 이미 상처받은 가슴은 아물었을 테지만 그래도 이따금 당황스러운 것은 어쩔 수가 없었다. 자연스러운 스킨십에는 여전히 익숙해지지 않고 팔을 들어 조금 더 모자를 앞으로 내리자 고개를 조금 돌린 희도의 얼굴이 너무도 가까워져 있었다.

"얼굴 안 보여."

사람은 딱히 변한 것 같지 않은데 행동은 비가 왔던 그날을 기점으로 완전히 돌변해 있었다. 적당한 선에서 멈추는 스킨십에 달콤한 사탕발림에 허물없는 행동.

지금처럼.

얼굴이 안 보인다며 그녀의 모자를 홀라당 벗겨버린 희도는 그대로 다시 미덕의 어깨에 얼굴을 묻어버렸다.

상황을 모르는 이는 이 낯 뜨거운 애정행각에 소곤댈 것이 분명했다. 제 얼굴은 숨기고 미덕의 얼굴은 완전히 드러나게 한 희도는 장장 15분을 그렇게 있었고 그녀는 진심으로 녹아버릴 것 같아서 그에게 풀려난 뒤에도 테이블에 머리 박고서 한동안 부글부글 속을 끓였다.

그와의 만남은 길어봐야 30분에서 1시간 남짓이다.

워낙에 바쁜 사람이니 별수 없고 이따금 만나게 되면 그 짧은 시간이라도 성실히 함께 보냈다. 다만 미덕이 먼저 보자고 한 적은 없기 때문에 만나자 연락한 그녀를 희도는 전화 속으로도 느껴질 정도로 크게 동요하는 듯했다.

아니나 다를까 곧이어 희도의 몸 한구석에서 페이저가 삑삑거리며 자신의 존재감을 드러내고 있었다. 그 따가운 소리에 희도는 여전히 엎어진 미덕의 머리를 쓰다듬었다.

"이만 올라갈게. 조심히 들어가."

"네? 아, 아니!"

적잖이 바빴는지 그는 전에 없이 바쁜 모습으로 카페를 나섰다. 정작 만나자고 한 사람의 말은 제대로 듣지도 않고 가버린 희도의 뒷모습만 멍하니 보다가 털썩 주저앉아 가방에서 봉투를 꺼내 들었다. 하얀 봉투에 담긴 A4용지를 꺼내 펼친 미덕은 이해할 수 없게도 입 밖으로 나오지 않은 말에 한숨을 내쉬었다.

거기엔 그녀의 취업 합격통지서와 합격처가 바른 글씨로 적혀 있었다.

"선생님?"

간밤 지나친 과로로 인해 링거까지 맞은 외과 최 선생이 지끈거리는 머리를 부여잡고 넌지시 자신을 부르는 레지던트에게로 고개를 돌렸다. 레이저라도 나올 것처럼 잔뜩 날이 선 것이 아무래도 오늘의 위험지수는 과열상태인 듯하다.

"아, 아닙니다."

항상 바쁘게 돌아가는 의국이지만 지난주부터 바로 어제까지는 혼동의 도가니였다. 외과에서 집중적으로 주시하던 어린 환자는 갑작스레 심장발작을 일으켜 흉부를 절개해 심장을 직접 손으로 마사지를 해야 했고 국회의원의 손자인지 뭐하는 놈은 내과 진료를 외과병동에 와 받는다며 꼬장꼬장한 고집을 부려댔다. 과장과 호형호제하는 사이라나, 뭐라나. 연배 차이만 서른 줄에 달하는데 웃음도 안 나온다.

"체하기라도 해봐. 배를 째버릴 거니까."

최 선생이라면 정말 그럴지도 모른다는 생각에 몸을 부르르 떨어버린 정수는 서둘러 차트들과 파일들을 챙겨 종종걸음으로 그를 따라나섰다. 무쇠심줄 기계인간 최 선생마저 포도당을 맞지 않으면 안 될 살인적인 스케줄이 지나가고 오늘 하필이면 귀여운 병아리들이 들어오는 날이다.

"사실 좀 긴장돼요. 저 처음으로 PK 받는 거라서."

"개네들만 있냐. 오늘은 간호 쪽도 보충된다던데."

"저희가 터치 못하는 쪽이잖아요. 무서워요, 김 간호사님."

"다른 거 신경 쓸 시간 있으면 아침에 컨퍼런스 준비나 제대로 해놔."

서글서글하게 순한 인상이 제법 매력적인 정수는 자신이 받을 병아리들을 상상했다. 올해는 스무 명 남짓으로 일단 두 명씩 각 과에 배속될 예정이었는데 이번 연도는 매번 연말에만 배속되던 외과 PK들이 연초로 변경되었다. 그러니 레지던트 2년 차인 그가 그들을 담당하기로 되어 있었고 지금 최 선생이 회의실로 향하는 이유이기도 하다.

"귀찮아."

제 혈관을 죄다 부풀릴 정도로 노력하고 1등만 했다는 놈들이 벌벌 떨며 간단한 수혈 혈관도 찾지 못하는 건 부기지수, 혀 짧은소리로 겉멋만 들어 전문용어만 찍찍 내뱉으니 초반엔 환자들에게도 의국 내에서도 평판이 최악이다. 뭣 모르는 치기가 사라질 즈음엔 환자들은 전공의들보다 그 녀석들에게 더 호감을 두지만 그렇게 만들기 위해 피똥 싸는 이들이 있음을 누가 알아주랴.

물론 피똥 싸는 건 자신이 아니라 PK 담당들이지만.

똑똑.

사람이 있을 것이 분명한데도 고요한 회의실 문에 노크를 하고 문을 열자 좁지 않은 회의실이 가득 찬 느낌이 단순에 몰려들었다. 고단한 일상에 겁 없이 파고든 불행한 녀석들을 아쉬워할 생각도 없는 최 선생은 비어 있는 의자에 앉았다. 의자가 있으나 감히 앉을 생각도 못하는 PK들의 모습에 옛 생각이 절로 난다.

"최 선생님 본과 3학년 PK들입니다."

대놓고 질책하는 어투였지만 최 선생은 어깨를 으쓱거렸다. 이래서 짬밥이 중요한 거다.

일어날 생각도 없는 그의 앞으로 마치 군대라도 다녀온 것처럼 여자고 남자고 각을 잡고 있었고 최 선생은 머리를 긁적거리며 보는 둥 마는 둥 정수에게 손짓했다. 어차피 지금 당장 신경을 써야 할 건 그였다.

이어지는 인사말을 귓등으로도 듣지 않고 짧은 시간 동안 졸기까지 한 그의 귀로 익숙한 목소리가 들려왔다.

"……대학 본과 3학년 김지호입니다. 잘 부탁드립니다."

김지호. 김지호라.

분명 어디선가 들어본 적이 있는 이름이었다. 딱히 좋은 기분이 든 것은 아니지만 아주 익숙한 이름. 게다가 건방지게 그를 노려보는 불순한 눈망울은 상당히 괘씸했고 희도는 손가락 위에서 돌리던 볼펜을 기술 좋게 공중으로 한 번 던져 올렸다. 부리부리하게 노려보는 지호인지 지렁이인지 모를 녀석에게 코웃음을 쳐주고 시선을 돌리는 그때 노크 소리가 들려왔다.

자연스레 그쪽으로 시선들이 가고 가장 문 옆에 서 있던 PK가 문 여는데도 땀을 뻘뻘 흘리며 긴장한 상태로 손잡이를 돌렸다. 살며시 열리는 그곳으로 작달막한 여자가 조심스레 고개를 들이밀었다.

유달리 큰 눈에 자그마한 체구, 주변을 살피는 긴장한 기색의 눈동자까지 모조리 희도의 시야에 담겼다. 덜커덩, 소리를 내며 자리에서 일어난 그는 이 병원에 취직한 이래 가장 놀라고 가장 바람 빠진 얼굴을 만들어내며 저도 모르게 입을 열었다. 게다가 더듬기까지.

"더, 덕아?"

더덕?

갑작스레 뿌리식물을 들먹이는 그에게로 시선이 돌아간다. 저 괴상한 반응이 무엇인가 알기도 전에 먼저 정신을 차린 여자, 미덕은 고개를 꾸벅 숙여 인사하며 담담한 어조로 말했다.

"말씀 중에 죄송한데 벌써 8시 넘었다고 알려드리라고 해서요."

생각보다 아주 담담한 어조에 미덕은 다행히 웃을 수도 있었다. 애써 희도 쪽으로 시선을 돌리지 않고 이미 알고 있었던 지호의 모습까지 발견하며 조금 더 상냥하게.

삼삼오오 짝을 지어 모인 그들의 옆으로 이번에 새로 온 새내기 간호사들도 모여 있었는데 그 중 두 사람만 한적한 데스크 앞에 나란히 서서 속삭이고 있었다.

짧게 자른 머리에 투박해 보이는 안경을 끼고 어색한 의사 가운을 입은 지호는 약간 작아서 팔이 땅기는 가운을 펄럭이며 볼을 긁적거렸다. 그의 옆으로 펜을 빙글빙글 돌리며 미덕은 괜히 종이에 의미 없는 것을 적어댔다. 별다른 대화 없이 이어지던 침묵을 먼저 깬 건 불쾌함이 머리끝까지 올라가 미간이 찌푸려진 지호였다.

"착각하는 게 아니라면 너 조만간 뒤통수 뚫릴 거다."

덤덤하게 중얼거리는 그의 말에 미덕 역시 동의했다. 그의 말대로 그녀의 뒤로는 뜨겁다 못해 당장 꿰뚫어버릴 것만 같은 강렬한 시선이 있었다. 시선의 존재가 부담스럽다기보다는 그런 그에게 갔다가 튕겨져 그녀에게 오는 호기심 어린 시선들이 난감했다.

"화내는 거야."

"자기가 왜?"

정말 모르겠다는 듯 눈을 찌푸리며 되묻는 지호에게 미덕은 뭐라 설명해줄 길이 없었다. 화를 내는 건 맞다. 남들처럼 분노에 찬 것이 아니라 미리 말해 주지 않은 것에 대한 서운함 정도. 희도와 함께한 세월이 몇 년인데. 게다가 설명을 하자니 지호는 희도의 '히읗' 자만 나와도 성난 강아지처럼 왈왈거렸다.

대체 무슨 억하심정인지 오래전 미덕과 싸울 무렵부터 외길로 희도만 보면 으르렁거리던 지호였다. 앞서서 싫다고 말도 못하고 뒤에서 부리부리하게 노려보는 타입이 바로 그다.

다행히도 두 사람의 틈바귀에 끼여 슬슬 머리에 열이 차오르는데 복도에서 수간호사가 그녀를 불렀다. 쉬는 시간은 이제 마쳐야 할 때인가 보다.

"아까 알려줬던 건 기억하고 있어요?"

"음, 예."

첫날인 만큼 적당히 라는 수식어를 붙여 설명해 주고 있는 수간호사의 자애로운 말이었지만 그녀의 말은 너무 빨라서 머리에 집어넣기가 버거웠다. 무슨 말을 하든 공손하게 고개를 주억거리는 그녀였다.

"최 선생님 잘생겼죠."

"최 선생님이요?"

"최희도 선생님이요. 방금 전에 뒤에 있던 선생님."

"아, 아아."

수간호사의 말에 미덕은 어색하게 웃어보였다. 어느 곳에서도 그녀만큼 그를 잘 아는 사람이 없을 것이다. 눈동자를 굴리며 대답을 회피하자 수간호사의 난데없는 설명이 이어졌다.

"사람 얼굴만 보고 괜히 맘 주고 하진 말아요. 사람이 성질이 보통이 아니야."

암요, 알지요. 알고 있죠.

이미 다른 간호사들에게도 같은 언질 했는지 수간호사의 얼굴엔 지

겨움이 조금 묻어 있었다.

미덕은 고개를 주억거리며 지난 시간을 짧게 생각했다. 다정하고 착한 오빠 그러나 두 눈에 콩깍지가 껴 어떤 행동을 하든 그러려니 하고 넘어갔지만 객관적으로 생각해 봤을 때 그 웃는 낯으로 미덕을 참 많이도 괴롭혔었다.

만났던 처음부터 어린애 머리 잡고 흔들어 보기도 하고 잘 자는 애 옆에서 놀라게 하거나 기상천외한 방법으로 심장이며 간이며 콩이며 모조리 들었다 놨다 해주던 사람이 바로 최희도였다. 사람을 기분 나쁘지 않게 장난을 치는 게 능력이라면 능력이다.

"그래도 그 선생님 좋다는 애들이 한둘이 아니야. 광적으로 덤벼드는 간호사들도 적지 않으니까 괜히 나섰다가 일 벌이지 말고. 너무 앞서 갔다면 미안하고. 전에 간호사도 영 피곤한 일로 그만뒀거든."

희도의 주변에 여자친구가 있었음을 기억하는 미덕은 게슴츠레한 눈으로 그가 있을 데스크 쪽을 보다가 한숨을 내쉬었다. 연인의 의미보다는 단순한 친구의 의미였지만 그것 또한 미덕에겐 바라보고 있기 어려운 일이었다. 참, 어려운 사람을 오래도 좋아하는 것 같다고 스스로 생각해도 대견할 정도다.

정신없이 돌아다니며 혼나고 그녀와 다를 바 없이 바쁜 지호에게 인사를 한 미덕은 벌써 밤 11시에 가까워진 시간에 목의 근육을 풀었다. 하루 사이 뭉친 근육이 내일이면 비명을 지를 듯 딱딱하게 굳어 있었다.

"아야야."

살짝만 만져도 돌을 얹어놓은 듯해서 어깨를 축 늘어트리고 막차를 타기 위해서 버스정류장으로 간 미덕은 텅 빈 의자에 앉아 쌀쌀한 날씨를 만끽했다. 아직 그럴싸한 첫눈은 오지 않았지만 머지않아 쏟아질 듯했다.

후.

긴 숨이 이어지며 하얀 입김이 앞으로 뻗어졌다.

손을 모아 '하, 하' 하고 뜨거운 온기를 모아 겨우 손을 녹이는데 그런 그녀의 앞으로 긴 다리가 우뚝 섰다. 검은색 정장 바지를 따라 주르륵 시선을 올리자 트렌치코트를 입고 이 추운 날 변화 없이 그 잘난 얼굴이 보였다. 부담스럽지 않게 진중한 눈매가 그녀를 향해 있다가 눈이 마주치자 방긋 호선을 그린다.

"춥지?"

"엑."

분명 방금 전까지 다 잠겨 있던 코트가 어떻게 그렇게 활짝 열려 있는지, 사람 말을 제대로 듣지도 않고 미덕을 확 안아버린 회도는 엉거주춤하게 안긴 미덕의 어깨를 코트 바깥에서 쓸어주며 '안 춥다, 안 춥다.'를 연거푸 말해 주었다.

우습게도 정말로 춥지 않게 되자 얼었던 머리가 돌아가는지 이 자세가 몹시도 부끄러운 자세라는 것을 깨달았다. 작은 비명과 함께 손을 파닥거리는 그녀를 더욱 세게 안은 회도는 퉁명스럽게 입을 열었다.

"진작 말해 주면 아침에 같이 오잖아."

"말하려고 하긴 했는데."

떨떠름하게 말하며 재주도 좋게 그의 품에서 나온 미덕은 어쩐지 열이 오르는 얼굴을 손부채질로 막아냈다. 장난으로 던진 돌에 개구리는 맞아 죽는다고, 저런 행동에 미덕은 점점 더 힘이 빠지는 것도 사실이다.

"귀엽긴."

여전한 태도로 그는 다 큰 여자의 머리를 쓰다듬는 걸 결코 어색해하지 않았다. 하루하루 자라난 것이 그의 눈에만 보이지 않는지 열세 살 꼬마에게 대하듯 비비적거린 희도는 환한 웃음을 지으며 미덕의 수줍은 미소를 기다렸다. 그러나 미덕은 황급히 주변을 살피다가 아무도 보이지 않자 안도의 한숨을 내쉬었다.

"뭐해?"

주변을 살피는 모습이 여간 보기 뭐했는지 한쪽 눈을 찌푸리며 묻는 희도에게 미덕은 뭔가를 말하려다가 멈췄다.

"아니에요. 아, 버스 온다."

"데려다 줄게."

때마침 도착한 버스에 자신을 살짝 잡아끄는 희도에게 그녀가 한 마디 했다.

"저, 병원에서는 서로 모르는 척해요."

이미 늦은 것 같기도 하지만 미덕에겐 그편이 훨씬 나을 것 같았다.

"왜?"

"그냥요."

미덕은 희도에게 고개를 꾸벅 숙이며 멈춘 버스에 올라타 빈자리에 앉아버렸다. 차창 너머로 멍해진 희도가 한껏 머리를 굴리고 또 굴리다가 결국 달려가는 버스의 뒤에다 대고 외쳤다.

"왕따 시키냐!"

아, 아아 백마 탄 왕자님이 나쁜 남자였다는 사실을 너무 늦게 알아버린 것이 너무도 안타깝다.

"하아."

머리가 어질어질 거릴 정도로 잠이 부족했다. 출근한 지는 고작 일주일. 그런데도 사흘이 넘게 집에 제대로 간 기억이 없었다. 처음엔 살짝 안일한 마음도 있기는 했지만 평균 3교대로 도는 것이 아니라 그 3명이 12시간 이상씩 일을 하게 되면서 머릿속은 거의 패닉이나 다름이 없었다.

차트 정리를 하고 시간 날 때마다 환자들 소독을 해주고 연거푸 이어지는 벨소리에 발바닥에 불이 나도록 달리고 달려야 했다. 축 늘어진 몸을 일으켜 세우려고 낑낑거리고 끙끙거리기를 반복하던 미덕은 며칠 사이 걸레가 되다시피 한 자신의 신발에 머리를 긁적거렸다.

"신발도 하나 사야겠다."

길게 한숨을 내쉬며 고개를 들어 올리던 미덕은 마침 데스크 옆으로 지나치는 의사 무리를 알아차렸다.

어쩌다 가장 먼저 외과 실습을 맡게 된 지호는 치프인 희도의 뒤를 헐레벌떡 따르고 있었고 희도는 뒤에 누가 따라오건 말건 제 동료와 이야기를 나누며 정리된 차트를 넘겨주고 있었다.

살짝 눈이 마주쳤던 것 같기도 한데.

사실 좀 민망한 것이 첫 출근을 했던 날 아는 척 말아 달라는 말이 무색하게 희도와 미덕은 이렇다 할 접근성이 없었다. 갓 출근한 신입 간호사와 의국 내 제일 바쁜 사람이 마주칠 확률은 생각보다 적었고 괜히 모르는 척하자, 했다가 얼굴만 부끄러워졌다.

"밥 먹자. 먹고 오늘은 일찍 들어가."

피죽도 못 얻어먹은 얼굴로 차트와 씨름을 하는 미덕이 안쓰러워 보였는지 수간호사가 다가와 그녀의 어깨를 두드리며 말했다. 일찍이라고 해봐야 저녁 먹고 아홉 시가 넘어서야 들어가는 것이겠지만 내일은 꿈에도 그리던 오프다.

"힘들지?"

"네? 아, 아니요."

아니라고는 말하지만 힘들지 않을 리 없고 입이 비죽 내밀어질 것 같아 서둘러 눈을 비비는 그녀를 안쓰럽게 보던 수간호사는 미덕에게 뭔가 더 말을 하려다가 놀란 눈으로 무언가를 바라보았다.

"왜 울어?"

등골이 오싹해지는 익숙한 음성.

"누가 뭐라고 했어? 왜 그래."

그의 목소리는 아주 오랜만이기도 했지만 그것 때문만이 아니더라도 무척이나 아래로 깔려 있었다. 다정하지만 진지하게 묻는 말에 미덕은 순간 눈물이 방울방울 맺힌 큰 눈으로 소리가 난 곳을 올려보았다.

미덕의 오른편, 테이블에 팔을 올려 기대 미덕을 내려다보는 사람은 다름 아닌 희도였다. 못마땅한 듯 찌푸려진 미간에 금방이라도 똑 떨어질 것 같은 눈물이 안타까운지 손을 들어 눈가를 닦아주었다. 그 모습이 어찌나 자연스러운지 미덕 역시 훌쩍이면서 그저 고개만 흔들 뿐이다.

"아니에요."

"울지 마. 사람 맘 아프게 왜 울어."

고개를 주억거리며 역시나 자연스레 수긍하는 미덕과 그런 그녀를 달래듯 연신 머리를 쓰다듬는 희도는 제삼자가 보았을 땐 상당히 기괴한 형상이 아닐 수 없다. 누가 봐도 다정하고 포근한 태도로 걱정해 주고 그것을 당연하다는 양 받아들이는 그들을 마주한 수간호사는 눈을 깜빡이며 입을 열었다.

"저기, 궁금한 게 있는데."

수간호사의 호기심 가득한 동공이 희도와 미덕을 번갈아 보며 말했다.

"최 선생님이랑 생간(生 간호사)이랑 어째 사귀나?"

처음 왔을 때부터 열렬하게 미덕을 보던 최 선생, 희도의 눈이라던가, 익숙하게 대하는 미덕이라던가 하는 것이 영 심상치가 않다. 대답 듣기 전까지는 절대 놔주지 않을 것처럼 초롱초롱하게 바라보는 수간호사를 잠시 눈만 마주치며 있던 그때 희도와 미덕은 상반된 얼굴로 각자 입을 열었다.

"역시 좀 그렇게 보……."

"아니요! 설마요, 그럴 리가 없죠!"

으쓱으쓱 어깨를 들썩이며 입을 열던 희도의 말을 막아버리며 자리에서 벌떡 일어난 미덕이 서둘러 두 손을 흔들어댔다. 무지막지하게 부정하는 그녀의 태도에 놀란 것은 수간호사뿐만이 아니라 말이 막힌 희도도 마찬가지다.

괜스레 엮였다가는 일만 복잡해질 것 같고 같은 병원에서 일하는 그것도 신입 간호사가 의사 홀렸다는 얘기는 이쪽에서 사양이었다.

"예전부터 같은 아파트에 살았어요. 남매보다 훨씬 남매 같은걸요."

지나칠 정도로 변명을 하는 통에 듣는 수간호사가 오히려 희도의 눈치를 더욱 보게 되어버렸다. 가차 없이 잘라버리는 그녀 덕에 상한 마음이 여과 없이 드러나고 그는 이어 매력적인 미소를 지으며 말했다.

"그렇다네요. 남매."

수간호사는 자신보다도 몇 년이나 더 일을 하신 분이고 동기들에게 하듯 괴팍하게 대할 수 없으니 희도는 웃으며 마무리를 지었다. 미덕이 아는 그는 무슨 말이든 꼬투리를 잡아 뭔가 장난을 쳐야 하는데 이상스럽게도 고요했다.

"그, 그래? 그럼 우리 밥이나 같이 먹으러 가자."

떨떠름한 수간호사의 말에 희도는 호탕하게 웃었다.

"오빠한테 이리 와, 내 동생."

"싫어요!"

"이리 오라니까."

"시, 싫다니까요! 꺅!"

아니나 다를까 식당이고 뭐고, 모르는 척이고 뭐고 사람들의 이목이 잔뜩 집중된 상황에서 두 사람은 이미 심상치 않은……아니, 범상치 않은 남녀가 되어가고 있었다. 호탕하게 웃으시며 즐거워하시는 수간호사님을 보내고 둘이 된 미덕은 스스로에 절규하며 손에 얼굴을 파묻고 신음했다.

"이거 어쩌냐, 모르는 척은 물 건너갔네."

분명 의도한 거다! 어찌 되었든 그를 탓할 수만도 없는 건 사람이 많음에도 미덕 역시 희도와 투덜거리느라 이곳이 어딘지 잠시 망각했다는 사실이다.

그 사이 여유로워진 희도가 미덕의 작은 손을 툭툭 건드리며 입을 열었다. 제법 위험한 감촉이 이어지자 미덕의 목덜미가 바싹 약이 오른다.

"미덕아 이 오빠 상처 받았다."

놀라서 손을 빼내는 미덕의 옆에서 피식 웃은 희도는 관자놀이 부근을 지그시 누르며 말했다. 이제 장난은 그만 치라 말하려고 고개를 들던 미덕은 자신을 보고 있는 것이 아니라 아래를 보며 씁쓸하게 웃는 그를 발견하곤 입을 꼭 다물었다.

"그러지 마."

쓰린 속이 잔뜩 비집고 나오는 목소리. 미덕은 콩콩거리며 뛰기 시작하는 가슴에 자세를 바로잡고 열심히 숨을 들이켰다. 바보처럼 상처받은 지 벌써 몇 년이나 지났는데도 불구하고 미덕은 이 마음과 솔직함에 겁을 내고 있었다.

"자꾸 그러면 진짜 괴롭힌다."

유치해서 정말로 눈물이 나올 것만 같다. 미덕은 대답 대신 고개를 돌려버렸지만 희도는 여전히 그 자리에서 그녀를 응시했다.

언제쯤이면 이 아이가 놀라지 않고 마음을 받아줄 수 있을까. 행여 오래 걸린다 하더라도, 그는 멈추지 않을 테지만.

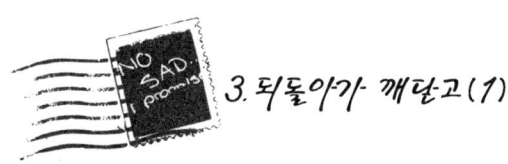

3. 되돌아가 깨닫고 (1)

꽤, 오래전.

아니 그리 오래되었다고는 할 수 없지만 일종의 '자각'을 깨워주던 옅은 과거. 때는 아직은 이른 봄이자 늦은 겨울이었고 움튼 싹이 조금씩 고개를 드밀 무렵이었다.

"미덕이 모레 입학인데 알고 있어?"

"예?"

"몰라? 웬일이래."

어머니의 뜻밖이라는 말에 희도는 밥 먹던 젓가락질도 멈추고 놀란 눈을 만들었다.

"이제 연락 안 하니?"

"못했어요. 요즘 바빠서."

이제 막 레지던트 1년 차에 접어든 사람이 오죽 바쁠까. 오늘 이렇게 집에서 밥 먹는 것도 무척 드문 일이었고 당장 밥 먹고 오후에 다시 병원으로 나가봐야 했다.

"하기야 요새 대학 입학식 찾아가는 사람도 별로 없다고는 하더라."

"……."

그거야 요새 사람들 얘기다. 희도는 혼자 심각해져서 잘 먹던 밥 욕심도 뚝 떨어져 버렸다. 아무리 바빴어도 그렇지 미덕의 대학 입학식도 잊고 있었을 줄이야. 예상외로 크게 다가온 상실감은 생각보다 매우 깊었고 이날까지 자신의 입학 날을 말해 주지 않는 미덕에게 서운해졌다.

"너 삐쳤지."

아무리 아들을 자유분방하게 키웠다 한들 그래도 어머니이신 듯 딱히 변한 것 없는 희도의 표정 변화를 정확히 캐치해 내셨다. 아닌 게 아니라 상당히 섭섭함을 느낀 희도는 너무도 진지하게 고개를 끄덕였다.

"예."

"내 아들이지만 진짜 징그러워 죽겠네."

시커멓게 큰놈이 삐쳤냐는 말에 그렇다고 대번에 답하다니. 솔직해도 지나치게 솔직한 모습에 부르르 떠는 어머니를 뒤로하며 희도는 서운함 반, 의아함 반에 휩싸였다. 분명 미덕의 입학식 날을 몰랐던 것이 자신에게만큼은 조금 놀라운 것일지 몰라도 이렇게까지 서운한 일인가 싶었다.

"이상한데."

홀로 밥상에 있는 그는 다리를 꼬고 앉아 잠시 생각에 빠졌다. 새삼스레 갑자기 왜? 고등학교 졸업조차 가지 못했던 그다. 그런데 갑자기

이 묵힌 마음은 또 무어란 말인가.

"흠."

아, 그렇군.

알고도 못 가는 것과 모르는 상태로 넘어가는 것은 다르다. 지금까지 일이 바빠 가지는 못했어도 미덕의 졸업이나 입학은 그 자그마한 입으로 익히 들어 알고 있었다. 만날 때마다 지금껏 만나지 못했던 것을 모두 말해 주듯 작은 목소리로 차근차근 말할 때면 피로감을 사라지게 하는 것은 물론 즐거움까지 선사하던 꼬마.

어느 순간부턴가 이야기가 줄어들었고 만나도 인사만 하게 되던 그런 꼬마.

"……."

인지하는 순간 기분이 완벽하게 상해 버렸다. 언제부터였지? 언제부터 미덕과 이야기하질 않았지? 아니, 대화를 나누지 않은 게 아니라 오히려 희도가 자신의 이야기를 꺼내놓았다. 소소한 이야깃거리를 꺼내놓으면 미덕이 듣고 고개를 끄덕인다. 그랬다.

"미덕이한테 안 가보고 그냥 가는 거야?"

의아하게 묻는 어머니의 물음에 희도는 대답 대신 짧은 인사를 하며 엘리베이터 버튼을 눌렀다. 아무것도 말하지 않는다. 그것을 깨닫게 된 계기가 너무도 하찮지만 다가오는 폭풍은 길었다. 미덕이 더는 자신을 신뢰하지 않을지도 모른다는 결론으로 나아가자 기분이 나아지질 않는다.

그깟 입학식. 그런 소소한 일.

"강미덕."

한순간에 그 아이가 멀어지고 있음을 느꼈다. 지금까지 느껴본 적 없던 거리감이 고작 하나의 계기로 알게 되자 심장이 두근두근 복잡하게 뛰었다. 시간이 흐르면 어차피 각자의 시간에 빠져 멀어질 수밖에 없는 거였다. 아이는 아이로 남을 수 없고 조금 더 시간이 지나면 제가 좋아하는 사람과의 이야기를 더욱 즐기며 나이 많은 이웃 오빠는 과거의 추억쯤으로 남겨버릴지도 몰랐다.

치미는 화에 희도는 무의식중 엘리베이터 문을 쾅 하고 치고 말았다. 그렇게 해놓고도 자신이 더 놀란 것 같은 얼굴을 만든다. 죄 없는 엘리베이터만 상처 입고 그는 이내 딱딱하게 굳은 얼굴로 열린 문을 나섰다. 절대, 절대 그럴 수는 없는 일이다. 애석하지만 예전에도 지금도 강미덕은 최희도만의 꼬마다.

"오늘 아침 근무 없는 놈들 다 위로 올라와."

살기등등한 얼굴로 희도를 콕 집어 집합을 지시하는 선배들의 말에 1년 차들의 사이로 신음이 흘렀다. 간만에 기강을 바로잡는다는 이유로 고단한 상황이 벌어질 듯싶었다. 그리고 이 집합의 주체가 누구 때문인지도 어렵지 않게 유추할 수 있었다.

옳고 그름이 똑 부러진 건방진 1년 차가 얼마나 보기 싫었을까. 대놓고 '너 마음에 안 들어.' 하고 말하는 선배들 간의 흉흉한 기운 속에서도 희도는 묵묵히 듣고 서서 콩밭으로 간 마음을 간추렸다.

"간다고? 진짜? 진짜 간다고?"

"어."

"야 인마, 안 그래도 찍힌 놈이 집합도 안 가면 어쩌려고!"

말이 집합이지 '기강잡기'에 돌입하면 몸도 마음도 욱신욱신할 거라는 것을 모르는 사람은 없었다. 그것에 참가하지 않게 되면 어떻게 되는지도. 그러나 희도는 이미 옷을 갈아입으며 시간을 맞추고자 머릿속으로 열심히 계산을 했다. 세 시간 정도면 될 것이다 지금 시간이 아침 7시이니 특별하지 않은 이상 점심 이후까지는 충분하다.

"간다."

"너 진짜 제대로 찍힌다니까?"

"이래 찍히든 저래 찍히든, 일단 저쪽을 찍을 거다."

"뭐?"

정말 미련 따위는 조금도 없는 사람처럼 코트까지 맞춰 입은 그는 동기의 부름에도 의국을 벗어났다. 이미 엊저녁에 가겠다고 미덕에게 전화를 해놓은 상태였고 어떻게 되든 간에 꼭 그녀에게 가야 한다. 이 의뭉스러운 마음에 답을 내리기 위해서라도!

주차장에 도착하고도 벌써 10여 분이 지났음에도 희도는 차에서 내리지 못했다. 흡사 겁을 먹은 사람처럼 한곳만 응시하고 있었는데 그의 시선 끝에는 추운 바람을 맞이하며 입김을 불어 손을 데우는 한 여자가 있었다.

이제는 여자라고밖에 부를 수 없는.

지겹게 나오는 말이다. 언제부터였을까. 꼬마가 조금 자라 교복을 입고 자신의 앞에서 아이스크림을 먹으며 눈물방울 짓던 것이 바로 엊그제인데 어느새 '여자'로 나타나 앞에 있다. 대체 언제. 언제부터.

놀랐다. 꽤 많이 놀라고 또 당황해 버렸다. 머리는 내려야 한다고 말하고 있는데 이따금씩 미소 짓는 민얼굴에 심장이 미친 듯이 뛰기 시작했다.

"진정해."

홀로 진정하라 중얼거리니 다행히 숨이 잦아들었다. 그녀답지 않은, 아이답지 않은 모습을 보아서 놀란 것이라고 여기며 차에서 내린 희도는 한 꺼풀 남아 있는 감정을 끝내 털어내지 못하고 겨우 바로 섰다.

그리고 여느 때와 다름없이 성나고 뿔이 난 눈으로 서 있는 하찮은 녀석에게는 시선조차 주지 않으며 환히 웃었다.

"덕아."

"오빠."

그래, 이 소리였다.

들으면 들을수록 중독되고 마는 가느다랗고 작지만 똑똑히 들리는 '오빠' 하는 음성. 옅은 분홍색의 입술은 붉고 윤기가 흐른다. 색이 옅은 갈색 머리카락도 여린 어깨를 넘어 등 뒤에서 찰랑거렸고 제법 빠르게 다가와 항상 그랬듯 고개를 올려 초롱초롱한 눈으로 보는 눈동자도 여전히 예뻤다.

심장이 뛴다.

난데없이, '인식'이라는 것 자체만으로도 꼬마였던 아이에게 가슴이 흔들린다.

"기다렸어?"

장난스레 묻자 미덕이 회피하듯 우물거리며 말했다.

"안 오셔도 되는데."

이상하게도 그녀의 태도는 전과 같은데 다가오는 강도가 판이하게 달랐다. 자신을 거절하는 듯한 말투 모두가 섭섭하고 서운해서 희도는 생글생글 미소를 더욱 짙게 만들었다.

"그래도 와줘야지."

예전부터 이 아이는, 미덕은 웃어주며 말하면 두 뺨을 빨갛게 물들이며 그의 말에 수긍했었다. 수줍게 웃으며 '네, 오빠.' 하고 말해 주면 하루의 모든 피로가 사라졌는데. 그것은 마치 상상 속의 일인 양 미덕은 잠시 흠칫, 하고 몸을 굳히다가 고개를 끄덕이는 것으로 마무리했다. 이어 뒤에서 시시껄렁한 모양으로 서 있는 녀석을 본다.

조급해졌다.

어째서 웃어주지 않고, 수줍어하지 않는지 유치한 생각들로 가슴이 조여 온다.

"데려다 줄게. 가자."

"괜찮을까요?"

"물론이지."

시종일관 웃어주는 희도였지만 미덕은 멍하니 그를 보다가 시들어가는 꽃처럼 조용히 긍정의 표시만 해보였다. 조급함은 이미 두 배가 되었고 맞물린 생각들에 그는 조금 굳은 얼굴로 조수석의 문을 열어주었다.

"안 타?"

나름 부리부리한 눈으로 조수석을 보던 미덕은 짐짓 매섭게 희도를 응시하다가 뒷좌석으로 향했다. 마치 앞좌석에 쓰린 추억이라도 있는 사람처럼 뒤에 앉아 괜스레 토라져 버린 그녀는 희도의 당황하는 모습에도 전혀 개의치 않으며 뚱하니 자리 잡았다. 미덕이 어째서 이러는지 알 길 없는 희도는 결국 혼란스러움만 가중되어 명암 짙은 얼굴로 운전석에 앉았다.

"실례하겠습니다."

얄미운 녀석도 한 놈 끼고서. 삼십 분 정도 후 도착한 학교는 그야말로 인산인해였다. 가족들도 생각보다 많이 와서 자리까지 뒤에 마련되어 있었고 그 틈바귀에 우월한 길이를 자랑하며 선 그와 지호는 아는 사람이 없어 낯선 듯 이리저리 둘러보는 미덕을 보고 있었다.

"와, 우리 미덕이 예쁘네."

비꼬는 것이 분명한 말투로 이죽이죽 지껄이는 지호의 음성에 희도는 팔짱을 끼며 말을 아꼈다. 예쁜 것은 사실이지만 지호가 내뱉는 말엔 어쩐지 대답하고 싶지 않다. 이따금 한 번씩 사람 속을 득득 긁어대며 깐족대던 그는 결국 답 없는 희도에게 지쳤는지 끝나가는 입학식의 전경처럼 고요하게 강수를 던졌다.

"여기 있는 거 좀 안 창피하세요?"

"전혀."

당연하다고 생각하고 있다.

"솔직히 여기 오실 필요 없잖아요."

"왜?"

정말 대답하고 싶지 않지만 희도는 단언하며 그를 부정하는 지호를 가만둘 수 없었다. 매우 불쾌한 기색으로 돌아보자 지호는 퉁명스럽게 말을 이었다.

"가족도 아니고 친구도 아니고 좀 아는 이웃인데 여기까지 왜 와요. 그것도 대학 입학식에."

"넌 뭔데."

"전 소꿉친군데요. 미덕이도 제 입학식 날 왔고요."

이미 작년에 입학을 한 지호는 충분히 미덕의 입학식에 올 이유가 있었다. 새삼 이유가 있어야 할 것까지는 없지만 오늘의 그는 모든 것에 민감해져 있다. 그답지 않게 작은 이유에 의미를 부여하려 했고 타당성이 없는 스스로에 입술을 깨문다.

"어지간하면 빠지세요."

대놓고 불청객임을 언질 하는 지호를 한 대 쳐주고 싶은 것을 겨우 참으며 희도는 잠시 눈을 감았다. 아무리 생각해도 자신답지 않았다. 가볍게 응수하며 넘어갈 수 있는데 왜 이렇게까지 조급해져 있는지 모르겠다. 고작 입학식 날 하나 알려주지 않아서 꽁지에 불이라도 붙은 듯 날을 잡아 찾아오고 '너는 왜 여기 있느냐' 라는 질문에 답하지 못했다고 얼굴이 화끈거리는 것은.

한 번 터진 물꼬가 어느덧 함지박만큼 거대한 주둥이를 들이밀고 물을 쏟아낸다.

입학식의 끝을 알리는 음악소리와 함께 지호는 보란 듯이 미덕에게로 향했다. 행동에 제약이 걸리고 의심 없던 스스로에게 의구심이 생기며 흑심 없던 마음에 먹구름이 낀다. 꽉 쥐어지는 주먹 속에 담긴 것은 욕심이다.

자연스럽게 웃으며 대화하는 미덕의 얼굴에 욕심이 난다.

사랑스럽게 수줍음을 비추는 미덕의 표정에 욕심이 난다.

따스하고 가볍게 움직이며 눈웃음을 그리는 미덕이, 꼬마였던 그 아이가.

"미치겠다."

거짓말이지?

스스로에게 그렇게 물어보았으나 솔직한 마음은 그를 비웃으며 말했다.

'늦어. 이제야?'

"말도 안 돼."

'이미 시작된 거야. 이제 알아차린 네놈이 멍청한 거다.'

"최희도, 최희도. 미치지 않고서야……."

아이에게 관심조차 두지 않았던 그가 작은 여자아이에게 눈길을 주었던 순간부터, 모든 것이 눈에 들어오고 당연하다고 여겼던 그때부터 분명 뭔가 예고했을지도 모른다.

"하, 하하."

생각해 보면 간단한 것을. 이렇게 간단하고도 쉬운 것을 어째서 이제야 깨달았을까. 어쩌면 순진무구했던 미덕의 모습 자체가 희도의 입구를 막는 마개였을지 모른다. 다가가선 안 돼, 이 이상을 넘어선 안 돼 하고 방어를 쳤고 그것은 스치는 바람결에 쉬이 녹아내렸다.

"오빠."

그래, 오빠. 이 말에 녹아버렸다.

"오빠?"

대답 없이 자신을 내려다보는 희도를 의아하게 보며 손을 흔드는 그녀에게 희도는 전과는 비교도 할 수 없이 진솔한 미소를 지어보였다. 아찔할 정도로 매력적이며 또한 본능적인 미소 속에 그는 그녀의 손목을 잡고 입을 열었다.

"예쁘다."

"네?"

"예뻐, 아주 많이."

확 하고 타오르는 미덕의 얼굴에 희도는 마침내 짜릿함을 경험했다. 오래전 수줍게 웃던 미소처럼 솔직하기 그지없는 자신의 말에 그녀가 반응하고 있었다. 솔직함. 그리고 못내 이기적인 이 마음을 이제 감출 수가 없음을 말한다.

"덕아."

조금도 숨길 수 없다. 정리되지 않은 이 마음의 끝이 어디인지 따위는 상관없이 소녀의 모습이 여자가 되었어도 작은 아이는 여전히 그의 것이다.

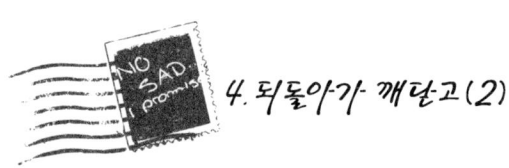
4. 되돌아가 깨닫고(2)

꿈에서 만난 희도는 그 옛날에 느낀 동화 속 왕자님이었다. 지금에 와 느끼는 모습과는 사뭇 다르지만 어릴 적 그를 향한 이미지는 왕자님이었다.

항상 짓는 예쁜 미소와 달리 사람 골 때리게 하는 말이나 행동은 전혀 없었고 오히려 다정하게 미덕의 손을 잡아주며 그녀의 가슴을 설레게 만들었다. 사실 이게 꿈이라는 것을 알 수 있는 것은 희도가 연신 따스하게 웃어주기 때문이다. 현실에서의 미덕은 희도의 손을 잡고 이렇게 오래 있을 리가 없다.

하지만 꿈은 깨어야 하기에 꿈이라고 하는 걸까.

가슴이 턱 막힐 정도로 부드러웠던 미소는 여전한데 서서히 열리는 입에서 나오는 말이 심상치가 않다. 오빠? 뭐라고 하셨나요? 오빠?

[덕아.]

말씀하세요, 잘 안 들려요!

〔우리 덕이······.〕

흠칫. 앞에 '우리'라는 절대적인 목적어, 절대 꾸미기 위한 단어가 아닌 목적어에 자동적으로 물러서는 미덕에게 꿈에서조차 놓아주지 않는다. 이어 다가온 희도는 그녀의 두 뺨을 우악스럽게 잡더니 눈이 보이지 않을 정도로 환한 눈웃음을 그리며 점점 얼굴을 내렸다.

잠깐! 자, 잠깐!

당장이라도 닿을 듯 아찔한 거리에서 미덕이 그의 가슴에 손을 올리고 점점 더 눈을 감아가기 무렵.

〔정말 해?〕

꿈에서라기보다는 너무도 생생히 귀에 그대로 들리는 듯한 목소리여서 살짝 입을 벌리고 있던 미덕이 입술을 오물거리며 말을 뱉었다.

"······응?"

잠이 완전히 깨어버릴 정도로 또렷한 목소리에 미덕이 동그란 눈을 떴다. 자신의 앞에 꿈에서 보았던 것 이상으로 멋지고 유혹적인 미소일 게 분명한 눈웃음이 보인다.

더불어 지나치게 섹시한 음성도.

"한다."

코와 코가 맞닿기 불과 0.5mm도 남지 않았을 때 완전히 미덕이 깨어났다. 웃음조차 사라진 희도의 고개가 옆으로 틀어지면 정말 입술이 닿아버릴 즈음에 미덕은 번개처럼 희도를 강하게 밀어냈다. 희도의 고개만 퍽, 올라갔고 간만에 그의 씰룩거리는 입가를 볼 수 있었다. 그녀의 몸 양옆으로 팔을 내리고 희도는 가만히 미덕의 얼굴만 내려 보고 있었다.

"강렬한 애정인데."

"하, 하하."

"그렇게 부끄러웠어?"

부끄럽긴, 개뿔.

며칠 만에 보는 싱글벙글한 저 얼굴에 정신 차리라고 소리 한 번 질러주고 싶다. 물론 '싶다'라는 마음이지 할 수 있는 것은 아니다.

"네에."

"말로 하지."

이것이 만화였으면 희도의 이마 위에 미약하게나마 핏대가 오르지 않았을까. 다행히 그는 쉽게 포기하며 몸을 일으켰다. 방이 아니라 거실 소파에서 낮잠이 들어버린 자신을 책망하며 주위를 둘러본 미덕은 허리를 길게 늘이며 기지개를 켜는 희도 외에는 아무도 없다는 것에 눈을 깜빡였다.

"어?"

이리저리 둘러보아도 이곳은 그녀의 집인데 왜 희도가 이곳에 있는 걸까? 미덕의 짧은 질문도 아닌 반문에 소파 아래로 앉으며 리모컨을 들던 희도가 말 없는 질문에 대답했다.

"어머니가 부르셨어."

"……왜요?"

정말 그렇게 황당할 수가 없어서 저도 모르게 반문하자 희도의 미소가 돌아왔다.

"왜긴, 우리 덕이는 오빠 거잖아."

당연한 말이라는 듯 어깨를 으쓱한 희도의 행동에 미덕이 어이가 없어 허탈하게 있을 때 스르륵 그녀를 덮고 있던 재킷이 내려갔다. 아마 희도가 덮어주었을 얇은 재킷이 미덕의 몸이 추위를 느끼지 않도록 해주고 있었나 보다.

바쁜 희도의 어머니 대신해서 밥이라도 좀 챙겨 먹이시려고 부른 모양이었고 정작 엄마는 현덕이 데리고 어디를 갔는지 인기척 하나 없었다. 다 큰 딸을 외간남자 앞에 던져놓고 홀연히 나가신 그 대범함에 박수 대신 슬픈 야유를 보내며 미덕이 지끈거리는 머리로 한숨을 내쉬었다.

머뭇머뭇 시선을 돌린 미덕은 희도의 섬세한 이목구비를 힐끗거렸다. 그리고 조심스레 재킷을 들어 입가에 가져가 작게 숨을 내쉬었다. 희도의 것임이 분명한 재킷에서는 그의 옅은 담배 냄새와 그 냄새를 지우기 위한 향수 냄새가 조금 묻어 있었다.

어쩐지, 이 향에 가슴이 아프다.

남들처럼 지독한 사랑이 아니다. 다른 이들처럼 아름답지도 못하다. 그리고 혼자 갖는 사랑은 언제나 마음 아프다.

"이 날개 어때?"
"응, 예뻐요."
"이 구두는?"

가끔은 저 무심하게 평온하고 자유로운 영혼에 드릴 질을 좀 해주고 싶은 마음이 가끔 들곤 한다. 가뭄에 콩 나듯 찾아온다는 전공의의 '하루' 휴일. 12시 땡 치면 꼬박 24시간을 휴대폰 받지 않아도 살아남을 수 있다는 그 시간에 기껏 하는 일이 문방구에서 파는 500원짜리 스티커 인형 꾸미기라니.

눈물이 나올 것만 같았다. 그 앞에서 쉬는 날도 그냥 있지 못하고 책을 뒤적거리는 미덕은 그냥 꿔다놓은 보릿자루, 아니 없으면 허전한 병풍쯤으로 생각하는지 이따금 말을 한 번 걸 뿐이다. 벌써 완성한 스티커 인형은 5개가 넘어가고 있었다.

"그거 종호 거 아니에요?"

아무래도 어린 조카의 것인 듯한데.

"맞아."

당당하게 수긍한다.

"재미있으세요?"

솔직히 조금 한심하다는 어투가 깔린 말투였음에도 희도는 집중해서 스티커를 붙이다가 고개를 조금 들어 올렸다. 이어 선하다 못해 선량함이 묻어나는 눈웃음을 보여주며 환하게 말했다.

"그럼, 우리 덕이 옷 갈아입히는 게 얼마나 재밌는데."

"네?"

저건 또 무슨 잡소리인가 하며 눈을 찡그리니 희도의 상처 하나 없이 섬세한 손가락이 자신이 만지작거리고 있는 스티커 여자 인형을 가리켰다. 눈썹을 꼼틀거리며 그쪽으로 시선을 옮긴 미덕은 여자 인형에게서 그리 특별한 것을 느끼지 못했다. 그때 희도는 살살 스티커를 뜯어 그녀에게 보여주었다.

"요기. 요기, 요기."

"……"

자세하게 들여다보며 눈을 찡그리자 정말 좁쌀 반만 한 크기의 글씨로 '덕' 하고 적힌 것이 보였다. 기겁하며 완성된 인형들을 보니 거기에도 역시 '덕'이라는 글자가 쓰여 있었고 그녀의 황당하다는 얼굴에 희도는 비로소 원하던 선물을 받은 아이처럼 황홀하게 미소 지었다.

"오빤 우리 덕이 그 얼굴이 정말 좋더라."

짜릿짜릿.

얼마나 행복하고 사랑스러운 얼굴인지 딱 얼굴만 보면 여자 여럿 울릴법하지만 속을 알 수 없는 변태에 제멋대로인 성격에는 열 여자와도 열한 사람 도망갈 것이다. 미덕이 낯부끄러워 입가를 씰룩거리자 좋다고 호탕하게 웃어댔다.

"뭐, 혹시 하실 말씀이라도……?"

이렇게 물어봐야 좋을 것 하나 없지만 일단 궁금하기도 하고 뭐든 일찍 끝내고 집에 가고 싶어서 묻자 희도의 말끔한 머리카락이 흔들리며 그녀에게 가깝게 다가왔다. 절로 뒤로 조금 물러서자 그의 입술이 달싹거렸다.

"데이트하려고."

"으음?"

"데이트하자, 덕아."

이 남자는 정말이지 너무도 위험하다. 사람 좋은 신뢰감 뚝뚝 묻는 미소로 간담을 서늘하게 하며 눈을 크게 뜨며 대답하지 못하는 미덕의 긴 머리카락을 조금 가로채듯 가져와 입가에 댄다.

"난 우리 덕이가 따돌려도 우리 덕이 없음 못 살아."

"누가 따돌려요."

"우리 덕이가."

"오빠네 덕이한테 가요, 그럼."

"정말 가볼까?"

어디 기름독에 빠졌다 나왔는지 저 느끼한 목소리하며 저 알 수 없는 취미는 꼭 변태 아니면 사디스트다.

그리고 매번 당하는 미덕은 마조히스트쯤 되려나.

"거절할 수 있는 건가요?"

"거절하게?"

다시 고민. 거절한다고 하면 또 어떻게 나올지 엄청난 고민에 휩싸이고 가자고 하자니 어디로 갈 줄 몰라서 불안감이 엄습한다. 이것도 저것도 그의 반응이 어찌될지 하나도 모르겠다. 그렇게 진중하게 고민하는 사이 손가락 다섯 개를 천천히 접어가던 회도가 땡하고 말했다.

"거절할 시간 지났어."

"헐?"

"5초나 줬어, 그동안 오빠 5초나 늙어버렸잖아."

헐.

그렇게 말하며 눈가 주름 하나 없이 매끈한 사기성 짙은 얼굴을 미덕에게 문지르는 회도다.

차곡차곡 공부하던 책까지 손수 덮어가며 그녀의 몸을 번쩍 일으켜 세우며 놀란 그녀의 머리에 얼굴을 마구잡이로 비비적거렸다.

"배고픈데, 맛있는 거 사주라."

이 대책 없는 사람 좀 보소.

어디를 가겠다는 말도 없이 일단 밖으로 데리고 나와 놓고 지하철역으로 향하는 회도를 졸졸 따르다가 하등 의미가 없는 것 같아 용기 내어 물었다.

"그런데 어디 가는 거예요?"

"아아, 그냥 어디든."

"너무 대책 없어요."

헙. 어쩌다 보니 진실이 술술 흘러나와 입을 앙다물고 손을 들어 올려 입가를 가리려던 미덕은 희도의 장난스런 손이 제 손을 잡아당기자 어쩔 줄 몰라 했다. 밀고 당기기를 반복하다 먼저 백기를 든 건 그녀다.

"배고픈데! 토스트, 괜찮으세요?"

눈에 띄게 어색하게 말을 돌리는 미덕의 이마로 식은땀이 흐를 정도였다. 다행히 지금 이 일을 그리 물고 늘어질 생각이 없는지 희도는 흐드러지듯 환하게 웃으며 말했다.

"사줄 거야?"

"물론이죠!"

이 상황을 좀 벗어나고 싶으니 말이다. 토스트가게를 힐끗 본 희도는 좋은 눈 혹사시키며 깨알 같은 글씨를 오목조목 읽었다.

"난 제일 비싼 거."

맙소사.

속으로 투덜투덜 제일 비싼 것을 골랐다고 중얼거린 미덕은 가장 중요한 사실을 뒤늦게 알아차렸다. 뭔가를 주문했으니 가서 사야 하긴 하는데 아뿔싸, 그녀에게는 지갑이 없다. 이러지도 저러지도 못하고 어정쩡하게 서 있는 그녀에게 희도는 입김을 한 번 불어주며 달콤하게 속삭였다.

"외상으로 하자."

"으음."

"난 돈으로 안 받는다?"

조금 있으면 미덕이 장기도 꺼낼 유혹적인 목소리에 그녀가 어버버 있자 희도는 피식 웃으며 그녀의 등을 살짝 가게로 떠밀었다. 물론 그녀의 손에 자신의 지갑을 얹어주는 것도 잊지 않았다.

"……"

어떻게 보면 상당히 로맨틱하고 어떻게 보면 무지하게 에로틱한 행위에 뒤를 돌던 미덕이 입이 찢어져라 벌리고 경악하고 있었고 희도는 슬그머니 올라가는 입꼬리를 여과 없이 보여주었다.

그냥 계산이나 치르자는 마음이 들었는지 홱 도는 미덕을 향한 희도의 눈길이 애틋했다.

탐내는 눈빛을 해도 절대 안 줄 거다. 싫다, 보지 마라.

달콤한 소스와 아삭한 야채가 있고 아직 따끈따끈한 열기가 남아 있는 계란과 조금 녹은 치즈가 함께 있는 토스트를 입가에 흔적 하나 남기지 않고 세 번 만에 해치워버린 희도다. 그래도 내 몫은 내가 챙긴다고 그렇게 뚫어져라 쳐다보아도 안 줄 거다. 그러니까, 그러니까 제발 다가오지 말라니까!

"드세요."

"아냐, 우리 덕이 먹는 것만 봐도 배불러."

흐뭇함의 도가 넘치고 넘쳐 애정이 철철 흐르는 눈웃음에 한 입 하기도 버거워 울상이 된 미덕은 천천히 토스트를 희도에게 내밀었다. 새치름하니 눈치 보며 힐끗거리는 눈동자에 희도는 그녀의 이마를 톡 치며 말했다.

"어쩜 이렇게 예쁠까."

남들 볼 사정도 없이 대놓고 직설적으로 말해 주는 희도 덕분에 지나가던 사람들이나 옆에 서서 토스트 한 입 물던 사람들도 희도를 마치 괴생물 보듯 보았다. 어디 시대를 잘못 타고 태어난 것은 아닐 텐데 희도는 어디 외딴 섬에 가더라도 눈웃음과 사탕발림으로 살아남을 인재임이 분명했다.

"오빠 생일 때 대패 사다드릴게요."

"응? 왜?"

"그냥요."

얼굴 철판 좀 깎아내시라고. 그것도 강력한 다이아몬드 칼로.

싱글싱글. 그 웃는 얼굴에 같이 배시시 웃어주고 즉 토스트에 집중하고 있자 아이스커피 하나를 시킨 희도가 빨대를 하나 꽂아 건네주었다. 무의식중에 감사의 목례를 하고 다른 손으로 커피를 받아들자 희도는 기다렸다는 듯이 그녀를 안아버렸다.

토스트와 아이스커피를 든 손을 위로 쭉 뻗고 사람 오가는 지하철 환승역에서 대놓고 껴안아버린 그는 두 손에 들린 것 때문에 반항도 못하고 안긴 미덕의 삐질삐질 거리는 땀방울마저 사랑스럽게 비비적거렸다.

"우리 덕이 안으려면 이렇게 오빠가 머리를 써야 해서 힘들어."

한 손이라도 멀쩡했으면 어떻게 해서든 반항의 조짐을 보였을 미덕을 미리 봉쇄해 놓고 마음껏 그녀를 안고 놓아준 희도는 한 번 진하게 안긴 터라 완전히 제멋대로 날아가는 모양이 된 미덕의 손에서 커피를 가져와 그 손을 잡았다.

"이건 내 거."

커피가, 아니면 미덕의 손이?

어디가 어딘지도 모르고 내린 역에서 당당하게 밖으로 나오니 제법 알려진 번화가였다. 아직 해가 다 저물지 않은 하늘에 미어터지는 사람들 사이에서 희도의 손에 질질 끌려 시내의 중심부로 향한 미덕은 이렇게 시내에 나온 것이 오랜만이라는 것에 한숨을 흘렸다. 대학생활도 이제 다 지나가는데 자신은 뭐 한다고 집에만 틀어박혀 있었는지 원.

"어디 가고 싶은 곳 있어?"

신나게 끌고 와놓고 이제 와서 물어봐야 전혀 고맙지 않지만 확실히 여기저기 갈 곳은 많았다. 사거리도 아니고 오거리 정도 되는 복잡한 시내는 여기를 봐도 저리를 봐도 유흥 투성이었다. 역시 이놈, 아니 이 분은 참으로 많이도 노셨나 보다.

선뜻 어디로 갈지 정하지 못하고 고민하는 그녀를 보던 희도는 뭔가 묘한 미소를 지었다. 그리고 곧 시내 중심가를 돌아다니다가 신발가게 앞에 멈춰 섰다.

'여긴 왜?' 하고 묻는 듯한 얼굴을 만든 그녀의 팔목을 잡고 그는 안으로 들어섰다. 희도에게 잡혀 있는 팔목을 이리저리 돌려 뺀 그녀는 이왕지사 들어온 것 구경이나 한 번 해볼 참으로 먼저 가게 중앙에 디스플레이가 되어 있는 구두를 살폈다.

하나같이 쭉쭉, 쭉쭉 길고 긴 힐이다.

대게 운동화나 워커, 단화를 즐겨 신는 미덕에게는 이런 구두는 그리 탐이 나지 않았다. 이것저것 보다가 나가자고 할 마음에 희도를 찾아 고개를 돌린 미덕은 가장 높은 곳에 있는 구두를 꺼내고 있는 그를 발견했다.

"뭐하세요?"

"이거 어울리겠다."

그는 상당히 심플한 디자인의 단화를 내밀었다. 검은 단화는 희도의 큰 손바닥에 나란히 앉아 미덕을 기다리고 있었다.

"예쁘다."

절로 나오는 호감 어린 말에 희도가 그녀의 머리를 톡톡 쓰다듬고 단화를 넘겼다.

"신어 보자."

"네?"

딱히 살 필요는 없으니 한 번쯤은 신어 보는 것도 나쁘지 않을 것 같아 고개를 끄덕이며 비치된 소파에 앉은 미덕은 신발을 벗었다. 어쩐지 다른 사람 앞에서 발을 보여주는 게 민망해서 발가락을 오므리고 희도가 가져다준 단화를 향해 손을 뻗는데 그녀의 앞으로 한쪽 무릎을 꿇은 그가 그녀의 발꿈치를 잡아 올리며 단화를 신겼다.

'엄마, 나 어쩌면 좋아.'

얼굴이 화끈화끈, 발가락은 꼼지락꼼지락. 결국 눈까지 꾹 감은 미덕은 빤히 자신을 올려본 희도에게 변명하듯 속삭였다.

"바, 발은 남편한테만 보이는 거라잖아요."

이내 그의 입가에 미소가 번졌다. 그리고 마저 남은 신발까지 신겨준 뒤 자리에서 일어났다.

"갈까?"

"예?"

냉큼 돌아선 희도는 긴장된 모습으로 자신을 보는 가게주인에게 민망한 기색 하나 없이 미덕이 신고 왔던 단화를 주인에게 건넸다. 그녀의 헌 신발은 곧 쇼핑백 안으로 들어가고 그는 짧게 손짓하며 가게를 나섰다.

 가게 앞에서 쇼핑백 들고 서서 막 나온 미덕을 향해 고개를 돌린 희도는 자신의 눈치를 보며 주춤주춤 제 양 검지를 맞대는 미덕과 눈을 맞췄다. 마치 참았던 웃음을 터트리기 위해 가게에서 나온 사람인 듯 혼자 입을 가리고 웃고 있던 희도는 휘어지는 눈웃음을 그렸다.

 상냥하게, 전과 다름없이 부드러운 눈에 미덕은 이 사람이 또 어떤 꿍꿍이를 가졌는지 불길해졌다. 하지만 그의 입에서 나온 말은 진심이 묻어나는 사과였다.

 "미안해."

 "네?"

 당황하며 눈을 동그랗게 뜨고 보자 희도의 손이 그녀의 머리를 흩트려놓았다. 예나 지금이나 아이 대하듯 하는 취급은 같았지만 뭔가 울컥하는 게 있었다. 찡, 하고 가슴에서 간지러운 바람을 일으켰다.

 "민망했지?"

 "아, 으응."

 "오빠가 생각을 못했어. 잘 어울려서 신겨주고 싶어서 너무 앞섰다."

 주체할 수 없을 만큼 빨갛게 변한 얼굴은 도무지 가라앉질 않는다.

 "자, 손."

 어디 다른 데 가려는 모양인지 그녀에게 손을 내미는 그에게 분위기에 휩쓸려 끄덕끄덕. 먼저 그의 손에 손을 올려 잡으며 미덕이 희도를 올려보았다.

"왜?"

변한 것은 없었다.

'그래도 뭔가 좀, 이상한데?'

희도의 손을 잡고 가면서 미덕은 어쩐지 당한 것 같은 기분을 금치 못했다. 그래도 이 손 잡는 건 나쁘지 않아.

"덕이는 오빠가 없으면 좋을 거야."

"……오빠 어디 가세요?"

"글쎄?"

확답 없이 뜬구름 잡는 소리를 한 희도는 방실방실 웃기만 했다.

다음 코스라고 하기에는 뭐하지만 여하튼 희도의 옆에서 종종걸음으로 따라 걷던 미덕은 그의 옅은 미소에 시선을 두었다.

미덕의 마음을 가득히 사로잡는 것은 턱도, 입술도, 콧날도 아니다. 항상 웃음을 머금고 다정하게 바라봐주는 눈동자가 좋다. 그래, 지금처럼 미덕을 향해 바라보며 조금 휘어지듯 큰 반달 모양을 만들어주는 때.

음? 지금?

"오빠 턱 뚫리겠다."

언제인지 모르게 그녀를 바라보며 희도가 미덕의 코를 살짝 잡고 아프지 않게 꼬집고 있었다. 예기치 않은 상황에 가슴이 떨려 미덕이 고개를 쑥 내리자 희도의 손길이 머리카락을 쓰다듬었다. 더없이 애정 어린 손길이다.

이내 도착한 서점은 사람이 생각보다 많았다. 서로 원하는 것이 다르기 때문에 별수 없이 헤어져 서로 관심 있는 분야에 서 있을 무렵 희도 역시 꽤 진지하게 책장을 훑어보고 있었다.

결국 필요한 것들 몇 권을 집어든 희도는 반사적으로 미덕을 찾았다. 꽤 멀리 떨어져 있음에도 불구하고 한눈에 찾을 수 있는 그녀가 사진집 코너에서 서성이고 있다. 문득 멀리서 작은 체구의 그녀를 눈에 담고 천천히 미소를 지어본다.

어떤 식으로 다가서야 잘했다고 소문이 날까.

그 겁 많고 여린 아이가 자신의 다가섬에 도망가지 않게 천천히 다가서는 것도 나쁘지 않겠다. 그리고 그녀의 등 뒤에 서서 미덕이 막 집어 들고 있던 책을 함께 집었다.

간단한 유머가 실린 유머집으로 몇 장 넘기자 키득키득 반웃음을 짓는 게 보였다.

아이스크림이 길을 가다 병원에 실려 갔는데 그 이유가 차가워서란다. 아이스크림이 차가워서. 저도 모르게 웃으며 다음 장을 넘기는 그때 그런 그녀의 뒤로 손 하나가 다가왔다.

"뭐 골라?"

"아니에요."

어쩔 줄 몰라 하는 그녀의 과한 행동에 희도는 아쉽지만 놓아줄 수밖에 없었다. 괜스레 경계심만 심어줄 필요는 없으니까. 그래도 영 놓아주기가 싫었던지 그의 손은 미덕의 목을 팔로 휘감은 상태였다.

"오빠, 답답해요."

"덕아."

"……."

잠시 자신을 보는 서글서글한 눈에 미덕의 침샘이 말라간다.

"제, 제가 뭐 실수라도……?"

"덕아."

"네?"

저도 모르게 정립자세가 되어 허리를 바짝 세운 미덕은 등골로 흐르는 식은땀에 절로 긴장감이 흘렀다. 흔한 스킨십이지만 언제나 심장이 크게 조인다. 이어 얌전한 미덕의 귓가로 입술을 내린 희도는 방실방실 웃으며 말했다.

"너무 그렇게 긴장하지 마."

"으응."

"이럴 때 보면 꼭 처음 봤을 때 같다니까."

윽.

미덕에게만큼은 아주 민감한 문제를 아무렇지도 않게 내는 그가 야속해서 뚱하니 입술을 내밀자 그의 쓴웃음이 보였다.

"가끔은 말이야."

생각지도 못한 그의 가볍지 않은 미소에 미덕은 눈을 깜빡였다. 흔히 볼 수 없었던 표정에 멍하니 있자 희도는 정말로 안타까운 눈동자로 말을 이었다.

"가끔은……나한테도 좀 웃어주면 좋겠다."

얼마나 절절한지 그녀는 어떠한 말도 하지 못했다. 그러고 보니, 내가 이 사람에게 웃어준 적이 있던가? 문득 생각해보았다. 언제나 고개를 숙이고 아니라고만 말하던 자신을.

새삼 그렇게 생각하게 되었고 이후 두 사람은 어쩐지 선뜻 서로에게 말을 걸지 못했다. 어쩌면 바로 지금이 희도가 그녀에게 보여준 가장 솔직한 순간이 아니었을까.

"자, 이제 우리 또 어디 갈까."

그의 미소가 어쩐지 슬퍼 보인다.

마트는 생각보다 사람들로 북적북적 시끄러웠다. 대형마트의 무빙워크는 비집고 들어가기도 어려울 정도로 사람이 많았다.

사람 많은 것을 좋아하지 않는 미덕은 어쩐지 머리가 어지러워 한숨을 내쉬었다. '어디 갈까?' 하는 말에 선뜻 답을 못하고 대충 내지른 곳이 마트여서 이곳까지 왔지만 할 일은 없었다.

"사람 많다."

카트 밀며 신이 난 모습이 어쩐지 철없는 소년처럼 보이기도 한다. 생긴 건 딱 어린애들 겁주기 좋은데 웃는 얼굴은 이상하게 상큼 달달하다. 미덕은 괜히 목덜미가 뜨끈뜨끈해져 매만지다가 마트 안으로 들어섰다.

장 보는 것에 익숙하지 않고 대책 없이 무작정 찾아온 남녀는 제대로 중심을 잡지 못했다. 눈뜬장님마냥 몇 분 둘러보던 두 사람은 눈에 보이는 것들을 닥치는 대로 넣기 시작했다. 딱히 이어갈 말도 없고 서로 같이 서 있는 것만 해도 어색한 상황은 어느덧 사라진다. 자연스럽게, 희도는 두 손으로 카트를 밀고 그 옆을 따르는 미덕이 한 손으로 카트의 방향을 정한다. 어디로 보나 단내 풍기는 광경이다.

"스파게티 소스는 뭐에 쓰는 거야?"

"스파게티 먹을 때죠."

"다른 데로는 못 써?"

"케첩 대신 사용되지 않을까요? 같은 토마토인데."

아, 그렇구나. 희도가 고개를 끄덕인다.

"바퀴벌레 약은 스프레이가 좋나요, 아님 짜는 게 좋나요?"

"둘 다 사."

"네."

이번엔 미덕이 고개를 끄덕인다. 긴 대화는 필요 없었다. 서로 같은 라인에서 마음에 드는 것을 보여주고 넣는 것이 반복되고 카트 안의 물품은 쌓여만 갔다.

"라면 좀 살까."

"아, 이번에 새로 나온 라면이 있던데."

오, 그럼 그것도 사야겠다. 예상외로 마트라는 장소는 서먹함도, 민망함도 감소시키는 것이 있었다.

"과자 같은 건 좋아해?"

"네. 스낵 같은 거."

"덕이 술도 마시나?"

"당연하죠."

입술을 비죽 내밀며 툴툴대는 것이 귀여운지 희도가 잠시 웃음을 터트렸다.

1층의 식품코너까지 돌고나니 남아 있는 곳은 화장품코너였다. 꽤나 넓은 공간을 차지하고 있는 화장품은 여자라면 당연히 한 번쯤 둘러보고 싶은 곳이다. 로션도 잘 바르지 않는 희도는 진한 화장품 냄새에 눈을 찌푸리다가 볼에 홍조를 그리며 이것저것 구경하고 있는 미덕을 내려 보았다.

"예쁘다."

무의식중에 새도우 제품의 색을 보며 말한 그녀는 천천히 걸어 다니며 발색 좋은 것들을 둘러보았다. 이왕 온 김에 하나 사갈 생각으로 아이라이너와 새도우를 집어 들었다.

이제는 화장품을 보고도 좋아하게 되었구나. 정말로 더는 어린아이가 아니구나. 서운함과 희열이 동시에 스친다.

아이는 더 이상 아이가 아니었다. 욱신거리는 가슴의 통증이 느껴졌다. 기분 좋은 통증이다. 귀엽다. 그리고 예쁘다.

생각에 빠진 저 모습이 예뻐서 희도는 목에 손을 올리고 주물럭거렸다. 이 뻐근함은 잠을 잘 못 자서가 아니다. 어쩌면 곤란할지도 모를 감정이 자꾸만 터져 나오려 했고 그는 그것을 막아야 했다.

"한 번 발라보실래요?"

그때 고민에 빠진 미덕을 돕기 위해 점원이 립스틱 하나를 골라 주며 말했다. 그저 색이 진한 붉은색이 아니라 살짝 펄이 들어가 입술을 도톰하게 만들어주는 립스틱에 미덕 역시 무척 마음에 드는 듯했다.

"여기."

"예?"

맙소사, 점원은 당연하다는 듯 립스틱을 희도에게 건네주었다. 놀란 미덕의 눈을 보며 희도는 또다시 물씬 풍기는 장난기에 덥석 립스틱을 받아들고 그녀에게 다가갔다. 한 번쯤은 거절할 줄도 알았으면 좋겠는데 곤란해 하는 미덕의 얼굴에 희도는 싱글벙글 다가가 립스틱을 내밀었다.

"우, 해. 우우."
"제가 할게요."
"어허."

황당하기 그지없는 질책 아닌 질책에 머뭇거리자 희도는 그녀의 턱 아래에 제 손을 대며 기분 나쁘지 않게 살짝 올렸다. 약간 들어 올린 턱, 그런 그녀의 얼굴 가까이로 눈을 마주하며 립스틱을 쥔 손이 움직였다.

두근두근.

긴장감이 이어진다.

전에 없이 화끈, 하고 몸이 따끔거렸다. 그것은 비단 누구의 감정이라기보다는 서로 공유하는 것만 같은 촉감과 충격이었다. 아주 느리게 천천히 그러다 그의 엄지가 미덕의 입술 아래를 잡고 약간 벌리게 만들었다. 붉은색의 립스틱이 색이 옅은 입술을 라인 따라 그려졌다.

묘하다.

내밀지 않고 떨리는 입술인데 희도는 괜스레 침이 넘어가 혀로 제 입술을 쓸었다. 아뿔싸, 하는 감정이 연결된다. 솔직한 마음으로 희도는 이 입술에 입을 맞추고 싶은 충동에 휩싸였다.

다급하게 희도의 손을 잡고 가슴을 밀어낸 그녀는 바르다 만 입술을 앙다물며 고개를 돌렸다. 아쉬움에 들끓듯, 그의 눈동자로 오직 '원한다.' 라는 글귀가 지나가는 것 같다.

아슬아슬. 오늘은 그렇게 아슬아슬함이 연거푸 나타나고 있었다. 평소와 다름없이 돌아온 희도와 여전히 당황스러운 미덕의 가슴 속으로 아직은 자물쇠가 엮여 있다. 비밀번호가 하나씩 풀려나가는 허술한 자물쇠가.

확실히 단꿀 같은 휴가를 포기하고 외출을 했던 것이 무리였는지 집으로 들어온 희도의 눈 밑은 피곤함에 검게 보일 정도였다. 그것은 미덕도 다를 바 없지만 중간 중간 집에 들어온 미덕과 아예 병원에서 살았던 희도는 비교하기 어렵다.

현관에 들고 있던 쇼핑백을 내려놓고 묵직한 몸을 기울이며 한창 식사 준비를 하고 있는 희영에게 짤막한 인사를 하고 방 안으로 들어간 그는 책과 종이뭉치들로 복잡한 방 한편에 앉아 녹아내릴 듯 슬슬 기울었다.

씻기도 해야 하고, 내일은 새벽부터 나가 사나흘은 집에 못 들어오니 옷도 챙겨야 하는데 녹초가 된 몸은 쉽게 세워지지 않았다. 딱 누워 있으니 조금만 더 그렇게 버티면 세상모르고 잠이 들 것 같았는데 똑똑 두드리는 노크소리에 방해받아 눈을 찌푸렸다.

"들어간다?"

희영의 목소리가 들리자 그대로 무시하며 근처에 있는 이불을 끌어당겨 자신의 몸을 덮어버렸다. 귀찮다는 시늉이었지만 그대로 들어온 희영은 둥글게 말려 고치 흉내 내면서 검은 머리만 삐죽 비춘 희도를 향해 다가갔다.

턱.

"얼른 일어나."

희영은 희도의 엉덩이 부근으로 보이는 곳에 발을 올려놓고 자신의 손에 들린 쇼핑백을 들어 올렸다. 높은 곳이 어쩌고 하고 적힌 쇼핑백은 아무리 봐도 여성들이 다니는 상점의 로고가 있었고 그 안에 담긴 것은 역시나 여성용 단화였다. 그것도 새것이 아닌 헌것.

"야, 일어나봐. 이거 뭐야? 내 거야?"

부스럭거리며 쇼핑백 안을 들여다본 희영은 낮은 단화를 미간 찌푸리고 보았고 미동도 않고 사람 무시하고 있던 희도의 몸이 부스스 일어나더니 버릇없이 누이의 손에 들린 쇼핑백을 날렵하게 채 갔다.

"미덕이 거야."

식사를 하고 좀 돌아다니다 보니 짐을 들고 있다가 집까지 가져와 놓고 인식을 하지 못했다.

건방지게 채 가서 머리맡에 놓고 다시 이불 안으로 들어가는 희도를 보며 희영이 한숨을 쉬었다. 멀쩡한 침대를 책에게 넘겨주고 저는 한겨울 구렁이처럼 바닥에 파묻혀 누워 있는 모습이 한심해 발로 툭 찼지만 이노무시키, 반응도 없다.

"미덕이 신발을 네가 왜 가지고 있어?"

낮부터 잠 잘 자고 있는 미덕이 데려와 놓더니 어디 가서 뭐라도 한 모양이었다. 두 사람 종종 함께 나가 노는 것을 알고 있으니 그리 궁금한 것은 없지만 이 신발은 또 뭐람.

"미덕이 맨발로 다녔니?"

아니, 만약 미덕이가 맨발이었다면 최희도가 가만히 있을 리도 없고 만약 사줄 여건이 안 된다면 하루 종일 업고라도 다녔을 것이다.

"너 설마 미덕이 구두 사줬어?"

그러나 역시나 묵묵부답.

애가, 애가.

누가 봐도 미덕이 찰거머리인 주제에 무슨 용기로 신발을 사주었는지 희영은 황당해서 말이 안 나왔다.

"어쩌니? 누구든 신발 사주면 멀리 도망가는 건데. 조금 있으면 미덕이 훌쩍 도망가겠다."

예로부터 내려오는 아주 정확하고 확실하게 대단한 말씀 중에 하나가 '신발 사주면 정인이 도망간다.' 뭐 이런 말이 있다. 그런 가운데 빤히 신발 사주고 돌아온 희도가 우스워 한껏 웃어주려고 하니 씻으러 갈 참인지 겨우 일어난 희도가 늘씬하게 큰 키로 누이를 압도하며 빙그레 웃었다.

"뭐야, 왜 웃어. 웃지 마. 얼굴 안 돌려?"

다른 사람은 몰라도 이 집안사람들과 미덕은 희도 웃는 걸 그리 좋아하지 않는다. 속을 알 수 없는 저 시커먼 꿍꿍이에 침 딱 삼키며 물러서자 희도는 짙은 미소와 함께 입을 열었다.

"누가, 뭐?"

"아, 아니. 옛말이 뭐 그런 말도 있잖니. 그……나는 그냥……."

다가오지 마! 야 인마! 오지 마!

"미안, 옛말이야."

그랬다. 이놈은 최희도였다. 누가 뭐라 해도 망할 최희도 말이다.

도망가면 다시 잡아오고 날아가면 총으로 쏴서라도 데려올, 만약 시대만 조금 더 뒤로 태어났으면 그 옛말, 완전히 뒤바꿔 놓았을 놈이었다. 놀릴 거리 찾다가 눌리기 직전이 된 희영을 구해준 것은 할머니와 저녁 산책 마치고 돌아온 종호였다.

"어이쿠, 우리 아들."

부랴부랴 방을 나가버린 희영에게 피식 웃어준 희도는 애초에 신경도 쓰지 않았던 옛말은 가볍게 무시하며 다른 말에 신경을 쓰고 있었다. 미덕이가 도망을 간다고 해봐야 몇 백번이고 다시 채 올 자신이 있으니 상관없지만 고 작은 입에서 나온 말이 자꾸 떠오른다.

"남편이라."

본인은 항상 눌려 있다고 생각하지만 희도의 앞에서는 매번 새침하고 투덜거리는 미덕이의 불만스런 얼굴에 떠오르던 홍조에 희도는 턱 아래를 몇 번 만지작거리며 바닥에 안착한 쇼핑백을 힐끗 보았다.

〔바, 발은 남편한테만 보이는 거라잖아요.〕

자기가 말해 놓고도 민망한지 어쩔 줄 몰라 하던 미덕의 모습이 생생하게 떠오르자 희도는 입가를 가리고 쿡쿡, 웃음을 터트렸다.

*

아픈 사람을 도와준다는 건 생각했던 것처럼 엄청난 뿌듯함을 주거나 자긍심을 가지게 하지 않았다. 내가 마땅히 해야 할 일이라는 생각과 관념 속에서 성심성의껏 움직이게 되었다.

또각또각 거리는 소리가 나지 않는 낮은 단화는 생각보다 편하고 또 쉽게 망가지지 않아서 초반의 뒤꿈치를 아프게 했던 것이 거짓말인 듯 익숙해졌다. 모든 상처에 굳은살이 생기고 익숙해지는 것처럼 신발 또한 그러하다. 상처 받은 마음으로 딱딱하게 굳어지고 나면 그 위로 어느덧 새살이 돋아난다. 지금의 그녀처럼.

"1032호 환자 드레싱이 필요한데. 저기 권 선생님 좀 도와줘요."

수간호사의 말에 잠시 종아리를 주무르고 있던 미덕이 서둘러 일어났다. 드레싱도구를 챙긴 정수가 사람 좋게 웃어주고 있었다. 마저 도구를 챙겨 그를 따라 1032호 안으로 들어섰다.

"어어, 오른쪽 옆구리 부탁드려요. 호스를 갈아야 하니까."

직장암으로 인해 항문을 옆구리에 만든 이 환자는 언제나 하얗게 질려 있었다. 처음 수술을 하고 극심한 우울증과 스트레스로 잔뜩 신경이 곤두섰던 환자는 무척 거칠어서 다들 질색을 하며 혀를 내둘렀다고도 한다. 지금도 미덕이 호스를 연결하기 위해 살짝 옷을 들어 올리자 바짝 굳어지시며 손을 찰싹 치기까지 했다. 그래도 요즘은 가끔 웃기도 하며 이야기도 해주는데 그건 앞에 있는 권정수 선생에게만 그렇다.

"항상 고마워요."

나이 지긋하신 할머님은 조금은 피곤하신 듯 미소를 지으며 정수의 손을 다독였다.

"거기 간호사님도 고생했어요. 내가 사람 닿는 게 영 익숙하지가 않아서 그랬어."

"아, 아니에요."

손사래를 치면서 부끄러워하는 그녀가 귀여웠던지 할머님은 약간은 어색한 미소를 지으며 몸을 뉘었다. 마지막까지 합심해 조심조심 주변을 정리한 두 사람은 이내 잠든 할머님을 두고 병실에서 빠져나왔다.

"고생했어요. 환자가 사람 손 닿는 걸 싫어해서."

"아니에요. 그래도 선생님이랑은 얘기도 많이 하시던 걸요."

서글서글한 인상에 특별한 것 없지만 쉽게 사람에게 호감을 주게끔 만드는 외모를 가진 권 선생. 정수는 2년 차 레지던트로 그때의 전공의들이 가지기 어려운 여유로움을 항상 갖고 있었다. 그러다 보니 미간을 찌푸리는 게 일과인 다른 사람과 다르게 항상 웃는 얼굴이라 환자는 물론 간호사나 의사들 사이에서도 평판이 좋았다.

"최 선생님 덕분이에요. 최 선생님은 항상 웃으시거든요."

"네?"

"비교가 좀 그렇죠? 최 선생님이 좀 잘생기셨어야지."

맙소사, 저 선량한 웃음과 그……아무튼 설명하기 어려운 그 복잡 미묘한 미소를 어떻게 비교한단 말인가. 착각할 수도 없게 절대 그건 아니다, 라고 말하는 그녀의 얼굴에 정수는 푸하하 웃음을 터트렸다. 그러다 사람들의 시선을 좀 받기는 했지만 정수는 키득키득 웃으며 말했다.

"미안해요. 그래도 너무 대놓고 아니라고 그러는 거 아니에요?"

"아, 오해 마세요. 전 선생님이 아깝다고 생각한 거니까."

"예? 아……크크크."

어느 누가 최희도를 저렇게까지 주물럭주물럭 대놓고 질겁할 수 있을까. 역시 소문대로 두 사람은 뭔가 있다. 워낙에 괄괄한 성격의 희도는 이 병원 내에서는 알아주는 사람이었다. 하나의 유명한 일화 중에 하나가 바로 금요일 밤 사건이라는 것이다.

희도가 레지던트 1년이었던 무렵 기강을 바로 세우기 위한 목적으로 유난히 날이 차던 새벽 병원 옥상으로 레지던트들과 인턴들이 집결되었다. 여러 가지 우월한 인종이니만큼 당연 동기들에게 질시를 받을 수밖에 없었고 별반 나쁜 감정 없던 선배들의 귀에는 동기들이 만들어낸 악담이 속속들이 들어갔다.

결국 희도는 집합의 주체가 되어 두 배는 더 고생을 해야 했는데 그 살벌하기 그지없던 집합 날 이 요망한 1년생이 감쪽같이 사라졌다. 1년 차들의 도망이나 잠수는 흔히 있는 일이었으나 전혀 그럴 것 같지 않았던 사람이 사라지니 의국은 잠시 시끄러워졌다.

집합의 중심이 사라져 흐지부지된 기강잡기 이후 세 시간 만에 돌아온 건방진 1년 차는 후련한 얼굴로 손수 마대자루를 챙겨왔다.

〔제멋대로 행동해 죄송합니다. 벌하시는 만큼 받겠습니다.〕

자세한 사정은 그것을 겪었던 이들이 함구하느라 알려지지 않았지만 그날 이후 그의 뒷담화는 물론 선배들마저 한 며칠 존댓말을 했단다. 마대자루를 건네준 사람은 1년 차인데 선배들이 치를 떠니 무슨 일이 있었는지 상상도 불가하다.

어찌 되었든 의국의 평판은 블랙홀, 환자들 간의 평판은 하늘 끝에 다다를 정도로 호불호가 갈리는 희도에게 싫다, 라던가 친숙한 스킨십을 한다는 건 여러모로 미덕을 유명하게 만드는 일이다.

"정말 사귀는 거 아니에요?"

"다, 당연하죠! 그냥……그냥 오래된 이웃사촌이에요."

"그래요?"

더 묻지는 않았지만 정수는 어깨를 으쓱거렸다. 아무리 봐도 두 사람은 서로에게 호감을 가지고 있는 게 빤히 보인다. 가끔씩 이렇게 애매모호한 관계를 유지하는 사람들이 있는데 상대가 상대이니만큼 감히 뭐라 언질을 할 수가 없다. 아무래도 고생 좀 할 듯한 미덕을 연민 가득히 바라본 정수는 이 신입간호사에게 어떠한 힘을 좀 심어주고 싶었다. 이왕이면 좀 도움이 되었으면 하는 바람이다.

"그래도 최 선생님이 누구 신경 쓰는 걸 보는 건 처음이에요. 그리고 이렇게 친한 이웃이 있을 성격도 솔직히 아니시잖아요."

머쓱하게 말한 정수는 길게 한숨을 쉬는 미덕을 힐끗거리며 머리를 긁적거렸다.

"그런 의미로 음료수 한 잔 살게요."

"예?"

"아, 아니에요. 잠깐 기다리세요. 오신 기념으로 밥은 못 사드려도 음료수는 사드려야죠."

"괜찮은데!"

꽤 오랜 시간 희도와 함께 있었다면 그만한 노고가 있었을 터다. 훗날을 위해서 점수라도 따 놓을 겸 정수는 멀지 않은 자판기에서 제일 비싼 비타민 음료를 하나 뽑아 돌아왔다. 앉아서 먹거나 할 시간은 없어도 데스크로 돌아가기까지는 충분히 시간이 될 거다.

"안 그러셔도 되는데……잘 먹겠습니다."

"겨우 이런 걸로 부담 갖지 마세요. 하하. 이크."

뭔가 더 이야기를 나누기도 전에 짜릿하게 울리는 페이저 소리에 정수의 얼굴이 우울해졌다. 조금이라도 쉬게 두면 그게 병원이겠는가, 학교겠지. 안타깝게 페이저를 바라본 정수는 어서 가보라며 손짓을 하는 미덕에게 짧게 인사하고 서둘러 복도를 달려 나갔다.

"권 선생님 정숙! 뛰지 마세요!"

수간호사의 카랑카랑한 외침에 그녀도 마냥 있을 수는 없는 노릇이라 다시 데스크로 돌아가니 거기엔 꽤 오랜만에 보는 얼굴이 있었다.

"김지호!"

막상 불러놓고 얼른 입을 막은 미덕은 데스크에 매달려 모니터를 뚫어져라 보고 있는 지호의 곁을 기웃거렸다. 지호 역시 오랜만에 본 그녀가 반가웠던지 꾀죄죄하게 죽은 얼굴로 겨우 손을 들어보였다.

"여."

"왜 그렇게 다 죽어가."

"말도 마."

지호는 아찔했던 지난 열흘간의 일에 머리가 아파왔다. 인턴도 아닌 PK에게 내려지는 일은 그리 심도 있는 게 아니지만 그렇다고 해서 전문적이지 않은 것도 아니다. 물론 크게 어려운 일도 아닌, 아주 단순한 혈관 찾기나 기도 확보, 혹은 드레싱과 같은 것들이 주를 이뤘지만 단 한 번도 '바보' 라는 소리를 들어 본 적 없는 우수한 인재가, 학교에서는 누구보다 월등하던 사람이 기구를 잘못 삽입한다거나 주사를 떨어뜨려 망가트리는 등 아주 기초 중의 기초를 실수해 버리고 말았다.

"그 자식, 그 자식이 문제야……."

"응? 누구."

"누구겠냐, 그놈!"

애초에 지호는 상상 이상으로 희도를 싫어했다. 차라리 잘못을 하면 혼을 내면 좋으련만 최희도는 그의 실수에 눈길조차 주지 않았고 이따금 관심을 둔다 치면 피식 웃는 것으로 마무리했다. 지호에겐 그런 행동이 훨씬 더 사람 짜증나게 만드는 것임을 절대 모른다고 할 수는 없을 것이다.

"그런 식으로 말하지 마."

지호가 말하는 그 자식이라는 것이 누구인지 알아차린 미덕은 단번에 미간을 찌푸리며 지호의 옆구리를 음료수 주둥이로 쿡 찔러버렸다. 아프지는 않지만 명백한 분노 표시에 그의 이마로 핏대가 올랐다. 하여간 조금이라도 욕을 할라치면 이렇게 날을 세우니 더 화가 난다.

"선생님이라고 불러."

"됐거든."

"너보다 몇 살이나 많은 줄 알아?"

"그놈이 몇 살이건 뭔 상관이야."

지호가 희도에게 민감한 건 오래전부터 알고 있던 사실이다. 처음엔 단순한 열등감이려니 했지만 그것이 벌써 십수 년이 지나도 이어지니 이따금 친구가 이해되지 않을 때도 있었다. 이건 열등감 수준을 넘어 일종의 동경인 것 같기도 하다. 악착같이 공부를 하고 하루에도 두 번씩 코피가 터질 정도로 집중하더니 결국 희도와 같은 대학에 들어가 같은 의학을 공부하고 있다. 사실 옆에서 보자면 그리 적성에 맞는 것 같지도 않은데.

"놈놈 하지 말라니까."

"……됐다. 너한테 말한 내가 바보다."

결국 이런 식으로 끝이 나곤 해서 이제는 미덕도 그러려니 하고 넘어가고 만다. 지호는 남들보다 자존심도 세고 다소 개인적인 성향이라 군대처럼 계급이 짙은 의국에서 누군가의 말에 수긍하고 받드는 것이 쉬울 리 없었다. 그러니 저렇게 머리에 새치도 보이는 거다.

"새치 났어."

"분당 늙는 기분을 아냐? 내가 지금 그렇다."

"최 선생님은 초당 늙더라."

"그건 또 뭔 소리야."

"아, 아니. 그냥 누가 5초 만에 늙는다고……."

무슨 정신 나간 소리하냐는 듯한 눈치에 미덕은 입을 다물었다. 방금 전에도 삽관 삽입을 돕던 도중 손에 힘을 너무 많이 주어 정말로 큰일이 날 뻔했던 지호는 희도의 엄명에 의해 원서를 참고하여 분석, 결론 도출을 해야 하는 불행에 빠져 있기에 정말 머리가 딱 터질 것만 같았다.

부글부글 끓어오르는 속을 겨우 누르고 혀가 꼬일 정도로 어려운 원서를 읽어내는 지호가 조금은 불쌍해서 미덕은 삐죽 올라온 새치를 뽑아주었다.

"고생해. 난 이만 갈게."

"어어, 오늘 저녁에 일찍 끝나?"

"응? 응. 한 8시쯤."

"그럼 이따 병원 앞에서 밥이나 먹자."

"너 오늘 오프 아니잖아."

"밥은 먹고 살아야지, 밥은!"

조금만 더 채근하면 당장이라도 울 것 같아서 머쓱해진 미덕은 어쩔 수 없이 고개를 끄덕였다. 그래도 술 먹자고 하지 않는 게 얼마나 다행이야. 다시 모니터로 눈을 두고 골머리를 썩는 지호를 보면서 미덕 역시 바쁜 일상으로 돌아갔다.

전투적으로 밥을 먹으면서 테이블 위에 보란 듯이 올려놓은 페이저를 부리부리하게 노려보던 지호는 다시 와구와구 숟가락질을 시작했다. 울리기라도 하면 당장에 부실 것처럼 보이기는 하지만 다행히 노려보기만 할 뿐이다.

"지겹지도 않냐."

"뭐가?"

"아니다."

싱겁게 끝난 물음. 미덕이 고개를 갸웃거렸다.

처음 보았을 때부터 미덕은 항상 한곳만 바라보고 있었다. 같은 눈높이에 있는 이가 아니라 언제나 같은 곳, 높은 곳을 바라보았고 고개를 들어 한 사람만 향했다. 초등학교, 중학교, 고등학교를 넘어 지금에 이르러서도.

아, 딱 한 번 미덕이 다른 때와 다르게 울었던 적이 있었다. 오열하듯, 엉엉 우는 것이 아니라 숨을 죽이고 정말 슬픈 사람처럼 그 큰 눈에서 눈물을 쏟아냈다. 비가 오던 그날에 우산을 가지러 갔던 지호의 가방을 가슴에 꽉 끼고 주저앉아서 울었다. 그렇게 비가 내렸는데 너무도 서럽게 울어서 눈물이 흐르는 게 보일 정도로.

"그래서 더 싫어."

누구 때문인지 단번에 알아차렸던 것도 싫었고 그렇게 되니 그 당사자조차 더욱 싫어졌다. 이 무슨 망나니 같은 인연인지 미덕은 물론이고 자신까지 이 병원으로 오게 되었는지, 지호는 강하게 몰려드는 술 생각을 지우기 위해서 냉수를 벌컥벌컥 들이켰다.

"언제까지 할 거야."

"뭘?"

"그놈 말이야. 언제까지 쩔쩔맬 거냐고."

넌지시 물음을 던지자 미덕의 눈이 잠시 고민하듯 움직이다가 한숨 가득히 답했다. 말투가 험해서 그렇지 지호가 뭘 말하고자 하는지는 모를 리 없었다. 유일하게 자신의 마음을 확실하게 알고 있는 건 그뿐이었고 아주 가끔씩 마음이 불편해 답답해질 때 아무 말 없이 술친구를 해주던 것도 그였다.

"나도 모르겠다. 알아서 해라, 하여간 마음에 안 들어."

투덜투덜 부어서 말을 하는 게 조금 이상하긴 했지만 미덕은 물이라도 한 잔 더 마시라는 시늉으로 물 잔만 가리켰다. 끝낼 수 있는 마음이라면 그러려니, 하고 끝냈을 것이다. 이렇게까지 지고지순 길게 이어졌을 리도 없었다.

이건, 중독이다. 아니, 본능이다.

가슴에서 시작되어 끝내는 것을 알지 못한 강미덕이라는 사람의 마음에 푹 박혀 있는 일종의 본능. 겁을 먹고 섣불리 다가서지 못하면서도 절대 포기할 줄 모르는 그런 바보 같은 감정 말이다.

생각하면 생각할수록 고백조차 하지 못하면서 끓이는 이런 감정에 고개가 숙여지고 만다.

"차라리 지금이 나아."

"……"

"어설프게 깨질 거라면 지금이 나아."

어린아이.

어차피 자신은 그에게 어린아이였다. 예전도, 지금도 항상 그랬다. 눈물이 나올 것 같았지만 미덕은 항상 그래 왔던 것처럼 꿀꺽 삼키며 웃어보였다. 한눈에도 곪아버린 마음이다. 그렇다고 사라지지도 않을 그런 것이기에 지호는 쓰린 속에 담배 생각으로 마른 입술을 축였다.

너무 오래되었기 때문에 습관이 되어버린 것처럼.

때마침 미덕의 휴대폰으로 전화가 울렸다. 하필이면 그 상대가 희도였고 잠시 고민하던 미덕은 가라앉지 않은 마음으로는 전화를 받을 수 없어 조용히 가방 안으로 밀어 넣었다. 이름만으로도 가슴을 떨리게 하는 건 예나 지금이나 항상 그였다.

며칠이나 나이트근무를 하는 바람에 죽을 만큼 힘들고 고된 날이 계속되면서 어깨를 축 늘어트리고 집에 돌아오던 미덕은 아파트 단지로 들어오자마자 엄청난 돌진에 가격 당했다. 허리를 콱 지르는 절권에 아픔과 연이어 미덕의 가방을 잡고 쫙쫙 늘어트리는 힘이 가해졌다. 앓는 소리를 하며 겨우 고개를 돌려보니 장난이 그득한 얼굴로 서 있는 현덕이 히죽거리고 있었다.
"윽, 내 허리."
놀이터에서 놀고 온 모양인지 흙이 묻은 손이나 옷이 미덕의 옷에 잔뜩 닦인다.
현덕은 아들을 바랐던 부모님이 금이야, 옥이야, 너는 천사다, 너는 대쪽 같은 우리 집안 기둥이 될 놈이다 하고 오냐오냐 키우신 탓에 어리광과 버르장머리만 잃어버린 전형적인 말 안 듣는 말썽꾸러기고 제 누나 알기를 길가 돌멩이 보듯 그리고 소나무 껍질만큼도 존경하는 마음이 없어 보인다.
내년이면 중학교에 올라가는 녀석이 생각보다 어리광도 심하고 특히 엄마에겐 아직도 폭폭 안겨 있길 좋아해서 큰일이다.
어디서 또 놀다가 굴렀는지 뺨에 밴드 붙이고 있는 것이 오늘 집에 가면 엄마나 아버지가 잔뜩 속상해하실 거다. 미덕은 그나마 잠잠해진 아이의 머리를 쓰다듬었다.

"안 아팠어?"

"놔."

"강현덕, 누나한테 그런 말투 쓰는 거 아니랬지."

기껏 걱정해 주니 미덕의 손을 탁 쳐버리고 휙 돌아버린 현덕은 다시 놀이터로 달려가버렸고 미덕은 벌써 7시에 가까워진 시간인지라 현덕을 불렀다.

"늦었어! 해 졌으니까 들어가자!"

벌써 다 큰 녀석이지만 워낙에 이리 튀고 저리 튀는 현덕이라 밖에서 놀 수 있는 시간은 7시까지다.

"현덕아, 누나 먼저 올라간다!"

게다가 현덕은 우연히 놀이터에서 놀다가 누나와 마주치면 누나가 먼저 집에 올라가는 것도 싫어한다는 사실이다. 사실 현덕을 저렇게 어리광쟁이로 만들어 놓은 것은 그녀의 탓도 있긴 하다. 뭐든 다 들어주고 마니 성격이 모날 수밖에!

올라간다며 소리치니 잽싸게 노려보며 눈빛으로 '그러든지 말든지.'를 외친 현덕은 다시 펄펄 날아다니기 시작했다. 그냥 가면 정말 멋대로 사고 칠 것 같아 별수 없이 엄마만 기다려야 했다.

하지만 이 아주머니 또 뭘 하시는지 나오지 않으셨고 미덕도 내일 출근을 하기 위해서 정리할 게 남아 서둘러 올라가야 했다. 이 일을 어쩌나, 싶어 이제는 미덕의 말에 들은 척도 않는 현덕에게 가려던 그녀는 살짝 단화에 닿는 모래알에 멈칫거렸다.

곱고 고운 검은색의 단화가 유난히 반짝거리는 것 같았다.

최대한 곱게 신고 있는 단화인데 모래와 흙에 망치고 싶지 않았다.

모래알에 흠이 날까, 걱정이 든다. 괜히 허리를 숙여 소맷귀로 구두를 닦은 미덕은 씩 한 번 웃었다.

"현덕아아!"

단정하게 단화를 벗고 따끔거리는 발바닥에 눈살을 찌푸린 미덕이 한 걸음 놀이터의 흙으로 발을 내딛으며 걷기 시작했을 때 정글짐에서 매달려 있던 현덕의 표정이 마구 일그러지더니 훌쩍 겁도 없이 뛰어내렸다. 그리고 엄청난 속도로 달려와 미덕의 팔을 잡고 당겼다.

"내려놔!"

"내려주세요!"

남매의 바락 지르는 소리에 미덕의 허리를 잡아 품에 완전히 안아 올린 희도가 생글생글 웃으며 미덕에게 대답하는 대신 현덕을 내려 보았다.

"현덕이도 안아줄까?"

헉, 하고 숨 들이켜는 현덕의 소리가 들렸다.

역시 이 남매의 똑 닮은 저 얼굴은 희도의 몸에 전율이 일게 한다. 짜릿짜릿하게. 물론 우리 덕이가 훨씬 더 사랑스럽지만.

본래 제 마음에 들지 않는 상대에게는 말이 없는 현덕인지라 언제나처럼 희도를 노려보고 있었다. 초등학생의 노려보는 것쯤이야 별것도 아니라는 듯 웃으며 이번엔 미덕에게 고개를 돌리니 그녀는 안겨 있는 품이 부끄러운지 얼굴을 가리고 '하느님, 예수님, 부처님.' 찾으며 주문을 외우고 있었다.

"신은 왜 벗고 들어가. 발 아프게."

아파트에 들어서자마자 들려온 미덕의 '현덕아!' 소리에 곧장 놀이터로 오니 막 단화를 벗고 놀이터로 들어가는 그녀를 볼 수 있었다. 오래간만에 만나 반갑기도 하고 보여주는 모습이 언제나 새로운 미덕이 재미있기도 해서 다가와 번쩍 안아 올린 희도는 체념한 듯 손을 내린 그녀를 놀이터 바깥 가장자리에 얌전히 놓인 단화에 세워주었다.

"애 떨어지면 오빠 탓이에요."

"오빠 부끄럽게 그런 소리 하면 못써."

"오빠 애는 아니니까 걱정……."

마치 부끄럽다고 말하는 양 눈을 활처럼 휘어 그리는 희도가 얄미워 놀란 가슴의 보상이라도 하듯 고개를 팩 돌리고 대꾸하는 순간 희도의 손이 미덕의 뺨을 천천히 감싸더니 자신에게 맞췄다. 그리고 가깝게 다가와 그녀의 입술 아래쪽을 엄지로 쓸어내며 낮게 깔린 목소리로 말했다.

뭐야, 이게 뭐야?

"그런 말은 하면 안 돼. 알지?"

상당히 당황하며 고개를 끄덕이자 현덕은 머리를 박박 긁으며 미덕의 팔을 당겼다. 누이의 이런 모습이 영 싫은 모양이다. 그리고 잔망스러운 꼬마는 희도에게도 그리 귀여운 녀석은 아니었다.

"현덕이 먼저 들어갈래?"

"싫어요."

이 버르장머리 하나 없고 누나 알기를 애완견가게 점박이 강아지보다 귀하게 여길 줄 모르는 녀석이 존댓말을 쓰는 상대는 거의 전무하다고 봐야 했다. 하지만 유독 무슨 말을 하면 꼭 존댓말을 하는 상대가 있는데 그게 바로 최희도였다.

"왜 싫은데?"

"……."

이제 더 말하기 싫다는 듯 이제는 제가 먼저 미덕의 손을 잡고 마구 끌어대는 현덕이다. 미덕은 놀이터 앞에 딱 서서 자신만 뚫어져라 보고 있는 희도의 모습에 간신히 힘을 주어 현덕의 걸음을 멈췄다.

현덕은 달래줄 수 있지만 희도는 달래줄 수도 없다.

"먼저 들어가 있어. 누나 저기 형이랑……."

"아저씨."

"그래, 아저씨. 저기 희도 아저씨랑 얘기하고 올 테니까 얼른 올라가."

희도가 서른 줄이고 현덕이 초등학생이니 상당히 많은 나이 차이가 난다. 따지자면 당연히 아저씨, 아니 아빠도 되겠다.

어쩌지 못하고 갈팡질팡 서 있는데 때마침 엘리베이터에서 내린 사람이 또 반갑게 미덕 남매의 엄마였다.

"왜 이렇게 늦게 나왔어."

"씻다가 시간이 이렇게 된 줄도 몰랐다. 우리 아들, 엄마 늦게 나와서 삐졌어요?"

또다시 7살 어린아이 대하듯 하는 것이 못마땅한 미덕과 달리 현덕은 엄마의 이 과보호를 즐기듯 고개를 끄덕이며 누나의 옷을 당겼다.

"같이 가."

부리부리하게 눈을 뜨고 미덕에게 같이 들어가자며 고집부리는 현덕의 행동에 무슨 일이냐며 묻는 엄마다. 이에 살짝 뒤에 선 희도를 눈짓한 미덕이었고 남매의 엄마는 금방 수긍했다. 가히 병적으로 희도를 기피하는 현덕에게 아무리 자신이 괴롭히는 누나라도 빼앗기기 싫은 어린아이 심술이다.

"여기서 더하면 강현덕 회초리 부러지게 맞을 줄 알아."

요즘은 버르장머리 없는 행동을 고치기 위해 강경한 태도를 취하시는 엄마의 말이었다. 그래도 같이 갈 거라는 욕심은 지워지지 않았는지 다시 그녀를 잡기 위해 손을 뻗었고 이번에 잡힌 건 미덕의 옷도, 머리도 아니라 희도의 손이었다.

"현덕이 잘 들어가. 저녁 맛있게 먹고."

어느새 다가온 희도가 미덕이 엄마에게 목례를 하며 현덕에게 인사를 했고 현덕은 기겁하며 손을 떼고 꽉 엄마에게 매달렸다.

"뭐했어?"

작은 악마가 가고 마왕이 남았다는 것을 조금 뒤늦게 깨달아버린 미덕은 왜 이 사람의 심기가 어지러운지 알아내기 위해 머리를 굴렸다.

평소와 다른 것은 없지만 약간 단정하지 못한 머리와 그녀를 대하는 태도가 직설적인 것으로 보아 분명 어딘가에 심술이 나 있는 거였다.

"어제 나이트 근무했거든요. 그래서 좀 일찍 왔는데, 오빠는요?"

"나도."

초롱초롱하게 눈뜨고 올려다보고 있으니 여전히 그의 심기는 다소 불편해 보였다.

"안 괜찮은 것 같아."

"네?"

갑자기 뜬구름 잡는 희도의 말에 탁 떠오르는 것이 없어 고개를 갸웃거리자 희도의 고운 미간이 약간 찌푸려졌다.

"몸이 안 좋으세요?"

혹시 너무 바빠서 또 제대로 식사를 챙겨 먹지 못한 건가 싶어서 걱정을 담아 보자 희도의 고개가 그녀의 어깨 위로 떨어졌다. 흠칫 놀라 반사적으로 뒤로 물러서자 언제 밀렸는지 그녀의 뒤는 아파트의 차가운 벽이었다. 희도의 팔이 미덕을 가운데 두고 양쪽으로 뻗어지면서 그의 입도 열렸다.

"글쎄."

노을도 사라진 어둑한 바깥, 사람이 움직이지 않아 바보처럼 툭 꺼져 버린 센서등에 가려 인식하지도 못한 사이 희도의 두 팔에 갇혀버린 미덕은 꿀꺽 침을 삼키며 눈을 깜빡였고 희도는 잘 보이지 않는 입가에 미소와 비슷한 무언가를 떠올리며 말했다.

"요즘 전화가 안 되던데."

"으응."

"뭘 하든."

낮지만 진심이 가득 담긴 목소리에 미덕은 가슴이 떨렸다. 설레면서도 두근거리는 감정에 입술이 바짝 말라 고개를 숙이는 그녀에게 희도의 말은 더욱 강하게 연결되었다.

"전화는 받아."

미덕과 연락이 닿지 않는 건 희도에겐 너무도 가혹한 일이다. 함께 하지 못하는 것도 괴로운 일인데 그 짧은 연락조차 되지 않는다는 사실은.

붕붕.

위아래로 광적으로 수긍하는 고갯짓이 마음에 들었는지 센서등이 두 사람을 인식함과 함께 희도의 사람 좋은 미소도 돌아왔다. 다시 그를 보았을 때 희도는 평소의 짓궂은 얼굴이 아니라 어딘가 힘겹다는 듯 곱게 찌푸린 눈가를 보이며 입술을 깨물고 있었다.

살짝 '갈까요?' 하고 말을 건네 보지만 희도는 여전히 묵묵부답에 침묵하고 있었고 미덕은 천천히 그의 가슴에 손을 올리고 조금 밀었다.

단단한 가슴은 전혀 밀려나지 않고 오히려 손바닥에 희도의 심장소리가 전해졌다. 그와 함께 벌컥벌컥 덜커덩거리는 심장이 그의 것인지 자신의 것인지 인지하지 못할 만큼 빠르게 뛰고 있었다.

"힘들다."

네?

"덕아."

심장이 뛴다. 언제나 내색하지 않지만 미덕의 앞에서만큼은 감당하기 어려울 만큼 급하게 뛰어 헐떡거리고 이내 녹아내린다. 금방이라도 숨이 넘어갈 것처럼, 최희도는 강미덕으로 인해 가슴이 저리다.

왜 웃어주지 않을까. 바라는 것 없이 그저 웃어주기만 바라는데 미덕은 붉은 얼굴을 아래로 내리며 숨기는데 급급하다.

쿵, 쿵.

"오빠?"

지금이라면.

"희도 오빠?"

분명 지금이라면.

앙증맞은 단화를 신고 어디론가, 그가 찾을 수 없는 곳 어딘가로 멀리 도망가 버린다면 자신은 분명 이 아이를······.

아니, 절대 놔주지 않아.

가까워진 얼굴의 틈으로 지난번처럼 입술이 닿을 듯 숨결이 오갔다. 미덕의 심장박동이 어느새 주체하지 못할 만큼 거세졌고 저절로 그가 가지 않기를 바라는 마음에 희도의 팔을 부여잡았다.

"미덕아······."

심장이 터질 것 같아. 만약 이 입술이 마주친다면 이곳이 어디든 간에 희도를 잡고 놓아주지 않을 것이 분명하다.

술에 취한 것처럼.

잠시 동안 미덕의 이름을 부르며 곱씹던 희도는 더욱 진하게 웃어주었고 이어 머리를 쓰다듬고는 그녀를 엘리베이터 쪽으로 밀었다.

엘리베이터 안과 밖, 닫히는 문이 아직은 그들의 경계를 말해 주고 있었다. 그러나 그것은 열렸다, 닫혔다를 반복하며 헐거워지고 있다.

그저 이름이 불렸을 뿐인데, 사랑한다는 말을 몇 백번이고 들어버린 것처럼 낯이 뜨거웠다. 요즘 들어 모든 것이 한계라고 느낀다. 그나, 그녀나 모두.

새벽까지 병원에 있다가 꽤 오랜만에 푹 잔 그녀는 어느새 11시를 알리는 시계 소리에 기지개를 길게 폈다. 그때 그녀가 깨어난 것을 보고 있기라도 한 것처럼 희도의 전화가 걸려왔다. 타이밍의 귀재라고 해야 할지, 집중력이 흐트러진 지금 누군가와의 통화는 좋은 탈출구였다.

"여보······."

─응, 여보.

정말로 너무나 때려주고 싶은 충동이 마구마구 샘솟는다. 그런 그녀를 아는지 작게 웃음소리가 나오다가 이어 그의 낮은 목소리가 들려왔다.

-우리 덕이는 오빠 안 보고 싶어?

"어, 음."

이런 질문은 또 처음이라서 선뜻 대답이 나오지 못한 미덕이 머리를 긁적거렸다. 병원에서는 잘 만나지 못해도 매번 보고 싶다는 말은 하지만 보고 싶냐, 물어온 것은 생소해서 대꾸하지 못하자 땅바닥 40m가량 족히 파고들어갈 만큼 깊은 한숨이 전화기에서 푹푹 들려왔다. 한숨에 찔끔거리며 미덕은 결국 반농담조로 이마 위의 땀을 닦으며 말했다.

"아마도?"

끝끝내 그렇다고는 못하겠는지 새침하게 내고 나니 안쪽에서 웃음소리가 들려왔다. 저절로 볼이 빨갛게 물들어 하릴없이 볼펜만 빙글빙글 돌리고 있으니 사뭇 진지해진 말투가 전해졌다.

-보고 싶어.

희도는 보고 싶다는 말을 상당히 자주하는 편이었다. 이것이 장난인지 진실인지는 모르겠지만 그때마다 미덕의 가슴은 콩콩 뜀박질에 가동을 걸었고 어떤 모습으로 전화를 받고 있을지 그런 마음이 상상이 되면서 책상에 그대로 엎어진 미덕이었다.

당장 얼마 전에 있던 묘한 대치상태 때문에 현재 그녀의 마음은 손대면 톡하고 터질 것만 같았다. 대답도 못하고 침묵하는 미덕을 이해하듯 희도 역시 여운을 오래 가져가진 않았다.

-요즘 고민이 많아.

사춘기 청소년도 이분보다 고민은 없을 거라고 사료된다. 매번 감동 주다가 쏙쏙 빼가는 재주에 감탄하며 더 말하기를 기다렸다.

-이제 오빠 갈아입을 속옷이 없거든.

"……"

'그런 건 느네 집으로 전화해서 말해. 이 변태야.'

슬프고 슬프다. 왜 자신의 주위에는 이런 남자밖에……아니, 이 남자 밖에 없는지 한탄하며 고개를 설레설레 젓고 있으려니 희도의 한숨이 푹푹 들려왔다. 뭐 얼마나 어떻게 되었기에 속옷이 없다고 하는 건지 조금 궁금해지려는 찰나.

-조금 있으면 돌려 입어야 할 것 같아.

전설의 속옷 돌려막기. 어지간한 사람이라면 잘 하지 않는다는 그 행위를 진지하게 말하니 미덕은 황당해서 볼펜을 꾹 잡고 말했다.

"……하지 마세요."

절로 물린 어금니에 눌린 음성이 나왔지만 애초에 이런 것에 신경 쓸 놈은 아니시다.

-옷이 없는데?

"그래도 하지 마세요!"

'청결이 생명이라는 병원에서 일한다면서! 그럼 직접 빨아도 되는 거고, 그게 안 되면 희영 언니한테 전화해도 되잖아요!'

뭔가 더 할 말이 있을 것 같았던 그는 계속 전화를 들고 있기 어려운 모양인지 누군가와 몇 마디 나누다 말했다.

-나중에 다시 전화할게.

그러다 정말로 전화가 툭 끊겨버렸다. 어쩐지 또 당한 것 같은 기분이다.

푹, 숨을 내쉬며 윗집으로 올라가 벨을 누르려던 미덕은 달칵달칵 거리며 움직이는 손잡이에 벨 누르는 것을 잠시 멈추었고 그러자 우왁,

하고 들려오는 소리와 함께 문이 발칵 열리고 하얀 피부의 작은 아이가 맨발로 뛰쳐나왔다.

"종호야!"

안쪽에서 벼락같이 들리는 희영의 목소리에 반사적으로 종호를 잡아 들어 올린 미덕은 퍼덕퍼덕 팔다리를 뒤틀듯 움직이며 떨어지려는 종호에게 인사를 했다.

"최……어머, 미덕아."

막 나갈 채비를 하고 있었는지 종호가 신을 양말을 손에 쥐고 뛰듯 나온 희영은 고맙다는 듯 눈짓하고 재빠르게 아이의 발에 양말을 끼워 넣었다.

"어디 가세요?"

유아부 체육복에 뒤에 노란 가방까지 멘 종호는 얼른 가고 싶은지 엄마의 다리를 마구 때리고 있었다.

"아아, 오늘 종호 유치원에서 운동회 있거든. 유아부도 한다고 해서."

"이 겨울에요?"

"거기가 좀 그래. 동절기 운동이라나, 뭐라나."

"저, 그게 방금 희도 오빠한테서 전화가 왔는데 속옷이 없다고 해서요. 혹시 모르실까 봐……."

희영의 예쁜 눈이 반짝 그녀를 향했다. 아주 잠시 왜 그걸 미덕이가 알려주나, 싶었다가 금세 눈썹을 들썩거리며 머릿속을 가다듬었다. 일전에 옷과 속옷을 가져다준 것이 언제였더라. 그러고 보니 족히 나흘은 된 것 같았다. 이놈 잠깐 올 때마다 미덕이 괴롭힐 줄만 알지 물건 챙겨

가는 꼴은 한 번도 못 봤다.

"요즘 이래저래 바빠서 못 챙겨줬어. 하여간 망할 놈."

굳이 미덕이에게 전화를 한 걸 보면 또 잔머리 써서 보이지 않는 손길 뻗친 모양이었고 그녀가 거기에 맞춰주지 않으면 피곤한 건 희영이었다.

"같은 병원이랬지?"

"네."

"정말 네가 고생이 많다. 근데 내가 오늘 좀 바쁜데……어떻게 좀 부탁을……."

도와줄 수 없는 자신을 미워하라며 어깨를 토닥이던 희영은 순간 탁, 하니 번지는 생각에 토닥이던 것을 멈추고 아주 맑은 눈으로 미덕을 바라보았다.

"그놈 속옷을 돌려 입건 말건 무슨 상관이야. 언니랑 종호 운동회 가자."

"정말 돌려 입게 둬요?"

희도가 속옷 돌려 입겠다고 말한 적이 없는데 대뜸 쫙 나오는 말에 혈육의 무서움을 경험한 미덕이 더듬거리자 희영은 손뼉을 치며 말했다.

"그래, 가자! 네가 뭐 꼭 희도 말 들어야 한다는 이유도 없잖아. 그리고 좀 쉬는 날인데 왜 애를 불러싼대!"

"하, 하지만 언니."

"얼른 가야겠다. 종호야, 미덕이 누나도 간다고 하네?"

어른 아이 할 것 없이 사람을 좋아하는 종호는 같이 갈 사람이 한 명 더 생겼다는 것이 좋은 모양인지 희영의 다리만 잡고 있다가 덥석 미덕의 다리까지 잡아버렸다.

정말로 뒤집어 입을지도 모를 희도에게 속옷도 가져다주고 싶고 다리 잡고 당기는 종호를 따라가고 싶기도 하는데 그런 그녀를 민 것은 희영이었다.

"괜찮다니까, 얼른 가자. 얼른!"

분명 자만하고 있었다.

자신의 전화에 당연히 미덕이 올 것이라고 희도는 한 치의 의심도 없이 그녀를 기다렸다. 들끓는 자만심에서는 절대 그녀가 안 올 것이라고는 생각하지 못했다. 매일 보던 모습, 지나치게 바빠 말을 걸지는 못해도 스쳐 지나가듯 데스크에 앉아 있거나 누군가와 이야기를 나누던 것들을 보는 것으로도 만족했는데 이렇게 오프 날이 다를 때면 그 보고 싶음과 목마름이 가중된다.

아주 그답게 고집 좀 부렸다. 속옷쯤이야 안 입어도 그만이다.

그렇기에 현재 두 시간째 연락이 되지 않는 미덕이 때문에 최희도의 상태는 바닥을 치닫고 있었다.

이런 적, 없었다.

정말로 이런 적 없었다.

그래서 지금 그는 아주 많이 당황해서 휴대폰만 뚫어져라 보다가 마른 입술을 축이며 한숨을 쉬었다. 일이 바쁘면 먼저 서운할 정도로 단칼에 잘라 미리미리 말을 하기 때문에 대책 없이 연락이 끊어진 적은 없다. 창틀에 살짝 엉덩이를 대고 앉아 심각하게 휴대폰을 내려 보는 그에게 다가온 불운한 자는 애석하게도 언제나 정수였다.

지난 2년간 희도에게 억눌리고 핍박받고 마구 갈리며 지내온 터라 그나마 익숙해져 있다고 하지만 여전히 미덕이 못지않게 흠칫흠칫 놀라는 녀석이었다.

"선생님……?"

성격이 더럽고 저 좋을 때만 웃어주는 놈이라고 해도 일단 희도는 치프였다.

재수 없지만 성격 빼고는 그리 흠 잡을 것 없는 희도다. 그러니까 아니꼽고 서러워도 좋은 이미지를 위해 한껏 미소를 띠며 늦게나마 슬슬 고개를 들어 자신을 보는 희도에게 말을 잇는 정수다.

"저, 오늘 많이 피곤하시면 이, 이만 돌아가서 쉬셔도 된다고 하시는데."

눈동자는 오른쪽 위로 뒤집어질 듯 굴리고 두 손은 공손함을 넘어 조물조물 불안감과 긴장감을 나타내느라 바쁘며 자꾸 침샘이 말라 목구멍이 따끔거렸다. 자신을 보는 희도의 무덤덤한 눈길은 폭풍전야였다.

"누가."

"……과장님이, 피, 피, 피곤하신 것 같다고."

솔직히 말하자면 '저 새끼, 저거 꼬라지 부리는 거 보기 싫으니까 그냥 가라고 해. 대신 한 달간 오프는 없을 줄 알아!' 였지만 감히 그것을 그대로 말할 수는 없으니 최대한 순화하고 말 바꿔 전해 주었다. 다만 눈치 좋은 희도가 말의 본뜻을 모를 리 없고 그 참뜻이 정말 가라는 게 아니라 정신 안 차리면 알아서 하라는 일종의 협박이라는 것도 알 수 있다.

"아."

희도를 기분 좋게 할 만한 건수가 있긴 했다. 처음 본 사람이 봐도 정말 극심히 좋아하고 있음이 그대로 드러날 정도로 솔직했던 희도의 행동으로 보아 그의 기분을 좋게 하는 키포인트는 분명 그 여자일 것이었고 정수는 금세 의기양양해진 얼굴로 주변을 둘렀다.

기대감을 온몸에 받고 앞서가는 희도에게 다가간 그는 침을 꿀떡 삼키며 말했다.

"선생님?"

"왜."

"그……강 간, 아니 강미덕 간호사 참 예쁘시던데."

거의 반쯤은 폭탄심지 건드리는 기분으로 물었지만 얼핏 솟는 그의 입꼬리를 보니 실패한 건수는 아닌 모양이었다. 그러나 이게 또 꼬부라진 심지였는지 정수의 어깨 위에 팔을 올린 희도는 절절 끓는 목소리로 입을 열었다.

"알 필요 없잖아?"

"그럼요. 예. 저는 얼굴도 제대로 못 봤습니다."

젠장, 언젠가 꼭 복수할 테다.

아니꼽고 진짜 짜증나지만 그래도 사회생활을 잘 하자면 어쩔 수 없는 노릇이다. 억울하면 출세하던가, 다시 태어나면 된다.

"하, 하하하하."

희도와 잘 되라고 미덕의 등을 떠밀었던 게 미안해질 지경이다. 울상 가득히 어쩔 줄 몰라 하는 정수에게 피식 웃음을 보인 희도는 매력적인 눈매로 입을 열었다.

"음료수 사."

"예?"

"본동 5층 데스크 5호 병실 앞에 있는 자판기에서 그 노란색 비타민 음료수."

"……."

"사와."

설마 저 사람 저거 질투 뭐 그런 건 아니겠지? 지난번 미덕에게 음료수 한 번 사준 것을 기억해 내며 정수는 '설마, 그렇게까지 유치하고 쪼잔하려고.' 하며 고개를 주억거렸다.

힐끗 그리고 별거 아니라는 듯 사람 많은 병원 데스크 앞에 서서 자신의 차트를 훌떡 넘긴 희도는 시선은 그대로 두며 말을 이었다.

"다른 사람 보물 훔쳐 가면 그건 천하에 나쁜 놈이지, 그렇지?"

"예?"

잘못 들었나 싶어 웃는 낯 그대로 되묻자 희도는 볼펜을 가슴주머니에서 꺼내 체크를 하며 정수의 이마에 차트 모서리로 툭 얼얼하게끔 쳤다.

"왜, 훔쳐 가려고?"

해도 해도 뭐 이런 놈이 다 있는 건가, 하는 눈길들이 죄다 쏟아지면서 유일하게 정수만은 넋 나가 어리벙벙하게 맞은 이마만 문질렀다.

"그, 그럴 리가요."

방금 무지하게 멋있는 미소를 지었던 것 같았는데. 갑작스레 사람 존경심을 끌어올리는 듯한 그런 느낌의 웃음 말이다. 그래 봐야 금방 사람 우롱하는 조소만 남았지만.

정작 남의 가슴에 스크래치 한 방 남겼다는 것을 아는지 모르는지 차트로 어깨만 툭툭 때리며 걷던 희도는 다시 휴대폰을 살피다가 다시 휙 비상구로 가 휴대폰 번호를 눌렀다.

"나."

-그래, 네놈이구나.

단답의 말에도 전혀 주눅 들지 않고 손톱 갈다가 후, 바람이라도 불 듯 가벼운 목소리는 다름 아닌 희영이었다.

"덕이가 전화를 안 받아. 혹시 무슨 일 있어?"

제 누나에게 해줄 말이라고는 덕이 안부와 종호 안부 묻는 것밖에 없는지라 투박한 말은 아주 자연스러웠다. 희도의 말에 희영은 콧방귀도 뀌지 않으며 뭔가 껌이라도 짭짭 씹는지 퐁, 풍선 터트리는 소리를 냈다.

-미덕이 일을 왜 나한테 묻니. 네놈이 모르면 누가 알아.

명백한 도발이라 희도는 확 끊어버릴까 하다가 중요한 문제가 있으니 가볍게 무시했다.

"내려가서 확인해줘."

-싫다.

"누나."

애원하는 투로 오자 전화기 속 희영은 한층 고양되어 깔깔거리다가 뚝 멈추며 말했다.

-흥, 볼 것도 없거든?

"무슨 소리야."

-이걸 어쩌니, 내가 봐도 너어무, 너어어무 멋있는 남자랑 손잡고 저

기 달려가는 걸 봤는데.

"……뭐?"

비상구 층간 창문의 바깥으로 보이는 맑은 하늘이 우중충하게 먹구름이 끼어간다. 볼 것도 없는 장난질이라고도 생각되었지만 별다른 말 없이 콧노래까지 흥얼거리는 희영의 소리를 잠잠히 휴대폰 들고 듣고 있자니 가슴 속에서 부글부글 뭔가가 끓어올랐다.

지금 이 여자가 대체 무슨 소리를 하고 있는 건지, 그나마도 있던 정이 떨어지기 직전이었지만 섣불리 거짓말이냐고 물을 수도 없었다.

그러니까 이건, 이건.

─몰라 얘. 정말 진짜 멋있더라. 그렇게 잘생긴 남자 처음 봤잖아. 아, 아까 먹을 것도 나눠먹던데. 뽀뽀도 했어.

강타하는 주먹질이 삽시간에 우레처럼 쏟아지고 희도는 진심으로 머리가 띵, 하고 울렸다. 크게 떠진 눈에는 정말로 당황했는지 눈동자가 파르르 떨렸고 순식간에 매서워진 눈이 유리창을 뚫어 버릴 듯 이글거렸다.

"어딘데."

─몰라 인마. 끊어.

"어디냐니까."

─일 열심히 해. 파이팅.

그리고 속절없이 전화가 끊어지고 남은 것은 쓸쓸한 침묵밖에 남지 않았다. 잠시간의 침묵, 침묵, 침묵. 난간을 부여잡은 손에 힘이 바득 들어가고 희도는 헛웃음을 잠시 흘리다가 멍하니 '강미덕.' 하고 중얼거렸다.

여기서 중요한 점은 뭘 하던 지금 희도는 아무 곳도 가지 못한다는 사실이다. 투둥, 바닥으로 떨어진 휴대폰으로 마녀의 웃음소리가 들려오는 것만 같았다.

"아."
입을 아, 벌리고 기다리자 종호의 손에 들려 있던 김밥 하나가 미덕의 입 안으로 쏙 들어갔다.
"우리 종호 예쁘다."
아작아작 씹히는 단무지의 단내와 짭짤함에 물을 따라 마신 미덕은 시계를 보며 한숨을 내쉬었다. 도대체 이 유치원은 뭐 때문에 이렇게 추운 날 운동회를 하고 난리람.
어쩌다 보니 이렇게 따라와 종호 손을 잡고 달리기까지 했고 무려 2등이나 해서 참가상 수건에 연필세트까지 받았지만 역시 정신의 절반이 저기 도심 어딘가에 있는 병원에 향해 있었다. 정말이지 자신이 생각해도 못 말릴 행동이다.
강미덕은 바보천치다.
기껏 이렇게 나와 놓고도 희도 생각에 이따금씩 넋을 놓은 미덕은 이제 엄마와 함께라는 주제로 공굴리기 게임이 곧 시작될 거라며 나오는 방송 소리에 퍼뜩 정신을 차렸다. 이미 자리에서 일어난 희영과 종호는 그녀를 향해 주먹을 불끈 쥐어 보이며 포부를 나타냈고 미덕은 방긋 웃으며 '파이팅' 하고 힘을 불어넣어 주었다.
'정말 건강한 모자(母子)라니까.'
출발선에 서서까지도 미덕에게 손을 흔들며 준비하고 있는 두 사람을 향해 웃어주던 미덕은 얌전히 놓여 있는 희영의 옷을 빤히 바라보았다. 저기 안에서 놀 때는 최희도 '따위' 한 번 정도 잊어도 된다며 거의 강탈하다시피 해 가져간 휴대폰이 있었다. 땡, 출발하면서 마구잡이로 노란색 공을 굴리기 시작하는 희영을 보고 잽싸게 손을 뻗어 휴대폰을 찾았다.

"이럴 줄 알았어."

그렇게 많은 것은 아니었지만 부재중 통화만 세 통에 문자만 세 개가 와있었다. 바로 얼마 전에 전화는 꼭 받으라던 희도였기 때문에 몸을 부르르 떨다가 막 그에게 전화를 하려는데 희영의 옷 반대쪽에 있는 주머니가 소란스럽게 들썩거렸다.

혹시 중요한 전화일까 봐 희영의 주머니를 뒤져 휴대폰을 꺼낸 미덕은 짠하고 뜬 이름에 순간 고개를 갸웃거렸다.

"상또라이라니……"

이름은 없지만 익히 누구인지 알 것 같은 기분이 들었고 아니나 다를까 밑에 뜬 번호는 희도의 번호였다. 어쨌든 희도의 전화라면 자신이 받아도 될 것이니 개의치 않으며 휴대폰을 받았다.

"여……"

-최희영, 어디냐고 물었어.

잔뜩 화가 나 어쩌지 못하면서도 이를 악문 듯한 목소리에 미덕은 히끅 숨을 멈췄다.

-최희영.

'야 인마, 누나가 네놈 친구냐. 어디서 이름을 바락바락 불러.'

물론 그렇게는 말 못하고 입만 벙긋벙긋 거리다가 겨우 한 마디 내

비추려는 때에 희도의 살얼음판 걷는 씩씩거림이 들려왔다.

-강미덕 어디 있냐고 했잖아.

탁.

어, 어엄마아.

재빠르게 휴대폰을 닫고 희영의 옷으로 밀어 넣어 버린 미덕은 그대로 돗자리에 무너지며 하얗게 질려버렸다. 강미덕이란다. 생전 떼놓지 않던 '우리 덕이'가 아니라 성까지 딱 붙여 부르는 희도의 목소리에 미덕은 입을 뻐끔뻐끔 거렸다. 다시 벌벌거리며 울릴 것 같았던 휴대폰은 더 이상 울리지 않았고 미덕은 이제 먼저 전화를 할 용기조차 나지 않았다.

"으?"

이제 나는 어찌해야 하는가.

해탈의 경지 속에 하얗게 산화가 되어가는 미덕에게 이 찬바람에서도 땀 뻘뻘 흘리며 당당히 5등 도장 찍고 나타난 희영과 종호는 날아가기 직전인 그녀를 붙들었다.

"미덕이 뭐하니?"

"누야, 모하니."

종호의 귀여운 말에도 괜히 땀이 흐른다.

"희도 오빠요."

"희도가 왜……아."

이제야 희도에 대한 생각을 하기로 했는지 손뼉을 친 희영은 생긋 웃다가 조용히 고개를 돌렸다. 눈앞에 없으니 열심히 지르기는 했다만 애석하게 희영은 그놈을 막을 재간이 없다.

"미안."

할 수 있는 것이라고는 이제 그 뒷감당을 하게 될 미덕을 향해 사죄를 하는 것뿐이었고 미덕은 하늘이 무너진 사람처럼 희영을 원망스럽게 바라보았다. 역시 전화 좀 받지 않았다고 이렇게 나올 희도는 아니었다. 그렇다는 건 희영이 어떻게 그의 심지를 건드렸다는 것이었고 미덕은 울상이 되었다.

"언니, 왜 갑자기 또……."

이 언니는 왜 또 갑자기 그 괴상한 사람을 건드려서 일을 이렇게 벌여놓느냔 말이다.

좀 지나친 경향이 있지만 혹여나 미움 받을까, 미덕은 지레 겁을 먹고 있었다. 애석하게도 그녀는 이 긴 짝사랑의 대가로 욕심과 용기를 잃었으니까.

"사람이 사막에서 목이 마르면 일단 물부터 마시지 그게 구정물인지, 샘물인지 먼저 확인하고 먹진 않잖아? 그 왜, 원효대사께서 해골물 드신 일화도 있잖니."

"몰라요, 저 어떻게 해요. 흑."

"솔직히 말해서 이렇게 하는 거 이상하지 않니? 뭐 하러 말을 꼬박꼬박 들어. 딱 펴놓고 말해서 미덕이 너 희도 여자친구는 아니잖아."

"……네?"

어라? 뭔가 가슴이 따끔 아팠다. 당연한 말이고 사실인데 직접적으로 들으니 왼쪽 가슴이 지끈거리며 희영에게 엄청난 서운함이 몰려왔다. 보기 좋게 축 가라앉아버린 미덕의 얼굴에 희영이 곧 방정을 떤 제 입을 찰싹 때리다가 안쓰러움에 미덕의 머리를 쓰다듬었다.

"내가 설레발 좀 쳤어. 그건 미안해."

장난이 도가 좀 지나쳐서 희도의 꼭지를 뽑아버렸던 모양이다. 이렇게까지 애가 덜덜거리는 것을 보면 전화 한 번 받았다가 말도 못하고 끊었을 것이다.

"미덕이 너도 이제 겁먹을 필요 없다구. 오래 했잖니. 그냥 쉽게 말해도 돼. 최희도 이 자식아, 그만 해라."

"하, 하지만 희도 오빠 화나면……."

세상에, 이거 생각보다 심했구나.

항상 옆에서 지켜봐서 그저 재미있다고만 느꼈지 이렇게까지 애가 무서워할 줄은 몰랐다. 새삼 놀라는 마음에 안타까워진 그녀는 미덕을 트여주기 위해 회심의 말을 건넸다.

"이왕 이렇게 된 거 잘 됐어. 그 녀석도 한 번 크게 당해 봐야 너 귀한 줄 알지."

이 점에서 희영은 희도에게 미안함을 표했다.

귀한 줄 모르긴. 너무 귀해서 그걸 어떻게 말해야 할지도 모를 녀석이 최희도인데. 남들 다 보이는 것이 정작 당사자만 몰라 속 끓이고 있을 그지만 여하튼 이 두 사람의 관계 개선을 위해서라도 뭔가 자극적인 것이 필요했다. 농담이 아니라 정말 뭔가 발전이 있어야지 이러다간 뭔가 전해지는 것은 고사하고 미덕이 먼저 지칠 게 분명했다.

과유불급이라 하였다. 지금 그 녀석이 무슨 생각을 하고 있는지는 몰라도 현재로선 완급이 필요하다. 하지만 당장에 이렇게 해라, 라고 하기에는 무리가 있었고 아직 자신의 말도 잘 이해하지 못하고 휴대폰만 만지작거리는 미덕을 향해 약간의 잔머리를 굴리며 물꼬를 터주었다.

"미덕아, 그럼 우리 이렇게 해볼까?"

"예?"

"한 번 물 먹인 거, 아예 한강물에 던지면 물에 들어간 줄도 모를 거 아냐. 아니, 알면 어쩔 거야. 이미 다 젖었는데."

"……?"

"그래, 그거다. 제일 고전적이지만 최희도한테는 가장 극약처방인 거."

최희영.

즐거울 희(嬉)에 오래도록, 길다 영(永)의 뜻을 가진 그녀. 희도가 즐거움을 잡으라, 언제나 즐거우라면 희영은 '오랫동안' 즐거우라는 뜻의 이름이었다. 그래, 잠시 잊었지만 희영은 희도의 누나였다.

궤변. 궤변도 이런 궤변이 없었다.

집으로 돌아와 자리에 누워 있으면서도 미덕은 정말 이래도 되는지 분간이 잘 서지 않았다. 이건 정말 너무 허술하고 딱 봐도 들키기 좋은 거짓말이었고 가장 큰 문제는 속임을 당해야 하는 장본인인 희도에게 있었다.

아픈 척을 하려거든 먹힐 사람한테나 해야지, 의사에게 아픈 척을 하는 사람이 어디 있나. 그렇다고 아픈 척 흉내를 내라는 것도 아니고 그냥 침대에만 누워 있으라니 할 말이 없었다. 하지만 그것보다 더 웃긴 건 자신이 희영의 말에 동참하고 있다는 점이다.

"분명히 들킬 거예요."

들키고 자시고 씨알도 먹히지 않을 것이다. 우울한 목소리로 이불만 만지작거리는 미덕에게 희영은 손가락을 가로저었다. 그 옛날 드라마에서 나온 탤런트의 손가락처럼 부정을 표하며 아주 중대한 설명을 하듯 말했다.

"이이제이라고 하더라."

오랑캐로 오랑캐를 잡는다. 말인즉슨 '희희제희', 최희도를 잡으려면 최희영으로 잡아라.

"의사 눈에 환자를 놓는다고 다 되는 게 아니거든."

생글거리는 희영의 눈웃음에 미덕은 한층 더 불안해진 기분에 지금이라도 그만두자는 마음에 허리를 세웠지만 희영은 누가 들을세라 미덕에게 가까이 다가가며 귓속말을 했다.

"일단 기선 제압이 중요하잖아. 저가 어쩔 거야, 사람 아프다는데."

당당하게 말하는 것치고는 아주 허술한 작전이기는 하지만 미덕은 정말 피곤해져서 머리가 지끈거렸다. 그냥 애초에 전화를 해버리고 말 것을 괜한 짓을 하고 있는 건 아닌지 모르겠다. 쿵덕거리는 마음에 가만히 누워 있으려니 상황이야 어찌 되었든 슬슬 잠이 오는 것 같았다.

'엄마, 저는 이제 산 채로 씹힐까요? 아니면 데쳐질까요? 미더덕은 속만 씹고 뱉어내는데 희도 오빠가 그렇게 나오시면 저는 어떻게 해야 하나요.'

어쩌면 희도가 생각보다 그리 화가 나지 않았을 수도 있다. 희영이 어떤 말을 했는지는 몰라도 그리 화가 나지 않았거나 병원에 아주 바쁜 일이 생겨서 못 올 수도 있으니 이렇게 혼자 겁먹고 있는 건 괜한 걱정일 수도 있었다. 만약 오더라도 그때는 무엇 때문인지 몰라도 화가 조금 풀려 있을 거라 예상하며 그때까지만이라도 조금 쉬어야겠다는 마음으로 눈을 꾹 감아버린 미덕이었다.

웅성거리는 소리가 들려왔다.

미덕이 입맛만 웅얼웅얼 다시며 조금 잠잠해짐에 따라 잠에 빠질 듯 몽롱해지며 뒤척임을 멈추자 근처에 서 있던 희도는 그녀의 이마 위에 손을 올렸다. 그리고 약간의 미열에 한숨을 내쉬었다.

"얼레?"

다짜고짜 희도를 따라서 온 희영은 잠든 여자의 고운 뺨에 손을 올리는 황당한 짓에 기겁하며 그를 만류했지만 희도는 검지로 입가를 막으며 조용히 하라는 손짓을 했다. 진지하게 찬바람을 맞아 아직 서늘한 손의 손등을 미덕의 뺨에 조심스럽게 가져다댄다.

쯧.

혀가 차일 정도로 절절한 마음이 보인다. 저렇게 좋으면서 맨날 애 괴롭히는데 머리를 쓰는 희도가 이해가 가지 않지만 한편으로는 또 알 것 같기도 하다. 본인들은 몰라도 옆에서 볼 땐 보인다.

열이 있는지. 어디 체온이 떨어지지는 않았는지 조심히 보고 팔목과 발목 여기저기를 살핀 희도는 만족스러운 듯 이불을 제대로 덮어주며 희영을 부리부리하게 노려보았다.

"약간 열 기운이 있어. 애 옷은 제대로 입히고 나가야 할 것 아냐."

'내 참 어이가 없어서.'

아프다고 하면 버선발로 달려와 아이고 우리 미덕이, 우리 덕이 하고 무너질 줄 알았더니 다른 때보다 더 흥흥한 희도다.

"아픈 건 말이 안 되지."

"뭐, 뭐, 뭐가."

"안 아프게 하려고 의사가 된 거지, 아픈 거 고치려고 의사가 된 게

'아니거든.'

'너 잘났다 인마.'

전생에 기름통에 빠져 죽은 귀신이 달라붙었나, 하는 말마다 기름내 절절하게 말 뱉는다. 게다가 저 말에 거짓말이라고는 눈곱만큼도 포함되어 있지 않는 게 또 안타까울 따름이다.

"누구야."

"뭐."

"미덕이 손잡고 뛰고 밥도 나누어 먹은 게 누군데."

아프다는 최고의 강수가 미덕에게는 조금도 설득이 되지 않아 끝까지 불안감에 춤추게 했던-먹히지 않자 조금 상심했던 희영은 살기등등하게 자신을 노려보는 동생의 말에 움찔거렸다.

"뭘 그런 걸 신경 쓰니."

얘, 얘. 그렇게 보다 눈알 빠지겠다.

희영은 이 발칙한 동생을 어떻게 벌을 줄 수 있을지 고민하고 또 고민했다. 아주 연애를 안 해본 녀석은 아닌 것으로 기억하는데……아니, 잠깐. 이 녀석 제대로 연애를 한 적은 있었나?

결국 마왕성의 숨은 보스 역할을 톡톡히 하기 위해 희영은 도도하게 허리에 손을 올리며 말했다.

"네가 뭐라고 미덕이가 누구랑 뭘 하든 뭔 상관이야?"

조금 있으면 저 눈에서 레이저가 쏟아지고 가시가 뿜어져 희영의 몸을 콱콱 찌를 기세였다. 그러나 그녀는 보았다. 빈틈없이 똑 부러진 희도의 눈이 아주 미세하게 흔들리며 미덕을 바라보고 있다는 것을. 역시 강미덕 바보 최희도는 어쩌면 진짜 바보일지도 모른다.

"자꾸 네가 미덕이 옆에 있으니까 애가 제대로 남자친구 한 번 사귀질 못하잖아. 세상에 어느 여자가 연애 한 번 제대로 못 해보니? 그 왜, 미덕이 소꿉친구인가 하는 개도 좀 관심 있어 보이던데."

언젠가 한 번 그 아이랑 사귀느냐 물어보았으나 미덕은 전혀 대수롭지 않게 부정하며 단순한 친구라 단언했다. 친구 사이에서 연인으로 발전할 수 있는 것은 당연한 일인데 미덕은 애초에 다른 남자는 보이지도 않는 듯했다.

희영의 말 한 마디에 불쾌지수가 올라가는 게 고스란히 보인다.

"그래서 하고 싶은 말이 뭔데?"

"뭐긴. 너도 이제 슬슬 장가가는 데 집중하고 애 그만 괴롭히라는 거지."

짜증이 오르는지 이마를 문지르며 희영을 보는 눈동자가 심상치 않았다. 누나만 아니었으면 그냥 있지 않았을 거라는 의미로 상어 눈알처럼 새파랗게 안광이 보이고 더 있으면 이제 그 누나고 뭐고로 시작돼 똘끼 충만한 발악질이 시작될 것 같아서 희영은 슬슬 퇴장의 기미를 엿보았다.

문은 자신의 뒤에 있고 언제든 튀면 된다.

"근데."

근데라니. 저 건방진 입을 어떻게 꿰매야 하지? 속에서 열불이 치밀지만 희영은 애써 무표정을 유지하며 희도의 심기를 건드렸다.

"……애 겁먹는 걸 즐기지 말라, 이거지. 조금 있으면 미덕이 도망갈지도 몰라. 과유불급이다, 너?"

다 좋다. 아직 듣고 싶은 말을 듣지 못했기 때문에 희도는 너른 마음으로 인내심 발휘하며 세 번째로 물었다.

"그러니까 누구냐고."

그의 마음은 현재 불처럼 아주 뜨거웠다. 전화를 받고 그 화가 쉬이 풀리지 않아 괜히 정수의 구레나룻을 마구 괴롭혔다.

"있어. 완전 잘생긴 미남."

"종호."

"아닌데?"

"지금 종호도 그리 달갑지 않으니까 그만해."

뭐라? 이 고약한 놈.

"조만간 눈물 쏙 뺄 날 있을 거다, 최희도."

아니, 사실 희영이 의도했던 바는 이랬다. 아주 애간장이 타들어갔겠지. 사람을 대하는 녀석인 만큼 하루 종일 웃어야 했을 테고 다 알면서, 미덕과 손잡고 다닌 사람이 종호라는 것을 어렵지 않게 유추했음에도 간장이 오그라들었을 것이다.

과한 질투심 그리고 소유. 그것은 결코 좋은 것이 아니다. 상대방이 불편을 느끼기 시작한다면 그건 애정이 아니라 애욕에서 불거진 집착일 뿐이다. 더욱이 뭣도 아닌 두 사람의 관계에서는 더더욱. 희영은 비록 매번 당하지만 실상 언제나 희도의 머리 위에서 지켜보는 관조자였고 조율을 할 줄 아는 여성이었다.

멋지게 카운트 펀치 날리고 보기 좋게 퇴장하는 희영을 어이없게 바라보던 희도는 볼을 긁적거리며 입을 헤, 벌리고 잠든 미덕의 곁으로 다가갔다. 침대맡에 앉아 이마를 덮은 앞머리를 쓸어 넘겨주고 내려 보고 있으니 까맣게 자신을 보는 눈이 한없이 보고 싶어졌다.

'오빠.' 하고 부르며 그래도 항상 뒤따라주는 목소리도 듣고 싶었다.
"미안하다."
이 아이가 힘들어하고 있는 것은 알고 있다.

자신을 보면 뒷걸음질치고 먼저 겁부터 먹는 것도 알고 있었다. 하지만 그렇다고 해서 희도가 먼저 다가서기엔 아직 미덕은 준비가 되어 있지 않았다. 이렇게 떨어져 있는 것만으로도 가슴이 아픈데. 혹시 누군가 미덕을 채 갈까 봐, 그것으로도 두려워 안절부절못하는 자신이다.

이미 오래전부터 그를 쥐고 흔들고 있는 것은 그 누구도 아닌 강미덕, 이 아이였다. 분명히 화가 났고 희영에게 휘둘리고 있을 미덕에게 분이 차올랐었다. 애가 타서 가득 찼던 담배를 단숨에 비웠을 정도니까.

감히 어떻게 미덕에게 화를 낼 수 있을까. 다른 것은 다 된다 해도 희도에게 그것만큼은 허락되지 않았다. 볼을 긁적이다가 그대로 나온 손을 잡아 입을 맞추며 희도는 다소 안타까운 눈동자를 만들었다.

이렇게밖에 할 수가 없다. 눈감아도 보이는 미덕의 어렸던 잔상에서 자신이 벗어날 수 있을 때까지는 그는 함부로 그녀에게 다가설 수가 없다. 이 잔상은 그가 그리는 것이기보다는 미덕이 비춰주는 것이다. 자각하지 못하는 어린 날의 여린 환상.

그때와 달리 미덕의 마음에 자신이 파고들 자리가 조금 더 커질 수 있도록, 그래서 넘치지 않아 부담스러워하지 않을 때가 되었을 때 그는 반드시 이 아이를 가질 것이다. 한 번 잠들면 잘 깨어나지 않는다는 이 점을 이용해 미덕의 손가락 끝에 입을 맞추고 눈을 감고 있던 희도는 서서히 미덕의 눈꺼풀이 파르르 떨리는 것을 알지 못했다.

떨리고 떨리다 괴이한 감촉에 서서히 눈이 떠지고 흐릿한 시야에 고개를 숙인 남자가 보이는 순간 미덕은 미친 듯이 뛰는 가슴 소리가 들릴까 봐 고개를 돌렸다.

장난? 아니, 뭔가 장난이라고 하기에는 그가, 희도를 향한 자신의 마음의 울림은 도무지 믿을 수 없을 정도로 격하고 거셌다. 그래서 미덕은 그가 조용히 불을 끄고 방을 나갈 때까지 아무것도 하지 못했고 방문이 닫히고 나서야 환호라도 질러질 듯 벌어지는 입을 막으려 애썼다.

장난? 아니, 분명 진심이었다. 그의 행동 속에 한 치의 거짓 없는 진실이 묻어 있었다.

5. 질투와 질투를

다른 것은 아무것도 보이지 않았던 때가 있었다.

공부도, 가족도, 친구도, 학교도 그 어느 것도 '희도'만큼 높지 않았고 그녀는 보고 있는 것만으로도 눈물이 날 것 같다는 감정을 조금 이르게 가슴에 품었다. 언제부터였느냐 하고 묻는다면 그것은 그녀 스스로도 알 수 없다.

그저 어느 날 문득 그의 목소리가 그 어떤 목소리보다 크게 들려왔고 자신을 향해 웃어주는 얼굴에 배꼽 아래서부터 뜨거운 덩어리가 쌓여갔다. 미소, 손끝, 몸짓, 넓은 등.

13살, 그를 처음 만났을 때부터 줄곧 미덕을 업어주었던 희도는 고등학생 된 그녀를 그때만큼 자주는 아니더라도 달에 한 번쯤은 꼭 업어주곤 했다. 분명 이상한 관계였으나 이상함조차 느껴지지 않았던 그들이었다. 항상 같았다고 해야 할까.

단 한 번 비 오던 날을 마지막으로 싸운 적도 없었다.

이유라. 딱히 이유랄 건 없었다. 바쁜 와중에도 꼬박꼬박 와서 미덕과 이야기를 나누던 희도였던지라 모든 것이 자연스러웠다.

〔언제 다 크나. 아직도 도마뱀 잘린 꼬리만큼 조그마하네.〕

하여간 하필이면 비교를 해도 꼭 저 같은 것만 한다.

어떻게 잡아야 할까? 등에 업혀 가볍게 종아리와 허벅지 아래를 받치는 희도의 팔에 미덕은 점차 솟아올라 봉긋해진 제 가슴이 혹시나 희도의 등에 닿을까 전전긍긍 허리에 힘을 주니 온몸이 굳어버릴 것만 같았다. 하지만 그렇다고 꼭 업히기도 부끄러워 미덕의 포즈는 점점 엇나가 버렸다.

그러던 찰나, 단단하게 그녀를 받치던 희도의 팔이 사라지듯 공허해지고 미덕의 몸이 그대로 아래로 곤두박질칠 것처럼 훅, 가라앉았다.

〔꺄악!〕

새된 비명을 지르며 반사적으로 팔을 뻗어 그의 목을 휘감은 미덕은 발칵발칵 뛰어오르는 심장이 곧 입 밖으로 나올까 입을 다물고 있자 희도의 나지막한 목소리가 노랫말처럼 들려왔다.

〔딴생각하지 마. 오빠 뒤에 눈 달렸다.〕

가볍게 웃는 소리가 들려오고 다시 상체를 희도의 등에서 조금 떼어낸 그녀는 언제부턴가 희도의 등에 업히는 것이 더없이 부담스럽다는 것을 느꼈다. 코앞이 집이지만 결국 미덕은 희도의 등을 톡톡 두드리며 그를 세웠다.

〔저 이만 내려주세요.〕

훤칠하게 큰 키에 업혀 높게 보는 아래가 조금 더 높아졌다. 그가 허리를 곧게 세운 탓이었고 살랑살랑 흔들리는 그의 결 좋은 머리카락이 유난히도 탐났다. 만지고 싶다. 어쩐지, 만지고 싶다.

〔불편해?〕

살짝 물어오는 물음에 미덕은 서둘러 고개를 저었다. 어차피 희도에게는 보이지 않을 테지만 절대 싫은 게 아니니까.

〔아, 아니요……그냥, 이제 다 컸잖아요.〕

〔내 눈엔 아직도 꼬만데.〕

피식 웃는 소리와 함께 희도가 그녀를 내려주었다. 바닥에 발이 닿으며 조금 휘청거리자 빠르게 미덕의 팔을 잡은 그는 가슴을 설레게 만드는 보드라운 미소를 지으며 자연스럽게 그녀의 뺨을 간질였다. 다른 사람이 했다면 다분히 느끼한 행동이라 해도 모자람이 없지만 미덕은 그 짧은 스침조차 입술을 깨물 만큼 설레었다.

그래서였다. 다급하기 그지없는 마음에 조바심이 생기고 이내 등을 보이며 먼저 걸어가는 희도에게 서둘러 다가섰다. 말하지 않아도 알아주면 좋을 텐데. 보이는 눈만으로도 대화가 가능해서, 이 낯부끄럽고 수줍은 마음을 알아줬으면 하지만 그는 초능력자가 아니기에 다가선 미덕을 향해 웃어줄 뿐이다.

알 수 없다. 그저, 좋다. 이 오빠가……이 사람이, 이 남자가.

〔오빠.〕

〔응?〕

〔오빠는 여자친구가 많죠?〕

선뜻 물어본 질문에 희도는 다소 난감한 표정을 지었다. 속을 내보이지 않는 그런 모습에 미덕은 절로 상처를 받고 혼자 삭이기 시작했다. 괜찮다고 속으로 말하면서, 희도의 속이 자신에게 전해지기를 덧없이 바랐지만 그는 엄중하게 봉인된 상자를 조금의 틈도 보여주지 않았다.

〔그런 건 묻는 게 아냐.〕

오기가 발동했는지도 모른다. 철저하게 배제하는 희도의 선에 어디시 그런 용기가 났는지 미덕의 손이 희도의 옷깃을 꽉 잡아버렸고 그의 눈이 일순 크게 흔들렸다.

그가, 그녀를 피했다.

〔저는요, 오빠.〕

도망가지 말라고 말해 주고 싶었는데 나오는 말은 자꾸 꾹꾹 눌려졌던 다른 무언가였다. 지금이 아니라 말하는데 한 번 터진 봇물은 막아도, 막아도 다른 곳에서 새어나와 끝내 본체를 드러냈다.

〔저는…….〕

〔나중에도 같으면 좋겠다.〕

〔네?〕

〔항상 같으면 좋겠어.〕

단칼에 베어진 말이 비수가 되어 가슴을 꿰뚫고 고개를 완전히 돌린 희도는 항상 그랬듯 미소 지었다.

〔그렇구나.〕

이루 말할 수 없는 창피함과 낯 뜨거움에 미덕은 순간 피가 거꾸로 솟아버리는 기분이었다. 타오르기 직전의 불씨가 단숨에 짓밟혀버린 이때, 언제나 같기를 바라는 그의 목소리에 다시 한 번 무너졌다.

순간 깨달았다. 그는 그녀가 어리기를 바라고 있을지도 모른다. 이렇게 업어줄 수 있게끔 평행하던 것처럼.

그리고 그것은 땅이 무너지는 듯 아찔한 것이었음을.

*

"37도가 넘어. 하얗게 질려가지고."

걱정스레 열을 재준 수간호사는 링거를 맞고 끙끙거리는 미덕의 이마에 손을 다시 올렸다. 열을 재고 이마에 뭐 하러 손을 올리나 싶긴 하지만 이 다정한 행동에 그녀는 조금 나아지는 기분을 받으며 입을 열었다.

"한 20분이면 되겠죠?"

"그렇긴 한데, 이런다고 열은 안 떨어져. 쉬어야지."

"아니에요. 어서 가보세요."

머뭇머뭇 미덕의 주변을 돌던 수간호사는 결국 비어 있는 병실에 누워 링거를 맞고 있는 미덕을 두고 나섰다. 겨우 혼자가 된 그녀는 이마 위에 팔을 올리며 길게 한숨을 내쉬었다. 요 며칠 몸이 으슬으슬 거리더니 결국 감기가 온 모양이었다.

얼마 전 종호의 유치원 운동회 덕분인 듯하다. 아니면 아픈 척 꾀병을 부리던 탓일 수도 있다.

잠깐 눈을 감은 사이 맞춰 놓은 알람이 울렸고 무거운 몸을 일으킨 미덕은 어렵지 않게 링거를 정리하며 몸을 움직였다.

에취, 재채기를 한 번하고 한숨을 내쉬며 그리 춥지 않음에도 팔뚝을 문지른 미덕은 병실을 나서 데스크로 가다가 멀찌감치 우뚝 솟아있는 하얀 의사가운의 맵시 좋은 사내를 발견했다.

얼굴도 잘 보이지 않는 거리에서 직감적으로 그 사내가 희도임을 알아차린 미덕은 거의 반사적으로 반걸음 물러섰다. 이어 묵묵히 서 있던 희도 역시 정확히 동시에 미덕을 발견하고 그녀를 바라보았다.

실로 오랜만이라고 느껴진다.

정확히는 그 말도 안 되는 꾀병 이후로 약 나흘만이었다. 애초에 집에 잘 오지 못하는 희도이니 보지 못한 것은 이해가 가능하지만 아예 연락 자체가 두절되었던 것은 미덕과 희도가 만난이래, 처음이었다. 문자 보내는 속도도 느린 사람이 헛문자만 연거푸 보냈고 그걸 보는 내내 미덕의 마음은 심란하고 또 심란했다.

긴 다리가 미덕에게 향해 달리듯 걸어오는 게 보인다. 다급해진 마음에 이리저리 주변을 살피던 미덕은 어느새 근처까지 다가온 희도 때문에 경직되어 인사조차 못했다. 그는 아마 자신이 했던 행동, 그러니까 살짝 입을 맞추었던 그때를 그녀가 모르고 있다고 생각할 것이 분명했다. 괜히 티를 낼 수 없어 약간 굳은 얼굴로 있자 그는 미덕의 이마에 손을 한 번 올렸다.

"후."

한숨 한 번에 가슴의 박동이 두 배가 되어버린다. 유난히 바쁜 기색이 가득한 데스크에서 누군가 희도를 불렀다. 그러다 그 앞에 선 미덕을 발견하고는 반색하며 다가섰다.

"강 간호사 혹시 뭐 특별히 맡은 환자 있어요?"

"예? 아뇨, 무슨 일이 있나요?"

"그게요."

막 설명을 하려던 문석은 자신을 가로막는 손에 고개를 돌렸다. 어쩐지 굳은 얼굴의 최 선생이 고개를 저으며 입을 열었다.

"방금까지 링거 맞았다고 하는데 좀 쉬게 두는 게 어때."

"어……그래요?"

아무리 3D업종에 버금갈 노동력을 과시하는 일이라고는 하지만 아파서 링거까지 맞은 사람을 데려갈 수 없었는지 아쉬움 가득한 얼굴이 되어 입맛을 다시는 문석이었다. 그러나 희도의 이 방해 아닌 방해에 미덕은 입술을 깨물며 자신의 어깨를 잡는 그의 팔을 내치듯 내렸다.

그녀의 사정 전후 생각 않고 혼자 결론 내리는 것에 이미 오래전에 한 번 데인 적이 있다. 고등학교 시절 비가 오던 그날에도 희도는 어느 여자의 앞에서 미덕을 한없이 아이 취급을 했다. 공부를 해야 해, 남자친구를 사귈 때가 아니야. 지금은 당연히 사정이 다름에도 그녀는 또다시 자신의 일을 멋대로 정하는 희도에게 불현듯 화가 났다.

그렇게 사람을 흔들어놓고 어떻게 이렇게 멀쩡할 수 있을까. 희도야 그녀가 자고 있다고 생각했을지도 모르지만 사람이 어떻게 저렇게 담담할까. 어떻게 또다시 아이 취급을 하는 걸까. 다른 곳도 아니고 서로가 함께 다니는 직장에서!

"괜찮아요. 무슨 일이에요?"

"덕아."

"최 선생님, 아무리 익숙해도 장소 구분해서 말씀해 주시면 감사하겠습니다."

희도의 눈동자가 커졌지만 미덕은 조심스레 앞으로 나서며 얼떨떨한 눈치로 두 사람을 번갈아 보는 문석에게 다가섰다. 뒤에 선 희도의 어두워진 얼굴을 보았다면 어쩌면 마음이 약해졌을지도 모르지만 그녀는 끝내 고개를 돌리지 않았다.

일은 그리 어려운 것은 아니었다. 정신력으로 많은 피로가 쌓이는 일, 응급 환자를 지켜보는 일이다. 대충 하는 일을 보자면 심박도 체크와 시간에 맞춘 상시 약 투여, 환자의 변화도 체크와 예후를 살피는 것인데 보통의 응급 환자들은 잠이 들어 있어서 큰 어려움은 없었다. 단지 그 시간이 언제까지 될지 모르는 일이라 그렇지.

"너 못해. 봐, 지금도 이렇게 질렸잖아!"

환자가 있는 병실로 가면서 뒤따르는 희도의 잔소리와 같은 말이 이어졌다. 무시하고 앞으로 가는 그녀가 생소하고 당황스러웠지만 그는 빠르게 따르며 미덕의 팔을 잡고 당겼다. 힘없이 당겨진 미덕이 힘을 줘봤지만 희도의 강한 힘에 당할 수 있을 리 없었다.

"자꾸 속상하게 할래? 이러다 쓰러질 거야."

"저도 배웠어요. 안 쓰러져요."

"덕아."

"잘 알지도 못하면서 왜 자꾸 아니라고만 하세요? 어려운 일도 아니에요."

"뭐가 안 어려운데. 제대로 자리도 못 뜨고 계속 옆에 있어야 하는데, 왜 그러다 같이 링거라도 맞으려고 그래?"

"최 선생님!"

복도에 아무도 없다는 것이 다행이었다. 간호사와 의사의 치정과도 비슷한 이 다툼이 환자나 다른 동료들에게 좋게 보일 리 없었고 미덕은 입술을 깨물며 주먹을 꽉 쥐었다. 결국 그는 여전히 자신을 보호나 해줘야 할 어린아이로 보고 있는 게 틀림없었다. 무언가를 맡겨도 좋을 만큼 든든한 동반자가 아니라 그저 마냥 신경 써야 할 짐처럼.

"놔주세요. 어려운 일도 아니고 그저 단순히 체크만 하는 거니까."

"덕아, 너 정말 안색이 안 좋아."

"여기 병원이에요. 이름 말고 제대로 불러주세요."

"강미덕!"

"부르지 마세요!"

다른 것은 몰라도 희도의 입에서 저렇게 불리는 것은 어딘가 가슴이 많이 아팠다. 하지만 희도에게는 지금 미덕의 그 말이 이름도 부르지 말라는 것으로 들려 삽시간에 그 수려한 얼굴이 무섭게 굳어버렸다.

금세 잡힌 팔은 순식간에 저릿해질 정도로 강하게 조여졌다. 전류가 흐를 듯 파직, 하고 따끔거리는 현상에 미덕과 희도가 함께 일순 말을 놓쳤고 이내 침묵이 감돌던 가운데 미덕의 더듬거리는 말이 이어졌다.

"놔, 놔주세요."

이제는 정말 내놓고 피하는 수준이다. 너무도 갑작스럽고 당황스럽게 한순간에 자신을 거부하는 그녀에게 희도의 가슴이 갈기갈기 찢기는 느낌이었다. 먹먹해지도록 아픈 마음에 희도는 그녀의 손목을 놓아주지 않고 말했다.

"내가 뭐 잘못했어? 그래?"

"아니에요, 그냥! 지금은 그냥……머리가 아파서 그래요."

의사를 앞에 두고 아프다고 말하니 그의 표정은 조금 더 낮게 어두워졌다. 빠르게 살피면서 애써 침착함을 유지하는 태도이지만 미덕은 닿은 손길이 뜨거워 조금도 참을 수가 없었다. 살이, 살이 녹아버릴 것 같다. 심장이 미치도록 뛰어오른다.

"덕아."

손등에 입을 맞출 때도 그랬다.

보는 것만으로도 숨이 막혀 그 마음을 비추지 않고서는 버틸 수 없었던 그때처럼 지금도 조금만 있으면 그에게 말할 것 같았다. 미덕은 입술을 앙다물고 잡힌 손을 풀기 위해 힘껏 뒤로 몸을 뺐다.

완강하고 분명한 거부에 희도는 이 상황을 제대로 이해하기가 어려웠다. 미덕의 가느다란 손목을 잡은 손에는 저도 모르게 힘이 들어가고 그녀의 손목은 빨갛게 물이 들어가고 있었지만 희도는 놓아줄 수가 없었다. 이 손을 놓으면 정말 그대로 달아나 버릴 듯하다.

"왜 그러는 건데. 덕아."

지금까지 한 번도 이렇게 그를 거부한 적도 없었고 또 팽팽하게 당겨진 적도 없었다. 이건 아니다. 희도가 바랐던 것은 이렇게 온몸으로 그를 밀어내는 미덕이 아니었다.

"강미덕!"

"오빠 제발 좀!"

다른 의미로 미덕 역시 절박했다.

뛰는 가슴을 가라앉히고 싶었고 잡힌 살결이 뜨거워 녹아버릴 것 같으니 그것 또한 식히고 싶었다.

지금 이 자리가 그녀에겐 지옥이자 천국이다. 희도와 함께해서 좋고 또한 함께여서 괴롭다.

"그만하세요."

처음 희도에게 고백을 했던 어릴 때와 다른 감정이 솟는다. 그때가 달콤한 사탕을 빨듯 달달한 것이라면 지금은 날카로운 가시밭길임을 알면서도 그 품에 안기고 싶은 애절함이 있었다. 결국 점점 더 확실해지는 것은 그녀의 마음뿐이었다.

좋아한다는 감정을 넘어선 그것. 절대 깨닫지 않고 모두 포기하려 했지만 결국 찾고만 감정이 미덕에게 해일처럼 몰려들어와 그녀는 발을 동동 구르며 희도를 밀쳐냈다. 이제야 그녀는 알 수 있었다.

어째서 희도의 그 작은 다가섬에 그토록 불안해했던 것인지. 장난이 아닌 그 열정적인 진실 속에 무엇 때문에 도망 다니려 애썼던 것인지.

깨닫기 싫었던 거다. 한 번 접었던 그 마음이 이미 스스로 인식하기도 전에 몇 배, 몇 십 배는 불어나 억지로 숨어 있었음을 몸이 알고 있었던 거다. 괴롭히는 것이 분명한 그의 못난 행동에도, 모질게 괴롭히고 상처 받고 가슴이 아파도 꾹 참으며 그저 바보처럼 고개만 끄덕이는 것도.

미움 받고 싶지 않았어.

혹시라도 미움 받을까 봐, 무서워서……그래놓고 또 상처 받을까 봐 도망갔어.

어떻게 해. 이제 정말 나도 몰라. 진짜, 정말 너무…….

'사랑한단 말이야.'

전부 버리고 달려가 안기고 싶지만 그것과는 별개로 저도 모르게 주춤거리게 되고 난감해하던 그날의 희도가 떠오르면서 지펴지던 용기를 앗아갔다.

그만하자는, 진심이 묻어난 그녀의 말에 희도의 손에서 힘이 풀렸다. 넋이 나간 듯 미덕을 보고 있지만 흐릿한 눈동자는 정리가 안 되는 현 상황을 가늠하고 있었고 그 사이 미덕은 재빨리 복도를 빠져나갔다. 어쩌지, 어떻게 해야 하지?

다시 희도의 얼굴에 난처함이 떠오를까 봐 미덕은 무서워 견딜 수가 없었다.

뒤돌지 말아야지. 돌면, 돌면 분명 감당키 어려운 무언가를 볼 것이라 여겨졌고 그것은 결코 틀린 말이 아니었다.

지금 그녀의 뒤에선 그 어느 때와 비교도 할 수 없이 굳어 차가운 듯하지만 당장이라도 모든 것을 녹여버릴 듯 뜨겁게 타오르는 희도가 미덕을 바라보고 있었으니까.

"후."

달려가듯 사라지는 미덕을 보면서 희도는 차분히 얼굴을 쓸어내렸다. 자신이 바랐던 것은 이런 것이 아니었는데 희영의 말이 끝난 지 고작 며칠 만에 미덕은 그에게서 달아나버렸다.

그 자리에 홀로 남아 있는 희도는 그렇게 한참을, 한참을 미덕이 사라진 곳만 바라보고 있었다.

지금껏 이렇게까지 설전을 벌인 적이 없어서 미덕이나 희도나 이 상황이 당황스럽기는 마찬가지였다. 처음일지도 모르고 혹은 언제나 그랬을지도 모른다. 그는 미덕에게 화를 낼 수 없다. 그렇게 작고 사랑스러운 여자에게 어떻게 화를 내고 언성을 높일 수 있을까. 결국 손을 놓은 건 희도였다.

이겼다거나 하는 승리감에 도취될 리 없었다.

크게 숨을 들이마신 미덕은 진지하게 자신의 할 일을 찾아 손을 움직였다. 조금 있으면 이 일을 먼저 맡았던 간호사가 인수인계를 하러 올 테고 자신은 그것에 맞춰 일을 하면 되는 거였다. 희도의 생각은 조용히 묻어두고서 그녀는 눈물을 삼켰다.

사랑이란 게 참, 많이도 어렵다. 특히나 자신에게는 더더욱.

*

시간은 잘만 흘러 맑은 하늘, 고운 하늘, 낙엽이 진 하늘 아래 모래알이 반짝이는 초등학교 운동장의 정면 구령대.

"뭘 봐."

나이답지 않은 깔깔함으로 구령대 옆 계단에 쭈그리고 앉아 지나가는 친구들에게 괜한 시비를 거는 귀한 집 아들로 오냐오냐 자란 어린 소년이 괜히 계단 바닥에 돌멩이로 끼적끼적 낙서를 하고 있었다. 거기에 적힌 낙서가 뭔가 하니 무척 제멋대로인 글씨로 '미덕이 누나'가 그려져 있었다. 그러다가 얼른 누나 부분을 지우고 거기에 '바보'라는 말을 붙여서 미덕이 바보를 완성시키고 나서야 일어선 아이, 현덕이다.

"현덕아."

콧방귀를 뀌고 일어서 계단에서 내려온 현덕을 부른 것은 같은 반 예주였다. 예쁜 얼굴에 눈 밑에 점이 포인트로 같은 반 남자아이들에게 공주 대접 부럽지 않게 예쁨을 받고 있는-그만큼 여자아이들에게 미움을 받는-아이는 귀여운 목소리로 현덕을 불렀고 현덕은 예주의 방긋거리는 웃음에 무덤덤하니 휙 돌아 무시해 버렸다.

"현덕아아, 집에 가?"

길게 늘어지는 예주의 말에 건방을 뚝뚝 떨어트리며 양손을 패딩 주머니에 푹 찔러 넣고 걸어가는 모양새가 상당히 거만했다. 이맘때에는 남자아이들보다 여자아이가 더 큰데 반해 현덕은 여러모로 특별한 녀석이다.

"같이 가자, 저기 슈퍼까지."

손가락으로 멀리 보이는 슈퍼를 가리키며 말하는 예주였고 현덕은 심드렁하니 심술 맞은 얼굴로 늦가을 단풍처럼 붉게 물들어 있는 소녀를 향해 말했다.

"말 걸지 마."

"같이 가아."

다시 한 번 현덕의 가방을 살짝 잡는 예주의 귀여운 행동에 현덕이 뚝 멈추며 휙 돌았다.

"너 혀 길어?"

"응?"

"확 말아버린다. 얼른 집에 가."

입에 담기에는 상당히 과격한 말이지만 예주는 뽀얀 뺨 다시 물들이며 부끄러워했다. 속으로 '현덕이 멋져'를 떠올리는 것이 요즘 애들 행태임을 알려주는 듯하지만 겉으로는 순수 무결한 아이일 뿐이다.

결국 끝까지 뒤따르는 예주를 무시하고 집까지 열심히 달린 현덕은 삐로록 문을 열고 들어서다가 현관에 가지런히 놓여 있는 검은색 단화에 확 벌어지는 입을 막지 못했다. 항상 늦게 오거나 그 못된 아저씨 집에 가 있는 미덕이 집에 있다는 말이었고 싱글벙글하다가 혹시 누나가

볼까 봐 얼른 입가를 가리며 가방을 내던졌다.

"어어, 현덕아 안 돼!"

다짜고짜 누나가 있을 방문의 문고리를 잡는 현덕을 주방에서 발견한 엄마가 달려와 가쁘하게 막으며 고개를 저었다.

"지금 누나가 많이 아파. 겨우 잠들었으니까 괜히 깨우지 마."

"……."

"집에 왔으면 씻고 숙제해."

어깨를 잡고 욕실 쪽으로 밀어내는 엄마의 손길에도 현덕은 뚫어져라 미덕의 방문만 바라보다가 얼른 화장실로 뛰어 들어가 손을 씻고 착하네, 우리 아들하고 웃어주는 엄마를 지나쳐 미덕의 방문을 벌컥 열어버렸다. 그와 함께 볼록 솟은 침대 위의 이불이 보였고 현덕은 성큼성큼 걸어가 미동도 없는 이불을 슬쩍 들쳤다.

사람인가, 인형인가.

숨은 쉬는 것 같은데 땀도 안 흘리고 색 잃은 입술이나 얼굴 그리고 가지런히 놓인 두 손이 참 안쓰러워 보였고 한눈에도 아프다는 것을 알 수 있었다. 감히 장난도 칠 수 없어 보이는 모습에 입만 벙긋거리던 현덕은 누나의 방에서 나와 부리부리하게 눈을 뜨며 엄마에게 말했다.

"그 아저씨는 왜 안 와?"

"응? 어느 아저씨?"

"강미덕 아픈데 고쳐야 할 거 아냐. 이상한 아저씨 의사잖아."

건방과 버릇없음이 이리 뚝, 저리 뚝뚝 떨어지고 엄마의 이마 위에 살포시 핏대가 올랐지만 그래도 혼내려는 마음보다는 누나 생각한다는 것에 위안 삼으며 그녀는 늦둥이 아들에게 차근차근 말했다.

"희도 형한테 이상한 사람이라니. 그리고 누나한테도 이름 부르면 안 되지."

"아저씨 왜 안 오냐니까. 쟤, 누……나 아프잖아."

엄마의 찌릿 노려보는 시선에 '쟤'에서 얼른 누나로 호칭 바꾸는 현덕이다.

"누나가 아픈데 왜 꼭 형이 와야 해?"

다시 꾹 입을 다물며 이내 씩씩거렸다.

짜증으로 뭉쳐진 현덕은 잠시 고민하다가 성큼성큼 위층을 향해 달려갔다. 안 되면 끌고라도 올 거다.

17층에서 18층까지 올라가는 시간은 시간이라고 하기에도 뭐할 만큼 짧다. 훌쩍 위층으로 올라와 당당히 초인종으로 손을 뻗던 현덕은 찰나 심호흡을 하고 눈을 부릅뜨며 곧 손바닥으로 철문을 땅땅 두드렸다.

참 주관적으로 현덕의 길고 길며 우여곡절이 많았던 인생에 처음으로 이웃 윗집을 방문했고 곧 그것에 대응해 주듯 '누데여.' 하는 대답이 이어졌다.

"안냐세요."

하여간 여기는 진짜 이상한 사람밖에 없다. 엄마의 말을 듣자면 맨날 요가인지 요괴인지 그것만 하는 이상한 할머니에 항상 미덕을 울리는 이상한 아저씨에 그냥 이상한 아줌마에…….

정작 문을 열어준 것은 잠귀신이 달라붙어 눈이 반쯤 감긴 희영이었다. 밤새 뭘 했는지 이 늦은 오후에도 하품을 쩍쩍한 그녀는 잠시 현덕의 등장에 놀라워하다 주스를 한 잔 내려놓고 다시 방으로 쑥 들어가 버렸다.

"형아, 나도."

현덕이 쥐고 있는 주스 잔을 가리키며 종호가 입맛을 다시고 있었고 현덕은 거기에 이상한 꼬마까지 있다고 마지막 결론을 지으며 옜다, 인심 쓴다는 기색으로 주스를 주며 고개를 돌렸다.

그래도 일단 적정의 예절은 배우고 있는 터라 주머니에 두 손 쿡 찔러 넣은 현덕이 그 자리에 두 다리 쫙 펴고 앉아 주스를 홀짝홀짝 거리고 있는 종호를 내려 보았다. 아주 만족스럽게도 다들 자신보다 크지만 종호만큼은 자신보다 훨씬 작아서 일어서든 앉든 내려 볼 수가 있다. 태생이 거만하고 성질은 건방지며 거기에 오냐오냐 자란 탓에 콧대만 높은 버릇없는 초등학생은 꽤나 도도하게 입을 열었다.

"야, 너희 아저씨 어디 있어."

"마시따."

꿀깍꿀깍.

현덕의 말은 '고작' 따위로 치부하며 주스에 온 신경을 세우며 입술만 오물거리다가 이내 과도한 액체 흡입에 차오른 배에서 가스를 배출시켰는지 종호의 작은 입에서 '꺽' 하고 상큼한 향과 함께 트림이 나왔다. 이 꼬마에게서는 절대 원하는 것을 얻을 수 없을 거라는 것을 빠르게 알아낸 현덕은 미련 없이 주변을 둘러보며 희도의 방이 있을 법한 곳으로 시선을 두며 꼭꼭 닫힌 방문 쪽으로 향했다.

콱.

그러나 작은 손아귀가 현덕의 바지를 냉큼 잡아버렸고 한 걸음 딛던 현덕은 '우아악!' 하고 단발마를 지르며 고꾸라지고 말았다. 그나마 다행인 것은 두 팔로 버텨 겨우 얼굴이 바닥에 찧는 것을 막았지만 눈물이 찔끔 나올 정도로 아프게 무릎을 박아서 한동안 일어날 수가 없었다. 밑에 깔린 카펫이 충격을 흡수해 주고 있기는 하지만 온몸이 찡, 하게 울린다.

"너, 너 이씨!"

필사의 인고로 통증을 참아낸 현덕은 어린 종호 앞에서 절대 울지 않겠다는 듯 코 평수를 늘리며 끙끙거렸다. 하지만 형의 모습이 재미있는지 깔깔거리며 손뼉을 친 종호의 웃음에 현덕은 무릎을 삭삭 빠르게 문지르다가 눈을 깜빡였다.

"아파? 아파?"

그러다 방금 전 현덕이 넘어지는 것처럼 엎어지듯 따라 하며 데굴데굴 구르는 종호를 보면서 막 웃음을 터트렸고 결국 자신이 왜 이곳에 왔는지 불과 5분 만에 까먹는 사태가 벌어지고 말았다.

까칠하기가 이루 말할 수 없을 정도인 현덕이 동생을 돌보며 논다는 건 정말 역사에 남을 일임이 분명했다. 딱히 종호와 제대로 놀아본 적은 없지만 어쩌다 보니 엎치락뒤치락 짝짜꿍이 맞아 거실이 좁아질 정도로 달리기 시작한 현덕은 장난감도 없이 소파 위를 놀이터 삼았다. 컴퓨터 게임이나 책보다는 놀이터를 좋아하는 현덕인지라 상대가 몇 살짜리이건 좋다고 뛰어다녔다.

생각보다 소년은 동생을 돌보는 것이 자연스러웠고 즐거워 보였다.

친구들과의 사이도 독불장군 수준인 현덕이 누군가와 엮어 노는 것은 거의 처음이나 다름없었는데 자신의 컨트롤이 잘 되지 못한 강한 힘에 발라당 뒤로 넘어가도 원체 우는 법 없는 종호는 좋다고 자지러지며 웃는지라 현덕의 마음에 쏙 들었다.

항상 막냇동생으로 보살핌을 받았던 자신이 누군가를 보살핀다는 게 신기한 듯했다.

"으아악."

죽는 척 손을 뻗으며 혼신의 연기를 다하는 자신을 보며 좋아하는 종호 때문에 뿌듯함이 올라 더욱 현란하게 표정연기를 하던 중, 현덕은 막 쓰러지며 으어억 소리와 함께 뒤로 넘어가다가 뒤로 젖혀진 고개에 얼핏 비춘 뭔가에 벌떡 고개를 세웠다.

아주 잠깐이었지만 새까만 바지에 현덕의 키만큼 긴 다리가 보였다.

재빨리 고개를 돌린 현덕은 곧 자신을 바라보고 있는 사람을 발견할 수 있었다. 의외의 것을 보았다는 듯 가늘어진 눈매가 보인다. 막 씻고 나왔는지 젖은 머리카락에 단단하게 드러난 상체가 엄지를 들어 올릴 만큼 훌륭했지만 현덕은 그제야 까맣게 잊고 있던 것을 깨달았다.

"동생이랑 놀아주는 거야? 고맙네."

사르르 지어지는 눈웃음에 정말 귀엽다는 양 풋, 웃음을 터트린 희도는 멍하니 있는 아이의 머리를 흩트려놓고 종호에게도 웃어준 후에 자신의 방으로 들어가 버렸다.

잠시지만 부끄러움과 창피함에 머리를 움켜쥐고 옆에서 '아파? 형아 아파?' 만 재잘거리는 종호에게 괜히 씩씩거리던 현덕은 얼른 희도가 들어간 방으로 불쑥 달려들었다. 어딘가 피곤한지 메마른 얼굴로 책상에 앉아 눈가를 문지르고 있던 희도는 자신의 곁이라면 기겁을 하며 도망가면서 갑자기 들이닥친 현덕을 의아하게 보았다.

"무슨 일 있니?"

잠 한숨 제대로 자지 못해 아픈 머리지만 미덕을 연상시키는 귀여운 눈망울의 현덕을 모른 척할 수는 없는지라 희도는 살짝 웃음을 그리며 물었고 방문을 넘었다가 다시 쑥 빠진 현덕은 부리부리하게 눈을 뜨며 콧김을 내뿜었다.

"아저씨."

"그래."

아저씨라는 부름에도 자연스럽게 대꾸하며 웃어주는 희도에게 현덕은 다시 툴툴 못마땅한 얼굴을 만들었다. 미덕은 많이 아파서 누워 있는데 이 아저씨는 짜증나게 웃고 있다는 게 화가 났다. 의사면 아픈 사람을 당연히 고쳐줘야 하는데 왜 안 고쳐주는 것인지 이해가 가지 않았다. 현덕에게는 희도가 미덕의 사정을 모를 것이라는 사정 따위는 이미 고려조차 할 수 없었다. 태어나 사물을 인지하면서부터 미덕의 곁에는 희도가 있었고 희도는 미덕의 모든 일을 알고 있었으니까.

"왜, 할 말 있어?"

"우리 미······."

괜히 발끈해서 누나가 아프다는 것을 말해 주려던 현덕은 다시 꼬이는 마음에 입을 꽉 다물었다. 뭔가 부탁을 하는 것은 자존심이 상해서 도저히 말을 할 수가 없겠다. 의사 선생님이 이 아저씨만 있는 것도 아니고 괜히 자존심에 금이 가는 행동은 차마 할 수 없어서 현덕은 다시 콧대를 세우고 말했다.

"아플 때 먹는 약 주세요."

"어디 아파? 다쳤니?"

그 짧은 순간 빠르게 자신의 몸을 훑은 시선과 열을 체크하는 손길에 현덕은 부리나케 뒤로 물러났다. 번쩍번쩍하는 행동이나 조금 전 종호와 놀던 것으로 보아 어디 아픈 곳은 없어 보여서 약간 궁금한 눈이 된 희도가 빤히 보고 있자 현덕은 다시금 씩씩거리며 말했다.

"안 알려줄 거예요, 아저씨."

현덕의 이상행동에 희도의 눈초리가 매서워졌다. 운동화를 구깃구깃 끼워 넣고 현관문 문고리를 턱 잡는 현덕의 뒤로 걸어온 종호가 벌써 눈에 눈물을 그렁그렁 매달고 입을 비죽거리고 있었다.

"형아, 가?"

"……."

"나랑 놀아."

살벌하게 강렬한 부탁에 현덕의 손이 멈칫거렸다. 저기 뒤에 있는 소파는 놀이공원에 있는 기구보다 재미있는 놀이기구로 보이고 밑에 깔린 카펫은 잔디밭보다 넓어 보인다. 거기에 방에서 가져왔는지 장난감 로봇을 두 손에 쥐고 있는 종호의 모양은 현덕을 유혹하기에 충분했다.

인생 최대의 고뇌에 빠져 심각하게 눈을 찡그리던 현덕은 머릿속으로 계산기를 두드려댔다. 그러니까 이건 절대 자신이 이상한 아저씨에게 부탁하는 것이 아니다. 종호가 놀아달라고 부탁하고 있고 또 형으로서 동생과 좀 놀아주는 것도 가끔은 해볼 만하기 때문에 뭐, 자신이 재미있거나 놀고 싶어서 말해 주는 게 절대 아니라는 거다.

"아저씨."

무슨 일이냐 묻기 위해 다가온 희도는 대범하게 자신을 올려보며 눈을 동그랗게 뜬 현덕을 내려 보았다. 곧 죽어도 호칭은 아저씨다.

"내가 애랑 놀아줄 테니까 아저씨는 미덕이한테 가요."

절대 저가 놀고 싶어서가 아니라 선심을 쓰는 것이라는 듯, 고마워하라는 뉘앙스에 희도가 조금 기가 찬 기색으로 헛웃음을 흘렸다. 하지만 아쉽게도 지금 현덕의 말을 들어주기는 어려웠다. 아직 희도도 조금 감정의 정리가 되지 않은 상태고 지금 미덕을 보면 이 나이에 여린 아이를 앞에 두고 서러움을 토할 것만 같았다.

나이가 들수록 느는 것은 그저 두려움과 겁뿐. 결국 나아지는 것은 무엇 하나 없다.

접점을 위해 약간 거리를 두는 것도 나쁘지 않을 듯해서 미련 맞게 궁상떨며 삭이고 있는데 희도의 속사정도 알 리 없는 현덕이 흔히들 말하는 썩은 미소 흩뿌리며 거만함을 표했다.

"아저씨 지금 엄청 이상해요."

"뭐가?"

"왜 미덕이한테 안 가요? 맨날 옆에 있으면서."

"응?"

"미덕이 아프니까 얼른 내려가요."

미덕을 희도에게 맡기는 것은 아주 마음에 들지 않지만 이번 한 번쯤은 봐주겠다. 현덕 자신의 허락도 받았으니까!

물론 그것은 최선이고 최고의 선택이다. 이미 희도는 집 밖으로 나서고 있었고 그 모습을 뚱하니 보던 현덕은 볼을 붉적였다. 어쩐지 뭔가 조금 뿌듯하다.

"야."

"응?"

"너네 아저씨는 왜 벗고 다녀?"

"우웅?"

"아니야."

훤하게 드러난 상체를 자랑하면서 희도는 바람처럼 사라졌다.

아니, 잠깐. 밖으로 나갔던 희도가 다시 들어와 현덕의 볼을 잡고 죽 늘리며 짐짓 엄한 표정을 짓는다. 얼얼하게 아파 오는 살에 금세 눈물을 짓고 마는 현덕이 버둥거렸다.

"아파!"

"아파? 형아, 아파?"

종호의 말을 뒤로하며 밖으로 나서며 희도는 경건하게 한 마디 했다.

"누나 이름은 함부로 부르는 게 아니야."

일단 혼낼 건 혼내고.

아프다.

아프다.

진짜 눈물도 안 나올 만큼, 눈물도 내기 어려울 정도로 아파서 울 것 같다. 사실 지금 무슨 생각을 하는 건지도 모르겠고 으슬으슬 춥던 몸은 조금도 움직일 수 없게 무거웠다. 얇은 옷을 입고 밖을 노닌 탓에 완전히 감기에 들었고 병원을 다녀와 약도 먹었지만 열도 떨어지지 않았다.

그러나 열보다도 무서운 것은 숨 막히게 슬픈 마음이다.

"이게 뭐야."

그만하자며 도망갔던 것이 미안하고 또 서러워져 외로운 눈물만 줄줄 흘렸고 온몸이 꽉 조인 듯 아렸다. 배 아래서부터 후끈한 것이 정말 죽도록 아팠고 미덕은 없는 힘 죄다 모아 눈을 가리며 입술을 깨물었다.

야속해서 미워서 그리고 보고 싶어서.

욕심만 나는 자신의 마음이지만 그래도 희도가 이해해 줬으면 했다. 아니, 그렇게 도망가면 희도가, 희도가 달려와 잡아주기를 바랐고 일말의 기대도 했었다. 하지만 결국 그는 따라와 주지 않았다. 그냥 그렇게 굴러가듯 넘어가 이제 다시 시간이 지나면 또다시 되풀이될 것 같았다.

항상 그랬던 것처럼 사랑한다고 말하며 아무 거리낌 없이 안아주며 예쁘다고 말해줄 것이고 울상 짓는 미덕을 보며 상냥하고 다정하게 웃어줄 그다.

이제 그런 건 싫은데……정말 싫은데.

아니, 그것으로도 좋은데. 이제는 정말 그런 행동이라도 옆에만 있어주면 좋겠다고 생각이 들었다.

열세 살, 처음 본 희도는 마치 빛이 나는 듯했다. 교복을 입고 차가운 아이스크림을 입에 물고서 서 있는 모습에 간질간질한 미동이 이는 마음에 이게 무엇일까, 고민했고 그것은 점점 더 가득히 차올라 여기까지 왔다. 뭐 하나 확실하게 내려지지 않은 미적거리는 상태로.

자신이 이렇게 아파 말 그대로 몸져누워 있으면 당연히 와줘야 하는 것 아닌가! 뭐가 되었든 인연 많고 오랫동안 사귀어온 이웃집 의사나부랭이라면!

"미워 죽겠어! 아, 진짜 싫어! 최희도 나쁜 놈!"

어디서 그런 기운이 났는지 바락 소리를 지른 미덕은 다시 꽥 어지러운 머리에 해롱해롱 눈을 감았다.

아, 정말 죽겠다.

언제 이렇게 아픈 적이 있었나. 그녀가 기억하기로는 한 번도 없었고 그래서 딱 죽기 직전이 이런 건 아닌가, 하며 가슴이 먹먹해졌다.

딱 하루만 더 아프고 일어날 것을 다짐하면서 코만 훌쩍이며 있을 때 후끈후끈한 몸을 달래듯 약간 서늘한 기온의 무언가가 미덕의 이마에 내려앉았다. 곧 목덜미에도 손등을 대며 맥박과 체온을 가늠한다.

뻑뻑한 눈이지만 이 서늘함이 너무도 좋아 살며시 눈을 뜬 미덕은 가지런히 이마를 대고 있는 희도의 감은 눈에 눈을 깜빡였다. 귀한 보석을 어루만지듯 미덕의 두 뺨에 손을 올리고 대고 있던 이마를 뗀 희도는 약간 붉어진 눈으로 자신을 보는 미덕에게 험히 눈을 찌푸렸다.

"너……."

꿀 먹은 벙어리가 되어 빤히 보고만 있는 미덕에게 희도는 더 말할 기운조차 잃어버렸다.

"오빠."

"그래."

이 달콤한 부름에 희도는 아슬아슬하게 떨리는 가슴에 한숨을 쉬며 이내 울먹울먹 거리다가 나오는 미덕의 말에 몸이 삐긋거렸다.

"저는요, 저는……그러니까요."

나올 듯, 말 듯.

올 듯, 말 듯.

기시감을 잔뜩 불러일으키는 미덕의 어물거림은 열에 들떠 미묘하게 희도를 자극시키기 시작했다. 무엇을 말하고 싶은 것인지 물기 어린 눈동자로 그의 가슴의 대못을 연거푸 박아 넣으면서도 정작 그 작은 입술이 애간장을 태우듯 말을 뱉지 않는다.

그래서 조바심 난 마음이 이성과 본능 사이에서의 저울질을 포기하고 직선으로 달려가기 시작했다.

애틋하게 그녀의 머리를 쓸며 훌쩍거리는 눈가에 입술을 가져간 희도는 저도 모르게 인식하지도 못하는 사이 달달하고 달콤하게 흐르는 분위기에 휩쓸렸다. 열이 오른 이마가 서로 닿아 미덕은 전에 없이 칭얼대듯 물기 가득한 눈으로 희도를 직시하고 희도는 자신을 피하지 않는 눈에 완벽하게 유혹당해 버렸다. 미덕이 의도한 바든, 아니든. 두 사람 모두 찰나 이성을 잃어버린 짧은 틈에 이마가 떨어지면서 색을 잃은 입술에 희도의 입술이 닿았다.

미덕이나 희도나 지금 자신들이 뭘 하는지도 모르고 그냥 분위기에 완전히 쓸리고 쓸려 해일처럼 덮쳐져 그 어느 때보다 가깝게. 언젠가 느낀 적 있던 짜릿하고 번개 같은 전율에 미덕은 절로 닫혀 있던 메마른 입술을 벌렸고 그 틈을 본능적으로 달려든 희도가 사정없이 휘감았다.

저릿저릿하다. 발끝, 손끝 말할 것도 없이 온몸이 온통 훑어지듯 아파서 죽을 것 같은 게 아니라 뭔가 다른 짜릿함에 죽을 것 같다.

힘없이 떨어진 두 팔이 바들바들 떨려 희도의 팔을 잡았고 그 순간 미덕은 옷이 아니라 매끈하게 느껴지는 낮은 체온의 살결에 퍼뜩 정신을 차렸다. 그리고 그녀의 손이 닿자마자 희도 역시 여전히 입술을 맞대고 가늘게 감아가던 눈을 번쩍 떴다.

번갯불에 콩이 구워졌나?

아마 바짝 타버렸을 거다.

 6. 부르는 순간

 민간요법으로 가볍게 처방을 하고 아직 골골거리는 미덕의 이마 위에 물주머니를 대어준 희도는 급히 올라가서 입고 온 와이셔츠의 소매를 걷어 내리며 일어섰다. 때마침 과일을 깎아 방으로 들어오던 미덕의 어머니, 정희가 웃어보였다.
 "여기서 먹기는 좀 그런가?"
 "예, 아무래도 조금."
 생각 같아서는 미덕의 옆에 있고 싶지만 지금은 괜히 그녀의 열을 더 올릴지도 모르기 때문에 거실로 나가는 것을 택한 희도는 곧 뒤따라와 과일 쟁반을 내려놓는 정희에게 감사의 인사를 올렸다. 처음엔 홀라당 위로 올라가버린 현덕인가 싶어 나왔더니 반 나신의 희도가 번쩍번쩍 후광을 띄우며 와 다짜고짜 미덕이가 아프냐고 묻는 바람에 약간의 해프닝이 벌어지기는 했지만 그래도 좋은 구경했다.

"정말 뭐 드시고 낳았는지 모르겠네. 어쩜 이렇게 예뻐."

"하하."

"그래도 옷은 입고 다녀줘. 다 늙은 아줌마 가슴 떨려서 바람나면 어쩌려고."

"정말 실례가 컸습니다. 죄송합니다."

가볍게 목례하며 진심을 다해 민망함을 표현하는 희도에게 정희는 가늘게 호호 웃었다. 나쁜 것은 결코 아니었다. 그냥 그 차림으로 미덕의 방을 가는 것이 고맙기도 하고 민망하기도 했다. 결국 그렇게 보낸 뒤에 미덕이의 비명으로 '어이쿠' 머리를 잡았으니까.

그 짧고 굵은 비명이 그의 벗은 상체 탓이 아니라는 것을 알면 아마 이번엔 정희가 비명을 지를 차례일 것이 분명하다.

"아주 어리광도 그런 어리광이 없더라."

"예?"

"봤잖니. 네 앞에만 가면 애가 어리광만 늘어."

"아아, 예."

어리광이든 무엇이든 그런 아이를 날름 핥아버렸다. 그래서 지금 정희의 앞에 있는 것이 다소 미안해 눈을 제대로 맞추지 못하겠다. 희도의 슬그머니 피하는 시선에 그게 부끄러워하는 것이라 여긴 정희는 의외의 귀여운 희도의 모습에 맑고 고운 웃음을 터트렸다. 그저 양심에 찔리는 것인 줄도 모르고.

"언제나 철이 들까 몰라."

"충분히 철들었는걸요."

"그래도 옆에 의사 선생님이 있으니까 얼마나 든든한지."

바로 옆에 간호사를 두었음에도 정희는 욕심내듯 까르르하고 소리 냈다.

"요즘 아프신 곳은 없으시고요?"

"나야 항상 같지. 우리 희도가 항상 잘 챙겨주니까."

따끔따끔, 자꾸 찔러오는 양심에 어쩔 줄 모르겠다. 크기도 전의 미덕을 지금 한차례 샅샅이 탐하고 완전히 늘어져 거의 뒤로 넘어간 미덕의 입술을 다시 몇 차례나 맞췄던 희도다. 정말 무슨 짐승처럼.

무슨 일이 있던 것인지도 모르고 어쩌면 날도둑이라고 칭해질지도 모를 희도에게 정희는 그저 맞웃음을 보여주었다.

"아는 지인에게 온천 여행권을 받기로 했습니다. 나중에 시간 괜찮으시면 저희 어머니와 같이 다녀오세요."

지인은 무슨, 끊어 놓은 여행권도 없지만 희도는 따끔거리는 양심과 점수 따기 목적을 위하여 열심히 사탕발림을 늘어놓았다. 호감 가득한 상태에서 젊은 총각이 선물까지 쥐어주니 정희는 소녀마냥 좋아하며 말했다.

"어머, 내가 같이 가도 될까? 미안해서."

"물론이죠. 언제든 날짜만 말씀해 주세요. 아버님도 같이요, 어머님."

"어머님? 어머."

갑작스런 호칭에 당황한 듯하면서도 나쁜 얼굴은 아니었다. 오히려 기분이 좋아졌는지 정희는 연신 웃음만 보일 뿐이었다.

"정말 희도만 한 사위가 없을 거야. 탐나 죽겠어."

"저야말로 어머님 같은 장모님 모시고 싶습니다."

"하여간 말을 너무 잘하는 거 아냐?"

농담 반, 진담 반을 섞어 말하는 정희와 오로지 진담만을 말하는 희도의 대화는 군더더기 없이 말끔했다. 숭숭 털이 난 양심을 여행권으로 무마시키며 희도는 더없이 화사하게 눈을 휘었다.

꼴이 말이 아니라는 말은 정말 딱 지금의 미덕을 지칭하는 말이었다.

꼬박 하루 감지 못한 머리에 하얗게 뜬 얼굴이 여자의 예쁘게 핀 얼굴이라기엔 어려운 감이 있었고 아직 노곤한 몸에 겨우 힘을 주고 뚜껑이 닫힌 변기 위에 앉은 미덕은 세면대에 차올라 있는 차가운 물에 손을 넣었다가 얼굴에 톡 뿌리며 한숨을 푹, 내쉬었다.

"기운 빠져······."

꿈도 꾸지 않고 혼이 빠져나간 듯 잠이 든 게 어제 낮이었고 다시 일어났을 때는 한결 나아진 몸에 또다시 링거까지 맞은 흔적이 있는 팔을 확인했을 땐 시간은 오전 7시에 가까웠다.

병원엔 이미 말을 해놓아 문제는 없었지만 수간호사의 잔소리를 꽤 오래 들었다.

'사람이 융통성이 있어야지! 포도당이 뭐 산삼 달인 물인 줄 알아? 그걸 맞고 쉬지는 못할망정! 그러니까 당연히 쓰러지지! 바보니? 바보야? 자기 혼자 쓰러지면 자기만 아픈 게 아니라 다른 사람들까지 피해 간다는 걸 왜 몰라! 그러다 몸 축나면 나중에 어떻게 하려고 그러니!'

어쨌든 중간중간 이따금씩 깨어 있을 때마다 옆에 엄마 아빠, 현덕이 있었던 것 같았고 자정이 넘었을 때 희도의 작은 속삭임을 끝으로 곯아떨어졌다.

[제일 못된 짓이야, 이거.]

오래 자게 되면 오히려 잠에서 깨어나지 못한다고 하더니 그렇게 질리게 잤으면서 눈을 감으니 또 피곤해졌다.

첨벙.

손으로 물을 한 번 살짝 때리고 손가락으로 찰랑찰랑 흔들자 흔들거리는 물결이 욕조와 미덕의 몸에 닿아 이리저리 파도쳤다. 다시 한 번 손짓하니 저기 욕조 끝까지 갔던 굽이치는 파도가 다시 몰려와 미덕을 감싸듯 스친다.

천천히 욕조에 팔을 대고 그 위에 머리를 기대면서 미덕은 고인 물을 손으로 움켜쥘 듯 움직였다. 첨벙거리는 소리가 귓전에서 울리다가 이내 펄떡 뛰어올라 그녀의 입술까지 적셔버렸다. 촉촉하게 적시며 쓸려 나간 따뜻한 물에 미덕의 입에선 땅바닥을 꺼트릴 한숨만 연거푸 쏟아졌다.

무슨 말을 가져다 붙일 수 있을까, 다른 말 필요 없이 첫 키스였다. 입술만 쪽쪽 한 것이 아니라 어디 야한 동영상에 나오는……아니 이것과 비교하면 안 되지. 여하튼 야하다고 느껴질 만큼 짙고 질척한 첫 키스. 혀가 혀를 감싸고 사실 몇 개 있는지 잘 인지하지도 못했던 치열을 슥아내는 것처럼 훑었다. 일말 당한다는 느낌도 들었지만 그것보다 더 한 것은 먹힌다는 느낌도 있었다.

입 안을 넘어 목구멍 깊이 심장까지 빨아들이듯 깊었고 만약 미덕이 기절과 비슷한 상태가 되지 않았더라면 어떤 식으로 결론이 났을지는 상상도 가지 않는다.

깊고 시원한 비누 향에 마르지 않은 머리의 물기까지 생생하게 기억났다. 지금 그녀가 담긴 욕조의 물보다는 차가웠지만 검은 물처럼 사람 현혹시키는 향기가 묻어난 것으로 당장 그 앞에서 전부 내주어도 아깝지 않을 것처럼 빠져버렸다.

"이제 어쩌지."

왜 그랬을까. 미덕이 좋아서? 갑자기 너무너무 예뻐 보이고 사랑스러워서 그랬나?

하지만 갑자기 왜?

어째서 이제 와서?

이게 잘된 일인지, 아니면 뭐가 어긋난 것인지 사실 잘 모르겠다. 순수하게 좋아하면 좋겠는데 어떻게 사람이 이렇게 우유부단한지. 스스로가 짜증이 난다.

"날, 좋아해?"

어쩌면 그럴지도 몰라. 그럴지도 모른다는 생각만으로 발가락 끝까지 힘이 들어갔다.

물이 식어갈 때까지 머릿속을 굴리며 물장난을 하듯 손가락만 연신 튕기던 미덕은 이내 기댔던 머리를 들어 올리며 의미심장하게 중얼거렸다.

아니면 설마, 설마.

"어장관리?"

희도가 들으면 그대로 접시 물에 코 박고 뒤로 넘어갈 생각이었다. 하지만 지금까지 당해온 것을 생각하자면 꼭 '아 이렇구나!' 하고 내리기가 어렵다. 가슴이 답답해지는 것이 이 어중간한 사태에 불만을 품은 것 같고 물 넘치도록 욕조 안으로 쑥 들어가 버린 미덕은 물에 갇혀 일렁이는 시야로 바람을 뿌그르르 불었다.

욕조에서 일어선 미덕은 금방 싸늘해지는 몸을 닦고 욕실에서 나왔다. 그리고 칼칼한 목에 따뜻한 물이라도 좀 밀어 넣기 위해 주방으로 가다가 때마침 기다렸다는 듯이 울리는 초인종 소리에 느릿느릿 현관으로 향했다.

"누구세요."

갈라짐을 넘어 코를 막은 듯 묘하게 애교 띤 목소리에 스스로 민망해져 코만 훌쩍였다. 이내 인터폰 화면의 범위에서 보이던 시꺼먼 옷이 멀어지더니 손님의 얼굴이 보였다.

"헉."

잠시 비춘 얼굴에 놀란 미덕이 헛바람을 들이켰고 다시 똑똑, 두드리는 노크가 이어졌다. 가슴이 벌렁벌렁 심장이 바닥으로 뚝 떨어진 듯 당황스러웠고 머리 위에 올려놓은 수건만 잡고 이러지도 못하고 저러지도 못하고 안절부절 갈팡질팡 난리가 났다. 그나마도 다시 띵, 하니 아픈 머리에 머리를 잡고 '에구구' 하고 신음을 뱉으며 멈출 수밖에 없어서 이제 곧 입 밖으로 심장이 퍽, 튀어나올 듯하다.

철컥.

"어쩐, 일이세요?"

체인이 단단히 걸린 현관문이 열리자 유난히 진지하고 장난기가 없어 보이는 희도의 얼굴이 더욱 선명하게 들어왔다. 꽉 걸린 체인이 거슬리는지 눈을 아래로 깔며 철컹거리는 체인을 툭 건드리던 희도는 아주 오랜만에 한쪽 입꼬리를 올리며 벌어진 틈에서도 빛을 잃지 않는 얼굴로 미덕을 불렀다. 꿀 찾아가는 벌처럼 유혹당하기 시작한 미덕이 한 걸음 내딛자 희도의 눈웃음이 작렬했다.

"묶으려면 팔을 묶어야지."

"예?"

"춥다."

자중하고 자제하며 자연스레 가던 것을 멈추자 바깥에 있던 희도가 작게 혀를 찼다. 아쉽게도 경계심이 늘어난 모양인지 눈동자를 굴리는 모습이 신중했다. 절대 열어줄 것 같지 않은 미덕이니 그나마 말이라도 통할 수 있는 틈이 있다는 것에 감사하며 희도는 그대로 벽에 등을 기댔다.

현관으로 다가서지 않고 신발만 만지작만지작 쭈그리고 앉은 미덕은 찬바람 들어오는 곳에 희도를 그냥 세워둔 것이 못내 마음에 걸렸다. 그래서 주춤주춤 슬리퍼 신고 살며시 틈을 향해 고개를 조금 기울여 그를 살폈고 거기엔 어쩐지 신중함이 가득한 입매의 희도가 반대편 집의 문만 바라보고 있었다.

가지런히 면도를 해서 말끔한 턱과 자물쇠로 잠근 듯 잠긴 입술, 그 위의 콧날과 그려놓은 듯 약간 날카롭지만 비율이 아주 좋은 눈매가 보였다. 색이 옅은 입술에 시선이 가면서 부끄러움에 고개를 숙인 미덕을 알아차린 것인지 여전히 앞만 보던 희도의 입이 열렸다.

"얘기 좀 하자."

그들이 함께한 시간은 길었다. 그 길고도 길었던 안정된 시간에 떨어진 폭탄은 아직 수습되지도 않았고 아무것도 아닌 상황에서 입을 맞췄다. 단순하게 생각해서 희도가 그녀를 좋아한다고 여긴다고 치더라도 지금까지의 행동들에서 보았던 미덕은 그의 말이나 행동에 신뢰가 가지 않는다.

신뢰성의 결여.

몽롱한 정신에 그냥 조금 더 쉬고 싶은 생각이 들었다. 확 문을 닫아 버릴까 진심으로 고민하며 눈을 부릅뜨는 그녀에게 희도는 눈길을 줄 듯 말 듯하다가 고요하게 손목을 올려 보았다.

"어제."

핫한 키워드를 누른 것처럼 발작하듯 튀어 오르는 미덕이를 힐끗거린 희도는 피식 웃었다. 작은 틈으로 보이는 그녀의 고민하는 머리는 이리 돌고 저리 돌고를 반복하고 있었다. 약간 열린 문틈으로 바라보는 희도와 눈이 마주친 미덕은 헐레벌떡 안으로 들어가 버렸다.

새삼스럽게 내외하고 있으니 보이는 것이 우습기 짝이 없다.

"덕아."

"뭐, 뭐, 뭐, 뭐요?"

어쩜 저렇게 예쁘게 대답을 해줄까. 귀엽기도 하지. 손에 닿을 곳에 있었으면 당장에 안아주었을 텐데.

"그것만 말해줘."

"……."

"기억나?"

딸꾹질이 나오기 일보직전이었다. 콱콱 봉숭아 꽃잎에서 떨어지는 자줏빛의 여린 꽃물처럼 달아오른 미덕의 얼굴과 자연스레 입술을 막으며 들쑥날쑥 휘젓던 혀의 감촉을 잊지 못해 저릿해진 발끝이 너무도 당황스러웠다. 고작 단 한 번의 키스로 미덕은 심각하게 혼란이 오고 있었다. 겨우, 그 짧고 굵었던 입맞춤 한 번에!

"아니요!"

아뿔싸!

여기서는 뭘요? 라고 대꾸해 줘야 하는 것을 너무 패를 뒤집어 보여 버렸다. 말하고도 자신의 미련함에 한탄하는 미덕에겐 예상외로 웃음도 다정한 말도 없었다. 그저 들려오는 것은 보이지 않는 그의 진중한 목소리뿐이다.

"다시 물을게."

이런 것은 생각보다 훨씬 위험한 것이다. 보이지 않는 상대의 기분 좋은 목소리의 울림이란 마치 살살 간지럽게 어딘가를 매만지듯 부드러워서 온갖 상상력이 동원되고 만다. 덜컹덜컹 가볍지 않은 마차가 오솔길을 달리듯 미약하지만 깊은 흔들림을 보인다.

하지만 미덕은 한 번 더 퉁 튕겨냈다. 두근두근 확신을 위한 마지막 걸음이나 다름없는 물음이다.

"무슨 말씀이신지 모르겠어요."

아슬아슬한 줄을 가운데 두고 양쪽의 끝에 서 있던 두 사람을 보다 못한 디딤돌이 무너져 와르르 끌어당겨버린 상황이었다. 끝 모르고 아래로 추락하면서 오히려 그 가운데 서로 함께 있음이 정확해지고 명확해지자 미덕은 침만 꼴딱꼴딱 거렸다.

"뭐든 아무것도 안 나요."

제발, 받아주세요. 나를 받아주세요, 여기 있어요. 한 번쯤은 도망가는 날 잡아주세요.

거짓말처럼 낮게 깔린 목소리가 들려오면서 대답을 종용하듯 딱딱 구둣발 소리가 들려온다.

"안 나도 기억해내."

'세상에, 이런 독재자! 근데……너무 좋아.'

"억지다."

'오빠, 희도 오빠.'

미덕은 손톱을 잘근거리며 잠시 침묵하는 희도에 급한 불을 껐다는 느낌으로 힐끗 눈동자를 굴리는데 바람 빠지는 웃음소리가 들려왔다.

"상관없어."

순간 미덕의 머리를 스친 것은 희도가 못된 오빠, 한때 좋아했고 지금은 사랑하는 오빠라는 수준의 것이 아니었다. 낯설지만 그만큼 또 익숙한 '남자'. 날카롭게 다가서 단단하게 가로막으며 빠져나갈 구멍도 내주지 않는 독재적이고 무례한, 하지만 결국 그것에 끌리는 숨 가쁜 가슴. 그것에 종지부를 찍듯이 희도의 말은 조금 더 강하게 이어졌다.

"그래도 안 나면 다시 할 테니까."

희도의 머리 위로 경험치 오르는 소리가 들린다. 그리고 레벨이 오르는 안내문구도. 뭘, 뭘 다시 한단 말이야? 놀란 미덕이 펄쩍 뛰며 '으악!' 하고 오묘하게 당황하면서도 기대하는 황당하고 어처구니없는 마음에 발을 동동 구르자 그제야 그의 웃음기 어린 말이 들려왔다.

"뭐, 좋아."

이미 사태는 어지러울 정도로 급박하게 돌아가고 있었다. 주체하지 못하고 터질듯 뛰는 가슴과 자연스럽게 발화된 가슴의 뜨거운 심지는 온몸을 녹여버릴 것 같았다.

"다행이다."

찰캉, 걸린 체인을 가볍게 만진 희도는 천천히 그것을 쥐었다. 이것이 걸려 있어서 다행이라는 듯, 그렇지만 그만큼 아쉽다는 듯.

손에 자국이 남을 듯 강렬하게, 마치 끊어버릴 듯 세게 쥐며 여전히 그 손만으로도 모든 것을 말해 준다. 무언가를 대변하는 것처럼 상아색으로 도색이 된 짧은 체인을 움켜쥐어 툭 불거진 주먹의 뼈들이 한없이 권위적으로 보이며 절로 그녀를 끌어당겼다.

아주 강한 남자의 힘에 매료된다.

"……그렇지?"

연거푸 이어진 말은 미덕에게는 전혀 '다행이다' 라는 말로는 들리지 않았다. 자체적으로 필터가 되어 들려오는 말은 주전자 김이 빠지듯 삑, 하고 끓어오르는 말로 들려왔다.

〔지금이라면 뼈째 씹어 먹을 수 있을 것 같거든.〕

실제로는 그렇게 말하지 않았음에도 그녀는 아작아작 씹어 먹는 소리가 들리는 것 같았다.

 7. 한 걸음 다가가

"흠."

"역시 조금 무리일까요?"

울상을 지으며 푹 숙이는 간호사의 우울한 아우라에 희도는 위로 한마디 없이 가만히 침묵을 유지하다가 시계를 한 번 보았다. 간호사의 정리가 늦어 확인 기일이 촉박해 이 상태로 과장이나 교수가 서류를 찾게 된다면 이 간호사는 크게 면책이 당할 것이 분명했다.

딱히 자신과는 상관이 없는 일이기는 했지만 미덕과 비슷한 나이 대에 키도 그렇고 아담한 것이 어쩐지 계속 그녀를 떠올리게 만들어 희도는 그답지 않게 제법 큰 은덕을 베풀었다. 물론 최희도의 시점에서 보자면 말이다.

"우선 체크부터 해야 하니까 제가 가져가겠습니다. 내일 드릴 테니 다시 재정리하세요."

"아, 네!"

희도는 다시 한 번 손목시계를 보며 이미 어둠이 자욱하게 내려앉은 바깥을 응시했다. 벌써 나흘. 여기저기 사건 사고가 많아 본의 아니게 숙직실에서 기숙생활을 하게 된 희도의 스트레스는 이만저만이 아니었다.

다른 때라면 그러려니 하고 넘어갔을 테지만 때가 때인 만큼, 바로 눈앞에 고지를 두고 빙글빙글 제자리걸음만 하고 있으니 얼마나 애가 타겠는가. 몸도 피곤하니 평소보다 해이해진 정신에 머리를 한 번 꾹 누른 그는 무슨 정신에서인지 확인란에 서명부터 하고 있었다. 정신을 차리고 그만뒀을 땐 이미 반 이상 읽지도 않고 서명만 해댔을 때였고 희도는 한숨을 푹 내쉬며 두꺼운 바인더를 닫았다.

이 정신엔 아무것도 못할 것이 분명하고 대책 없이 서명한 것을 또 재정리해야 할 것 같다.

"내일 오후 3시까지 드리겠습니다."

"감사합니다."

"선생님."

막 자리를 벗어나기 위해 허리를 세우는 그를 부른 것은 막 데스크로 온 정수였다. 일단 부르기는 했지만 상태가 상당히 우울해 보이는 희도에게 잠시 위험을 감지했는지 가깝게 오다가 슬쩍 뒤로 물러난 정수는 최대한 방긋방긋 웃으며 말했다.

"이번에 복지 건 때문에 드릴 말씀이 있어서……공문 내려왔거든요."

"본론만. 본론."

사람 놀려먹는 것도 내 몸이 편해야 하는 법이라고. 희도의 간결한 손짓에 정수가 고개를 끄덕이며 말을 이었다.

"날짜가 정확히 잡혔습니다. 조금 촉박하긴 한데 이번 주 토요일부터 입니다. 장소는 아시겠고……아무튼 그쪽에서 숙식 제공해 주신다고 했습니다."

이번 주 토요일이면 고작 해봐야 3일 정도밖에 남지 않았다. 맙소사, 사람을 절대 쉬게 놔두는 법이 없는 곳이다.

"알았어. 자세한 건 내일 메일로 보내놔."

"홈페이지 들어가시거나 병원 공동 웹 들어가시면 되, 되는데."

"……"

"실시간으로 올려드리겠습니다. 쉬십시오."

홀떡 허리를 숙여 인사를 한 정수는 눈도 마주치지 못하고 뻐끔뻐끔 섰다가 때마침 울리는 페이저 소리에 감동이라도 한 듯 서둘러 달려가기 시작했다.

태산 같은 할 일에 혀를 차며 간단하게 정리를 한 그는 어깨를 으쓱거리며 말했다.

"그럼 먼저 가겠습니다."

"네, 들어가세요."

이러나저러나 밤을 새워야 할 것 같지만 그래도 이왕지사 밤을 새워야 한다면 병원 숙직실보다는 더러워도 제집 방이 나은 법이고 요즘 들어 더 예뻐진 '우리' 덕이 옆이 좋다. 우선 선전포고와 비슷한 말은 해놓았으나 본의 아니게 상황을 방치해놓고 말아 그 역시 안달이 좀 나있다.

30분가량 달려 아파트 단지에 도착한 희도는 두꺼운 바인더와 가방을 챙겨 나오며 습관적으로 아파트를 올려 보았다.

아직 불이 켜진 방.

어느 누군가는 그를 스토커라 욕할지도 모른다. 못된 놈에 변태 덩어리라고 손가락질할 수도 있다. 하지만 그 죗값 다 물어도 그녀만큼은 결코 포기할 수가 없다. 오래전, 허리밖에 오지 않았던 아이의 키가 자라 조금은 덜 내려 보아도 되었을 때 교복을 입고 다시 졸업을 하고 또 새로운 교복을 입으며 점차 사는 공간도, 세상도 확장해 나가는 미덕을 보면서 견고하기 그지없던 가슴에 균열이 생겼다.

예쁘다고는 생각했다. 처음 보았을 때부터 귀여웠고 사랑스러웠다. 제 손바닥만 한 얼굴을 가지고 그 안에 오목조목 담긴 이목구비가 너무도 예뻐서 자꾸 괴롭혀주고 싶었고 이따금 앙앙거리며 달려들어 반격을 시도하는 모습도 그렇게 좋을 수가 없었다.

사랑스러움이 사랑한다로 변질되고 끝없는 뫼비우스에 갇혀버리고 말았다.

벗어나려 해도 벗어날 수 없는 것. 그런 독한 욕망 덩어리가 그를 억압했고 기본적인 욕구는 어느새 불처럼 피어올라 하늘로 날아올랐다.

이 감정에 대해 결코 미안하다고는 하지 않다. 단지 고맙다고 말할 뿐.

"미안한 건 끝났지."

희도는 손에 잡힐 듯 잡히지 않는 아스라한 창가 불빛에 다시 추적추적 걸었다. 누적된 피로가 그의 정신력을 흐려놓고 허술한 바인더 틈으로 슬슬 종이들이 빠지고 있음에도 이미 그의 몸은 엘리베이터에 오른 지 오래였다. 평소라면 빠질 일도 없을뿐더러 빠진다 하더라도 그 작은 소리에도 바로 알아냈을 법하지만 놀랍게도 그 역시 사람인지라 감기는 눈에는 어쩔 수가 없었다.

센서등이 꺼지고 엘리베이터가 쭉쭉 올라가기 시작한다.

그리고 다시 아파트 센서등이 켜지면서 꾸물꾸물 얇은 옷차림의 여자가 한달음에 나타나 바닥에 떨어진 종이를 하나하나 주웠다.

나흘 만에 만난 그는 생각보다 많이 피곤해 보여서 당장이라도 어깨라도 주물러 주고 싶었다. 저 없으면 못 잔다면 농담조로 흘려놓곤 하지만 정말 그렇다면 무릎이라도 빌려주고 싶었다.

"바보."

그의 앞에선 차마 못한 말을 뱉으며 엘리베이터 앞까지 주르륵 펼쳐진 종이를 집어 올린 미덕은 곱게 그것들을 정리하며 엘리베이터에 올랐다. 내일 아침 일찍 희영에게 전해줄 생각으로 모서리 부분을 톡톡 치며 각을 맞추던 그녀는 순간 보인 글자에 흠칫 몸을 떨었다.

"뭐야, 이거?"

혼잣말로 넋을 놓은 듯 말하던 미덕은 재빠르게 종이를 살펴보았다.

자연재해 및 천재지변에 의한 파견근무.

어렵게, 어렵게 의학 용어들을 제외한 중요 문장 몇 가지를 빠르게 해석하고 머릿속으로 정리를 한 미덕은 철렁 내려앉는 가슴에 저도 모르게 중얼거렸다.

"말도 안 돼."

이건, 병원에 있는 의사들을 뽑아 해외 파견을 하겠다는 국가적 문서였고 더불어 명시된 파견 기간은 무려 일 년이 넘는다. 세상에, 일 년이다. 365일, 그 이상의 시간이라니!

너무도 많이 봐왔고 또 그만큼 익숙한, 이름만 보아도 미덕을 흔들리게 만드는 그러한 서명이 휘갈긴 듯 쓰여 있었다.

최희도.

그의 이름이었다.

신입 간호사가 손댈 수 있는 범위는 무척이나 좁다. 맡은 바 소임도 제대로 해결하기 어려운데 다른 이의 것까지 손을 댈 수 있을 리 없었지만 지금 미덕은 수간호사의 컴퓨터를 뒤적거리다가 원하는 것을 찾지 못해 벌떡 자리에서 일어났다. 수간호사의 자리에도 없다는 건 의사들이 가지고 있다는 소린데.

"좋은 아침입니다. 요 며칠 아프셨다면서요."

"예, 덕분에 괜찮아졌어요."

사람 기분 좋게 만드는 미소를 가득히 가지고 온 정수는 미덕에게 가볍게 인사하며 데스크 위에 비치된 모니터에 눈을 돌렸다.

"권 선생님!"

"예, 예?"

갑작스런 부름에 당황한 정수가 멍한 얼굴로 대답하자 미덕은 더 볼 것도 없다는 듯 다급히 말을 이었다.

"혹시 이번에 선생님들 파견공문 내려왔나요?"

"파견공문이라면……예. 내려왔죠."

얼떨떨하게 대꾸하는 그가 답답한지 미덕은 조바심 가득히 입을 열었다.

"그거 누가 가나요?"

"이번에요? 아아, 있죠. 최 선생님이 가실 거예요."

올해 있을 파견공문을 복지 때문이라서 기일이 그리 길지 않았고 지금껏 한 번도 병원을 옮기지 않았던 희도도 별수 없이 이번엔 지방으로 며칠 내려가야 했다.

대체적으로 신(新) 기계와 외국 기계를 들여와 사용하는 수도권의 의사들과 달리 지방 병원은 아주 큰 대학병원이 아닌 이상은 구(舊) 기계를 사용해서 복지로 새 기계가 들어오면 막상 그 기계를 사용하거나 가르쳐줄 사람이 부족해 다시 돌아오는 경우가 있었다. 비단 지방뿐만이 아니라 다소 작은 병원으로 갈 때도 있어서 기간은 그때그때 다르다.

이때마다 서로 연계되어 있는 병원들에서 일 처리가 능숙한 의사들을 교환하거나 파견을 보내곤 하는데 그것을 대개 파견근무로 부르곤 했었다.

"몇 년씩이나 가나요?"

마지막 물음은 거의 바닥으로 깔려 있는 거나 다름이 없었다. 그러나 자신의 일에 바빠 모니터에 집중하느라 정수는 한참 후에야 무척이나 성의 없이 대답해 주었다.

"아, 그게 해외파견 같은 건 3년인데 이번 거는 지방……강 간호사님?"

말을 다 꺼내기도 전에 사라져 버린 미덕의 잔상에 정수는 머리를 긁적이며 고개를 갸웃거렸다.

"미안해서 어쩌지? 미덕이 아직 병원이라는데."

난감한 듯 어색하게 말하는 그녀의 말에 희도는 싱긋거렸다.

"아니에요. 요즘 잘 지내셨죠?"

"물론이지. 어쩐지 넌 좀 마른 것 같은데? 밥은 잘 먹고 다녀?"

"안 그래도 집 밥이 좀 그리운데 솜씨가 없어서."

"언제든 와. 우리 희도 밥도 못 주겠어?"

자신에게 보이는 희도의 이 차분한 행동이 돈 주고도 살 수 없다는 한정판 친절 및 친근함이라는 것을 그녀는 아마도 평생 알지 못할 것이다.

"이왕 이렇게 온 거 밥이라도 좀 먹……아, 흠흠. 아무래도 지금은 반찬이 없어서 좀 그러네. 나중에 언제든지 와. 맛있는 거 많이 해줄 테니까. 꼭, 알았지?"

희도의 눈웃음에 홀려 당장이라도 문 활짝 열고 그를 받아들이려던 그녀는 얼른 말을 바꾸며 다음을 예고했고 희도는 '쳇' 하고 작게 혀를 차면서도 예의 그 미소 드리우며 고개를 끄덕였다.

"예. 저도 지금은 가봐야 해서요. 덕이한테 고맙다고 좀 전해 주세요."

"이 시간에?"

"잠깐 들른 거거든요."

그렇게 말하며 들고 있던 가방을 들어 올려보는 그다.

"그래그래. 조심히 가봐. 밥 잘 챙겨 먹고!"

"네."

사르르.

바닐라 아이스크림이라도 바른 듯 부드럽게 녹아내리는 말솜씨에 아쉬움이 가득한 얼굴을 여실히 보이는 미덕의 엄마에게 희도는 다시 한 번 인사를 하고 몸을 돌렸다. 그리고 그가 일어나기도 전에 이른 아침 어머니에게 흘려버리고도 인지하지 못했던 몇 장의 서류를 가져다주고서 없는 척 집에 꼭꼭 숨어버린 미덕을 떠올리며 피식 바람 빠지는 웃음을 지었다.

"그렇게 피한다, 이거지."

성급하게 굴지 않으리라. 그녀가 자신을 제대로 인지하기 시작했음을 희도는 정확하게 집어내고 있었다.

"갔다."

여전히 아쉬움이 가득한 엄마를 소심하게 흘겨본 미덕은 빠르게 현관을 나와 빠끔히 엘리베이터를 보았다.

다시 몸을 돌려 방으로 들어간 미덕은 방충망으로 가려진 창문에 매달려 밖을 바라보았다. 넓은 주차장으로 그가 보인다. 다행히 위를 올려다보지는 않지만 어쩐지 이러는 게 몹쓸 짓을 하는 것 같아서 미덕은 축 주저앉아 무릎을 모으고 고개를 푹 파묻었다.

눈시울이 붉어졌다. 확실한 것도 없고 정확한 것도 모르는데 희도가 어디론가 갈지도 모른다는 것을 떠올릴 때면 가슴 한편에서 울컥거리며 눈물샘이 자극되었다.

"싫다."

언제고 자신이 그와 떨어져 본 기억이 있었나? 아니, 없었다. 열세 살 때부터 그는 언제나 그녀의 곁에 있었다.

발을 동동거리며 참아보아도 끝내 눈앞이 아른거렸다. 이렇게, 이렇게, 이렇게.

어린애처럼 보일까 봐 애써 참았던 수많은 것들이 해일처럼 몰려들었다.

괴롭힘을 당해도 좋아. 옆에 있는 것만으로도 좋아. 그만큼, 너무 좋아.

미덕은 큰 눈을 깜빡이며 억지로 눈물을 참아내고 있었다. 확인되지 않은 사실에 바보처럼 울기엔 희도에게 당한 일이 너무도 많았다.

우연인지 아니면 하늘의 농간인지 그렇게 병원으로 돌아간 희도가 다시 집으로 돌아온 것은 그날로부터 며칠이 지난 토요일이었다.

이어 미덕은 쭈그리고 앉아 자신이 할 질문 리스트를 조목조목 살폈다.

"오빠 질문이 있어요. 여기서 이상한 질문을 하게 되면 '지금은 그럴 때가 아니잖아요.'라고 말하면서 다른 말을 하기 전에 먼저 물어본다. '혹시 멀리 가시나요?' 아냐. 이건 좀 이상해. 좀 더 어른스러운 말⋯⋯ 아. 이거다."

펜을 들고 열성적으로 리스트 항목에 줄을 죽 긋고 그 아래로 다른 말을 넣어보는 미덕이다. 조금 더 여유로워 보이는 문구로. 지난번 키스 따위 신경도 쓰지 않겠다는 양 담담하게 물어보는 거다. 예를 들자면 지호처럼 초연한 느낌이랄까?

-혹시 멀리 가시나요?

-어디 가신다면서요.

"이게 좋겠다."

그리고 그 아래로 열 가지도 넘는 질문 리스트를 다섯 번 이상 읊어본 미덕은 다시 부질없는 용기를 얻으며 발딱 일어섰다. 세상에 이런 웃기지도 않는 일이 어디 있겠냐마는 그녀는 아주 진지했다.

심박 수는 조금 과장을 넣어 초당 열 번은 뛰듯 빨랐고 다부진 마음에 두 주먹 불끈 쥐며 몸을 돌리는 순간 미덕은 번개처럼 빠르게 소리를 질렀다. 바로 앞에 한 치의 오차도 없이 보이는 얼굴, 그 멋진 얼굴이 겨우 한 뼘 차이를 두고 있으니 놀랄 수밖에 없고 뒤로 허리가 젖혀지는 순간 능수능란한 손길이 미덕의 허리를 척하고 잡았다.

"으어억."

"뭐해?"

"어?"

"애교구나."

작정하고 발걸음소리 죽이고 온 희도인지라 다른 곳에 정신이 팔렸던 미덕은 그의 인기척을 조금도 느낄 수 없었고 뻔뻔하게 얼굴 들이미는 것에 배는 더 놀라버렸다.

이런 뻔뻔한!

"우리."

무슨 말이 나올까, 긴장하며 어깨를 움츠리는 미덕을 웬일로 놓아준 희도는 부드럽게 말을 이었다.

"오랜만이지."

"……."

"보고 싶었을 텐데?"

오만하기 그지없는 물음이지만 미덕은 섣불리 말을 뱉지 않았다. 이 대책 없는, 근거 없는 자신감을 한 번쯤은 망가트려주고 싶었다. 아니, 어쩌면 그녀는 자신도 모르는 사이 최희도를 망가트리고 있었다. 그저 두 사람 모두 그것이 당연하다고 여겨 인지하지 못할 뿐이다.

그는 망가졌다. 미덕을 향한 마음에 오류가 난 회로는 더 이상 고쳐지지 않을 것이다. 이렇게 가끔씩 나오는 미덕의 반박이 몇 번이고 그의 회선을 꼬아놓는다.

"그건, 오빠가 더 그렇겠죠."

순식간에 꿀 먹은 벙어리가 되어버린 희도는 기시감을 주는 표정으로 고개를 돌렸다. 아니라고 말할 수 없이 더 참지 못하고 먼저 찾아온 것은 그였다. 자신이 말해놓고 제 얼굴이 붉어지자 미덕은 얼른 입을 가리며 침을 삼켰다.

불행인지 다행인지 먼저 정신을 차린 것은 희도였다.

본연의 능글맞은 태도 가득히 허리를 조금 숙이며 미덕과 눈을 마주친 그는 오른쪽 입꼬리를 위로 올리며 말했다.

"그렇게 잘 알면서, 우리 덕이 보기가 왜 그렇게 힘들었을까."

"잠깐. 잠깐만요."

"안 그래도 보고 싶어서 죽을 뻔했어."

"스톱!"

이렇게 휘말리다가는 될 일도 절대 되지 않을 것임을 지금까지의 경험으로 익히 알고 있는바 강하게 희도의 가슴을 밀어낸 미덕은 기껏 적어 놓았던 질문지 리스트를 힘껏 구겨 뒷주머니에 넣으며 진지하게 그를 뚫어져라 바라보았다.

"묻고 싶은 게 있어요."

달다고밖에 할 수 없던 입맞춤 이후 그리고 선전포고와 다름없던 날 이후 거의 처음이다시피 만나게 된 지금, 미덕은 설레는 기색 하나 없이 도리어 긴장한 모습이었다.

"우연히 알게 되었는데."

그런 일, 없을 거라 믿는다. 그러니 조금 더 확실하게 물을 수 있다.

"지난번에 저한테 그러셨죠. 오빠가 없으면 제가 좋아할 거라고."

지난번이라?

희도는 미덕의 말에 진지하게 그 '지난번'을 떠올렸다. 지난번이라면 언제를 말하는 것일까. 어렴풋하게 거슬러 올라가는 기억이다. 천천히, 조금 더……날이 지금보다는 선선했던 날에.

[덕이는 오빠가 없으면 좋을 거야.]

[오빠 어디 가세요?]

[글쎄?]

분명히 자세하지는 않아도 술에 취해 미덕에게 그렇게 말한 적이 있었다. 하지만 그건 분명 지금의 내용이 아니라 다른 주제였다. '그건' 지금 이것이 아니라……아무튼 말하는 내용으로 보아 그때의 그것이 아니라 다른 때 무언가를 들은 것 같았다.

희영인가.

그의 누이라면 자신의 일거수일투족, 아는 내용을 모두 미덕에게 말했을 것이다. 듣기 싫어하는 미덕을 잡고 몇 시간이고 늘어놓을 그녀이고 그런 누이의 성격은 싫지만 희도 자신과 꽤 많이 닮아 있음을 조금은 인정하고 있다.

말인즉, 말하지 않아도 그의 일을 미덕이 알고 있으리라 지레짐작 가능했다.

"아아, 그거."

이번 병원으로 공고문이 떨어진 것 때문에 오늘부터 사흘 정도 출장이 있을 예정이었다.
 전공의 시험 때문에라도 여러 타입의 환자들을 겪는 것이 좋아 이따금씩 이렇게 단기 발령이 나곤 한다.
 '글렀군.'
 고약하게도 미덕과의 진척을 위해서라는 못된 취지로 어디 먼 길 떠나는 양 짧게나마 분위기를 풀어보려 했으나 이미 글러버린 것이라 생각이 들었다. 희영의 깨방정에 일이 틀어졌음이 마땅치 않아 절로 표정이 굳어지자 미덕은 입을 떡하니 벌리며 충격에 휩싸였다.
 "가, 가세요?"
 "가지."
 "어, 어, 어어어 언제요?"
 "오늘."
 요전번에도 미덕을 꾀어내 자신을 물 먹였던 전적도 있고 이번도 희영의 탓이라 여기고 있는 희도는 단답으로 대꾸하며 어떻게 하면 누이에게 보답을 해줄 수 있을까 고민했다. 그러니 과하게 더듬는 그녀의 말에도 크게 신경 쓰지 못했다.
 시답잖은 오해가 오해를 부르고 미덕은 정말 넋을 놓은 양 입만 벌리고 되물었다.
 "왜요? 왜……왜? 아니, 갑자기 어떻게?"
 "갑자기라기보다는 정해져 있었으니까."
 그녀가 물으니 성실하게 대답해 본다.
 "나한테도 그게 좋아. 도움도 되고, 다음을 위해서도 나쁘지 않아. 괜찮다면 기회가 닿았을 때 자주 가는 것도 좋⋯⋯."

"이럴 줄 알았어!"

원래 말 잘하는 사람인 줄 알면서도 미덕은 완전히 패닉상태에 빠져 그의 청산유수 같은 말에 버럭 소리를 질렀다.

'어쩌면 이렇게 아무렇지도 않게 말할 수 있지? 왜? 나는, 나는 어떻게 하라고!'

깜짝 놀라 말이 가로막힌 희도는 눈을 크게 뜨며 분홍빛 잘게 물든 그녀의 뺨 위로 흐르는 눈물에 가슴이 떨어졌다. 그리고 그것과 다른 또 다른 감각에 아킬레스건부터 올라온 짜릿함으로 이를 악물었다.

어쩌면.

어쩌면 최희도는 미친 것일지도 모른다.

미덕의 웃는 모습은 더할 나위 없이 그를 기쁘게 하지만 가끔씩 이렇게 보여주는 그녀만의 이 그렁그렁한 눈물과 자신으로 인해 상처받은 듯 아파하는 모습에 희도는 희열을 느꼈다. 오직 자신만이 미덕의 얼굴에 이런 표정을 만들 수 있다는 알 수 없는 자신감에 다른 것은 보이지 않고 그를 응시하는 그녀를 손에 가득 쥐고 싶었다.

이유도 모르는 주제에 희도의 머릿속에서의 미덕은 이미 그의 품에 안겨 있는 상태였다.

"항상 멋대로야! 사람 아픈데 그런 짓이나 하고! 그래놓고, 그래놓고⋯⋯이제 와서, 이제 와서!"

"?"

"오빠는 나빠요! 진짜 나쁜 놈이에요! 아무리 사람을 무시해도 이렇게 무시할 수는 없어요!"

그제야 희도는 상황이 조금 애매하게 돌아가고 있음을 깨달았다. 고작 사흘 정도 다녀오는 짧은 출장에서 보여주기엔 과한 행동이었고 미덕은 잘 놀라기는 해도 이렇게 격한 아이는 아니다. 그건 누구보다 그가 더 잘 알고 있었으니 희도의 가뜩이나 좋은 머리가 아주 고속 회전을 해댔다.

"외국 같은 거 안 나가도 상관없잖아요! 오빠는 잘났으니까, 제멋에 잘난 척하고 그러면 되면서 왜요!"

"……."

"그냥 계속 그러면 되잖아요! 사람 놀리고 괴롭히고 못된 놈에 남 생각 안 하면서 여기 있으라고요! 여기에!"

"덕아."

"여기에, 있으면 되잖아요."

욕인지 칭찬인지. 잘은 모르겠지만 희도는 너그럽게 넘어가며 홀로 이 상황을 즐기기 시작했다. 보아하니 뭔가 다른 것으로 크게 오해하고 있는 것이 분명했다. 정확하게 감지할 수는 없어도 그렁그렁 눈물이 매달린 눈에 아기처럼 꽉 쥐고 동동거리는 손, 평소라면 먼저 다가설 일 없으면서 바짝 와 입술을 달싹거리는 것까지 전부 사랑스러워서 그는 당장이라도 돌아버릴 지경이다.

한 번 한 도둑질이 무서운 것 없다고, 눈앞에서 움직이는 그녀의 입술에 점점 손이 가고 한껏 유동하던 도톰하게 여물어진 입술이 움직임을 멈추자 희도는 거의 본능적으로 제 얼굴을 가깝게 가져갔다.

"이렇게 예쁘면 안 되는데."

뭐?

"어디까지 예뻐질래?"

지금까지 하던 말을 모두 잊어버릴 만큼 다정하고도 따뜻한 음성에 미덕은 충만하던 분노를 모두 빼앗겨버렸다. 힘을 잃고 그의 팔에 살짝 얹어진 손의 손가락만 조금 힘이 들어가고 작은 얼굴을 감싼 희도의 큰 손이 입술 아래를 쓸었다.

오해하는 것도, 화를 내는 것도 그저 좋다.

"이러니까 사랑할 수밖에."

모든 것이 멈추고 주위의 작은 소음도 들리지 않았다. 여전히 눈물이 맺혔던 눈동자가 빠르게 말라가면서 홍조도, 설렘도 멎었다.

지금 내가 무슨 말을 들었지?

넋을 놓고 반문할 기력조차 잃어버린 미덕은 '에? 네?'만 연거푸 반복하다가 곧이어 '하지만'이라는 말을 길게 늘어놓았다. 그렇게 놀라 힘이 빠진 그녀를 조금 더 세게 자신 쪽으로 당긴 희도는 해야 했지만 할 수 없었고 하려 했으나 기회가 오지 않아 하지 못했다.

그리고 그녀가 그에게 외치고 있다. 온 힘을 다해서 그를 유혹하고 끌어당기며 말하고 있다.

"사랑하고 있어."

멍. 해진다. 가슴이 먹먹해질 정도로 눈앞이 까맣게 변했다.

"오래전부터."

두 번째로 닿는 입술은 처음보다 더욱 뜨거웠다.

배려하듯 입술을 번갈아 훔치던 희도는 조심스레 사이를 가르고 들어와 뜨겁게 고여 오는 타액을 건드렸다. 자극적이지는 않지만 충분히 관능적인 입술이 한 번 떨어지면서 다시 닿으려는 찰나 미덕의 손이 그의 가슴을 밀어냈고 희도는 여유롭게 밀려나 미덕을 풀어주었다.

사시나무가 떨듯 그렇게 떨며 한 걸음, 두 걸음 물러서버린 미덕은 서서히 달아오르는 몸과 얼굴에 얼굴을 가리며 숨을 헐떡거렸다.

사랑한다고?

왜?

무슨 소리야?

온갖 것들이 범벅이 되어버린 그녀의 머리카락을 쓰다듬고 이마에 입술을 맞춘 희도는 마지막 일격까지 잊지 않았다.

"기대해."

뜬금없이 나온 말에 거의 반사적으로 물어오자 희도는 다시 찾은 그 뻔뻔함으로 자신감 충만하고 오만한 모습을 보이며 짤막하게 대꾸했다.

"그게 뭐든 그 이상으로."

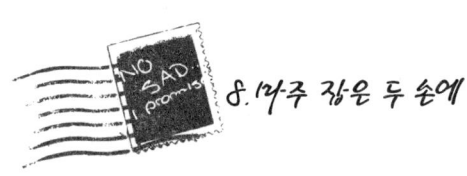 8. 맞주 잡은 두 손에

  친구가 이상하다고 느낀 건 얼마 되지 않았다. 조바심을 내듯 안절부절못하다가 갑자기 얼굴을 붉히곤 어쩔 줄 몰라 한다. 그러다 다시 축 늘어져 머리를 박고 우울해하고는 어느새 부끄러워한다.

  사실 조금 미쳤구나, 싶었지만 그 모습을 보는 게 속이 쓰리고 답답해서 한숨만 났다. PK들은 의사 가운만 입은 뭘 조금 귀동냥을 해 들은 이들이기 때문에 뭔가를 크게 할 수 있는 것도 아니고 하루의 대부분을 공부의 공부로 보낸다. 물론 탁상공부가 아니라 실전공부이기는 하지만.

  "밥 먹자."

  "어? 아, 어."

  밥을 먹으러 식당으로 내려와 식판을 내려놓으면서도 미덕은 좁아진 미간을 펴지 못했다. 아무리 생각해 봐도 대체 이 상황이 어떤 상황인지 인지가 되질 않는다. 당장 몇 년인지 모를 파견근무를 나가는 사람이 어째서 이제 와 사랑한다고 말을 했을까.

그 말이 거짓 같지는 않았다.

그날이 지나고 희도는 훌쩍 떠나버렸다. 그저 걱정하지 말란 말만 남기고 미련 없이 떠났다. 남들처럼 눈물의 이별식은커녕 멍하던 사이 훅, 하고 가버린 거다. 슬퍼하고 자시고 대체 이게 무슨 일인지도 모르는 게 눈물이 날 리 없었다.

가지 말라니까 고백하고 가버렸다.

"대체 뭐야. 이게 뭐지?"

밥 잘 먹다가 머리를 마구 긁으며 발작하는 그녀의 행동에 지호는 점점 더 심기가 불편해졌다. 뭔가 진전이 있는 것 같기는 한데 달콤한 분위기가 나는 것도 아니고 그 어느 때보다 어려운 얼굴로 한숨만 쉰다.

"혹시 외국도 지역번호가 전라남도랑 똑같아?"

"결국 미쳤냐."

"말해봐."

"이거 확실히 갔네. 맛이 갔어."

그랬다. 그가 떠나고 바로 당일, 전화가 왔는데 번호의 앞 지역번호가 062였다. 외국에 갔다는 사람이 왜 062 지역번호를 달고 전화를 할 수 있는가. 물론 쉽게 생각한다면 전남으로 내려갔다고 생각하면 될 일이다.

"차라리 외국으로 가란 말이야."

낯이 뜨거워서 도무지 얼굴을 들 자신이 생기질 않았다. 외국으로 간다는 그 말 한 마디에 머리가 빙글빙글 돌아 두서없이 말을 뱉었는데 밖으로 나가지 않았다는 사실이 기쁜 건 둘째 치고 당황스럽고 창피해서 얼굴을 들 수가 없다.

"뭔 일 있었지?"

"몰라."

"다 티 난다. 숨겨봐야 강미덕 어디 가겠어."

"……그래?"

스스로도 수긍하는지 축 늘어진 그녀를 지호는 여전히 못마땅한 시선으로 바라보았다. 역시 있어도 큰 진전이 있던 모양이었다. 그리고 언제나 그래 왔듯 자신의 기회는 더 멀어졌다.

"농락당했냐."

"말을 해도 꼭……딱히 틀린 말은 아닌 것 같긴 하다."

의도치 않은 농락이라고 해야 할지, 아니면 어쩌다 얻어걸려 혼자 날뛴 케이스라고 해야 할지. 둘 다 좋은 쪽이 아니라서 나중에라도 희도의 얼굴을 볼 수가 없다. 그래도 혹시나 하는 마음에 미덕은 담담히 자신을 보는 지호에게 물었다.

"있잖아. 이번에 선생님 중에 몇 분이 파견근무 나가시는 거 혹시 누가 어디로 가는지 알아?"

"전남이랑 강원도에 두 분씩. 왜."

"거기에 희도 오빠, 그러니까 최 선생님도 있어?"

"어."

"어디 외국으로 나가는 건?"

"그건 해외파견이고. 벌써 가신 걸로 알고 있는데."

지호 역시 자세한 사항은 모르지만 대충 주워들은 것이 있기 때문에 어렵지 않게 대답해 줄 수 있었다. 마음 같아서는 아프리카 오지에서 한 오십 년 살고 온다고 말해 주고 싶지만 미덕의 간절한 듯 조마조마해 보이는 눈에 거짓말은 할 수가 없었다. 이러나저러나 그녀에게 약한 건 최희도뿐만은 아니다.

"막 일 년, 이 년씩은……아니겠지."

"모레면 올걸."

간단명료한 말에 미덕은 진심으로 울고 싶어졌다. 직접 알아볼 게 아니라 지호에게 물어봤다면 이렇게 간단히 답을 내렸을 걸 대체 무슨 짓은 한 거람. 얼굴을 두 손에 파묻고 좌절하는 미덕을 보며 지호는 어렵지 않게 사건의 유추를 해냈다.

바보처럼 또 혼자 생각하고 답을 내렸을 거다. 이 바보 같은 여자는.

"너도 참 답답하다. 언제까지 매번 당하고 살래."

"당하긴 뭘 당해."

완전히 기가 죽어 까맣게 변색한 미덕을 가만히 보던 지호는 순간 자신의 머리로 스치는 재치에 감탄이 흘렀다. 아니, 이렇게 머리가 좋다니. 그러니 내가 의대생이지. 지호는 너무도 센스 있는 자신의 두뇌에 칭찬하며 말했다.

"모레 언제 끝나."

"평소대로 끝나겠지."

"아, 그래?"

모레 돌아올 희도를 대체 어떤 얼굴로 맞이해야 하나 싶다.

"한두 시간만 시간 내. 밥 먹자."

"뭐 맨날 밥만 먹자고 그래."

"밥 말고 우리가 할 게 뭐 있어. 연애할까?"

콧방귀도 뀌지 않는다. 겨우 고개를 든 그녀의 미간이 조금 좁혀 있지만 딱히 밥 약속에 거절할 생각은 없었는지 고개를 끄덕인다.

십수 년의 시간, 그건 미덕만이 보낸 시간이 아니다. 그도 희도도 똑같이 보냈던 긴 시간 각자의 사념 속에서 흘러갔던 시간이었다. 어느 의미론 미덕이만큼 잔인한 사람도 없을 테지.

한곳만 보는 사람을 오랫동안 본다는 건 조금 아픈 일이다.

씁쓸하게 웃은 지호는 다시 물 한 모금을 마셨다.

*

"어? 선생님 어쩐 일이세요? 내일까진 쉬셔도 되잖아요."

"잠깐 할 일이 있어서요. 그런데 강미덕 간호사는 오늘 오프인가요?"

"아니요, 오늘은 약속이 있다고 해서 먼저 갔어요. 방금 갔는데."

사실 의국 내에서 희도와 미덕은 공식적이지만 않았지 비공인으로는 임자 있는 축에 속했다. 본래 간호사와 의사간의 연애는 그리 추천할 만한 것이 아니지만 '그' 최희도가 보자마자 벌떡 일어나 환하게 웃고 한 번이라도 스치기 위해 괜히 돌아서 데스크로 향하는 것도 재미있는 볼거리 중 하나라 다들 응원하고 있는 추세다.

없는 휴가도 만들어 내서 쉬느라 과장님과 으르렁대기가 하루 이틀이 아닌 사람이 사흘간의 지방 파견을 끝으로 하루 동안 휴가를 얻어놓고도 갑자기 찾아와 미덕을 찾으며 돌아다니는 뻔뻔함과 대단함에 쑥덕거리는 것도 그는 개의치 않았다.

"흠."

일단 지난 사흘간 미덕과는 연락이 닿질 않았다. 일부러 피하는 것이 분명하기에 오늘은 연락 없이 불쑥 왔건만 운 나쁘게 타이밍이 어긋난 모양이었다. 아쉬움에 머리를 긁적거린 그는 온 김에 짐이나 놓고 가자는 마음에 숙직실로 향했다.

이층침대가 두 대 놓인 좁은 숙직실은 한 명만이 남아 거울을 보며 옷매무새를 매만지고 있었는데 희도가 들어서자 정수가 힐끗거리다가 허둥지둥 고개를 숙였다.

"이제 오셨어요? 그런데 왜 오늘……."

"일이 있어서 왔다. 너 어디 가냐?"

희도는 다른 때와 다르게 넥타이에 재킷까지 차려입은 정수를 의아하게 보았다. 덥수룩하게 올라오던 머리도 가만히 아래로 내려가 있고 잘 끼지 않던 안경까지 끼고 있는 정수다.

희도의 물음에 정수의 입가로 아주 흐뭇한 미소가 지어졌다.

"저 오늘 소개팅 갑니다."

"뭔 팅?"

부끄러움에 몸을 비비적비비적. 정신 나간 행동에 희도의 인상이 구겨졌다.

"그 왜 버릇없는 PK 아시죠? 이번에 실습 병동 바뀐다고 고마웠다면서 주선해 주지 뭐예요. 같은 나이에 친구래요. 이제 졸업하는!"

"아아, 그놈."

김지호인지 뭔지 하는 무말랭이처럼 비쩍 말라 미덕의 옆에서 헉헉 거리던 그 똥강아지. 처음 외과 실습을 시작할 때부터 뚱한 얼굴로 자신을 노려보던 건방진 눈에 같잖은 한숨을 쉬게 했던 녀석이 어쩐 일로 남을 위해 행동했을까. 그러나 자신과는 딱히 상관없는 일이기에 희도는 가볍게 무시하며 짐을 풀었다.

"요즘 2년 차들 시간 많네. 미팅도 하고."

지나가듯, 흘러가듯 한 마디 하자 '다녀오겠습니다!' 하고 기쁜 마음으로 문을 열던 정수가 우뚝 굳어 희도를 돌아보았다. 당장이라도 울 것처럼 축 늘어진 입꼬리에 만족한 희도는 휘파람을 불고 싶은 것을 막으며 말했다.

"가서 제대로 안 꿰어오면 너부터 꼬챙이로 꿰어버릴 거야."

나름대로의 덕담이었지만 정수는 무슨 필명이라도 받은 사람처럼 크게 대답하고 서둘러 숙직실을 나섰다. 헐레벌떡 달려 나가는 ㄱ가 웃겨 피식 웃은 희도는 가장 깊게 있던 세면도구를 꺼냈다.

1분, 2분, 5분.

툭.

들고 있던 세면도구가 바닥으로 떨어졌다. 무려 5분이나 그 세면도구만 들고 아무것도 하지 못하던 희도는 딱딱하게 굳어 정수의 흔적조차 남지 않은 문을 돌아보았다.

김지호, 그래 김지호. 어떻게든 자신에게 엿을 먹이기 위해 용을 쓰는 속이 새까만 사내자식. 미덕의 옆에 선 무말랭이! 같은 나이에 졸업한 누구?

"아, 안 돼. 권정수!"

덕담까지 해대며 보냈던 정수를 목 놓아 부른 희도의 목소리가 숙직실을 벗어나 복도까지 울렸다.

"주문하시겠습니까?"
"나중에 할게요."

상냥하게 웃고 가는 종업원을 보내고 시계를 본 미덕은 막 50분을 넘긴 분침에 휴대폰을 들어올렸다. 7시 30분에 보자고 했던 지호는 아직도 오지 않았고 문자를 보내도 가고 있으니 기다리라는 말만 한 번 보내고 더 이상 답도 없었다. 슬슬 마음이 꼬여 화도 조금 나려는데 문자 하나가 왔다.

〔김지호 씨 친구 분 맞으신가요?〕

모르는 번호로 온 문자는 지호의 이름을 거론하고 있었고 약간 당황한 미덕은 혹시 그에게 무슨 일이 있나 싶어 답장했다.

〔맞는데, 누구시죠?〕
〔예, 오늘 소개받기로 한 권정수라고 합니다.〕

"소개?"

머리에 엄청난 크기의 해머로 때린 듯한 충격이 찾아왔다. 눈을 크게 뜨고 정신을 차리며 무의식중에 주변을 둘러보자 입구 근처 휴대폰을 들고 있는 정수가 눈에 보였다.

〔전 카페 도착했는데 아직이신가요?〕

이 순진한 물음에 머리가 아파왔지만 미덕은 자리에서 일어나 입구로 향했다. 그리고 이리 기웃 저리 기웃 밖을 향하는 정수의 뒤로 다가가 톡톡 팔을 두드렸다. 세상에서 제일 귀엽고 예쁘다고 극찬을 하던 지호 탓에 한참 즐거운 상상에 빠져 있던 정수는 갑작스런 불청객에 놀라다가 곧 그녀를 알아보았다.

"어? 강 간호사 여긴 어쩐 일이에요?"

"······선생님."

"응?"

아무것도 모르는 이 불쌍한 피해자는 눈을 깜빡이며 특유의 선한 미소를 지었다.

미소가 사라지는 건 그리 오래 걸리지 않았다. 하얗게 색을 잃은 사람처럼 축 늘어진 정수는 테이블에 머리를 박고 간헐적으로 분노를 표출했다.

"죄송해요."

"저야말로 죄송합니다. 그냥, 다른 분도 아니고 강 간호사가 나와서 그래요. 아! 그러니까 싫다는 게 아니라······그러니까. 강 간호사는 최 선생님이 있어서 그래서 그냥, 하하하."

횡설수설 변명 아닌 변명에 빠졌던 정수는 머쓱하게 웃으며 어깨를 축 늘어트렸다. 굳이 사단이 나진 않아도 뒤끝이 분명 따를 것이다. 힐끗 미덕을 보던 정수는 역시 나오는 한숨을 막을 수 없었다.

'최 선생님 여자친구만 아니면 진짜 괜찮을 텐데.'

정확히는 아직 여자친구가 아니지만 정수는 그저 안타까울 뿐이었다.

"오늘 있던 일은 그냥 가벼운 해프닝으로 넘기죠, 뭐. 괜찮으시죠?"

"네. 죄송해요, 지호가 꼭 원래 그런 애가 아닌······아니, 그런 애가 맞긴 한데."

"이해합니다."

 버거운 상대를 둘이나 알고 있는 미덕이 더더욱 안쓰러워진다. 희도 도 모자라 신진 세력인 지호까지. 만약 집에 한참이나 어린 동생인 현덕이 있다는 걸 안다면 정수는 눈물까지 흘릴지도 몰랐다.

 "그래도 아쉽네요. 오랜만에 솔로생활 청산하나 했는데."

 진심으로 아쉬워하는 얼굴로 한숨을 내쉰 정수는 아련한 눈으로 먼 산만 바라보았다. 하루라도 빨리 짝이 나타나야 할 텐데, 참 안타깝다.

 서로 이어질 리 없는 관계이다 보니 오히려 조금 편해졌고 소소하게 대화를 나누던 두 사람은 어느새 식사를 위해 자리에서 일어설 준비를 하고 있었다.

 "식사하고 모셔다드릴게요."

 "아니에요, 전철역에서 바로 앞이거든요."

 "그래요? 아, 간단하게 가락국수 어떠세요?"

 "좋아요."

 잘 아는 가락국수집이 있다면서 손을 퉁긴 정수는 병원에서 그리 멀지 않은 국수집으로 향했다. 여기까지는 아주 좋았다. 국수를 먹고 가볍게 술 한 잔으로 입가심까지 한 후 전철역으로 향하면서도 생각보다 어색함은 없었고 이따금 웃음까지 터졌다.

 "들어가세요."

 "네. 우리 오늘 일은 그냥 모르는 척 넘어가요."

 "아하하, 네."

 간절히 부탁하는 정수의 말에 고개를 끄덕인 미덕은 방긋 웃으며 돌아셨다. 처음엔 지호에게 된통 당한 기분이라 무척 저조해졌지만 오히려 상냥하게 대해 주는 정수 덕에 스트레스가 좀 풀린 것 같았다. 생각보다 코드가 맞아서 이런저런 얘기를 하다 보니 시간이 벌써 10시가 너머 있었다.

"저, 강 간호사!"

돌아가는 그녀를 잡은 정수는 잠시 머뭇거리다가 말을 이었다.

"최 선생님은 강 간호사 진짜 많이 좋아하세요."

"……."

"정말로, 솔직한 분이라 강 간호사한테는 바보가 되시는 것 같거든요. 얼마 뒤면 당분간은 못 뵙겠지만."

"네?"

"음?"

반문에 반문.

마지막 말을 제대로 듣지 못했지만 담백하기 그지없는 조언에 미덕은 조심스레 고개를 끄덕였다. 안쪽에서 휴대폰이 울려대던 탓에 그의 말을 듣지 못한 것이 실수였음을 그녀는 알지 못했다. 만족한 듯 손까지 흔든 정수는 곧 몸을 돌려 사라졌고 한참을 그렇게 섰던 미덕은 미친 듯이 밀려드는 그리움에 가슴을 죄었다. 희도가 아주 많이 보고 싶어서 심장 언저리가 뻐근해진다.

"왔겠지."

전화는 희도의 것이었다. 오늘 하루 종일 연락이 없다가 이 늦은 밤에 겨우 전화가 온다. 화들짝 놀라 들어 올리자 그의 이름이 액정에서 반짝거렸다. 눈동자가 가늘게 떨리기 시작했다.

그저 평온해졌던 가슴으로 솔직한 파장이 일자 어째서인지 모르지만 미덕은 홀린 사람처럼 전화를 받았다.

"네."

-받아줘서 고마워.

"응."

언제부터 전화를 받는 게 고마운 일이 되었을까. 미덕은 뭉클해지는 마음에 주먹을 살짝 쥐며 고개를 끄덕였다. 달콤한 음성처럼 낮은 목소리에 귓가가 떨렸다.

-나 병원인데. 집이야?

"아직."

짧은 대답에 잠시 말이 없었다. 한숨을 쉬는 듯했고 씁쓸한 웃음이 보이는 것만 같았다. 의도한 바는 아니지만 미덕은 오늘 정수와 소개팅 아닌 소개팅을 했고 괜스레 미안해지고 말았다. 그래서 그런지 미덕의 목소리는 예전처럼 여리게 나왔다.

"미안해요."

-보고 싶어.

"어?"

-보고 싶어서 죽을 것 같아.

당장 자리에 주저앉을 뻔했다. 온 다리가, 팔이, 가슴이 떨리고 힘이 빠져서 미덕은 순식간에 달아오른 얼굴을 어쩔 줄 모르며 입을 다물었다.

그의 얼굴이 보이는 것만 같았고 전화기를 잡은 손끝의 부드러움도 생각이 났다. 두근두근 심장이 퍽, 터질 것처럼 박동했고 그녀는 입술을 깨물었다.

-이리 와.

"싫어요."

-빨리 와, 기다릴게.

다리는 이미 병원으로 향하고 있었다. 달리고 달려 희도가 사준 단화를 신고 바람을 따라 힘껏 달렸다. 숨이 턱 끝까지 올라올 정도로 빠르게 달리면서 미덕은 연신 울리는 가슴을 막을 수가 없었다. 멀지 않은 병원이, 전철역에서도 보이는 그 큰 건물이 가까워지지 않자 조바심이 났다.

"하아, 하아."

병원에 도착했을 땐 이미 외부인 출입은 금하는 시간이라 사람이 없었다. 숙직실이 있는 곳을 향해 다시 달리기 시작하던 그녀는 순식간에 채가는 손길에 숨이 멎었다.

안기는 수준을 넘어 안겨 매달리듯 희도에게 안긴 미덕은 강하게 그의 목을 끌어안았다. 반사적으로, 본능적으로 보니 안고 싶어서 끌어안아버렸다. 바보 같이 결국 보면 좋아서 어쩔 줄 모를 거면서. 괜히 고집을 부리고 부렸다.

애초에 미덕을 드는 것에는 도가 튼 그에게 그녀가 두꺼운 패딩을 입었건 어디 옆구리에 벽돌을 매달았건 중요하지 않았다. 사람이 사람을 얼마나 잘 들 수 있는지 표본이라도 되는 것처럼 희도는 그녀를 안고 놓아주지 않았다. 얼마 만이더라, 이 포옹이.

처음인가. 진실로 사내와 여자로서의 포옹은.

"그래, 그래."

나지막한 달램. 겨우 며칠만인데 이상하게 눈물이 난다.

정신없이 매달려서 미덕은 훌쩍거렸다. 가락국수집에서 살짝 약주를 한 탓에 감정이 부푼 그녀는 희도의 목덜미에 코를 박고 팔에는 더더욱 힘을 주었다. 고맙게도 그는 움직이면서도 그녀를 놓아주지 않았다.

얼마 지나지 않아 그들이 도착한 곳은 휴게실도 아니고 병원 2층에 위치한 개별 수면실이었다. 명백히 관계자 외 출입금지라는 노란 딱지 붙은 바리케이드를 간단하게 내치고 좁지 않은 수면실의 나열된 즐비한 침대를 세기도 전에 희도의 팔에서 내려오게 된 미덕은 어리벙벙한 얼굴로 눈을 깜빡였다.

"우리 덕이."

또 시작된 저 뿌리박힌 '우리 덕이' 찬양에 미덕이 방어하기도 전에 덥석 안겨버리고 말았다. 잠시 운 터라 온몸이 둔해져 빠져나오기도 힘들어지고 희도의 손은 가볍게 그녀가 입은 얇은 카디건의 단추를 풀고 있었다.

"뭐하세요?"

생각보다 어처구니없는 그의 행동에 너무 황당하고 어이가 없어 물으니 생글거리는 눈웃음으로 대답하는 희도다.

"안 더워?"

아닌 게 아니라 땀이 흐르고 이 안으로 들어오니 가슴이 답답해질 정도로 덥긴 했다. 가습기도 없는 수면실로 탈바꿈된 물품실은 난방 하나만큼은 좋아서 다시 사근거리는 웃음으로 옷을 내려주는 희도에게 홀라당 넘어갈 뻔했다. 그러나 이번만큼은 가시를 곤두세우고 있는 미덕이므로 그냥 그렇게 구렁이 담 넘듯 넘어갈 수가 없는 노릇이다.

잠시 그가 너무 보고 싶어서 망각했으나 할 건 하고 가야 했다.

"날 속였어요."

찰싹, 희도의 손을 때리며 눈에 힘을 주며 말하자 그가 툴툴거렸다.

"냉정해라."

삽시간에 슬픈 눈을 만들며 뒤로 물러나 침대에 살짝 걸터앉은 희도가 한숨을 내쉬며 씁쓸한 미소를 지었다.

"상처받았다."

"으."

자신은 저 얼굴에는 너무 약하다. 안면근육이 고무찰흙으로 된 것도 아닐 텐데 어쩜 저렇게 작은 변화에도 사람 심금을 울릴 만큼 급변할 수 있단 말이냐. 그게 다 눈에 콩깍지 뒤집어쓴 죄이기는 하지만 일단 미덕은 스스로 그것을 인정하지 않았다.

괜스레 입맛만 다시며 혀만 날름 마른 입술을 적시는 그녀를 보는 희도의 눈동자가 늑대의 그것처럼 날카롭고 깊었다. 하지만 곧 이어지는 선한 눈웃음에 그를 올려보는 미덕에게는 안타깝게도 보이지 않고 넘어간다.

하지만 금방이라도 속사포처럼 말을 늘어놓고 안 되면 끌어안기라도 할 것 같던 희도는 막상 여기에 데려와 놓은 주제에 침대에 걸터앉은 그대로 미덕을 바라보고 있었다.

"왜, 마음에 들어?"

"아, 아니!"

가늘게 웃으며 입가를 올리던 희도는 짙은 남색의 타이의 매듭 부분에 손을 올리며 슬슬 늘어트렸다.

"오빠는 이게 더 멋있어."

애석하게도 부정할 수가 없다. 약간 늘어진 타이에 단추가 하나 풀린 와이셔츠 안으로 비춘 그의 목선이 지나치게 매력적이었다. 재수 없는 소리나 늘어놓는 입술선을 꽉 꼬집어 주고 싶어 새침하게 고개를 옆으로 돌리자 희도의 작은 웃음이 이어졌다.

어느 면으로 보나 예쁘고 귀여운 미덕이지만 저렇게 부끄러워하며 당황함이 약간 섞인 미덕의 표정은 희도의 애간장을 녹이기에 충분했다. 사실상 욕심 같아선 저 달콤한 입술을 다시 취하고 싶다. 남자의 욕심이 불끈불끈 솟는 순간, 그것을 막아내기 위해 희도의 입이 열렸다.

"미덕……."

"아직도 잘 모르겠어요."

"응?"

끝이 약간 떨리는 목소리로 심호흡을 크게 한 미덕은 벗은 패딩만 만지작거리며 말하고 있었고 갑작스런 그녀의 말에 희도가 다소 놀라 웃음기를 잃었다. 뭐라고?

"가슴 졸이기도 지쳤어요. 그, 그것도 오빠랑은 이제 안 하고 싶을 정도로."

"그거가 뭔데?"

"그런 거요!"

절대 입에 올리지 않겠다는 듯 키스를 '그런 거'로 치부하며 주먹을 불끈 쥐고 부리부리하게 희도를 노려본 미덕은 자신을 향해 잔잔하게 미소를 짓고 있는 그를 발견하고 오기가 떠올랐다. 저 입에서 어떤 말이 나올지 몰라 먼저 선수를 치긴 했지만 또 저렇게 여유로운 모습을 보니 가슴에 불이 끓는다. 이럴 때마다 자신이 너무도 어리고 유치하지만 어떻게도 당해낼 수 없는 상대라는 점에서 이게 최선의 방법일 수밖에 없다.

"제대로 놀아볼 거예요."

다시 침착해진 미덕이 씩씩거림을 겨우 감추며 말을 잇자 희도의 말도 함께 이어졌다.

"또."

"……다른 여자들처럼 소개팅도 맘 놓고 갈 거구요."

"또."

"아세요? 저 오늘 소개팅했어요."

"좋았어?"

"상냥했어요! 착하고, 멋있었어요."

"나보다는 아니잖아."

오만한 말에 절로 눈살이 찌푸려질 정도지만 부정하기는 어려워 꿀 먹은 벙어리처럼 미덕의 입이 다물어져버렸다. 입술을 잘근잘근 다른 말을 찾으려 했지만 쉽게 말이 나오질 않았다. 정말 그랬다. 그 누구도 희도보다 멋있을 수는 없다. 이보다……좋을 수는 없다.

"더 말해 봐. 그리고?"

그리고?

이 마당에 뭘 더 할 수 있겠냐마는 미덕은 최대한 머리를 짜냈다. 저 사람을 화나게 할 수 있는, 저 여유로운 얼굴에 잠시라도 다른 표정을 만들 수 있는 말.

"뭐든, 오빠가 하지 말라는 건 전부 다."

미덕의 강단 있는 말에 희도는 작지만 길게 숨을 내쉬었다.

"네가 이겼어."

그의 말에 미덕의 미간이 마구 찌푸려졌다. 머리와 꼬리 자르고 몸통만 내놓는 어법은 정말 이 세상에서 없어져야 한다. 뭔가 알아들을 수 있는 것이 나오지는 않을까 조금 집중하며 서 있는 미덕에게 이어진 말은 긴 말이 아니었다. 아주 짧은 한 마디에 불과했다.

"말하지 않으려고 했어. 혹시 도망갈까 봐."

"무슨 말이에요."

"넌 어렸고, 나는 이것밖에 답이 없다고 이미 느꼈으니까."

직감적으로 지금 희도가 내뱉는 말이 무엇인지 깨닫고 말았다. 순식간에 얇게 가려졌던 것이 드러나면서 미덕의 눈이 사시나무처럼 흔들렸다. 불처럼 뜨거워진 얼굴과 지나가버린 일에 대한 수치가 함께 떠올랐다.

"어렴풋이 알아차렸던 것 같기도 해."

"이제는 필요 없는 얘기예요."

"덕아."

"왜 그런 걸, 항상 너무 어려워요! 오빠는 언제나 자기만 알고 나는 아무것도 알려주지 않아! 도가 지나치세요!"

미덕에게 있어 그날의 일은 꼭꼭 숨겨두고 싶은 이야기다. 입을 조가비처럼 딱 다물고 당장 나갈 듯 패딩을 잡아 올리는 그녀가 안쓰러울 지경이었다. 희도는 더 이상 돌아갈 생각이 없었다. 그건 지금껏 너무도 힘겨운 경험이었고 이미 항구에 도착한 배는 다시 먼 곳으로 떠나버렸다.

극도의 흥분, 스스로 뭘 말하는지도 모르는 패닉의 상황. 이를 잡기 위해 희도는 아주 조금이나마 속에 담은 검은 먹구름을 비춰주었다.

"강미덕."

딱딱하게 불린 이름에 흠칫 놀라 반사적으로 긴장하는 그녀를 그는 매서운 눈으로 바라보았다.

"넌 그런 자릴 왜 나가."

"그런 자리라니요?"

"권정수. 뻔히 사람 마음 알면서 왜 그런 걸 나갔냐고."

순간 할 말을 잊은 미덕은 입술을 깨물었다. 그게 지호의 꼼수였음을 말하면 될 테고 충분히 서로 이해타산이 가능할 이야기지만 미덕은 눈에 불을 켜며 답했다.

"내 마음이에요."

"화나게 하지 마. 다른 건 이해해도 그건 안 돼."

"오빠가 이해하면 뭘 해요. 말했잖아요. 어린애도 아니고 난 이제 내 마음대로······."

꽉 잡아버린 손목이 당겨지고 그와 함께 그녀의 몸까지 딸려갔다. 빨려 들어가듯 당겨진 몸에 곧 눈이 떨어질 것처럼 크게 떠졌다. 심장 소리가 너무 커서 귀가 찢어질 것만 같다. 낮고 거친 목소리가 그런 귀에 닿는다.

"뭘 맘 놓고 해? 소개팅? 네가 왜."

"······."

"네가 왜."

뭐라고 답해야 하지? 빗장을 돌려 여는 것이 아니라 잡아 뜯어 망가트릴 것처럼 희도는 잡은 미덕의 손목에 더더욱 힘을 주었다.

"내가 있는데."

무섭다. 그가 무섭다. 처음 보는 아주 얇은 단면임에도 그녀는 겁을 먹고 말았다. 미덕은 놀라서 맺힌 눈물에 다급히 소매로 눈가를 닦았다.

무섭다. 한순간 든 무서움과 낯 뜨거울 정도로 짙은 설렘에 미덕은 질끈 눈을 감았다. 꿈인가? 꿈? 세상에 지금 이게 현실이야?

희도의 큰 손이 다가오는 것도 모르고 소매에 눈을 묻고 있던 미덕은 이내 뺨에 닿는 손에 흠칫거렸다. 놀라 멈추는 그녀를 바라보며 희도는 온 마음을 다해 진심을 다했다. 항상 진심이었지만 지금은 가리는 것 없이 전부.

"겁이 나서 그랬어."

미덕의 모습은 아직도 눈가에 아른거린다. 교복을 입은 가녀린 허리와 치마 아래로 뻗은 다리, 물기를 머금은 눈망울이 가려진 눈꺼풀마저 사랑스러웠던 그때. 어느덧 자라마냥 환하게 웃는 것이 아니라 살며시 미소를 머금을 줄 알게 된 소녀를 보았을 때.

"내가 너무 이상했거든."

갑작스레 깨달아버린 자신의 행동에 두려워 도망갈까, 그것이 두려웠다. 무서웠다. 끔찍하리만큼 떨렸다.

"변명이세요."

상대가 희도라면 그 어떤 무엇이라도 상관없었을 텐데. 하지만 그것에 반하듯 미덕은 잘게 떨리는 몸에 다시 입술을 깨물었다. 생각해 보면 자신은 따라오지 않는 희도에게 상처 받았던 스스로만 생각했지 뒤따라오지 않는 희도는 생각하지 않았다. 아니, 그를 생각한다는 것 자체가 그녀에겐 사치일 만큼 큰 충격이었으니 이런 것 조금도 예상해 본 적 없었다.

"결국 나이가, 나이가, 문제였어요?"

"나이 문제가 아냐."

정확히 깨달았던 것은 미덕의 대학 입학식 날이었으니 결코 나이가 문제가 되진 않는다. 그도 그녀도 성인이었으니까.

"하지만 왜? 왜 이제 와서, 이해 못하겠어요! 그때는 그랬다지만 전……!"

어째서 이렇게 갑자기!

도무지 이해할 수가 없었다. 격분한 나머지 아직 뺨에 닿아있는 희도의 손을 때리듯 쳐내며 원망이 가득한 눈으로 그를 올려보았다. 지난 시간으로 인해 남은 것은 그를 제대로 믿지 못하는 자신과 그런 와중에도 희도를 사랑하고 있는 것을 알고 말았다는 사실뿐이었다. 비참할 정도로 자신에게 못된 짓만 일삼고 장난만 부리는 그에게 애정만 커갔다는 거다.

울컥, 치미는 마음에 미덕이 이를 물고 얼굴을 일그러트렸다.

한없이 외쳤다. 입 밖으로 내지는 못했지만 뒤에서 옆에서 앞에서 외치고 또 외쳤다.

나를 좀 봐주세요. 여기 좀 봐줘요. 여기 내가 있어요.

"이제 와서 말하시는 이유가 뭐예요? 만약 이게 장난이라고 해도."

침을 삼키며 미덕은 이를 갈았다.

"난 이제 오빠 놓아줄 수 없어요."

뭐가 어찌 되었든 듣고 싶은 말만 원하며 발만 바동거리는 그녀에게 희도는 지금껏 가지고 있던 여유를 잃으며 진심을 다해 외치듯 말했다.

"닳았으니까."

"……."

"말하지 않아도 다 알 수 있었으니까. 그래서 더."

그의 입으로 듣는 그의 마음. 거짓이 담기지 않은 신뢰감으로 가득 차오른 음성.

"너를."

가슴이 아릴 만큼, 속에서부터 뻗어진 가지가 마침내 얇은 유리를 깨고 올라 하늘 높은 줄 모르고 연신 뻗어 오른다. 서서히 올라온 희도의 손이 다시 미덕의 뺨에 올라오며 부드럽게 쓸듯 가볍게 감싸고 그는 마침내 거짓은 없되 깊이 숨겨두고 내지 않았던 진심을 흘려보냈다.

"진심으로 대할 것 같아서."

크게 떨리던 몸이 멈추고 미덕의 믿을 수 없다는 시선이 겨우 희도를 향했다. 안타깝게 내려 보며 웃는 것인지 우는 것인지 모를 미소로 바라보는 그다.

"그럼 넌 지금 그렇게 있을 수 없어."

그의 집요하고 지독한 질투심과 독점욕은 장난 속에 가려졌다. 그녀가 닿는 사내들의 머리털마저 분노하며 이를 갈았지만 그는 웃었다. 만약 그가 진실로서 다가섰다면 미덕은 분명 망가졌다.

이렇게까지 진실 된 적은 없었으리라. 이 남자가 미덕에게 이토록 애절하게.

"미안하다고는 안 해. 고마워. 네 덕에 기다렸어."

어느 날인가, 항상 유치한 만화 캐릭터가 그려진 가방이 아니라 단정하고 수수한 가방에 약간 품이 넓은 교복을 입고 나타난 아이가, 어느새 졸업을 하고 또 어느새 훌쩍 큰 키로 더는 '아이'라고 말할 수 없을 때가 되어버린 순간 더는 귀엽다고만 느낄 수는 없었다.

그래, 그건 어느 날 갑자기였다. 최희도라는 남자마저도 당황하게 만들 만큼 갑작스럽게, 또 너무도 자연스럽게.

"무서웠어. 무엇보다도 내가."

감히 너를 상처 입힐지도 모를 내가.

어떻게 자신의 마음을 의심하고 또 혼자 그렇게 결론지었을까. 우습게도 미덕이 희도 때문에 이토록 버거웠다면 희도 역시 그녀 때문에 근처에서 맴돌기만 했던 것이다. 이 무슨 웃기지도 않는 상황이란 말인가. 어떻게 이렇게 돌고 돌아왔나. 남들처럼 아름답지도 못하고 남들처럼 예쁘지도 않지만 그 어떤 누구보다 간절하다.

미덕을 향했던 희도의 마음이 애절하고 또 슬퍼서 미덕은 끝내 그의 가슴을 한 대 퍽 치고 말았다. 이 가슴이 혹시 아픈 거냐고 묻는 것처럼 있는 힘껏 치려다가도 다시 약해지는 손아귀의 힘에 퍽, 하고 치려던 것이 이내 '툭'으로 바뀌고 결국 와이셔츠 앞섶을 움켜쥐었다.

"늦어요."

늦다.

"너무 늦었어. 이제 와서 그래 봐야……."

"……."

"정말 너무 싫어."

이미 혼자 말하면서 눈물이 그렁그렁해진 미덕이 약간 느슨해져 있던 희도의 넥타이를 꽉 당겨 그의 키를 낮춰 자신에게 가깝게 만들었다. 당겨진 목에 커진 그의 눈을 바로 앞에서 올려보며 미덕은 씨근씨근 입술을 잘근거렸다. 미운 사람. 못난 사람. 정말 너무도 사랑하는 사람.

"나빠요."

그녀는 이 모든 것을 그저 '아, 그렇구나.' 하고 넘길 만큼 이성적이고 냉정한 사람이 아니다. 지난 시간 동안 받은 상처는 어떻게든 보상받고 싶을 정도로 이기적이고 자신밖에 모르는 못난 계집이다. 어디에서 나오는 멋진 여성들처럼 가볍게 전부 이해할 정도로 똑똑한 사람이 아니어서 미안하지만 그녀는 매몰차게 그를 밀어내고 밖으로 나가기 위해 몸을 돌렸다.

빠르게 스쳐 문고리를 잡아 돌리는 그녀를 향해 희도는 다시 돌아온 입가의 미소를 올리고 그녀의 뒤로 서 열리는 문을 닫았다. 쿵, 하고 어느 정도 열렸던 문이 닫히면서 미덕은 너무 화가 나버려 눈물도 쏙 들어가 버린 눈으로 다시 문을 열기 위해 문고리를 잡고 마구 당겼지만 뒤에서 막은 그의 팔에 잠깐잠깐 미동만 할 뿐 꿈쩍도 않는 문이었다.

"덕아."

달콤하고 다정하게 흘리는 말소리가 귓가에서 울린다. 아찔하게 흔들리는 말투 속에 미덕이 숨을 멈추듯 헛바람을 들이켜고 눈 한쪽을 찡긋거렸다. 거의 무의식중에 일어난 반사적인 반응에 어깨를 움츠리자 조금은 강압적으로 그녀의 오른쪽 어깨 너머로 팔을 뻗어 미덕의 턱을 잡은 희도는 천천히 그녀의 고개를 왼쪽 귓가에 머물고 있는 자신 쪽으로 돌렸다.

"기억하니?"

이렇게 달 수 있을까? 누군가가 옷을 들춰 배 안쪽을 문지르는 것처럼 살랑거린다. 기침이 나올 것 같다.

"기억 안 나?"

홀린 건가? 아, 아아 그런가 보다. 지금 미덕은 그의 목소리에, 몸짓에, 모든 것에 홀려버렸다. 그래서 지금 이렇게 다가오는 그의 얼굴을 뿌리칠 수도 없고 점차 감겨오는 눈동자를 막을 수도 없는 거다. 뭐가 기억나느냐고 물어야 하는데 미덕은 입술을 점령한 그의 입술에 더 말을 할 수 없었다. 아랫입술을 아프게 물고 바로 만지지 못했던 그녀의 몸을 그녀조차도 인지하지 못하게끔 돌려 문을 등지게 만들었다.

그리고 곧.

못 다한 것을 갈취하듯 그녀의 입술을 완전히 머금어 달려든 남자 최희도뿐이다.

9. 연인의 이름으로

"비 오고 찌뿌드드하고 정말 죽여주네."

정말 답답할 정도로 뿌연 날씨였다. 그의 마음처럼 세상사 되는 일 하나 없고 찝찝함만 계속된다. 자연스레 본동 5층으로 향한 지호는 데스크에 앉아 골머리를 앓고 있는 미덕에게 말을 걸었다.

"밥 먹었냐."

"응. 잠깐만, 나 지금 엄청 바빠."

"얼마나."

"무지막지하게!"

땀방울까지 이마에 담고 집중하는 미덕이 여간 귀여운 게 아니다. 당연히 지호의 시선 속에서만.

"미덕아."

"어."

"나랑 사귈래?"

힐끗, 한 번 본 미덕이 피식 웃으며 대수롭지 않게 대꾸했다.

"심심하면 잠이라도 자. 나 바빠."

"역시 그렇지?"

"싱겁기는."

역시나 똑같이 피식 웃어버린 지호는 혀를 차며 몸을 기울였다. 애석하게도 자신은 너무도 멀리 와버려서 고백을 해도 받아지지 않는다. 가깝지만 긴장감이 없는 관계는 조금은 슬프고 안타깝다.

"아까워서라도 그냥은 못 두지."

연인이 안 된다면 친구로서 달달 볶아줄 거다. 누가 뭐라 해도 지호가 미덕의 가장 친한 친구임은 부정할 수 없을 테니까.

"오랜만에 너희 집에 좀 가자."

"응?"

"동생이 맨날 친구들 데려와서 제대로 책을 볼 수가 없거든."

"아아, 뭐. 그래."

이성친구가 집에 놀러 간다는데도 전혀 개의치 않는 태도다. 역시 강미덕은 잔인한 녀석이지만 지호는 그래도 좋다며 움직이는 가슴을 쉬이 가라앉힐 수 없었다. 어차피 기대조차 하지 않으니 지켜보는 게 너무도 익숙해져 버린 탓이리라.

똑같이 익숙해졌는데 자신은 틀에 박혔고 두 사람은 현재진행형이라.

"열 받네."

꼬인 심사로 인해 살짝 기압골이 흔들릴 듯한 그런 평온한 날이었다.

"싫다고!"

마구잡이로 손발을 내치며 펄떡펄떡 거리는 신선한 횟감……아니, 현덕을 잡고 미덕은 죽은 동태눈으로 푸닥거리하는 아이의 반항을 홀로 막아내고 있었다.

고개를 최대한 뒤로 빼고 아직은 자신이 키가 크다는 점을 이용해 욕실문 앞까지 왔지만 어찌나 팔이 긴지 문틀을 확 부여잡고 힘을 줘 안 들어가기 위해 용을 쓴다. 조금 있으면 핏줄 솟을까 무서워지는데 미덕은 한숨을 푹 내쉬며 현덕의 몸을 놓았다.

"……."

갑자기 놓으니 놀랐는지 인상 팍 찡그리며 고개를 돌리던 현덕은 이내 옆구리로 오는 간질간질한 기운에 순간 팔에 힘을 풀었고 아차 하는 사이 이미 욕실문은 닫히고 말았다.

"누나가 등 밀어준다니까!"

"싫다고! 혼자 한다니까!"

"대충 물만 묻히니까 그러지."

물론 현덕이 다 컸다는 건 인정하지만 목욕을 하러 들어가면 도무지 제대로 씻고 나오는 법이 없다. 그래서 등이라도 밀어줘야 조금 씻은 티가 나니 미덕 역시 쉬이 포기할 수가 없었다.

"으, 현, 현덕……현덕아!"

성난 망아지처럼 팔딱거리며 거실의 소파에 러그에 죄다 물을 떨어트리는 현덕을 잡자고 역시 물에 빠진 모양새로 거실을 가로지는 미덕 때문에 이미 거실의 상황은 점입가경이었다.

남아 있는 건 뒤처리 곤란한 흔적뿐이고 지친 기색이 된 미덕은 물기

가득한 옷을 대충 싱크대에서 쭉 짰다.

겨우 얼굴만 좀 닦고 바닥에 엎어져 걸레질에 열중하다 보니 어쩐지 묵은 때 소탕작전에 몰입해서 박박 문지르고 있었다. 그 사이 욕실문이 열리고 살금살금 현덕이 나오는 것도 몰랐다. 바닥에 엎어져 걸레로 구석을 닦아내며 막다른 곳으로 옮기려는 찰나 타이밍 좋게 초인종이 울렸다.

"어, 으악!"

초인종 소리에 고개를 들어 올리던 미덕의 등으로 퍽 소리와 함께 무거운 무게감이 느껴졌고 미덕은 완전히 뻗었다. 다 큰 녀석의 자존심이 얼마나 무거운지 끝내 목욕을 시키려 애쓴 누이를 힘껏 괴롭힌다.

불행 중 다행히 잠금이 허술했던 문이 열렸고 거의 동시에 미덕의 위에서 힘껏 짓누르던 힘이 사라졌다. 몸집도 큰 녀석을 한 손으로 잡아 옆으로 밀어내고 기운 빠진 그녀를 세우는 것은 당연히 희도였다

"괜찮아?"

"네에."

그냥 잠시 놀랐을 뿐이라 삐걱거리는 몸으로 허리를 들어 올린 미덕은 겨우 자리에서 일어났다.

"안 추워? 많이 젖었는데."

'난 몰라!'

몸매가 좋은 것도 아니고 빈약하기 그지없는 몸에 착 달라붙어 있으니 이 얼마나 민망한 일이란 말이냐! 빨갛게 익은 얼굴로 얼른 방으로 들어가는 미덕을 보며 낮게 웃은 희도다. 빠끔히 열리는 욕실문으로 작은 손과 적대로 똘똘 뭉친 눈이 살그머니 비췄다.

그 모습에 희도의 다정한 말이 이어졌다.

"감기 걸리겠다."

"……."

"처남."

현덕이 처남 소리에 욕실문을 다시 쾅 닫아버렸다. 그와 동시에 젖은 옷 대신에 결이 좋아 보이는 스웨터를 입은 미덕이 방에서 나왔다.

아직 마르지 않은 머리는 열심히 빗고 머리띠로 마무리했지만 착 달라붙은 젖은 머리가 묘하게 희도의 남심(男心)을 건드린다.

"오셨어요."

작아서 땅 밑으로 기어들어갈 것 같은 목소리에 희도의 미간이 보기 좋게 모였다. 수줍음이 고스란히 드러나지만 그것을 감추듯 스웨터의 끝자락을 손으로 꾹꾹 늘리는 것이 딱 놀려먹기 좋은 모습이 아니고 뭐란 말인가.

"나갈까 했는데, 그건 무리겠지?"

끄덕끄덕.

자신을 빤히 보면서 뭔가를 기다리는 듯. 뭔가 싶어 역시 마주 보다가 입술만 혀끝으로 살살 훑고 긴장하자 그의 능글맞은 말이 이어졌다.

"그럼 그냥 집에 갈까."

묻는 듯, 혼잣말인 듯.

손으로 턱을 쓸어내는 손짓이나 허공을 향한 눈빛이 특별히 그녀를 놀리기 위한 기색은……넘쳐난다, 넘쳐나. 안절부절 어쩔 줄 몰라 하며 당황하는 그녀가 너무도 귀여워 희도는 씩 웃으며 얼굴로 팔을 뻗었다. 젖은 머리카락에 입술을 가져다대고 작고 마른 몸을 두 팔로 가득 안으며 웃은 그는 농담이라고는 조금도 섞이지 않은 목소리로 말했다.

"이러니까 오빠가 우리 덕이 사랑하는 거야."

매번 지치지도 않는지 콩닥콩닥 바쁘게도 울리는 가슴에 미덕은 눈을 한 번 감았다가 떴다. 감추지 않는 진솔한 말 속에서 가볍게 희도의 옷깃을 잡은 그녀는 심호흡 후에 발긋발긋 붉어진 볼로 투덜거렸다.

"아직, 오빠한테 화 다 안 풀렸어요."

그의 마음 이해하지 못하는 바는 아니지만 그래도 그동안 사람 지치게 만든 죗값은 치르게 할 셈이었다. 그래 봐야 전혀 제대로 먹히지 않는 것 같고 그렇게 행동하는 자신조차도 막 시작된 이 달콤한 연애에 거의 다 허물어져버렸지만 좀 더 못되게 굴어보고 싶고 나쁜 여자 흉내도 좀 내고 싶다. 허나 이미 이렇게 커버린 마음을 숨기는 재주가 미덕에게는 없었다.

"평생 풀어야 하는 거라면 나야 좋지."

미덕을 조금 떼어 놓고 웃어준 희도는 약간 깊어진 눈동자로 그녀에게 말했다.

"사랑해."

예상치 못했던 공격이다. 갑작스레 입 안이 말라가려 할 때 그의 손이 미덕의 얼굴에 닿으며 아프지 않게 말아 쥐듯 감싸고 위로 들어올렸다. 가깝게 느껴진 그의 품에서 미약한 병원 냄새가 난다.

"눈 감아."

눈이라도 감으라고 말해 주는 게 고마워해야 하는지 하지 말라고 밀어내야 하는지 갈피 잡지 못하고 있다가 스르륵 다가오는 그의 고개에 절로 눈을 꽉 감는 순간이었다. 살짝 스치듯 입술이 닿았다고 여겨진 그때,

우당탕.

산통을 깨도 제대로 깨는 욕실 안의 소리에 미덕이 반짝 눈을 떴다. 희도는 다 왔다가 품에서 빠져나가는 미덕의 팔목을 잡았다. 휙 돌아보는 미덕의 얼굴은 동생에 대한 걱정이 가득했다. 물론 사람 넘어지는 소리라기보다는 욕실 안을 난장판으로 만드는 소리. 아, 현덕아. 중학교를 가면 저 괴팍하고 못난 성격이 조금은 나아지려나.

"목욕시키려고?"

"으응, 네."

"같이?"

"네."

짧게 고개를 끄덕이는 그녀를 향해 지금의 아쉬움은 다소 밀어두고 '흐음' 하고 길게 소리를 낸 희도다.

"내가 할게."

"아니에요."

"쉬고 있어."

그렇게 말하고 재킷과 타이를 벗어 자신에게 주고 욕실 안으로 들어가 버린 희도의 뒷모습만 깜빡깜빡 보던 미덕은 이어 벼락처럼 들리는 괴성에 눈을 찌푸렸다. 누구라고도 할 것 없이 현덕의 괴성은 무려 십여 초가 넘도록 이어졌고 놀라 욕실 문가로 다가가자 어느새 잠잠해지고 시원하게 울려 퍼지는 샤워기의 물소리뿐이었다.

"졸리면 방에 들어가서 자야지."

난데없이 어리광을 부리며 미덕을 꽉 끌어안고 얼굴을 파묻은 현덕이 옆에서 수건으로 머리카락을 닦고 있는 희도를 힐끗 보았다. 체구만 따지면 이제 누나를 압도할 지경이건만 끈질기게 안겨 희도를 노려본다. 그러다 눈이 마주치니 그대로 샥 얼굴을 돌려 더 꽉 미덕을 안아버렸다.

마구 휘젓던 현덕이 이내 잠에 빠지자 희도는 현덕을 안아 방에 눕히고 나왔다. 얼마나 깊게 잠이 들었는지 그 싫어하는 희도가 안아도 넋 놓고 잠만 잔다.

"현덕이 많이 컸네. 제법 무거워."

"그렇죠?"

"덕아."

이 목소리는 흡사 그녀를 괴롭히기 직전에 나오는 그 장난기 가득한 목소리. 반사적으로 경계태세를 하며 엉덩이를 들썩 옆으로 움직이자 희도의 낮은 웃음이 이어졌다.

"이리 와."

"싫어요."

"내가 갈까?"

"으이씨."

"씨?"

주춤거리며 희도의 옆으로 좀 가자 그의 얼굴이 살며시 다가와 목덜미를 간질인다. 숨결도 느껴지고 야릇한 기운이 맴돌아 실상 손끝 하나 닿지 않았지만 온몸이 따끔거렸다. 그의 날 선 콧날의 끝이 조금 닿자 꽉 하고 몸이 조이고 미덕이 자연스레 움츠러드는 어깨로 두 주먹 꽉 말아 쥐고 있자 그녀의 목덜미에 마침내 약간 냉기가 있는 입술이 닿았다.

가볍게 목덜미에 입을 맞추고 미덕의 몸이 풀리자 희도의 입술 역시 떨어졌다. 정말 이제는 희도 그 자신이 미덕을 놀리지 않으면 참지 못할 만큼 중독이 되어버렸다.

아주 깊게.

"덕아."

"네에."

"뽀뽀할까?"

경악스럽지만 무척 자연스러운 물음에 미덕은 빼꼼 붕어처럼 입술만 오므리며 눈을 크게 떴다. 희도는 그녀의 볼을 두 손으로 잡고 살짝 벌어진 입술을 그녀에게로 가져갔고 미덕은 눈을 번쩍이며 그의 머리를 콱 부여잡았다.

"덕아."

"네?"

"봐야 하지."

"아니, 그게요."

달려드는 남자와 그것을 강력하게 막아버리는 여자. 부들부들 떨리는 손으로 막으며 마치 이겼다는 양 억지미소를 지어 올리며 명언을 남겼다.

"패스."

기우뚱 미덕의 몸이 소파 위로 넘어지면서 한 팔로는 몸을 지탱하고 다른 한 팔은 여전히 미덕의 뺨에 손을 올리고 있던 희도는 한층 더 능글맞게 빙긋거렸다. 조금 있으면 눈동자가 밖으로 툭, 튕겨 나올 것처럼 마구 흔들리는 미덕의 입술을 쏠았다.

"이건 내 거야. 그렇지?"

"아, 아니거든요."

입술이 스쳐 마치 못난 말을 하는 그녀를 벌하듯 살살 귓불을 입에 문 희도는 눈을 부릅뜨고 그의 머리를 움켜쥐는 그녀의 몸짓에 더욱 세게 그 귓불을 이로 잘근거렸다. 아프다고 느껴질 정도로. 두 다리가 오므려져 절로 숨이 가빠지는데 희도의 손길이 위험하게 그녀의 어깨를 쓸었다.

"아파!"

아프라고 하는 것인지 이로 물던 희도의 물컹거리는 붉은 살덩이가 귀를 핥고 미덕은 가슴이 덜컹거릴 정도로 짜릿한 느낌에 허리를 들어 올렸다. 거의 반사적인 행위에 틈이 난 미덕의 허리 사이로 팔을 넣은 희도는 키스를 하는 대신에 볼에 가볍게 입을 맞추며 입꼬리를 올렸다.

"오빤 우리 덕이 거야."

으아악!

*

와이셔츠 두 개랑 바지 하나, 양말은 세 개……그리고 부끄럽지만 속옷도 세 개.

지금 미덕이 정리하고 있는 건 그녀 자신의 것이 아니라 희도의 옷이었다. 집에선 일주일에 두세 번 겨우 잠만 자고 가기를 반복하는 희도에게 옷을 가져다주는 것은 대부분 희영의 몫이었는데 오늘은, 아니 어쩌면 꽤 오랫동안은 미덕의 몫이 될 것 같았다. 여타의 다른 이유 중 하나는 같은 병원에서 일을 한다는 점이고 또 다른 하나는.

그렇고 그런 사이가 되었다는 것이랄까.

"흐응."

게슴츠레 눈을 뜨고 문 앞에서 미덕을 바라보는 희영의 시선이 심상치 않았다. 매번 가져다 달라고 부탁하면 죽상을 하고 고개를 내젓는 미덕인데 오늘은 부탁은커녕 말도 없었는데 조용히 찾아와 희도가 부탁을 했다면서 손수 옷을 챙기고 있었다.

미덕에게 옷 심부름을 잘 시키지 않는 희도인만큼 이것도 이상하고 저것도 이상하다. 미덕의 머릿속을 파헤쳐 볼 수는 없지만 이것들······ 분명히 뭔가가 있었다. 하지만 괜히 설레발치다가 괜스레 긁어 부스럼을 만들 것 같아서 입은 다물고 있는 희영이다.

"왜 언니는 우리 덕이가 가여울꼬."

"네?"

"우리 예쁜 덕이."

조금 수줍게 눈을 깜빡이며 쇼핑백 두 개를 살짝 감싸는 그녀에게 희영은 푸근한 가슴으로 미덕을 꽉 안아주었다. 이유는 모르겠지만 이 예쁜 아이가 호랑말코 짐승 같은 놈한테 곧 한입에 털어 넣어질 것만 같은 기우가 든다.

"수고해줘."

불꽃같은 예지력으로 미덕의 훗날을 기도하며 막 엘리베이터를 타고 내려가는 그녀에게 인사하는 희영이다. 벌써 30분 전에 문자를 하나 보냈는데 답장이 없었다.

원래 문자 서너 개 오가려면 한 시간쯤 걸리는 사람이긴 하지만 때때로 이 느릿함이 서운하고 섭섭할 때가 있다. 연신 미동 없는 휴대폰만 힐끗거리다가 막 버스정류장에 도착했을 때가 되어서야 겨우 휴대폰이 한 번 자르르 울렸다.

〔언제 와?^^〕

쓸 수 있는 이모티콘이라고는 '^^'이 전부인 희도에게 뭔가 기대하는 것은 아니지만 그래도, 적어도 물어본 말에 제대로 답은 해야 하지 않을까. 그녀가 삼십 분 전에 보낸 문자는 '와이셔츠는 하얀색으로 가져갈까요?'였고 답장으로 온 것은 '언제 와?'다.

뭐든 그냥 가져오라는 뜻인가.

사실 지금 미덕의 머릿속을 점령하고 있는 생각은 남들이 보면 정말 황당하다고 여길 수밖에 없는 안건이었다. 우습게 들릴 수도 있지만 미덕은 희도와 자신의 관계의 어떠한 개선이 있었는가에 대해 곰곰이 생각했다. 물론 지금의 그의 태도를 보았을 때 절대 그냥 이웃사촌으로 여길 수는 없지만 또 다른 면으론 딱히 변한 것 없기도 하다.

농도가 짙어진 것만 빼면.

실상 연애를 하자던가, 사귀자는 등의 원초적인 대화는 나누지 않았지만 깊게 들어온 그의 마음과 한데 섞인 뭉클한 연심은 따로 변명할 것도 없이 연애 단계 진행 중, ing다.

펑.

미덕의 귀로 효과음이 들려오는 것 같다. 귀 안쪽에서 뿌연 김이 나와 히터 적당한 버스 안에서 괜히 손부채질을 하고 침만 꿀떡 삼킨 미덕은 부채질을 재차 하며 능글맞은 웃음을 그리며 떠오르는 희도에게 한 마디 했다.

"못살아, 정말."

몇 번이고 말하던 것이지만 희도의 장난에 아직 약간의 틈이 있었고 그 틈을 채우기에 그의 무한에 가까운 애정만으로는 부족했다. 그에게 받는 뜨거운 사랑은 이미 오래전부터 담아왔고 그것에 익숙해진 만큼 늘어난 그릇의 마지막 커버로 다른 무언가가 필요했다.

늘어난 건 정말 욕심뿐이다.

혼자 생각하고 혼자 부끄러워하고 괜히 뺨만 주물럭주물럭 환각에 가까운 환상에 빠진 미덕의 소심한 반응은 버스를 갈아타는 정류장까지 이어졌고 잡생각 역시 병원에 도착하는 때까지도 이어졌다. 쇼핑백을 양 손에 쥐고 병원 앞에 도착한 미덕은 답장도 하지 못했건만 깜깜무소식인 휴대폰에 고개를 절레절레 저었다.

아마 많이 바빠진 모양이다.

언제나 같은 병원인데 오늘은 특히나 부끄럽다. 손에 희도의 옷이 들려 있어서 그런지도 모른다. 그렇게 되니 괜히 답장 없는 희도를 향해 투덜거리게 된다.

"하여간."

도착했음을 알리고 쇼핑백만 만지작거리던 미덕은 곧 저기 멀리에서 하얀 가운이 펄럭펄럭 달려오는 것이 보인다. 처음엔 희도인가 싶어 반갑게 일어서던 그녀는 이내 빼빼 마른 몸이 강풍에 날아갈 듯 휘청거리는 것을 보며 고개를 갸웃거렸다.

미덕의 앞에 도착하고 나서도 얼마나 힘든지 헉헉거리며 숨을 고르는 남자는 어딘가 낯이 익었고 가까워지면서 누구인지 확실해졌다. 얼마나 빠르게 뛰었는지 한참을 숨만 가쁘게 쉬던 그는 겨우 허리를 숙이면서까지 인사를 해왔다.

"살려주세요."

"서, 선생님?"

"아니 이게 아니라 그러니까, 뭐 좀 대신 받아오라고 하셔서요."

정수는 매일매일 말라 갔다. 요즘 외과가 어렵다고는 알고 있었지만 혼자 일 다 하는 사람처럼 늘어지는 그가 안쓰러웠다.

"이건데, 혹시 최 선생님이?"

"예. 어이쿠 꽤 무겁네요."

다짜고짜 살려달라는 말을 했다는 건 뭔가 있다는 소리인데. 의아하게 보는 시선이 이어짐에 따라 정수는 그저 마음이 쓰렸다. 이렇게 착한 여자가 최희도의 여자라니. 이건 정말 하늘의 비극이다.

"무슨 이상한 말이라도……?"

어떤 말을 했을지 몰라 조마조마한 마음으로 입맛을 다셔본다.

"아, 아닙니다. 평범하십니다."

"다행이에요."

서로가 서로를 향한 연민과 동정이 오간다.

"잠깐 과장님과 얘기 중이시라서요."

"그렇다고 사람을 시키는 건 나빠요."

뭐라고 한 마디라도 할 참인 그녀의 말에 설설 움직이는 눈동자는 긴장이 역력했다. 절대 그러지 말라는 기색이다. 미덕은 어쩔 수 없는 희도의 행동에 머리를 감쌌다. 사람을 얼마나 괴롭혔으면 이렇게 연민이 느껴진단 말이냐. 사람 성격이야 어쩔 수 없다지만 밖에 나가서도 이러니 나중에 짱돌 맞는다고 해도 희도는 분명 할 말이 없을 거다.

"그럼 조금 실례해도 될까요?"

"실례는요, 물론입니다."

조금이라도 희도를 향한 평판이 좋아지기를 바라면서 미덕은 자신도 모르게 일종의 내조를 하고 있음을 알지 못했다.

"최 선생님 애인?"

"대체 어느 성녀인가?"

"얼굴 보고 그냥 넘어간 거 아냐?"

"그럴지도 모르겠다."

"인명구조 필요할 것 같은데."

"사람 겉가죽보단 됨됨이가 중요한 법이거늘."

"제물이다."

"저번에 들었지? PK실습 나올 때 신입 간호사들도 왔는데 저 간호사가 갔었대잖아. 근데 최 선생님이 엄청 놀라서 막 애칭을 불렀다는데. 덕이라던가, 떡이라던가. 분명 무슨 약점이 잡혀서 코 꿰인 거야."

"그럼 일단 경찰에 신고하는 게 좋을지도 모르겠네."

"나 같아도 최 선생님 거죽이면 탐나긴 해."

"근데 최 선생님 곧 가시지 않나?"

소곤소곤.

쑥덕쑥덕.

재잘재잘.

사람 앉혀놓고 전방 수류탄이라도 던져놓은 양 멀리서 지켜보고 있는 호기심 어린 시선들과 잘 들리지는 않지만 태반이 그저 '신기하다'

라는 뜻이 주류를 이루는 말 속에 그래도 열심히 타다 준 커피를 조금 홀짝인 미덕은 난감함이 섞인 눈으로 주변을 둘러보았다. 최희도와 연관되었다는 것만으로도 미덕은 동물원 원숭이가 되었다.

부러움도 있는 것 같지만 대부분의 의견은 불쌍하다, 이다. 지금까지 근무하면서 알 수 없던 희도의 평판을 오늘로 전부 듣는 것 같다. 속이 좀 상하지만 자신이 봐도 희도는 욕먹을 행동만 한다.

아직 차트 정리를 마무리하지는 못했지만 귀와 얼굴이 따가워 앉아 있을 수 없었던 미덕은 결국 시계를 보고 어쩔 수 없이 자리에서 일어났다. 환자들 좀 돌아보면서 일거리를 찾는 게 나을 것 같다.

그리고 바인더를 놓고 반쯤 몸을 일으키는 그녀의 옆으로 온 큰 물체가 냅다 소파에 앉으며 미덕의 허리를 팔로 감쌌다. 아주 조금 놀랐지만 어깨에 고개를 파묻고 길게 한숨을 내쉬는 그의 숨소리에 미덕은 홍조를 그리며 천천히 엉덩이를 소파에 내려놓았다.

병원 특유의 냄새가 섞인 그의 체취가 하나 가득 밀려오고 피곤함이 역력해 감은 눈도 조금 보인다. 경악스러움과 놀라움에 본의 아니게 얌전히 안겨 있으려니 희도의 살그머니 올라가는 입가가 보였다. 아마 만족하고 있는 듯하다. 슬금슬금 더 세게 안고 가까운 목덜미에 숨결이 느껴진 미덕은 눈을 번쩍 뜨고 그의 얼굴에 손을 탁 들이밀었다. 그리고 익어버린 얼굴로 그의 몸을 사정없이 밀어냈다.

"안 돼요."

일단 여기는 엄연히 그와 그녀의 직장이다. 멋대로 입술 드미는 짓을 막으며 대차게 말하니 그가 나타남으로써 다시 모인 시선들이 헉 소리를 냈다. 항상 당하기는 하지만 그때마다 따박따박 말대답만큼은 지지 않는 그녀였고 간단하게 제지당한 희도는 가벼운 장난에도 열렬히 반응해 주는 미덕을 사랑스럽게 바라보며 마치 아쉽다는 듯 그녀의 머리를 쓰다듬어 주었다.

"보고 싶었어."

"아침에도 봤잖아요."

"그래도."

"전부."

이따금씩 알아들을 수 없는 그의 말에 미덕은 그저 무의식중에 반응하며 입술을 살짝 깨물었다. 뭔가, 나타나 있던 마음의 틈이 조금씩 다물어진다. 조금씩 천천히.

"나 뭔가 적성에 맞는다."

지호의 진심이 가득한 말에 미덕은 어색한 미소만 지으며 숨을 가다듬었다. 이미 병동을 세 번째로 바꾼 그는 조금씩 의사의 태가 나고 있었다. 그나마 미덕이 있는 5층 데스크와 가까운 외과에 있다가 가장 먼 산부인과 병동으로 가면서 지호가 내린 결론에 웃음이 날 것 같다. 생명의 탄생을 이루는 소중한 의학이지만 어쩐지 지호의 말에는 웃음이 터질 듯하다.

"웃냐?"

"설마."

지금 당장 우하하 웃어주고 싶지만 그렇다고 말하기도 뭐했다. 두 다리 모으고 마무리 자세를 위해 두 팔을 쭉 뻗어 허리를 숙이는 미덕의 허리를 받쳐주던 지호는 덥석 그녀의 허리를 잡았다.

"으갸."

갑자기 잡힌 허리에 놀라 벌떡 허리를 세우는 미덕에게 배시시 웃은 지호는 사뭇 진지한 얼굴로 말했다.

"너 살 빠졌어?"

언제 들어도 기쁜 말은 살 빠졌냐는 소리이므로 미덕의 표정이 꽤 밝아졌다. 죽자고 솔직한 미덕에게 웃음을 흘린 지호는 자신의 볼을 만지작거리며 투덜투덜 퉁명스러운 말을 이었다.

"가슴만 작아진다."

"김지호!"

하여간 여기저기 변태만 가득하다.

간만에 갖는 점심식사를 마치고 다시 저 멀리 다른 병동을 향해가는 지호에게 인사를 하고 우둑우둑 뼈 소리를 내는 허리를 다독였다.

마음 단단히 먹고 집으로 향하는 미덕의 걸음은 전과 달리 빨랐고 즐거움으로 가득했다.

안 좋은 척 새침하게 굴어보려고 해도 일단 좋은 건 어쩔 수가 없는지 오랜만에 맞은 희도의 오프 날은 미덕에게도 간만에 맞이하는 기쁨이다. 게다가 이번엔 그녀도 날을 맞추려고 얼마나 고생했는지 모른다.

이따금 무리하게 그녀를 보러 오더라도 그 중 절반은 졸음을 이기지 못한 희도가 자버리는 바람에 자는 얼굴 구경하는 것으로 시간을 보내고 말았다.

그냥 보는 것도 좋지만 같이 대화도 나누고 싶고 낯부끄러워도 다정하게 속삭여주는 목소리가 좋다. 거짓 없이 속삭여주며 숨기지 않고 애정을 표현하는 그의 손짓이나 약간은 과할 정도로 대범한 스킨십 또한 더없이 사랑스러웠다.

"욕심만 늘어가지고서는."

새삼 생각해보면 미덕은 특별히 희도에게 뭔가를 해준 적이 없었다. 생일선물이나 가끔가다 생각나면 밥은 해준 적은 있지만 그때마다 '무엇 무엇의 겸'이라는 겉을 씌우고 주었고 그래도 그때마다 한정 없이 즐거워하던 희도였다.

오늘만큼은 꼭 제대로 된 것을 해주리라 마음먹으며 조금 더 단단한 마음가짐으로 집으로 들어갔다. 간편한 차림으로 갈아입고 냉장고에 있는 음식 재료들을 주섬주섬 긁어모으니 엄마의 따가운 눈총이 이어졌다.

"너 뭐하니?"

그러고 보니 엄마에게는 말해야 할까? 최희도와 미덕이 현재진행형이라고. 뭔가 상당히 어영부영 일이 이어졌지만 입술 문대고 또 그것을 아니라 말하지 않으니까.

"저번에, 나 아플 때 희도 오빠가 와서 돌봐줘서, 오늘 오프라고 해서 뭐 좀 해줄까 해가지고……아니, 뭐 그냥, 요즘 희도 오빠 바쁘니까 몸 상하면 미안하고 또 괜히 걱정 아, 아니 그러니까 일단 이웃이고 에, 또……."

그 와중에도 손은 냉장고를 쓸어 옷 챙기듯 팔과 바닥에 쌓고 있었고 엄마는 어이가 없다는 듯 미덕을 내려 보다가 오른쪽 눈가를 비죽 올렸다. 뭔가 떠오른 듯 의심이 똘똘 뭉친 듯하지만 그리 크게 건드리지 않으며 냉동실에 얼려 놓았던 동태와 오징어, 바지락도 꺼내 미덕의 품에 안겼다.

갑작스러운 차가움에 몸을 움츠리는 미덕의 머리를 다독이며 엄마는 어깨를 으쓱거렸다.

"괜한 음식 버리지 말고 제대로 해."

끄덕끄덕.

뒤통수로 쏟아지는 엄마의 눈빛을 애써 담담히 여겨 계단을 타박타박 올라가다가 미덕은 불처럼 오르는 민망함에 쭈그리고 앉아 고개만 설레설레 저었다. 몰래몰래 숨어서 뭘 하려는 속셈은 없었지만 불과 한순간에 홀라당 다 들켜버린 것 같다.

그러면서도 머릿속은 동태찌개 끓이는 법을 가다듬고 있다. 어쩌면 그녀는 뼛속까지 하녀근성이 있는지도 모른다. 최희도의 촉으로만 빠릿빠릿하게 움직이는 그런 하녀근성.

고개를 절레절레 저으며 마저 계단을 올라가던 미덕은 빠끔히 열려 있는 18층의 현관문에 잠시 멈칫했다. 안의 사정이 훤히 보일 정도로 반쯤 열린 곳에 흐트러진 구두 한 짝도 보인다. 다름 아닌 희도의 것이다.

"어?"

혹시나 하는 생각에 서둘러 계단을 올라 문을 활짝 열며 막 '오'까지 입을 열던 미덕은 현관부터 시작해 허물을 훌훌 벗어 놓은 흔적들을 발견했다.

그 흔적들의 마지막엔 소파에 누워 죽은 듯 희도만 곤히 잠들어 있었다.

집에 누구라도 있었으면 좋으련만 하필 아무도 없어서 만약 미덕이 올라오지 않았더라면 이 상태 이대로 곤히 잠들어 있었을 그가 아닌가. 문도 다 열어 놓은 상태에서.

미덕은 들고 왔던 재료들은 조용히 식탁 위에 올려두고 다가갔다.

안타깝고 안쓰럽고 또 기묘하게 대견하다. 대견이라니. 자신보다 나이가 많은 사내에게 대견이라는 말을 쓰는 그녀지만 그게 또 그리 어색하지만은 않았다. 조용히 잠든 희도를 내려 보다가 그의 하얀 와이셔츠를 꽉 조이고 있는 붉은색 넥타이로 시선을 돌렸다. 아주 세게 조였는지 잠결에 한두 번 당긴 듯 약간 늘어져 있었어도 여전히 조금은 답답해 보였다.

이걸 어떻게 할까, 잠시 고민하면서 살금살금 걸어온 미덕은 완전히 천천히 손을 내밀었다.

살짝궁, 스리슬쩍.

답답하게 와이셔츠를 동여맨 넥타이의 매듭 부분이 쉬이 풀리지 않자 미덕은 눈을 찌푸리며 그대로 자리에 안착했다. 소파 앞에 무릎을 꿇고 앉아 미간을 모으고 이제는 이까지 악물고서 넥타이 매듭에 낑낑거리는 미덕이다.

심혈을 기울여 간신히 빨개진 손끝을 넥타이 매듭 사이로 집어넣은 미덕은 슬금슬금 넥타이 끝을 당겨 빼기 시작했다. 사르륵 하고 매듭이 풀리며 넥타이의 천이 스치는 소리만 울리는 거실에서 괜스레 침을 꿀떡 삼킨 미덕은 그의 굳건한 목선에 혀를 날름거렸다.

푸른 혈관이 조금 비추는 목덜미가 진정 탐스러울 정도로 매혹적이었다. 풀어내기는 했지만 이제 목에서 빼내야 하는 것이 남아 목에서 눈을 떼고 조심스럽게 넥타이를 당긴 미덕은 이내 끝을 보이며 풀린 녀석에 안도의 숨을 내쉬었다.

"우와."

이게 뭐라고 또 이렇게까지 긴장하나 싶지만 희도를 깨우지 않은 것은 기쁘다.

처음 이곳으로 이사 왔을 때 미덕은 이곳이 너무도 싫었다. 친구들과 헤어지고 가장 친했던 단짝과는 제대로 인사도 못하고 펑펑 울면서 떨어져야 했다. 아버지의 차를 타고 오는 내내 눈 아래가 물러버릴 정도로 울었고 거기에 친구들 전화번호 적어놓은 수첩까지 잃어버려서 그 설움은 더했다.

절대 익숙해지지 않을 거라고 생각했다.

이 네모난 직사각의 아파트도, 어색한 도시생활도. 그러니 친절한 미소를 가진 희도가 백마 탄 왕자로 보이는 것은 당연했다.

"정말 무슨 백마 탄 왕자인 줄 알았는데."

기억하기로 그의 입에는 아이스크림막대를 물고 있었지만 그것은 보이지도 않을 만큼 난생처음 보는 잘생긴 오빠였다. 저도 모르게 멍하니 보느라고 엘리베이터 무서운 줄도 몰랐고 우연히 마주친 눈에는 작은 가슴이 콩, 내려앉을 정도로 빨려 들어갔다.

"아이스크림, 달았어요?"

무슨 맛의 아이스크림이었을까. 지금도 때때로 그것이 궁금하다. 달았을까? 아니면 새콤했을까. 그때 미덕은 아무것도 입에 물지 않았지만 그 어떤 사탕이나 초콜릿을 물었던 것만큼 달콤했었는데.

피곤함에 거칠어진 피부지만 약간 하얗다고 느껴질 만큼 혈색 좋은 얼굴에 올바르게 자리 잡아 단정하기 그지없는 이목구비는 무서울 정도로 예쁘다. 이리저리 주변을 둘러보다가 떨리는 손을 그의 얼굴에 가져간 미덕은 긴장으로 점점 더 크게 흔들리는 손끝을 살짝 희도의 볼에 댔다.

1초도 걸리지 않은 잠깐의 만짐이지만 심장이 쿵쾅쿵쾅 온몸이 당황스러울 정도로 떨려왔다. 주체 못할 숨 가쁨이 몰려와 미덕은 나 홀로 목이며 얼굴이며 전부 때늦은 단풍을 물들이고 입을 꾹 다물었다. 혹시나 깨어났나 싶어 몸을 꼿꼿하게 세웠지만 여전히 깨어날 생각도 없이 고운 입술 꼭 다물고 잠들어서 미덕에게 용기를 심어준다.

"오빠."

그래도 확인 한 번 해보자는 마음에 작게 '오빠' 하고 불러보지만 작은 미동도 하지 않고 있다. 그것에 안심하고 저도 모르게 방긋 웃은 미덕은 몸을 바짝 소파에 붙여 손으로 그의 살결을 아주 살짝 만지작거렸다. 이 얼마나 대범한 일인가, 싶지만 실상 소심하기 짝이 없어서 엉덩이는 뒤로 쭉 빼고 도망갈 준비를 하고 있는 사정이다.

"헤."

그래도 미덕의 성격이 어디 가겠는가. 점점 불어나는 용기에 조금 더 가깝게 다가서고 싶었던 미덕은 항상 그녀의 입술을 다정하게 쓸어주고 때로는 볼과 이마, 콧등까지 한 차례씩 훑으며 애정을 표하는 그의 붉은 입술로 손가락을 가져갔다.

"……"

가슴의 울렁증이 점점 더 심해진다.

어쩌지?

난생처음으로 미덕은 그 어떤 때보다 그의 입술에 닿고 싶다고 생각했다. 촉촉해 보이는 그 입술에 입술을 대고 한껏 향기를 맡으며.

이제는 깨어났으면 좋겠는데. 비록 얼마 자지 못했겠지만 그래도 그가 깨어났으면 좋겠다고, 미덕은 약간 서운한 얼굴을 지었다. 항상 빠르게 반응해 주는 그가 그립다. 바로 옆에 있는데도 불구하고 뭔가 조금 더 바라는 자신에 낯설지만 뭔가, 가득 안기고 싶다.

뭔가에 홀린 것처럼 무릎을 꿇은 상태에서 소파에 살짝 두 손을 올린 미덕은 느리게 얼굴을 그의 얼굴로 향했다. 잠들어 있는 지금이라면 그녀가 먼저 그에게 입을 맞출 수 있을 것 같았다. 아주 미숙하고 느리지만 진심을 다해 그의 입술로 다가선 미덕은 어느새 서로 간의 입술이 닿아 있었다.

등골이 바싹 훑어내려 버린 것처럼, 두 어깨가 마치 강하게 묶인 것처럼 가슴속에 불이 타올랐다. 단전 아래서부터 뜨겁게 오르는 불길에 미덕은 서서히 얼굴을 떼었고 조금 벌어진 거리에서 보인 희도는 여전히 장난도, 특유의 능글맞음도 없었으나 두 눈만큼은 오롯이 그녀를 향하고 있었다.

언제 깨어났는지도 모르겠지만 그의 손이 그녀의 뒷머리를 감싸고 미덕은 자연스럽게 눈을 감았다. 조금 벌어진 입술을 한 번 물고 다시 놓았다가 몇 차례 입술만 소리 내지 않고 마주치던 그들은 점차 깊게 서로를 받아들였다.

그 어느 때보다 깊은 키스가 이어진다.

그런 그녀를 달래주듯 여전히 대고 있던 손으로 머리를 쓰다듬은 희도는 상체를 조금 일으키며 소파의 틈을 내주고 손바닥으로 통통 쳤다.

"이리 와."

"에이."

"A는 B 다음에 나오는 거고."

그의 볼이 약간 붉어 보인다. 아, 착각이려나.

"빨리."

통통 두드리면서 한사코 부르는 희도를 거부하기가 어려워진 미덕은 반사적으로 주변을 보다가 제발 희영이나 희도의 어머니가 늦게 오시기를 바라면서 주섬주섬 일어서 소파에 걸터앉았다. 그러나 삽시간에 그녀를 당겨 눕힌 희도는 아래에 있는 그녀를 두고 쪽쪽 소리가 날 만큼 볼과 이마에 입을 맞추다가 말했다.

"아무 데도 가지 마."

"……."

"오빠는 우리 덕이 때문에 살아."

끄덕끄덕.

주억거리며 수긍하는 미덕의 온몸이 뜨거웠다. 간지러운 감각이 자꾸 번지고 미덕은 이내 참지 못하고 그의 목에 팔을 휘감으며 아주 작고 작게 속삭였다.

저도요, 라고.

다시금 긴 입맞춤이 다가왔다.

'난 몰라, 느끼함에 그냥 다 절여져 버렸나봐.'

새가 모이를 쪼는 것 같아서 미덕은 까르르 웃음을 터트릴 뻔했다. 물론 태생상 '까르르' 하는 맑고 고운 웃음소리는 안 되지만 일단 그랬다. 간지럽게 뺨과 턱, 입술을 오가며 빠르게 스치는 그의 입술에 몸을 움츠리며 웃음 짓던 미덕은 그녀의 옷 사이로 드러난 어깨에 촘촘히 입술 도장을 찍으며 촉촉한 입술 감촉이 점점이 묻었다.

"간지러워요, 아우!"

살짝 이로 물어버리는 바람에 훌쩍 등이 휜 미덕이 한쪽 눈을 찡긋, 감았다. 그러다 그의 목에 둘렸던 팔이 약간 풀리자 그것이 마음에 들지 않는지 희도의 남아 있는 손이 미덕의 팔을 잡아 다시 제 목에 두르게끔 힘을 주었고 그렇게 손을 움직이는 도중에도 할짝거리는 혀의 움직임은 멈추지 않았다.

미덕의 머리칼에 손을 밀어 넣은 희도는 서서히 그 하얀 목덜미에 흔적을 남길 것처럼 빨아들였다. 잇새로 빨려가듯 살결의 아릿함과 야릇한 감각에 고개를 옆으로 돌린 미덕은 아리송하지만 기묘한 때를 느꼈다.

조금은 겁이 나고 조금은 당황스럽고 또 조금은 기대가 되는 그의 손짓과 입술에 미덕의 입에선 꾹 참은 소리가 흘러나온다.

여기서 지금 이러면 안 되는데.

'아직 준비도 안 됐고 씻기도 해야 하고……아니, 그전에 우리 뭔가 너무 빠르지 않아요?'

오만 생각이 머릿속으로 피어오르면서 핑핑 눈이 돌아가 긴장하기 시작한 미덕을 알아차렸는지 맑은 우물처럼 파인 쇄골에 이를 세우던 희도는 좁은 소파에서 몸을 틀어 옆으로 세웠다. 팔로 머리를 받치고서 남은 왼팔로 바짝 얼어 눈을 꽉 감은 미덕의 배를 슬슬 만지는 은근한 손놀림.

입으로는 비명과 비슷한 새된 소리가 나오려 하는데 억지로 꽉 참으려는 것이 똑똑히 보이고 다시 그것을 눈을 반짝이며 지켜보던 희도는 살그머니 옷자락을 들치며 길고 섬세한 검지와 중지 두 개를 이미 드러난 배에 올리며 조금씩 천천히 쓸어 올렸다.

"……흡!"

어쩜 사람이 이렇게까지 빨갛게 물이 들어갈 수 있는지 희도는 그게 궁금했다. 그의 중심의 남자의 욕심으로는 지금 바로 미덕을 안아 방으로 들어가라 유혹하고 있지만 무서우면서도 인내하는 미덕의 모습을 보자니 당장보다는 사실 조금 괴롭히는 것이 조금 더 유혹적이다. 삼십 년 내공이 그리 얄팍한 녀석은 아니니까.

서서히 올라가는 옷과 그에 비추는 살결은 이제 희도에게도 참기 버거울 정도로 매력적이다. 당장 마른 살결에 입술을 대고 멍울을 남기고 싶지만 아릿하게 오는 근육들에 제재를 가하면서 미덕의 이마에 후, 바람을 불어 넣었다.

"오빠아."

당장이라도 울어버릴 것처럼 간드러지게 늘어지는 미덕의 목소리에 희도는 웃음 기운을 감추지 못했다. 단번에 미덕을 한 팔로 끌어안고 이마에 입을 맞춘 희도는 이 이상 사랑스러운 사람은 없다는 양 바라보았다. 당장은 무리지만 직감적으로 점차 열리는 미덕의 마음이 올곧게 느껴졌다. 그가 미덕의 마음을 기다린 것이 자그마치 몇 년인가. 그러니 조금 기다려 볼 것이다.

"일단 자자. 자고 나중에 다시 하자."

"으엥?"

'뭘 또다시 해! 이 아저씨가 정말!'

저기 식탁 위에 있는 동태가 울부짖는 것도 모두 잊고 희도의 팔에 안겨 씩씩거린 미덕이 대범하게 그의 옆구리를 꽉 꼬집어버리려 손을 올리려는 그때에 희도의 눈이 살벌하게 변모했다. 순간 꼬집으려는 것에 화가 난 것인가 싶어 놀란 미덕이 멈칫하자 그는 조금 더 세게 미덕을 끌어안으며 소파 맞은편을 노려보았다.

절대 소리 내지 말라는 듯 매섭기 짝이 없는 눈으로 온 기운을 다해 말한다.

'저리로 가.'

애석하게도 이 집에는 희도만 있는 것이 아니었다. 잠시 낮잠을 자고 있던 희영이 있었고 슬슬 종호를 어린이집에서 데려오기 위해 일어났다.

전혀 부끄러울 것도, 창피할 것도 없다는 양 당연하게 미덕을 가슴에 안으며 그래도 희영이 움직이지 않자 희도는 누님에게 건방지게 손을 들어 한쪽으로 팔락거렸다. 어서 빨리 사라지라는 것처럼. 핏대가 올라 울컥 화가 났지만 희영은 미덕을 생각하며 발걸음 소리를 최대한 줄여 집 밖으로 나갔다.

나가는 소리도 못 듣게 하려는 것인지 낯빛 하나 변한 것 없이 미덕의 귓가에 뭔가를 속삭이는 폼이 희영은 기가 차고 어이가 없어 헛바람만 마구 뱉어냈다. 뭐라고 했는지는 모르지만 경악하며 소파 밑으로 굴러 떨어지려는 미덕을 희도가 세게 끌어안으며 품에 가둔다.

'망할, 저놈 자식을 언젠가 갈아 마셔버리고 말 테다.'

사람이면 사람답게 좀 민망해하거나 놀란 척이라도 해주면 어디가 덧이 난단 말인가. 뻔뻔스럽게 주객전도를 행하는 꼴에 이가 갈리지만 희영은 애써 꾹 참아냈다.

결국엔 그녀의 예상대로 희도에게 턱 잡혀버린 미덕을 향해 희영은 안타까운 기도를 올렸다.

10. 우리의 순간을 위해

 오늘은 아주 오랜만에 지호가 집으로 오기로 한 날이었다. 손님이 온다고 엄마가 챙겨놓은 간식거리는 이미 현덕이가 식탁에 앉아 우악스럽게 손에 쥐고 우걱우걱 입을 오물거리고 있고 미덕은 애초에 간식은 포기한 상태로 어깨를 으쓱거렸다.
 킁킁.
 간만에 청소라 어쩐지 기분이 좋다. 괜스레 킁킁 냄새 맡으며 이리저리 바쁘게 돌아다니면서 두 볼이 터지도록 과자를 우겨넣고 있는 현덕의 앞에 우유를 놓아준 미덕은 다섯 시 반을 가리키는 시계를 보며 현덕에게 말했다.
 "현덕아, 누나 친구랑 얘기할 건데 방에 들어가 주면 안 될까?"
 택도 없는 소리다.
 고민하는 것이 보이는 댕그란 눈동자는 다시 고집스럽게 물들어 휙 식탁에 자리 잡고 우유를 한 손으로 잡아 마시는 현덕이다. 아무래도 자리를 벗어날 생각은 전혀 없는 것 같다.

오랜만에 머리를 쓰다듬어도 얌전히 있는 게 귀여워서 뽀뽀라도 한 번 해주려니 매몰차게 밀어버린다. 안타까움에 쳇, 혀를 차고 상 옆에 방석 두 개까지 가져다 놓은 그녀는 잠잠히 울려오는 초인종 소리에 일어났다.

시간 한 번 잘 지키는 지호에게 감탄하면서 현관으로 향하자 번개처럼 식탁에서 일어난 현덕이 막 나가려던 미덕의 앞으로 쌩하니 달려와 문을 열었고 당연히 '이상한 아저씨'라고 생각했던 현덕은 전혀 생판 모르는 사람의 등장에 한층 거만하던 표정이 홱 풀어지고 말았다.

"왔어? 강현덕, 손님 오셨으니까 인사해야지. 지호 형 오랜만이지?"

오랜만에 집으로 놀러 온 지호는 눈에 익은 주변을 둘러보다가 또랑또랑한 눈망울을 제외하면 그리 닮은 것 같지 않은 남매를 한 번 번갈아 보았다.

살짝 목례로 인사하면서 한 걸음 들어오자 있는 대로 경계하던 현덕이 쌩하니 관심을 끊어버렸다.

아무래도 희도가 아닌 이상 그리 관심이 들지 않는 모양이다.

"미안. 워낙에 애가 오냐오냐 자라는 바람에. 어서 들어와."

무뚝뚝하게 '실례하겠습니다.' 하고 말을 잇고 주섬주섬 들어온 지호는 미덕이 가리킨 자리에 앉았다. 부랴부랴 주스와 숨겨 놓은 과자를 가지고 나와 지호의 맞은편에 앉은 미덕은 나름대로 흥흥한 눈으로 벽 뒤에 숨어서 지켜보는 현덕의 따끔한 시선에 어색하게 웃었다.

"애가 워낙에 장난기가 많아서."

미우나 고우나 내 동생 의미 없이 항변하지만 그리 관심도 두지 않으며 오히려 신경 쓰지 말라고 말하는 것 같다. 집집마다 있는 그 나름의 분위기를 표현하자면 이곳은 초록색으로 설명이 가능하다. 짙지 않은 연둣빛의 푸근함. 미덕을 닮은 색조.

　무미건조할 정도로 조용한 시간이 이어졌다. 단지 뚫어지게 보는 현덕의 시선만 아니라면 말이다.

　"현덕아, 그냥 들어가면 안 될까?"

　부탁하는 누나의 말에도 이리 흥, 무시하는 현덕에게 지호가 피식 웃으며 말을 걸었다.

　"같이 있고 싶은 거지."

　현덕에게 말한 지호는 방석을 옆으로 치우며 흘러가듯 중얼거렸다.

　"아니면, '누나' 옆에?"

　정답을 콕 찍어내 버린 터라 현덕은 순간 아무 말도 못하고 미덕을 한 번 보다가 이내 씩씩거리며 현관으로 달려갔다. 현덕은 의미심장한 한 마디만 남기며 쌩 나가버렸다.

　"너, 다 이를 거야."

　저놈이 또, 너라고 하네! 호되게 한 번 혼내줄 생각으로 막 입을 여는 것이 무색하게 현덕이 줄행랑을 치며 쌩하니 계단을 오른다.

　"응? 어디, 어디가!"

　"엄마한테 갈 거야!"

　엄마?

　남매의 엄마는 잠시 윗집 남매의 어머니께 마실을 나가신 상태였다. 반쯤 열린 현관문에 멍하니 서서 계단으로 올라가 성나게 '엄마'를 외치는 현덕의 목소리를 끝으로 미덕은 조용히 문을 닫았다. 한숨이 절로 나온다.

뭘 또 이른다는 거야?

"미안, 이제 책 봐."

조만간 날을 잡아 희도에게 맡기든 어린이 해병대에 2박 3일쯤 맡겨 버릇을 좀 고쳐야 할 것 같았다. 날로 심술이 높아지니 지금은 몰라도 중학교로 올라가 어쩌면 따돌림을 당할지도 모른다. 금쪽같은 늦둥이 동생이 따돌림이라도 당하면 어쩌나 벌써부터 전전긍긍.

혼자서 반 아이들을 따돌림을 시켰으면 시켰지 절대 당할 재목이 아님을 미덕 세 식구만 모르고 있었다.

"샘이 많지만 그만큼 누나도 많이 좋아하네."

지호는 추측에 불과한 자신의 말에 한순간에 감동을 받아버린 듯 함박웃음을 짓는 미덕 때문에 웃음을 터트릴 뻔했다.

"정말? 정말 그렇게 보여?"

그저 겉치레뿐인 말이라도 이보다 좋은 말은 없었다.

"나도 늦둥이라 오냐오냐 자랐거든. 뭐 밑에 여동생도 있긴 하다만."

"어? 그랬어?"

전혀 그렇게 보이지 않는 지호다. 물론 몇 번 뵌 적 있는 지호의 어머니가 희영과 희도의 어머니만큼이나 연배가 조금 있으셨던 것은 알고 있지만 당연히 위에 형제가 있을 거라 생각했었다. 아, 그렇게 되면 일단 늦둥이가 되는 거구나.

미덕은 현덕처럼 어리광을 부리는 지호를 생각하다가 괜히 소름이 돋아 팔을 문질렀다.

비몽사몽이라는 말이 어울렸다.

어김없이 반 시체 상태로 방구석 한쪽에 고치가 되어 잠든 희도의 머리 위로 현덕이 버럭 소리를 지르며 달아났다.

"아저씨 이제 미덕, 누나 뺏겼어……요!"

간신히 반말 아닌 반말, 존대 아닌 존댓말을 끝으로 부랴부랴 도망가 버리는 현덕을 어이없게 바라보는 희도에게 종호가 자리에 남아 앙증맞은 입술로 오물거리며 '아저씨, 뺏겼다!'라며 한 번 더 언질하며 후다닥 현덕을 따라 달려가 버렸다.

어지간하면 미덕과 오프 날을 맞춰 쉬기 때문에 누나가 집에 있는 날이면 희도도 집에 있음을 알고 번개처럼 위로 올라와 사태의 심각성을 알렸으나 씨알도 먹히지 않았다.

바보 같은 어른들이 소년의 심오한 마음을 어찌 알리오.

상태가 좋지 못하다. 이런 날에는 미덕을 보지 않는 게 오히려 나을 정도인데 현덕의 말이 고막을 자꾸 쳐 대서 머리가 울렸다.

"미치겠다."

일단 일어났으니 혼자 엎어져 자기보다는 미덕의 무릎이라도 베고 잘 욕심이 솟았다. 싫다며 투정을 부릴 그녀지만 결국엔 못 이기는 척 희도의 몹쓸 욕심에 져주고 다리를 내어줄 미덕이다. 벌써부터 잠이 와 눈가를 문지르며 집에서 나와 계단 아래로 내려오며 담배 연기 뿌옇게 내뱉던 희도는 때마침 열리는 듯 들리는 아랫집 문소리에 반갑게 마저 계단을 내려가다가 멈출 수밖에 없었다.

막 집에서 나왔는지 아파트 아래까지 배웅을 해줄 듯 엘리베이터 앞에 나란히 선 두 사람의 뒷모습이 보였다. 현덕의 이유 모를 목소리가 다시 머리를 때리고 윙윙거리는 골에 난간을 잡은 손에 힘을 주었다.

엘리베이터를 기다리면서 작게 콧노래를 흥얼거리는 미덕을 지호는 정신없이 보고 말았다. 겨우 성인남자의 손 한 뼘만큼이나 떨어진 거리에 미덕이 있었고 결이 좋았던 머리카락은 조금씩 움직일 때마다 지호의 옷자락에 스친다. 아무런 향도 없는데 달콤한 향이 흐르는 것 같아서 지호는 전보다 더 강해진 심장의 울림에 숨을 삼켰다.

기분 나쁘지만 또한 기분 나쁘지 않은 듯한 동통이다.

결국 지호는 무의식에 가깝게 손을 들어 미덕의 머리를 쓰다듬고 말았다. 놀라서 보는 미덕의 눈에 저 역시 놀랄 만큼.

그 순간 쾨쾨하게 퍼지는 담배 향에 눈살을 찌푸렸다. 어느 담배라도 향이 좋은 것은 없었고 마침내 하얗게 스멀스멀 뻗어오는 방해물들 때문에 미덕의 몸 역시 뒤를 향해 돌자 지호는 반사적으로 그녀의 어깨를 잡았다.

"어?"

"엘리베이터 왔는데."

짙은 담배 향에 이미 그녀의 눈은 뒤를 향해 있지만 열린 엘리베이터 문으로 미는 지호의 힘에 어정쩡하게 들어갈 수밖에 없었다.

"오빠?"

달큰하게 달아오른 그녀의 뺨이 마침내 엘리베이터 문을 잡고 들어오는 싱그러운 미소에 더욱 붉어졌다. 속을 알 수 없게 눈웃음을 짓고 피우고 있던 담배를 페인트칠이 된 벽에 문질러 꺼버린 그의 모습에 도덕의식은 보이지 않았다.

경비아저씨의 불호령은 겁도 나지 않는지 꺼진 담배마저 바닥으로 버려버린 희도는 반가워 어쩔 줄 모르며 자신을 올려보는 미덕의 머리를 가볍게 쓸어 넘겨주었다. 소중한 보물을 대하듯 부드러운 손길에 미덕이 입술을 꼭 물고 몸을 움츠렸고 그녀의 뒤로 섰던 지호는 살얼음처럼 갈라진 눈동자로 희도를 노려보았다.

닫히는 엘리베이터 문과 버튼을 누르는 희도의 손이 동시에 이루어지고 그 역시 지호를 보다가 조금 의아한 빛을 그렸다. 난해하게 일그러진 눈빛의 일렁임에는 여러 가지가 담겨 있었고 그러다가 미덕의 머리에 손을 올려놓은 그대로 물었다.

"이거 인연이 기네. 말 안 듣는 꼬마 아니야."

다짜고짜 반말은 물론이고 이래도 그만, 저래도 그만이라는 듯 물어오는 말투는 사람의 짜증을 불러일으키기에 충분했다. 그로 인해서 지호는 이루 말할 수 없는 화가 솟았고 또한 그것과 비례해 마주한 희도를 강하게 째렸다.

정말 모르겠다는 것처럼 엘리베이터가 1층에 도달했을 때까지도 생각만 하던 희도는 결국 결론을 내리지 못했다. 온 말초신경과 중추세포가 강미덕을 향해서만 열려 있는 최희도에게 이 정도만 해도 대단한 것임을 지호는 알지 못했고 그 분노는 얼굴로까지 드러날 정도였다.

"무슨 말이……우앗!"

두 사람의 대치에 잠시 침묵하던 미덕이 궁금함을 참지 못하며 겨우 뱉은 말이 잘려 버린다. 그녀의 말을 톡 잘라먹고 열리는 엘리베이터에서 미덕의 팔을 잡아당긴 지호는 성큼성큼 걷다가 이제야 슬슬 걸어 나와 자신들을 향하는 희도에게 입가를 비죽거리며 말했다.

"아까워서요."

일종의 공격성 발언이었지만 뒤따르는 희도의 얼굴에는 빙글거리는 웃음만 걸려 있을 뿐 다른 뜻은 없었다. 오히려 미안하다는 양 어깨를 으쓱거리는 품이 더없이 짜증이 나버린 지호는 미덕을 당기다가 그 자리에 우뚝 멈췄다.

화가 나는 것을 참고 다시 걷는다.

"그냥 따라와."

"뭐하는 거야. 왜 그래?"

전에 없이 속내가 고스란히 드러난 목소리로 미덕의 팔목을 더욱 세게 쥔 지호는 어처구니없을 정도로 들어맞는 놀라운 세상의 이치에 평정심을 유지하기가 어려웠다. 세상은 좁고, 인맥은 그보다 더 촘촘하다. 세 사람이 길고 긴 시간을 빙빙 돌아 머뭇거리느라 결국 여기까지 와서 이제는 거의 지쳐 있는 상태였다.

그러나 당연히 연인으로 대하는 희도의 모습에 꺼져가던 불씨가 살아났다. 아까워서, 정말로 아까워서 그냥은 못 줄 것 같다.

"덕아."

게다가 당연하다는 듯 더 다가오지도 않고 멀리 서서 부르는데 온 신경이 오래전부터 희도에게 향해 있었다는 듯 돌아가는 그녀의 고개마저 마음에 들지 않았다.

"올라가자. 피곤해."

"네?"

"자고 싶다."

제 소유라는 듯, 거만하게 서서 강미덕은 오직 제 것이라는 소유욕이 가득한 어투. 이미 다시 빼어 문 담배에서는 붉은 불꽃이 타올랐고 입가에서도 보기 좋은 연기가 오르고 있었다. 백해무익한 담배조차 야릇해 보이는 가운데 미덕은 지호에게 미안한 눈으로 말했다.

"자꾸 사과할 일만 생기는 것 같아. 아무래도 오빠가 기분이 안 좋아서 그러는 거야. 오늘은 여기까지밖에 배웅 못하겠다. 어서 가."

지호의 손에 잡혀 있던 팔목을 빼고 기분 나쁘지 않게 밀어낸 미덕이 머리까지 끄덕이며 실례를 표했다. 언제나 잠이 부족한 사람이 때 이르게 깨어나 있으니 오죽 힘들겠는가. 뒤에 버려진 넝마처럼 우두커니 선 지호는 생각도 못하고 희도에게 달려간 미덕은 연신 피워대는 담배를 못마땅하게 올려보았다. 매번 생각하지만 이제는 정말 금연을 해야 할 때다.

그의 팔을 이끌고 아파트 단지로 들어가면서 휘휘 손을 저으며 담배 연기를 몰아내고 주변 사람이 있는지 꼼꼼히 살피던 미덕은 그의 담배를 빼앗을 듯 손을 뻗었다가 가볍게 저지당하자 꽤 힘을 주어 희도를 올려보았다.

"졸린다면서 담배 피울 정신은 있어요?"

"왜 같이 있어."

사람이 물어보면 대답부터 할 노릇이지. 이 사람이나 저 사람이나 자신의 말은 반찬인가 보다. 불만이 터질 것 같지만 미덕은 입술을 비죽 내밀고 퉁명스럽게 대꾸했다.

"잠깐 공부하러 왔어요. 그냥 친구예요, 알면서."

매섭게 자신을 보던 눈이나 넘실거리는 독불장군의 기운은 예사롭지 않았다. 실습을 한다고 움직일 땐 그러려니 하고 넘어갔지만 점점 더 그 강도가 심해지고 지난번 정수를 꾀어 자신을 물 먹인 것에 대한 화까지 함께 나자 짜증에 짜증이 더해진다. 거기에 미덕을 향해 명백하게 드러낸 절절 끓는 눈빛은 더욱 마음에 들지 않았다.

감히, 어디서 감히.

"너 혹시."

혹시나 하는 마음에 눈을 찌푸리고 물어오던 그는 아무것도 모른다는 듯 올려보는 눈에 곧 입을 다물었다.

"예쁘기도 하지."

또 시작된 '우리 덕이 찬양'에 그녀의 얼굴이 창피함으로 순식간에 물들자 희도는 순식간에 장초를 모두 태워버리고 그 끝을 장식하며 그대로 미덕의 입술로 돌진했다.

강렬하게 닿아온 입술에 눈을 크게 뜨던 그녀는 바들바들 떨며 그의 팔을 부여잡았다.

희도의 농밀한 혀의 놀림에 짜릿하면서도 참을 수 없는 매움을 동시에 느끼고 말았다. 방금 전까지 담배를 태운 탓에 느껴지는 매캐함이 가득하다. 손톱이 그의 팔에 박히고 있으니 아플 만도 한데 희도는 주변의 연기가 조금씩 퍼지다 결국 모두 흐지부지 사라져버릴 때까지 미덕을 놓아주지 않았다.

아찔한 충동과 뜨거움이 더했던 키스에 그녀의 눈에 눈물이 맺혔고 길게 타액이 한줄기 물려 이어질 때까지 미덕을 삼키던 희도는 서서히 입술을 떼며 특유의 미소를 지어 올렸다.

갑작스러운 입맞춤에 놀라 사레가 들려 기침을 해대면서도 희도가 원망스러워 그를 쏘아보려는 때 그의 입술이 점점이 애정을 품으며 입술 근처와 턱 밑을 촉촉하게 만들었다.

조금 전의 키스가 벌하는 것이라면 지금은 약을 주는 것처럼.

"오빠는 누구도 이해 안 해."

이해 못해가 아니라 무조건 '하지 않는다.' 라는, 지독한 소유욕 속에 미덕이 움찔 몸을 떨었다. 혀의 촉촉한 타액이 미덕의 귓불을 감싸고 이미 전과가 있듯 가볍게 물면서 속삭였다.

"네 곁에 아무도 두지 마."

무서울 정도로 독한 독점욕이었다. 혹여 도망갈까 차마 내지 못했던 욕심, 이미 거미줄에 얽힌 듯 두려우면서도 결코 벗어날 수 없는, 그러한 늪 속에 미덕은 점점 더 빠져들고 있었다.

소소한 일. 하지만 때론 그것으로 빚어진 자존심의 금은 그대로 무시하기 어려운 것.

"정말 잘못했어."

미덕의 그리 넓지 않은 방. 오랜만에 그녀의 방에 들어와 있지만 평소같이 뻔뻔하거나 능글맞은 태도가 아니라 한없이 죽어 있는, 마치 비죽 솟았던 귀는 축 처지고 파닥파닥 주체 못하고 흔들리던 꼬리도 땅으로 파고들듯 떨어진 늑대 같지만 그래도 미덕은 돌아보지 않았다.

이번만큼은 미덕 역시 단단히 화가 난 상태였다. 이유야 무엇이든 사람을 앞에 두고 담배를 피우고 친구를 무시하던 행동은 그녀 자신을 무시한 것이나 다름이 없었다.

"가서 주무세요. 자러 오신 거잖아요."

미안하다고 연거푸 말하지만 미덕은 좀 더 강하게 나갈 셈이었다. 정신 차리고 그녀의 옆에 눈을 마주치기 위해 무릎까지 꿇고 있지만 미덕의 손은 연신 서적만 뒤적거릴 뿐이다.

"정신이 너무 없었어. 사실 반쯤은 꿈이라고 생각해서, 미안해. 덕아, 오빠 좀 봐."

이것으로 딱히 변명을 하자는 것은 아니었지만 정말로 희도는 제정신이 아니었다. 아직 풀리지 않은 숙취에 졸음, 미덕의 곁에 머문 사내놈에 대한 불쾌감에 퓨즈가 두서너 개쯤 나가 못난 짓을 해버렸다. 이번 건 확실히 그의 잘못이다.

"덕아."

"가끔은요."

사실 이것을 말해야 할지, 아니면 그냥 넘어가야 할지 고민하고 또 고민했다.

종종 위협을 하듯 미덕의 머리카락을 당겨오거나 엄한 말로 그녀를 겁먹게 하는 것, 거기에 지치지 않고 그녀를 자신의 곁에 가두려 하는 욕심은 애정이지만, 희도가 들으면 서운할지도 모르지만……그래도 해야겠다.

"가끔은 오빠가 절 물건으로 생각하시는 것 같아요."

결론을 말하자면 그거다.

미덕은 누군가의 소유물이 아니다. 사람은 소유하고 집착하는 것이 아니라 함께 공유하고 공존하는 것이라고 그녀는 생각했다. 기분이 나쁘지는 않지만 희도의 돌연 다가오는 말들은 고쳐질 필요성이 있었다.

집착과 소유는 상대방을 믿지 못한 불안감에서 나오는 것임을 알기 때문에 더욱더. 희도가 자신을 믿어주었으면 좋겠고 불안해하지 않았으면 좋겠다.

미덕의 말에 적지 않은 충격을 받았는지 입을 꼭 다문 희도에게 약간 마음이 풀어지려 하지만 다시 억세게 마음을 다잡았다. 빈번하게 보이는 그의 이런 태도는 절대 쉽게 용서하지 않을 거다.

"그런 말 하지 마."

정말로 사색이 되어 미덕의 팔을 당긴 희도는 차마 '물건'이라는 말에 쉽사리 반응도 못하고 한숨을 내쉬었다. 누구보다, 그 어떤 누구보다 미덕을 사랑한다. 때로는 제 가족보다도, 자신보다도. 해바라기처럼 오랜 기간을 바라봐왔지만 그것을 보상 받을 용기조차 없는 그다.

"나 좀 봐줘."

하아아.

하지만 지고 마는 것이 미덕이다. 자신보다 나이 많은 사람이지만 때론 한없이 여린 남자에게 미덕은 눈을 가늘게 뜨며 그의 입술을 콱 손으로 잡아버렸다. 봐주면 안 되는데. 절대 안 되는데 희도가 미덕을 사랑하는 만큼 미덕 역시 희도를 사랑하기 때문에 지난 며칠간 마음이 편치 못했다.

"시끄러워요."

동그랗기만 하던 그녀의 눈이 가자미처럼 쫘악 찢어지고 희도의 입에 손을 가져가 그의 입을 마구잡이로 지분거렸다. 아프게 당겨지고 들춰지고 고운 얼굴이 험하게 바뀌는데 아랑곳 않으며 그 누구도 할 수 없는 행동을 서슴없이 하며 한참을 괴롭히던 미덕은 그의 입술이 퉁퉁

부어 나올 때까지 놀리다가 말했다.

"저도 담배 피울래요."

"뭐?"

"오빠가 왜 그렇게 줄기차게 피우는지 좀 알고 싶어서요."

날카롭게 변한 그의 눈빛이 지금 처지도 생각지 못하고 번쩍거렸다. 흉흉하게 빛깔 드러내며 그녀가 마음에 들지 않는 소리를 했다는 것을 드러내듯 잡고 있던 미덕의 팔을 조금 세게 쥔다. 또, 또. 마음에 들지 않으면 일단 그녀를 억압하듯 죄는 손길이다.

"그러기만 해. 너 담배가 얼마나 몸에 안 좋은지 설명해줘?"

으르렁거리며 내뱉는 그의 말에 미덕이 찰싹 희도의 손을 쳐냈다. 따끔한 통증에 움칠하고 오므린 그의 손에서 눈을 떼며 미덕은 턱을 조금 들어 올렸다. 사실 그녀의 가슴은 콩닥콩닥 비지땀이 줄줄 흐르는 지경이다. 실상 몇 년을 죽어지내다가 한 번 콧대 세우려니 머리가 어지럽다.

"그런 사람이 왜 피세요?"

오늘따라 말발 안 서는 희도의 기운을 쪽쪽 빨아들이며 팔짱을 낀 미덕은 며칠 동안 고뇌하고 고뇌하던 말을 꺼내놓았다.

"금연하세요."

"못해."

단번에 나온 거부의 말에 미덕이 입을 비죽거렸다. 다시 돌아온 최희도 표 강렬한 눈망울에 당황스럽고 심장이 벌렁벌렁 거리지만 보이는 그의 모습은 여왕에게 혼나는 기사와 닮아 있었다. 본의 아니게 눈높이를 맞추고자 무릎을 꿇은 희도와 의자에 앉아 팔짱을 낀 미덕. 거기에 미덕이 희도에게 배운 못된 습관을 내보였다.

일명 입꼬리 올리기.

"그럼 저도 담배 피운다니까요."

"미덕아, 오빠 죽어. 정말 죽어."

"피, 피우면 죽는 거죠."

희도는 벌써부터 가슴이 답답해지기 시작했다. 이건 아니다. 희도는 미덕의 허리를 덥석 끌어안으며 못내 슬픈 어조를 내뱉는다. 갑작스런 허리 조르기에 감았던 팔짱을 풀며 파닥거린 미덕은 그 어느 때보다 늘어지는 희도의 몸을 떼어내지도 못하고 아랫입술을 오물거렸다. 이런 갑작스러운 스킨십은 여전히 심장에 안 좋다.

"덕이가 없잖아. 항상 곁에 없는데 어떻게 버텨."

"엑?"

"보고 싶어서 피우는데, 담배라도 없으면 오빠 정말 우리 덕이 보고 싶어서 죽을지도 몰라."

'그런 말은 좀 가려서 해요! 좀!'

이미 전의를 상실해 버린 미덕은 점점 더 강하게 끌어안는 희도의 힘에 딱 지금 죽을 것 같았다. 옷에 가려진 살결에 그의 입술이 닿아 있다. 미치겠다. 조금 더 매몰차게 대할 예정이었는데 그의 손아귀에 잡히는 순간 미운 감정이 눈 녹듯 사라져버렸다.

자신이 보고 싶어서 담배를 피운다는데, 보고 싶어서 죽을지도 모른다는데 대체 그녀는 어떻게 해야 하는 건가.

"덕아……."

"보고 싶으면 보면 되잖아요!"

나름대로 세차게 말해 보지만 그의 고개가 젖혀지면서 수려한 이목구비가 드러났다. 아래에서 보나 위에서 보나 미덕의 눈에는 이보다 잘생긴 얼굴이 없다. 그냥 보면 쪽쪽 뽀뽀라도 해주고 싶은 용기만 생기는 그의 매끈한 이마와 까만 눈에 절로 긴장하자 그의 입이 슬금슬금 능글맞은 진실이 퍼져 나온다. 이 입을 지금 막지 않으면 분명 이번 승패는 미덕이 진다.

"매일, 매시간, 매분, 매초 보고 싶어. 보고 있어도 보고 싶어."

엄마아!

사탕발림은커녕 아주 조금의 거짓말도 섞이지 않은 그의 말에 미덕이 홀라당 녹아내린다. 다시 자연스럽게 한 손을 뻗어 미덕의 뺨에 손을 올리던 희도는 단단히 되물린 그녀의 입술에 멈칫거렸다. 이쯤이면 넘어올 때가 되었는데, 거의 다 되었는데……뭔가 다르다. 갈등이 고조되었지만 어떤 무언가를 고집한 눈동자.

"참으세요."

"그건 못해."

"고집덩어리."

신랄한 그녀의 표현에 희도의 이마에도 살짝 배은망덕한 핏대가 솟았다. 그래도 안 되는 것은 안 되는 거다. 이미 중독되어 있는 니코틴에 미덕의 생각을 그나마도 낮춰 줄 수 있는 것이 담배인데 어떻게 이것을 끊으란 건가. 게다가 담배 끊는 남자와는 만나지 말라는 속설도 있었다. 그러나 이어지는 미덕의 말은 청천벽력이다.

"안 그러면 오빠 안 볼래요. 강미덕 대용으로 잘 참을 수 있는 담배랑 사세요."

날 잡은 것처럼 미덕의 포부는 크고도 다부졌다. 사랑스럽게 짓는 그녀의 눈웃음 속에 혹시나 희도가 넘어오지 않으면 어쩌나 하는 불안감이 있었고 이제 이 정도라면 희도도 수긍할 것이라 생각되었다. 담배와 미덕, 당연히 자신을 선택할 거라 장담했다. 하지만 나오는 말이라고는.

"그래도 안 돼."

침묵, 또 침묵.

이제는 미덕 역시 고집이 생겨버렸다. 이 사람이 지금 그 하얗고 얇고 백해무익하고 냄새까지 나는 그딴 것과 미덕을 비교하는 것도 모자라 무려 담배를 택했단 말인가? 이유야 무엇이든 죽어도 거짓말을 안 하는 건 대견하지만 절대 예뻐 보이진 않았다.

본질을 잃은 두 사람의 고집은 미묘한 공방에 빠졌다. 시작은 담배를 피우느냐, 피우지 않느냐였지만 어느새 누가 누구를 이기느냐가 주가 되었다. 제법 연인다운 모습이지만 아쉽게도 분위기는 살얼음처럼 살벌해졌다. 지지 않겠다는 듯 두 눈을 마주하기를 몇 분, 먼저 입을 뗀 건 미덕이었다.

희도의 두 뺨에 손을 올린 미덕은 이를 드러낸 작은 맹수처럼 아드득거렸다.

"그러니까 그렇게 좋은 담배랑 살아."

헉.

결국 미덕의 방에서 완전히 내쫓긴 희도는 한동안 아무런 말도 할 수 없었다. 처음으로 그녀에게 들었던 반말에 해롱해롱 거릴 틈도 없이 정신이 아찔해졌다. 진심으로 화가 난 미덕의 말에 된통 혼이 난 희도의 처절한 문 두드림에도 끝내 그녀의 방문을 열지 못했다.

최희도의 성질이 누그러들었다!

만년 갈구기 대상인 정수는 뽀송뽀송하게 살이 오르고 의국 내는 봄날의 꽃핀 따스한 햇살처럼 부드러워졌다. 애초부터 워낙에 까다로운 성질의 희도를 연애대상으로 보는 사람은 그의 실체를 잘 알지 못하는 몇몇 이들밖에 없었고 그렇기에 미덕의 노고가 더욱 치하되는 것이기도 했다.

단지 이번엔 일방적으로 미덕이 토라져 있는 것이기는 했지만.

"와, 진짜 장난 아니다. 대박."

"봤어? 키도 엄청 커."

"아 진짜 잘생겼어!"

노곤한 피로감과 고요한 침묵이 주를 이루는 병동에 까르르 웃는 높은 웃음소리가 울렸다. 대개 장기 입원 환자들이 많은 병동에 교복 입은 학생들이 온다는 건 병문안이 대부분이었지만 소녀들이 행색이니 모습이 병문안을 온 것 같지는 않았다. 게다가 벌써 십여 분이나 한곳에서 가끔씩 오가는 의사를 보며 휴대폰까지 들어 올리는 판국이었다.

"쟤네 대체 뭐람."

"혼 좀 내주고 올까요?"

"잘생긴 것도 피곤한 거거든."

불쾌한 기색 역력히 팔을 걷어붙이는 동료의 말에도 희도는 묵묵히 제 할 일에 빠져 있었다. 그의 귀에는 소란스러운 여고생들이 보이지 않는 듯했고 꺄꺄거리는 소리도 전혀 들리지 않는 것 같았다. 놀라울 정도로 무시를 하면서 볼펜을 입에 물고 체크를 하던 그는 곧 바쁘게 울리는 페이저를 보며 입원 병동으로 향했다.

"선생님!"

그러나 미덕과 눈이 마주치기도 전에 호출한 윤 간호사가 살았다는 눈치로 사정을 설명했다.

"얼마 전에 rectal cancer(직장암) 수술 받으신 환자 분이요. 수술 경우도 좋고 차후 예방에도 크게 문제가 없으셔서 이틀 전에 퇴원하셨던."

"전봉숙 환자요? 강 간호사, 거기 차트 좀 찾아줄래요."

데스크 앞에 선 희도는 이웃집 오빠가 아니라 외과의 최 선생으로 완벽하게 빙의 되어 있었다. '미덕'이 아니라 강 간호사라고 제대로 호칭을 한 그는 잠시 얼떨떨해 하는 그녀를 재촉하듯 눈짓했고 미덕은 갑자기 데스크로 와 저도 모르게 긴장하던 것을 잊고 바인더 파일을 뒤적거렸다.

"출혈이 심하신 모양이에요. 방금 응급실에서 조치 받으시고 오셨는데 담당하시던 김 선생님이 지금 수술 중이시라 부득이하게 호출 드렸어요."

"수술 부위 출혈입니까?"

"예, 처음엔 hemorrhoid(치질)로 오셨는데 나중에 cancer(암)로 판정이 되셨던 분이거든요. 사실 hopeless(희망 없음)로 수술도 버거우셨는데 차도가 좋으셔서 겨우 퇴원하셨는데 하필이면……."

워낙에 많은 환자가 오가는 곳이라 한 사람, 한 사람에게 정을 주고 감정적으로 대할 수가 없는 곳이다. 약간은 안타까운 듯하지만 윤 간호사는 사무적으로 상황을 설명하고 수술실에서 인터폰으로 연락 받은 사항을 조목조목 빠르게 설명해 나갔다.

이어 찾아낸 이름에 반색하고 차트를 찾아 건네주며 살짝 손끝이 닿아 침을 삼키는 그녀와 달리 희도는 신중하게 차트를 살폈다. 지금의 그의 머릿속엔 그녀가 없는 듯했다.

생각해 보면 그녀가 그의 이런 모습을 보는 것의 거의 처음이나 다름이 없었다. 다소 감정을 버린 듯 진중하게 살피며 중요한 것을 체크한 희도는 윤 간호사와 몇 마디를 더 나누다가 헐레벌떡 달려오는 정수에게 말했다.

"일전에 퇴원한 전봉숙 환자 알지? 아무래도 상황이 좀 나쁜 것 같다."

"전봉숙……설마 rectal cancer였던?"

"그래. 사람 손 타는 거 안 좋아하신다면서. 마취제를 투여할 수도 없으니까 좀 마음에 맞는 간호사랑 같이 드레싱 준비하고 인턴들도 둘 데려와."

이런저런 말이 오가면서 미덕도 이들이 말하는 사람이 누구인지 알아차릴 수 있었다. 한 달인가, 두 달인가 처음 이 병원으로 오고 얼마 안 있어서 정수와 직장암 수술을 받은 할머님을 몇 번 돌본 적이 있었는데 워낙에 다른 사람 손을 닿는 걸 싫어하셔서 여러 사람이 혀를 내두르셨던 것으로 기억하고 있었다.

자신이 기억하는 환자의 위급함이란 생각했던 것보다 심장이 뻐근하고 무서운 일이라는 것을 느낀다.

이미 희도와 윤 간호사는 환자가 있는 병실로 향하고 있었고 정수는 드레싱 준비를 서두르며 멍하니 서 있는 미덕을 불렀다.

"강 간호사, 얼른 준비해서 따라와요. 그 환자 그래도 우리는 꽤 마음에 들어 하셨거든요."

"예? 아, 네!"

어쩐지 마음 한편이 아득하게 무거워졌다. 실제로 그 환자를 본 건 소독할 때를 빼곤 거의 없었다. 그것도 고작 서너 차례가 전부였고 처음 말을 걸어주신 것을 마지막으로 대화를 나눠본 기억도 없었다. 그러나 완쾌되어 퇴원하셨던 분이 다시 오셨다는 건 처음 입원했을 때보다 그리 좋은 일이 아니다.

연락 받은 인턴들과 함께 빠르게 병실을 향한 미덕은 며칠 사이 잔뜩 말라버리신 모습에 한 번, 그런 상태에서도 손대지 말라며 버럭 역정을 내시곤 희도의 뺨을 사정없이 때리시는 모습에 두 번 놀랐다. 깜짝 놀라 당장 '오빠!' 하고 소리를 지를 뻔했지만 이어진 희도의 행동에 의해 꼴깍 넘어갔다.

"좀 더 세게 때리셔야지 이거 가지고 의사 나부랭이 어디 날아가겠습니까."

특유의 능글맞은 목소리에 어째서인지 신뢰감이 들어갔다. 한눈에도 상태는 심각했다. 옆구리에 만들어 놓은 항문에서는 연이은 출혈이 있었고 숨이 가쁜 듯 두 눈동자만큼은 핏대를 세우시며 잔뜩 노한 모습이라 당장 자리에서 일어나 펄펄 뛰실 듯했다.

연거푸 벌어진 옷섶을 여미시고 힘없는 팔다리를 움직이시는 통에 어떤 조치도 힘겨웠다. 그렇다고 노쇠한 팔다리를 묶기도 어렵고 어떻게 하느냐에 따라 상황이 정리가 될 듯싶었다. 그런 가운데 이미 몇 차례 뺨을 맞았는지 빨갛게 부어오른 얼굴로 희도가 입을 열었다.

"남자들은 다 눈 돌려요."

"예?"

"그리고 윤 간호사는 준비 좀 해주시고 강 간호사 이쪽으로 와서 포셉 잡아주세요. 살짝 받쳐주시고요. 권정수! 와서 거즈 돌려!"

그녀가 온 건 어떻게 알았는지 몸을 낮추며 말한 희도는 서둘러 거즈를 덧대었다. 눈을 부릅뜨시다가 조금이나마 눈에 익은 정수와 미덕이 오자 눈에 띄게 안정을 취하셨다.

아무리 나이가 드셔도 여자는 여자다. 새파랗게 젊은 놈들 앞에서 가슴을 드러내고 엉덩이를 드러내고 싶은 분은 이 세상 어디에도 없었고 희도는 연신 웃으며 자꾸 흐르는 피와 통증에 불안해하시는 할머님을 안정시켰다.

능글맞게 웃어대고 낯 뜨거운 말도 서슴지 않는 사람이 맞나, 싶을 만큼 솜씨는 더없이 정확했고 굵은 땀방울이 맺힌 얼굴은 평소의 모습보다 훨씬 못함에도 뜨겁게 가슴을 뛰게 만들었다. 사람의 손끝에서 다시 한 번 반하고 만다. 세세하게 이어지는 그의 조치로 출혈은 일단 멎어갔고 모자란 피를 수혈하기 위한 어려운 혈관도 잘 찾았다. 이어질 세부 촬영을 지시하며 가운과 옷에 번진 피를 힐끗 본 희도는 장갑을 벗으며 말을 이었다.

그러나 피는 멈추지 않았다. 조치는 빠르고 정확했으나 극심한 스트레스로 인해 환자는 가만히 있지 못했고 앙상하게 마른 팔로 주변을 뿌리쳤다.

"팔 잡아!"

빠르게 외친 희도는 황급히 환자의 팔을 잡는 인턴들을 노려보며 다시 시술에 들어갔다. 그 사이에 안정제가 투여되고 다행히 출혈은 멈추었다.

"김 선생한테 바로 연락하고 인턴들 이거 마무리해."

십여 분에 달하는 시간 동안 숨도 쉬지 않은 듯 거칠게 숨을 몰아쉰 희도는 자신을 빤히 보고 있는 미덕을 향해 씁쓸하게 웃었다. 담배를 태우고 싶어 하는 얼굴이 역력했다. 그냥 그러라고, 고생했다고 말해 주고 싶은데 병실에는 사람이 너무 많았다. 머뭇거리는 그녀에게 다가오려던 희도는 자신의 옷에 묻은 피가 신경 쓰였는지 곧 돌아 병실을 나섰다.

머리를 긁적거리며 세면실로 들어간 그는 가운을 벗고 와이셔츠의 단추를 막 풀다가 숙직실에 놓았던 옷을 가져오지 않았음을 깨달았다. 귀찮기는 하지만 맨몸으로 다닐 수도 없는 노릇이었고 진이 빠진 상태로 문을 열던 희도는 문 앞에 수건과 곱게 접힌 와이셔츠를 들고 있는 미덕을 발견했다.

"안아도 돼?"

사람 얼굴을 보자마자 진지하게 실없는 소리를 뱉는 그를 보며 방금까지 콩닥거리던 가슴이 살짝 삐끗거렸지만 더없이 그답다는 말이 나왔다.

"안 돼요. 이거 방금 권 선생님이 주셨어요."

수건과 셔츠를 건네준 미덕은 아쉬운 듯 풀이 죽은 희도를 빤히 올려 보며 한 걸음 들어와 세면실의 문을 닫았다. 이 갑작스러운 상황에 한 걸음 물러난 그는 꽤 긴장한 모습으로 말했다.

"잡아먹는다."

"인기 좋으신가 봐요. 아까 여고생들이 왔다면서요."

"아, 아아. 그거야 뭐."

당연한 일이라는 듯 대수롭지 않게 넘긴 희도는 세수를 하고 가볍게 얼굴을 닦았다. 사실 미덕은 잠시 그가 여고생을 좋아하지 않을까 생각했었다. 뭐든 하는 것마다 예쁘고 풋풋한 아이들이 좋다고 깍깍거리면 당연히 흡족할 것 같은데. 그러나 거울에 비친 그는 전혀 의미를 두지 않고 말을 이었다.

"어린 애들은 관심이 없어서."

"그럼 나는?"

"응?"

"난 고등학교 때부터 좋았다고 해놓고."

"그러니까 내가 변태지."

말문이 막혀버리게끔 조금의 고민도 없이 대답한 희도는 와이셔츠의 단추를 풀다가 아직도 빤히 보고 있는 미덕이 더 신경이 쓰이는지 손가락으로 바깥을 가리키며 말했다.

"안 나가면 확 뽀뽀할 거야."

"……."

"나는 질투하는 우리 덕이도 그렇게 좋더라."

땀방울이 사라진 얼굴을 말없이 보면서 미덕은 고집을 부렸던 자신을 책망했다. 담배라는 것, 그런 사소한 차이와 엇갈림에도 이제는 서로 상처 받을 수 있는 사이가 되었던 것을 잠시 망각했다. 한 번도 자신에게 화를 낸 적 없는 그이기에 당연히 '하지 마!' 하고 말한다면 들어줄 것이라 생각했었다. 그의 기분을 생각하지 않고 오만하게 당연하다는 듯 여겼다.

힘든 일과의 끝에 환자에게 거부당하고 밀려나가는 마음에 생채기가 생기지 않을 리 없었다. 어쩌면 담배는 그런 것일지도 몰랐다. 미덕이 위로해 주지 못하는 깊은 속마음을 달래는 유일한 열쇠 같은 것 말이다.

"죄송해요."

나가지 않는 미덕을 놀려주겠다고 와이셔츠를 벗고 웃던 희도는 한달음에 안겨오는 그녀의 움직임에 모든 것이 멈춰버렸다. 꽉 끌어안고 놔주지 않을 듯 힘을 준 미덕은 자신의 미련함에 한탄했다. 바보였다. 그를 제대로 보려고 하지 않고, 무작정 맞춰 주길 바랐다. 지금껏 맞춰 주었던 것도 모르고 고집을 부렸고 어쩌면 희도는 상처 받았을지도 모른다. 어느덧 어깨를 감싸는 그의 팔을 느끼며 미덕이 작게 속삭였다.

"얘기 좀 하고 살아야 할 것 같아."

"새삼스럽게 뭘."

"제 기억에 제대로 얘기해 본 기억이 없는데요."

"아닌데."

"아니긴."

"아니라니까."

"아닌 게 아닌데."

"아니야."

"맞아요."

퉁명스럽게 중얼거린 미덕은 차분하게 다독거리는 그의 손길에 미소를 지었다. 고되고 고단한 일상에 담배 말고도 많이 엇나가는 게 있을 거다. 어쩌면 지금처럼 싸우고 토라질 수도 있다. 그래도 항상 함께 해주기를, 어떠한 일이 있어도 곁에 머물고 원망하지 않기를.

11. 언제나

  시간은 아주 빠르게 지나갔다. 희도의 전문의 시험이 있던 1월도, 부모님들이 그들의 연애 사실을 알게 된 2월도 숨 가쁘게 지나갔다. 이들의 만남이 사실화가 되었을 때 미덕의 부모님은 결국 그리되었구나 하며 쉽게 수긍하신 반면 희도의 어머니는 크게 분노하셨다.

  [이 상도둑놈이!]

  분노의 대상자는 바로 희도였다. 곱게 키운 남에 집 어린 딸을 가로챈 망할 놈이 제 아들이라는 것이 미안한 듯 보였지만 끝내는 능력 좋은 희도의 등을 두드릴 수밖에 없었다.

  어쨌든 시간은 흘렀다. 계절의 변화는 겨울과 봄보다는 봄에서 여름이 더욱 확연한 것이다.

  이제 완연한 여름이라고 느껴질 만큼 뜨거운 바람에 미덕은 손부채질을 하며 창문을 열었다. 현덕이는 중학생이 되었고 미덕 역시 졸업

후 생(生)간호사 타이틀 대신 제 할 일에 빈틈없는 한 사람의 몫을 하고 있었다.

심장이 콩닥거린다. 별거 아닌 일인데 어쩐지 마음 한구석이 바쁘게 움직여서 마냥 있을 수가 없었다. 총총총 다리를 움직여 옷을 싼 미덕은 문밖에서 자신을 노려보는 시선에 흠칫하다 목을 가다듬고 다가갔다.

"뭐 할 말 있어?"

"없어."

얼마 전부터 변성기가 오는지 걸걸해진 목소리가 퉁명스럽게 대꾸했지만 자리를 떠나지는 않았다. 그렇게 문 뒤에 숨는다고 안 보이는 것도 아닌데 왜 자꾸 몸의 반만 감추고 있는 건지 모르겠다. 사실 제대로 숨긴다고 해도 숨겨질 몸도 아니지만.

"으악!"

여행가방의 손잡이를 당겨 빼고 허리를 세우던 미덕은 어느새 자신의 옆으로 다가와 빤히 보고 있는 현덕이 때문에 소리를 질렀다.

"어디 가."

음산하기까지 한 말투에 당황한 그녀는 잠시 눈동자를 굴리다가 이미 며칠 전부터 던져놓았던 떡밥을 투척했다.

"말했잖아, 친구들이랑 휴가 다녀온다니까."

간신히 맞춘 휴가는 그래 봐야 1박 2일이지만 고된 일상의 한 줄기 단비와도 다름없는 휴가임은 부정할 수 없는 사실이었다. 게다가 이번 여행은 성수기임을 알리듯 푹푹 찌는 더위에 큰 수영장이 있는 휴양지를 생각해 수영복까지 챙겨 놓았다.

"집에 있어도 되잖아."

"그렇긴 한데 오랜만이라서. 현덕이 너도 재밌게 놀고 내일 맛있는 거 사가지고 올게."

불만으로 가득한 눈은 의심까지 덮여 있었지만 특별히 뭐라 말을 하지는 않았다. 여기서 잘 넘어가야지 눈치 빠른 현덕이 조금이라도 낌새를 차리면 그 후로는 머리 아픈 일만 연속이다. 자연스레 부모님의 귀에도 들어갈 테고 그렇게 되면 정말로 이번 휴가는 말짱 꽝이나 다름이 없다.

"지금 가?"

"응. 참, 엄마 좀 늦는다고 하시니까 이걸로 먹고 싶은 거 시켜먹고 있어. 어지간하면 밥 시켜 먹어. 피자나 치킨 같은 거 말고."

"됐어."

흥, 하고 고개를 돌린 현덕은 뭔가를 더 말할까, 하다가 곧 입을 다물고 방을 나섰다. 다행히 그럭저럭 넘긴 것 같기도 하고 알고는 있지만 모르는 척 해주는 것 같기도 하지만 그래도 위기는 넘긴 듯하다.

신발을 신고 현관문을 나서면서도 제 방문 탁 닫고 들어가 나올 생각하지 않는 현덕을 향해 몇 가지 잔소리를 더 던져준 미덕은 머리를 긁적거리며 집을 나섰다. 나서는 순간부터 다시 요동치는 가슴에 얼른 엘리베이터에 오른 그녀는 얼마 지나지 않아 주차장 끝에 보이는 차를 향해 서둘러 다가갔다.

이미 차에 타 있던 사내는 그녀가 다가오기 전부터 차에서 내려 트렁크를 열고 있었다.

"조금 있으면 현덕이가 창문으로 내다볼 거예요. 얼른, 얼른!"

"어, 어어."

본의 아니게 짐을 던지듯 넣고 차에 올라탄 두 사람, 특히나 미덕은 앞 유리창으로 여기저기를 살피며 혹시나 현덕이 뒤따라오기라도 했을까 유심히 보았다. 다행히 사춘기의 소년은 슬슬 누나의 곁을 떠나려는지 내려오지는 않았지만 아직도 안심할 수는 없었다. 아는 이웃이 지나갈까 조마조마한 마음으로 입가를 가리는 그녀의 행동에 시동을 걸던 희도는 결국 소리 내어 웃어버렸다. 호탕한 웃음소리에 경계를 풀고 그를 본 미덕은 바로 보이는 눈이 반달처럼 휘어지는 환한 웃음에 콩닥거리는 가슴을 애써 부여잡았다.

"귀여워. 예뻐, 우리 덕이."

"그런 말 하지 마세요. 창피해 죽었어."

빨갛게 익어가는 그녀의 얼굴에 희도는 다시 한 번 웃어버렸다. 마침내 출발하는 자동차는 더 이상 막을 것 없이 수월하게 향하는 듯했다. 불과 1분 만에 주차장을 반도 떠나지 못하고 막혀버렸다.

"최희영."

으르렁, 이를 드러내며 핸들을 강하게 부여잡은 희도는 눈을 부릅뜨며 차 앞으로 다가오는 늘씬한 몸매의 누이를 노려보았다. 덩치가 커다란 SUV차량임에도 전혀 주눅 들지 않고 다가온 그녀는 품에 안았던 아이를 보닛 위에 세우고는 손을 흔들었다.

"삼촌 안녕, 해야지."

"삼촌 안녀엉."

작은 손을 팔랑팔랑 거리며 까르르 웃은 종호는 세차한 지 1시간도 되지 않은 차 위에서 쿵쿵 발자국을 찍어댔다. 경악하는 희도의 얼굴에 역시 최희도 잡는 최희영, 하며 감탄하던 미덕은 순간 상황을 직시했다.

"악, 어떻게! 난 몰라!"

휴가 기간을 맞추고 간신히 차에 오르는데 출발하기도 전에 들켜버리니 악 소리가 날 수밖에 없는 거다. 낯 뜨거워 어쩔 줄 모르며 몸을 숙이는 미덕을 돌아본 희도는 어느새 사라진 누이와 조카에 흠칫 몸을 떨었다.

"부모님은 모든 것을 알고 계신다."

"……."

"꺄악!"

순식간에 차에 오른 희영의 목소리에 희도는 눈을 감았고 미덕은 비명을 질렀다. 그녀의 목소리 때문이 아니라 언제 탔는지 이미 한 자리 차지한 현덕에 의해서. 불과 5분 만에 상황은 정리되었지만 처음의 그런 두근거림은 이미 홀라당 사라져버리고 말았다. 동생에게 남자친구와 여행 가는 것을 들킨 누나와 동생 잘되는 꼴은 절대 못 보는 또 다른 누나, 각기 다른 상황에 처한 남동생들까지 나름대로 생각과 사념 속에서 차는 출발했다.

"에어컨 틀까?"

"종호 감기 걸려. 창문 내려, 창문."

묻기는 미덕에게 물었으나 대답은 희영이 했다. 이미 한 자리 펼쳐 주전부리 흡수에 바쁜 그녀와 아이들은 동시에 고개를 끄덕였다. 완전히 접혀버린 미간에 연신 으르렁거리던 희도는 결국 창문을 열 수밖에 없었다.

내려가는 창문으로 선선한 바람이 불어왔다. 확실히 공기 자체가 시원해지고 맑아지는 기분이 들었다. 차가 출발하고도 한참이 지났음에도 부끄러움에 어쩔 줄 모르던 미덕도 살짝 미소를 지으며 눈을 감았다. 살랑살랑 흔들리는 머리의 스침도 좋고 상쾌한 바람도 무척 만족스러웠다.

차는 시내 중심을 벗어나면서 조금 더 빠르게 달렸다. 창문에서 들어오는 바람의 심술은 약간 강도가 세졌고 머리카락이 제멋대로 휘날리며 얼굴을 가려버려서 미덕은 드물게 당황하며 손으로 머리카락을 정리하려 애썼다. 그러나 팔락팔락 한 번 신이 난 머리카락은 정리가 어려울 정도로 흩날렸다.

창문을 닫으면 더워질 테니 닫지도 못하겠고 우스꽝스럽게 머리를 두 갈래로 꽉 잡아 양손으로 아래로 잡아당기자 심술궂은 바람은 제대로 잡히지 못한 머리카락을 가지고 춤을 춰댔다.

"이런."

결국 한 손을 놓아 다시 정리를 하려는 그때 큼지막한 손이 다가와 미덕의 머리카락을 잡아 뒤로 넘겨주었다. 닿는 부분은 머리카락뿐이라 감촉이랄 것도 없었으나 잠시 차가 멈춘 사이 벌어진 달콤한 상황에 희영과 현덕의 얼굴만 박스 구겨지듯 왁, 구겨져버렸다. 너무도 자연스러워서, 마주 본 두 사람은 방긋 미소 지었다.

"가자."
"네?"
"네는 무슨 네야, 얼른 가자."

질질질 끌려가는 미덕을 희도는 잡지 못했다. 한 팔에는 잠이 들어 늘어진 종호가 안겨 있고 다른 한 손에는 산더미 같은 짐이, 그 옆으로는 짜증이 이만저만이 아니지만 그래도 묵묵히 선 현덕이 있기 때문이었다. 하얗게 재가 되어 날아갈 듯 안타까워하는 희도를 역시나 안타깝게 바라보며 끌려가던 미덕은 이내 체념하고 고개를 푹 숙였다.

"우리 미덕이 엉큼해, 엉큼해."

깔깔 웃으며 침대 위에 가방을 내려놓은 희영은 가방을 열어 옷을 꺼냈다. 간만의 여행에 무척이나 즐거운 모양이었다.

이 펜션은 벌써 한 달 전에 예약해 놓은 하룻밤에 무려 35만 원에 달하는 방 두 개짜리 개별형 펜션이었다. 베란다 창이 크고 가장 중요한 침실도 아주 널찍해서 무드를 잡기에는 더 좋은 곳이 없을 정도였다. 꼼꼼히 살피고 살피던 와중 희도의 마음을 사로잡은 메리트가 하나 있었는데 그건 1층과 완전히 분리된 2층, 2층이라기엔 뭐하지만 세모꼴 지붕 안을 인테리어한 좁지 않은 다락방이 있다는 점이었다. 새벽이 되면 동이 트는 것이 고스란히 보여서 로맨틱한 상황이 연출된다며 인터넷 웹 사이트에 제대로 박혀 있던 터라 희도 역시 나름대로 이벤트를 할 요량으로 촛불까지 준비했던 터였는데.

어쩌겠는가. 그냥 이 순간을 즐기는 수밖에. 게다가 현덕과 종호가 즐거워 보여서 미덕은 그것으로 만족하기로 했다.

본의 아니게 완전히 틀어진 일과에 희도의 심기는 매우 어지러웠다. 머리 꼭대기까지 차오른 짜증을 어디다 풀 곳은 없고 현덕은 이미 미덕의 옆에 찰싹 달라붙어 만족스럽게 웃고 있어 어떻게 다가가기도 어려웠다.

"화 내지 마. 혹시 아냐, 미래의 처남이 될지도 모르지."

"그건 당연한 거고."

"그러니까 네가 욕먹는 거다."

아주 고소해서 죽겠다는 듯 까르르까르르 마녀처럼 높은 고성으로 웃은 희영은 여전히 매력적인 몸매를 뽐내며 종호를 안고 펜션 이용자를 위한 넓은 수영장으로 향했다.

"어떻게 안 거지."

처음부터 아무런 걱정 없이 허락을 해주신 미덕의 부모님이 조금 의심스럽긴 했다. 이미 이들의 연애 사실을 알고 계시니 조금만 어머니끼리 대화를 나누시면 둘의 휴가일이 겹친다는 것도 알 것이었다. 그럼에도 불구하고 대수롭지 않게 허락하신 게 살짝 불안했는데 이렇게 강력한 대비책을 두셨을 거라고는 희도도 예상하지 못했다. 평소라면 했을지도 모르지만 부푼 기대에 정신이 홀렸던지라 상황을 예측하지 못한 죄가 크다.

"시원하지?"

그 까다로운 현덕도 시원하게 트인 수영장이 무척 마음에 드는 것 같았다. 저를 생각해서 하시는 말씀인 것은 알지만 그래도 가끔씩은 귀찮다고도 생각이 드는 엄마의 잔소리도 없고 그 비슷한 잔소리를 하지만 지켜줘야 할 것 같은 누나와 함께인 것은 언제나 즐거웠다.

"안 들어와?"

"응? 응, 물이 너무 차가워."

"그냥 들어와. 수영 못하지?"

"소질이 없네."

"가르쳐줄게."

결국 현덕이 발만 조금 담그고 있는 미덕의 팔을 잡아당겼다. 수영을 못해서 입고 있던 구명조끼의 부력으로 둥둥 뜨기는 하지만 긴장을 한 탓에 빳빳하게 힘을 준 미덕은 이제 다 큰 동생의 팔을 잡고 겨우 자세를 잡고 있었다.

그 모습을 보는 희도의 속은 부글부글 끓어올랐다. 저렇게 미덕을 잡아주고 수영을 가르쳐줄 사람은 코딱지보다 조금 더 큰 미래의 처남이 아니라 자신의 몫이었다. 수영장의 유혹적인 스킨십들로 미덕과 더욱 깊어질 상상으로 가득했던 것은 사치였고 이제는 그는 완전히 잊힌 것 같았다. 서둘러 남매가 있는 수영장으로 들어간 희도는 자신을 보며 피식 웃는 현덕에 의해 간만에 이마 위로 핏대를 올려야 했다.

엎치락뒤치락 애매모호한 경계를 유지하며 강미덕 쟁탈전이 이뤄지고 있었다.

"형아야아."

어느새 얕은 물에서 옮겨온 종호가 엄마의 팔에 둥둥 떠서 팔다리를 열심히 움직여 다가왔다. 거의 고의적으로 미덕을 엎어놓고 수영을 가르치던 현덕은 귀여움으로 똘똘 무장을 하고 다가온 종호를 발견하고 잠시 휴식시간을 가졌다.

"현덕아, 괜찮으면 종호랑 좀 놀아줄래? 누나 저기 가서 잠 좀 잘게."

"네?"

어쩐 일인지 희영은 완벽하게 거부반응을 보이는 현덕의 품에 종호를 안겨주었다. 그리고 얕은 수영장을 가리키며 홀라당 물 밖으로 나가

버렸는데 파라솔이 쳐지고 썬 베드가 나란히 있는 곳으로 곧장 직행했다. 선글라스를 끼고 롱 셔츠를 벗자 애 엄마의 몸이라고는 생각할 수 없을 정도로 완벽한 몸매가 드러났다. 아마 본래의 목적은 선탠이었을 것이다. 그나마 엄마로서 의무 충실을 위해 한 삼십 분 발군의 실력으로 놀아주었을 테지. 얼결에 종호를 받은 현덕은 순간 짜증에 종호를 놓으려다가 이곳이 깊은 물속이고 또 자신의 팔에 매달려 웃는 아이의 웃음소리에 행동을 멈췄다. '형아, 형아' 하고 부르며 발장구를 치는 종호는 제 삼촌의 미모를 쏙 빼다 박았는지 여느 아이들보다 우월한 귀여움을 가지고 있었고 동생이 없고 나이 차이 많이 나는 누나만 있는 현덕의 가슴에 형제애가 피어오르게 만들었다.

"딱 삼십 분만 노는 거다."

"삼시뿐."

입을 쭉 내밀고 따라 하는 종호를 보던 현덕은 결국 자신의 무릎밖에 오지 않는 어린이용 풀로 옮겨갔다. 단순하기는 또 얼마나 단순한지 열성적으로 수영을 가르치던 누나는 벌써 잊은 듯 성큼성큼 걸어가 버렸다.

"으아, 섭섭하다."

버림 아닌 버림을 받은 미덕은 섭섭함을 드러내며 있다가 가슴까지 오는 물이 버거운 듯 다리에 힘을 빼버렸다. 다행히 물 위에 뜨긴 하지만 겁을 먹고 눈을 질끈 감자 물속으로 폭, 빠지는 느낌이었다.

"뭐 일만 있으면 눈 감는 버릇은 없애야지."

아주 잠깐 잊었던 희도가 가볍게 그녀를 잡아 올렸다. 잔뜩 물에 젖어 올려보자 못마땅한 눈치로 내려다보던 그가 미덕을 짤짤 흔들며 말을 이었다.

"솔직히 말해. 오빠 까먹었지."

"으아, 으아."

첨벙첨벙 흔들리던 미덕은 곧 살고자 하는 욕구로 팔을 뻗어 희도의 목에 팔을 휘감았다. 제법 뿔이 났던 그는 단단히 밀착된 현재의 자세가 무척이나 마음에 들었는지 허리를 감싸며 웃어주었다.

"잊어버릴 때마다 한 번씩 뽀뽀할 거야."

단순하게 입술 박치기나 다름이 없지만 꽤나 길게 입술을 가져다 댄 희도는 닿는 상태 그대로 이가 드러나는 미소를 지으며 눈웃음을 그렸다. 그 바람에 함께 바람이 들어간 미덕도 살포시 미소를 지었다.

그러나 이들에게 평범한 데이트는 사치라고 말하듯 얼마 지나지 않아 평화로운 수영장으로 소란스러움이 일어났다.

"자기야! 아, 어떻게! 119 신고해요! 신고! 안전요원!"

수영장 곁에 몰린 사람들의 사이로 잔뜩 물을 먹어 눈에 보일 정도로 부푼 배에 하얗게 뒤집어진 눈이 무서울 정도로 기괴했다. 세 명이나 되던 안전요원은 어디로 갔는지 보이지도 않고 발만 동동 구르는 남자친구의 외침이 들리지 않는지 붉은 비키니의 여자는 미동도 하지 않았다.

"비켜 봐요."

때마침 사람들 중심으로 들어온 사내가 있었다. 눈부신 햇살을 고스란히 받고 드러난 상반신의 흐르는 물마저 달콤해 보이는 상당한 미남이 미간을 모으고 다가와 곧바로 여자의 코와 입에 차례로 귀를 대보고 눈을 살폈다.

"거기 남자 분 119에 신고하세요. airway obstruction(기도 폐쇄)야. 덕아, 일사증세도 있으니까 가서 물 좀 떠와 줘. 이왕이면 젖은 수건도."

"네."

이럴 때 주변에 의사와 간호사가 갖춰진 시설을 기대하긴 어려웠다. 보건실이 있기는 하지만 누군가 부르러 갈 생각도 못하는 것 같았고 그 가운데 119에 전화하라는 말과 함께 상황파악에 나선 희도는 곧장 기도를 확보하고 인공호흡을 시작했다. 입과 입이 닿는 산소 공급은 단순한 의료행위였으나 갑자기 나타난 웬 놈이 제 여자친구의 입에 입을 대니 남자의 눈에 불똥이 튀었다.

그것은 비단 남자에게만 해당하는 것이 아니라 서둘러 물을 가져온 미덕에게도 해당했는데 입을 맞댔다고 하기보다는 벌어진 입에 숨을 불어 넣는 것이었으나 잠시 멈칫할 만큼 당황했다. 그러나 그녀는 간호사였고 그런 것에 오래 충격을 받을 만큼 바보는 아니었다.

잠시 놀라긴 했지만 뿌듯했다. 침착하게 상황을 정리하고 맡은 바 임무를 다하는 그가 자랑스러워서 이 상황에서도 미소가 나올 뻔했다. 조치가 빨랐고 정확해서 몇 분 만에 상황은 정리되고 있었다. 다행히 여자는 뒤집어졌던 눈도 정상으로 돌아왔고 물을 토해내며 정신을 차리고 있었고 어느덧 자신을 향해 괜찮으냐 묻는 남자의 말에 얼추 고개까지 끄덕일 정도가 되었다.

하지만 단 한 사람이 이 상황이 살짝 못마땅한 사람이 있었는데 연거푸 자기야를 연호하며 다급해하던 남자친구였다.

"거, 꼭 댁이 입을 댔어야 했습니까?"

열에 한 명꼴로 상황파악이라고는 조금도 하지 않는 이가 있었는데 희도는 혀를 차며 미덕이 가져온 물을 여자에게 먹이도록 자세를 취하며 대답했다.

"급한 상황에서 알려드릴 수는 없었습니다. 다음에는 미리 인공호흡법을 미리 알아와 직접 하시면 됩니다."

"그럼 또 빠지란 말입니까?"

"그건 아니지만 알아두어서 나쁠 건 없습니다."

의미 없는 설전이었다. 살려 놓으니 왜 살렸느냐 하는 말과 같았지만 희도는 조금의 흔들림 없이 남자를 대했다. 이미 이런 것에는 익숙했다.

"아니 그러니까 그 잠깐 알려주면 대지 꼭 주둥이를 댁이 대야 했냐는 말입니다."

"저도 제 여자친구 말고는 입 대기 싫은 사람입니다만."

"남의 여자친구한테는 주둥이 댔으면 그쪽도 내놓든가."

"그만 합시다. 여자친구 분이나 제대로 받치시죠."

더 말하기가 싫었는지 그는 여자를 조심스레 바닥에 내려놓고 열이 오른 이마에 젖은 수건을 올려놓았다. 얼굴이 빨개진 남자는 작게 욕설을 내뱉고는 고맙다는 말도 없이 여자친구를 받치며 조금씩 물을 먹여주는 미덕에게서 생수병을 빼앗았다. 그 바람에 꽤 세게 엉덩방아를 찧어야 했던 그녀지만 여자가 괜찮아 보여서 안도했다.

"아야, 아파라."

"아파?"

"응? 아니, 그냥 조금. 어쨌든 다행이에요."

아주 없는 상황도 아니고 오히려 이렇게 막무가내인 사람들이 종종 있어서 큰 소란은 없었다. 희도 성격에 지금처럼 위급 상황이 아니면 그런 말을 듣자마자 무슨 사단이 날지 모를 일이지만 그는 공과 사를 구분할 줄 아는 사람이었다. 비록 지금이 공이라고 할 수는 없지만 의사라는 사람이 병원 아니라고 모른 척할 수도 없으니까.

그 어느 때보다 커 보이고 자랑스러운 희도가 너무도 멋있어서 칭찬이라도 해줄 마음으로 팔을 뻗는데 그가 입을 열었다.

"가서 저 여자 받쳐."

"네?"

"얼른."

"응? 네, 네."

뭔 일이 있나 싶어서 서둘러 남자의 맞은편으로 가 앉아 팔을 넣자 남자의 험악한 인상이 이어졌다. 그러나 그건 아주 찰나였고 남자는 누군가의 발길질에 옆으로 미끄러져 수영장으로 완전히 빠져버렸다. 허우적거리며 간신히 턱을 잡은 남자가 격한 통증과 함께 오는 분노에 막 고개를 치밀자 희도는 물 묻은 발바닥을 그의 얼굴에 꽉 갖다 대며 이를 드러냈다. 그리고 하는 말이라는 게.

"너 이 새끼, 확인해서 멍이라도 생겼으면 엉덩이 두 쪽 봉합해 버릴 줄 알아."

오싹해질 정도로 두려운 말이었다. 맙소사, 엉덩이를 하나로 만들어버리면······.

삐뽀삐뽀, 어디로 놀러 갔다 왔는지 헐떡거리는 안전요원과 119대원이 동시에 달려왔다. 하필이면 희도의 발이 남자의 옆구리를 가격할 때. 날이 좋은 어느 휴일, 수영장에 온 지 고작 한 시간 만에 그는 경찰서로 향해야 했다.

"의사라는 분이 손을 함부로 쓰시면 안 되죠."

"그래서 발 썼습니다."

"아……어쨌든 폭력은 안 됩니다."

당당하게 말하는 희도의 목소리에 기가 찼는지 경찰은 황당한 얼굴로 보다가 한숨을 내쉬었다. 병원으로 이송된 여자친구에게 가야 한다고 희도를 가리키며 '집어넣어!' 하고 소리치는 남자는 성난 형사의 눈빛에 얌전해졌다.

"목격자들 말이 응급조치를 한 이쪽 의사 분께 폭언하시고 여기 여성분을 밀치셨다는데 맞습니까?"

"아니, 일단 저놈이 의사인지부터 확인하라니까요? 제비 낯짝가지고 있는 양아치가 무슨 의삽니까? 분명히 뭐 좀 안다고 여자 후리고 다니는 거라니까?"

"이렇게 되어 부득이하게 확인해야 할 것 같은데."

귀찮음이 역력한 형사의 표정에 희도는 짜증 섞인 얼굴로 지갑을 꺼냈다. 형사 역시 지나치게 반지르르한 희도의 얼굴에 의심이 좀 가는 모양이었다. 지갑 안쪽으로 면허증이 보이고 어렵지 않게 그것을 확인한 형사는 저도 모르게 중얼거렸다.

"쓰벌, 세상 한 번 불공평하네."

의사임이 확실해지고 옆에 있는 미덕마저 간호사였음이 알려지자 상황은 아주 빠르게 진행되었다. 일단 먼저 폭력을 행사한 쪽은 희도였으나 인신공격 및 폭언, 이후 미덕을 밀쳐낸 작은 폭력행사로 합의나 다른 사항은 오지 않았고 그는 가볍게 훈방이 되었다. 물론 남자는 남아서 조서 작성을 해야 했으니 형사의 말마따나 세상 참 불공평하다.

"확인해야 한다니까."

다시 펜션으로 돌아온 희도는 소파에 앉아 잔뜩 홍조를 그린 미덕을 열심히 채근하고 있었다. 다른 것보다 살짝 밀쳐진 것에 멍 같은 게 들리 없음에도 그는 이리저리 손을 뻗어왔고 놀란 가슴 진정시키던 희영과 아이들을 실망시켰다.

"절대 저 아저씨는 존경하지 마렴."

희영은 알쏭달쏭한 말을 현덕에게 하며 고개를 끄덕였다. 아주 잠깐 사람을 살리는 희도의 모습에서 존경심을 느꼈던 현덕은 그것 자체가 낯뜨거웠는지 발을 구르며 방 안으로 들어가 문을 쾅 닫았다.

"아우, 진짜 싫어요!"

"너 멍들었지? 피나? 메스 준비해, 메스! 이 자식 진짜 엉덩이를!"

"야아! 너희 밥 안 먹을 거니."

"안 먹어!"

정신없이 쏟아지는 말들의 향연 속에 희영은 속절없는 소리를 뱉으며 허허 웃었다. 밥이고 뭐고 미덕은 지금 막 엉덩이를 까보이게 될 지경이었고 희도는 너무도 진지하게 날뛰고 있었다. 이제 그녀와 종호는 보이지도 않는 모양이었고 희영은 방에 들어간 현덕을 불러 나란히 손을 잡고 펜션을 나섰다.

본래 또라이는 상종하는 게 아니라 했다.

본의 아니게 둘만 남게 되었으나 생각했던 무드와 로맨틱은 개뿔, 매맞기 싫어 도망가는 딸 혹은 변태 피해 달아나는 여자의 모습이 연출되고 있었다. 경찰서에서 조서를 작성하느라 한참을 있던 바람에 시간은 벌써 8시가 넘었는데 이 무의미한 공방은 끝날 줄 몰랐다.

"그만!"

더 도망 다니기가 힘들어진 미덕은 펜션의 다락방으로까지 도망쳤다가 더 갈 곳이 없어지자 그대로 주저앉아 손을 저었다. 가쁜 숨을 몰아쉬며 정말 필사적으로 도망쳤는데 당장이라도 달려들 것 같았던 희도는 살짝 미소 지으며 다락방의 문을 걸어 잠갔다.

"아, 질기네."

"뭐하세요?"

"못 들어오게 문 잠갔어. 현관도 잠갔으니까 못 들어오겠지."

"……네?"

"걱정 마. 지갑에 카드 넣어 놨으니까 펜션이라도 하나 잡겠지."

'나 잘했지?' 하고 칭찬을 바라는 사람처럼 다가온 희도는 다락방 벽에 있는 스위치를 하나 켰다. 미묘한 빛깔을 내는 붉은 빛깔의 조명이 제법 예쁘게 떠올라 있다. 세모꼴 지붕이기 때문에 양쪽으로 낮아지는 지붕에 한쪽 벽면이 큰 창으로 나 하늘의 달이 보일 정도다. 주변에 높은 건물 하나 없고 있는 것이라고는 검은 하늘과 별, 손톱 달.

"이리 와."

언제 갔는지 기울어진 창문 앞에 앉은 희도는 손짓하며 그녀를 불렀고 미덕은 도망가느라 알아차리지 못했던 바깥의 풍경에 홀린 듯 그에게 다가갔다. 자연스럽게 그녀를 다리 사이에 가둔 희도는 양팔 가득히 미덕을 안고 말했다.

"예쁘지."

"응. 진짜, 진짜 정말 예뻐."

"우리 덕이가 더 예뻐."

순수하게 기뻐하는 그녀가 귀여웠던지 희도는 방긋 웃으며 미덕의 볼에 입을 맞췄다. 아주 약간 달아오른 분위기, 살짝 비추는 수영장의 반짝임에 눈이 멀었는지 미덕은 천천히 눈을 감았다.

처음에 아주 살짝 닿았다.

깨물듯 살짝 윗입술을 물던 희도는 파르르 떨리는 미덕의 눈에 입을 맞췄다. 그것만으로도 심장이 뭉클해지고 녹아내렸다. 슬프지도 않은데 가슴 언저리가 뻐근했고 손에 힘이 들어갔다.

"촛불도 준비하고 케이크도 넣어놨는데."

아쉬움이 절절히 맺혀 한숨을 내쉰 희도는 키득키득 웃고 있는 미덕의 머리에 입을 맞추며 귓가에 속삭였다. 여느 때처럼 느끼하고 능글맞은 질문이지만 역시나 진실성 100%의 질문을.

"오빠 좋아?"

부드럽게 물어오는 목소리에 다른 거부반응 없이 고개 끄덕이는 것이 느껴졌다. 지금 당장 안아 쓰다듬어주고 싶은 충동이 들지만 아마도 격하게 거부할 미덕이니 그런 충동을 꾹 참으며 좀 더 강하게 안는다.

이미 달궈지기 시작하는 분위기는 좀처럼 식어갈 줄 모른다.

"오빠."

사시사철 매년 그리고 매일 항상 같았던 부름에 희도의 입꼬리가 올라갔다. 그 누구의 부름이 이렇게 그의 가슴을 두근거리게 만들 수 있을까. 그 이전에도, 이후에도 없었고 없을 것이다. 사랑스러워서, 이렇게 예쁘고 귀여워서.

"저, 그러니까."

"응?"

뜸을 들이며 조심스럽게 잡고 있던 희도의 어깨에 얹은 손에 힘을 조금 주며 수줍게 속삭였다. 생각해 보면 한 번도 제대로 입에 올린 적 없고, 그가 좋다 하면 '저도요.' 라고 응수만 할 뿐 먼저 말하지 못했던 그 말을 조심스럽게 그의 귓가에 말해 주었다.

"오빠가 좋아요."

"……."

"옛날부터 아주 많이 사랑해요. 오빠가 생각하고 있는 것보다 훨씬 전부터 사랑했어요."

전혀 예상치 못했던 고백에 희도의 눈이 팽창했다. 그가 예상하는 훨씬 이전의 시간부터 좋아해 왔던 미덕의 마음이 절절하게 느껴진다.

"지금도, 언제나."

참을 수 없는 벅차오름. 희도는 그대로 미덕을 끌어안았다. 그리고 마침내 속삭였다.

"안고 싶어."

아예 작정을 하고 온 것이 아닐까. 아니, 그건 맞지만.

희도의 작은 손짓에도 입술이 말라 갔다.

미덕을 침대에 앉혀놓고 한숨을 쉬며 잠갔던 다락방 문을 열고 욕실로 들어가 따뜻한 물에 타월을 적셔온 희도는 그대로 그녀의 앞에 앉아 가볍게 발을 감쌌다. 기분 좋은 온도에 발이 따끔거렸지만 나쁜 기분은 아니었다. 지압을 해주듯 발바닥과 발등을 살살 문지르며 발목의 복사

뼈를 엄지로 매만져 주는 희도의 손길에 미덕은 자꾸 상기되는 말을 어떻게든 잊으려 노력했다.

화끈거리는 발이나 혹시 어긋나지는 않았는지 다독이는 손길에 몸이 따끔거렸다. 후끈한 수건의 열기가 온몸으로 전해지는데 결국 미덕은 손부채질로 얼굴의 열을 식혔다.

그 안는다는 것이 포옹일까, 아니면 허그(Hug)일까.

"……."

스스로 생각해도 황당한 예시다. 양쪽 발을 번갈아가면서 보온찜질을 해주고 피곤함이 역력한 얼굴로 그대로 엉덩이를 바닥에 깔고 앉은 희도는 뚫어져라 자신을 보고 있다가 얼른 옆으로 휙 고개를 돌리는 미덕에게 웃어주며 입을 열었다.

"왜, 겁나?"

"아니거든요."

"잡아먹을까 봐서?"

놀리는 어투가 분명한 그의 말에 미덕이 발끈하고 힘주어 희도를 노려보았다. 그리고 뭐라 대꾸할 말을 찾지 못하자 분노를 담은 소박한 반항을 뱉어냈다.

"어우 씨."

"씨?"

"……."

"씨이?"

데자뷰현상 제대로 나는 대화 속에 희도의 낮은 웃음이 이어졌다. 자연스럽게 바닥에 앉아 팔로 몸을 버티며 길게 숨을 내쉰 그는 나른하게 미덕을 바라보며 연신 미소를 짓고 있었다. 위에 있는 것은 분명 그녀인데 어쩐지 내려다보이는 것 같기도 하고 속속들이 다 내보이는 기분이기도 해서 살그머니 다리를 올려보는데 그의 손이 자신의 셔츠 자락으로 향했다.

"우리 덕이 오빠한테 겁내고 있어요?"

마치 세 살 어린아이에게 말하듯 옷자락을 늘어트리며 달래는 희도에게 미덕이 미간을 찌푸리며 올리려던 다리를 바닥에 탕 내려놓았다.

"겁내도 돼."

얼핏 보이는 쇄골과 슬금슬금 비추는 희도의 가슴결에 심장이 점점 더 빠르게 달음박질을 하고 있었다. 그리고 그가 일어나자 완전히 경직된 미덕이 눈만 빠르게 깜빡깜빡 거리자 희도는 특유 여유롭고 못된 눈길로 그녀의 볼을 가볍게 매만지며 입을 맞췄다.

"알잖아, 난 우리 덕이 겁먹은 얼굴이 제일 좋아."

꺄악!

완전히 붕괴되어가는 심장에 불쑥 고개를 올린 미덕은 바르게 허리를 펴고 정좌를 하더니 두 손을 양다리 위에 올려놓았다. 입에서는 작게 '나마스떼'가 흘러나오는 것이 요가의 첫 시작을 알리는 듯하고 그녀의 머릿속에는 희도 남매의 어머니가 알려주시는 마음을 평온하게 하는 요가 자세가 떠오르고 있었다.

오른손 엄지와 약지로 코를 막고 입으로 3초가량 숨을 마신다. 그리고 멈추기를 9초.

하나, 둘, 셋, 넷, 다섯, 여섯, 일곱, 여덟, 아홉.

이어서 천천히 6초간 내쉰다.

하나, 둘, 셋, 넷, 다섯, 여섯.

확실히 효과가 있는 것인지 벌떡벌떡 거리던 심장이 점점 제 페이스를 찾아가고 있었고 고르지 못했던 호흡도 조금씩 나아져갔다.

"저어, 오빠."

"응?"

"……살살."

가느다란 말소리에 희도의 가슴이 울렁거렸다. 안 그래도 필사적인데 묘하게 아슬아슬한 그녀의 목소리가 자꾸 불을 지핀다. 그만 해야 하는데, 안겠다고……안아야겠다고 말은 했지만 희도답지 않게 조금 겁이 나 있는 상태였다.

그러나 그런 것쯤은 그녀의 짧은 말 한 마디에 송두리째 날아가 버린다. 완전히.

"졸려요."

졸린다는 말이 이렇게 사내의 마음을 흔들어 놓는 것이라면 그는 다시는 그녀의 입에서 졸린단 말이 나오지 않도록 하리라. 힘겹게 이어 내려가던 긴장감과 이성이 뒤엉켜버리는 순간이었다.

"아아, 난 이제 몰라."

가볍게 어깨를 으쓱하던 그의 손이 미덕의 몸을 잡아채고 그대로 제 쪽으로 당기면서 미덕의 짧은 비명도 공중으로 분해되어 사라지고 말았다.

기억을 더듬어 본다. 여자와의 관계는 정말 까마득한 일이었다. 아니, 이렇게까지 겁이 나는 상황은 처음이고 머릿속은 까맣게 변해서 또

랑또랑한 눈으로 두 손 얌전히 모으고 제 밑에 누워 있는 미덕을 어떻게 대해야 할지 알 수 없었다.

물론 난봉꾼처럼 이 여자, 저 여자를 만났던 것은 아니다. 다만 성인 남자로서 미덕에게 다른 감정을 느끼기 직전까지는 분명히 호감을 가진 여자가 있었다.

만났던 그네들을 부정할 생각은 없었다.

비록 스쳐 지나가는 인연이었지만 한때는 '혹시'라는 마음을 동조했던 이들이었다. 그들을 만났고 감정을 알아갔기에 지금 자신의 아래에 있는 미덕이 얼마나 소중한지, 더불어 어째서 그들에게 사랑의 감정이 피어나지 않았던 것인지 알 수 있었다.

나의 처음을 주지 못해서, 그래서 그녀에게 미안하다. 하지만 부정하지는 않아. 미덕을 소중히 하는 자신의 마음만큼 또 다른 누군가는 그들을 소중히 여기고 있을 테니까.

기억은 나지 않아도 미덕의 여린 몸을 쓿어내는 손길은 자연스러웠다. 여유는 없지만 아직 물기가 남아 있는 살결을 맛보기 위해 탐하는 손가락은 점점 더 가깝고 짙게 다가왔고 가만히 눈을 뜨고 있던 미덕은 움찔 몸을 움츠리며 힘을 주었다.

쉽사리 몸이 풀어지지 않아 한풀, 한풀 옷자락이 벗겨지면서 부끄럽고 수줍어하는 그 마음에 보답하듯 희도는 결국 제 손에 완전히 나신이 되어버린 미덕을 위에서 내려다보았다. 검은 눈동자가 훑어내는 느낌 없이 마치 쓰다듬는다는 양 천천히, 고요히 마른 몸을 살피고 가쁘게 움직이는 가슴에 가지런히 올라와 있는 미덕의 손을 향해서 입술을 가져갔다.

"작다."

"뭐요?"

때 아닌 장난기 어린 목소리에 발끈한 미덕이 그를 노려보고 희도는 입꼬리를 슬슬 올리기 시작하면서 미덕의 손가락에 쪽쪽 입을 맞추었다.

"뭘까."

이 사람이 진짜!

"야!"

"호오, 야? 야아?"

"그래 야!"

"오빠, 해야지. 우리 덕이."

혀의 타액이 미덕의 손가락을 훑으면서 그 손가락 사이로 숨겨졌던 뽀얀 살을 건드렸다. 가슴골에 닿는 생소한 느낌에 미덕이 뭐라 대꾸도 못하고 함구하자 희도의 가지런한 이가 그녀의 손가락을 아프지 않게 물었다. 치열의 고른 둔통에 손가락 힘이 풀리고 잠시 틈을 보인 사이 그녀의 팔을 잡아 제 목 위로 두르게 만든 희도는 결국 드러난 미덕의 봉긋한 가슴과 이어지는 쇄골이나 아래로 뻗은 허리선을 찬찬히 바라보았다.

"작아도 오빠는 괜찮아."

"누군 작고 싶어서 작았어요!"

"우리 덕이, 지금 뭘 생각하는 거야?"

"가!"

"가?"

"가아……."

결국 희도의 목에 둘러진 팔을 내려 그의 얼굴을 마구 주물럭거리며 속상함을 표출하는 미덕에게 희도는 끝내 웃어버리고 말았다. 뭐니 뭐니 해도 '우리 덕이' 놀리는 재미로 그동안을 버텨왔던 만큼 이미 반응하며 부풀어 오른 욕망을 잠시나마 버텨낼 수 있게 되었다. 남자란 생물이 이런 상황이 오면 대개 짐승으로 변할 가능성이 높으니 자칫 잘못하면 미덕에게 상처를 주기에 충분했으니 이런 풀어짐도 중요했다.

"이제 목욕탕도 가지 마."

"네?"

"찜질방도 안 돼. 이렇게 예쁜데 오빠만 못 본 거 아니야."

"변태 같아요."

직설적으로 화답해오니 희도 역시 조금 민망해졌는지 약간 투덜거리는 말투가 이어졌다.

"그러면 안 되냐. 의사도 하는 마당에."

"그런가."

"엉덩이 확인해야 하는데."

"하면 도망갈 거야."

진심으로 하는 말에 희도의 웃음이 잠시 터졌다. 어차피 확인하게 되어 있는 것을.

"쉿."

묘하게 설득력 있는 말에 결국 홀라당 넘어가버리고 수긍하려는 즈음에 그의 입에서 '쉿' 하고 침묵을 요구했고 순간 미덕은 천천히 움직이는 희도의 입술과 손이 쓸어내는 허벅지에 허리를 조금 들썩거렸다.

이제 더는 말을 잇지 않겠다는 양 쉼 없이 치대며 희도의 입술이 끝내 붉게 달아오른 열매를 담자 미덕은 곧 울어버릴 것처럼 파르르 떨었다.

이제야 두려움과 무서움이 몰려와 절로 다리가 파닥파닥 거리며 움직이자 그의 혀 놀림이 조금 더 빠르고 유연해졌다. 이를 세워 살짝 자국이 남을 정도로 물고 다른 손으로 조금 단단해진 정점을 달래듯 쓸어냈다. 그 와중에도 남아 있는 손이 틈을 주지 않고 미덕의 작은 둔덕을 지나 깊은 음지로 향했다.

아직 촉촉하지 못한 미덕의 여성은 손가락으로 조금 스쳤을 뿐인데도 바싹 메말라가는 듯했다. 몸은 달아오르고 있는데 쉽게 받아들이지 못해서 유두를 물던 이가 다시 그녀의 입술로 가 농밀하게 혀를 빨아들였고 그나마 반응이 조금씩 오긴 해도 그녀의 여성은 그를 받기 어렵게 자꾸 말라간다.

숨이 막힐 정도로 길게, 혀의 뿌리가 훑어질 정도로 야릇하고 야한 키스가 이어지면서 희도의 아래 중심 또한 반응이 오르고 있었다. 조금 더 있으면 뭐 하나 한 것도 없이 고통에 몸부림칠지도 모르는 상황이지만 침착하게 그녀를 달래고 달래본다.

"아파……아으!"

하지만 지난 몇 년간의 독수공방과 조급한 마음이 결국 미덕의 여성의 문을 건드렸고 길고 가느다란 그의 손가락에 미덕은 짜릿한 통증과 함께 눈물을 만들어냈다. 절로 엄마를 연호하는 가운데 희도의 몸이 다시 느리게 그녀를 아래 두고 내려앉았다. 몸 어디의 무엇을 해야 아프지 않을 수 있을까, 비록 그녀의 처음은 아플지라도 그보다 더한 고통이 없도록 적셔주어야 했다.

해줄 수 있는 것은 많지만 미덕의 팔이 꽉 그의 머리를 끌어안고 두려움에 떨고 있어서 어떻게 해줄 수 있는 것이 없었다. 그렇게 한참을 이러지도 저러지도 못하는 상황인지라 역시 오늘은 날이 아닐까, 싶어 아쉬움을 달래듯 미소를 지은 희도는 안심하라는 듯 미덕의 귓가에 작게 속삭였다.

"덕아."

움찔.

"......"

귓가 가늘게 이어지는 그의 목소리에 미덕의 온몸이 경련을 일으켰다. 심장박동이 높아지고 눈에 띠게 풀어진 다리의 힘에서 미묘한 차이가 그의 손끝으로 전해졌고 희도는 짙은 애정을 담아 다시 한 번 입술을 열었다.

"덕아."

확실하게 반응이 찾아오고 있다. 어떻게 몸을 훑어내도 느리기만 했던 반응이 순식간에 밀려와 빠듯했던 손끝을 적셔냈다. 그것이 조금 더 늘어나고, 그때마다 희도의 목소리가 미덕의 귓가에서 연신 이름을 불러댔다. '덕아, 덕아.' 하고 부르는 그 이름에 미덕은 요동치는 가슴으로 희도를 받아들였고 뭐가 어떻게 지나갔는지도 알 수 없을 때 그녀의 따뜻한 품으로 숨김없이 차올랐다.

아픔은 어쩔 수 없는 동반이어서 그것은 숨길 수 없는 아픔이어서……미덕은 끝내 울고 말았지만 그 소리를 삼켜주는 희도의 입술이 있어서 행복함이 밀려들어왔다. 어색하기 짝이 없었다. 미덕은 희도를 받기 버거워 자꾸 몸이 밀려올라가고 희도는 거의 처음이라고 해도 진배없는 사랑의 테크닉은 물론 다급함이 이어져 이따금씩 미덕을 힘들게 만들었다.

솔직히 말해서 아픔이 더하다. 희도 역시 당황한 나머지 파고들다가도 멈추고 멈추다가 다시 타이밍을 놓치고 움직이는 통에 미덕의 손이 결국 희도의 등을 찰싹 때리고 말았고 그는 역시나 머뭇거리며 정녕 이 사람이 '최희도' 맞는 건지 울상 가득히 땀을 흘렸다.

"미안. 아, 정말……내가."

서른이고 스물이고 안 하면 도태되는 거다.

이것을 기뻐해야 할지 안타까워해야 할지 미덕 역시 어쩔 줄 모르는데 희도의 눈이 한순간 지그시 그녀를 보다가 미안함과 함께 번뜩이는 빛을 내보였다. 이것은 이제, 조금만 참아달라는 그러한 의미.

"오, 오! 으읔!"

단숨에 안으로 파고들어 미덕을 끌어안은 희도는 살갗이 따가워질 정도로 빠르게 움직여댔다. 마치 뭔가를 기다리는 듯 아파서, 또한 혼란스러워서 헐떡이는 미덕을 잡고 연신 귓가로 미안하다는 말만 속삭였다. 그러던 일순 미덕은 고통과 반짝이는 선상에서 허리를 들어올렸다.

간지럽기 그지없는 단전의 유동과 발끝까지 조이는 황홀한 이어짐, 하지만 다시 고통과 동통.

하지만 한 번 맛본 그 감각은 이루 말할 수 없이 뜨거웠다. 이어지는 아픔이지만 전과는 달랐고 그 일말에는 기대감이 서려오고 있었다. 저도 모르게 희도를 부르고 참을 수 없는 짜릿함과 고통에서 그의 어깨에 손톱을 강하게 박아 넣을 때 아찔하고 아릿한 충족감에 탄성을 질렀다.

그래 봐야 열에 두 번꼴의 기운.
"자, 잠깐……오빠, 오빠!"
맙소사, 그날 미덕은 굶주린 짐승을 보았다.

*

그것은 꽤 오래전의 일. 대학을 들어가기도 전, 고등학교를 입학하고 처음 맞는 가을날에 있던 일이다.

날이 뜬 새벽이었다. 2박 3일의 수학여행의 삼 일째 되던 날의 아침을 홀로 맞이한 지호는 여학생 방으로 홀라당 넘어가 오지 않은 같은 방 친구들이 의심스럽지도 않은지 무심한 얼굴로 텔레비전에서 나오는 재미없는 유선방송에 길게 소파에 늘어져 리모컨의 버튼만 만지작거렸다.

남학생들 10명을 수용할 수 있는 유스호스텔의 이 방은 사실 갑자기 밀려와 노는 남학생들에 의해 피신을 한 몇몇 여학생들의 침실이 되어 버렸고 그 아이들은 딱히 남학생들과 친한 부류가 아니라서 누구도 신경 쓰지 않았던 것 같았다. 개중 지호가 남아 있는 것을 보고 놀라는 아이들도 있었지만 철저하게 관심을 두지 않는 소년에 안심하고 큰 방으로 쏙 들어가 버렸다.

이른 아침, 아니 새벽이었지만 소파에서 잠이 들었던 터라 일어나자마자 텔레비전 시청을 할 수 있었던 지호는 그리 흥미에 닿지 않는 프로그램을 의미 없이 시청하면서 잠시 잠깐 눈을 감았다.

바닥에 내려진 손의 손가락이 거실 바닥을 짧게 선회한다. 딱히 졸음은 몰려오지 않지만 가만히 텔레비전 화면을 보고 있으면 저절로 눈이 조금 감긴다. 그렇게 잠이 든 것도, 깨어 있는 상태도 아닌 애매한 상태에서 방문이 열렸다.

"자나?"

약간 목소리가 낮게 깔린 작은 목소리에 지호는 무의식중에 조금 더 깊게 잠이 든 척할 수밖에 없었다. 6시가 넘었지만 아직 바깥은 깜깜했고 더듬더듬 다가오는 소리에 고개를 약간 소파 쪽으로 돌리면서 두근거리는 가슴을 진정시키려 했다. 사박사박 작은 발소리와 함께 바닥에 동글동글 말린 얇은 담요를 펼쳐 가볍게 털어내는 소리가 들렸다.

새벽, 지호의 잠을 깨운 것은 미덕이었다. 낯설게, 하지만 여전한 모습으로.

지호가 잠에 들어 있다고 생각이 드는지 발끝에서부터 담요를 살살 덮어주고 가슴결까지 올려준 후에 홀로 열심히 떠들고 있는 텔레비전의 전원 버튼을 눌러 노이즈 섞인 전자파를 발생시키는 화면을 껐다. 길게 하품을 하면서 거실 옆 식탁에 앉은 미덕은 휴대폰을 들고 전화를 시작했다.

"응, 저예요. 아니, 잠 안 와. 오빠는요?"

울컥, 하고 가슴이 떨리고 입술에 피가 맺힐 정도로 이로 문 지호는 아직 다 성장하지 않은 손으로 눈가를 가리며 가슴을 크게 들썩거렸다. 생각보다 여파가 큰마음이 미덕의 작은 행동으로도 드문드문 균열을 일으켰고 결국 황망하기 그지없는 허탈한 웃음을 짓게 만들었다.

자리에서 일어나 어차피 이곳 호텔에서 비치한 것이 분명한 담요이지만 미덕의 손길이 닿았다는 것만으로도 마치 그녀의 향이 깊게 묻어

나는 것 같다. 멍하니 일어나 소파에 등을 기대고 담요의 끝자락만 만지작거리며 있으려니 서서히 하늘이 밝아오면서 찬바람의 기운도 그려지는 것 같았다.

아직도, 사실 아직도 지호는 이 떨림을 확정할 수가 없었다. 누군가를 좋아하는 것은 말할 수 없이 복잡하고 어려워서 보고 있으면 기쁘지만 보이지 않는다고 해서 슬프지는 않았다. 더불어 미덕이 다른 이와 함께 있는 것은 가슴이 아프지만 그 사내를 생각하는 모습은 한없이 바라볼 수 있게끔 예쁘다.

좌와 우를 나누고 그 가운데 그것을 나누는 선이 있다면 지금 지호는 그 아슬아슬한 선 위에서 곡예를 하는 것과 다름없었다. 조금만 더 기다리면, 버티면 알 수 있을 것 같은데 약간의 틈을 비집고 들어갈 수가 없고 이미 아래로 떨어져 함께하는 두 사람을 여전히 허공 위에 떠서 내려다보고 있을 뿐이다.

달칵.

이미 해가 하늘 높이 떠올라 완전히 날이 밝아버렸을 즈음에 욕실문이 열리고 수건으로 얼굴을 다독이면서 나오던 미덕은 소파 위에 다리 한쪽 올리고 앉아 창밖만 바라보는 지호 때문에 잠시 걸음을 멈추었다. 소년은 눈을 깜빡이며 놀라기보다는 반가워하는 친구의 모습에 씁쓸해졌다. 일종의 성장통 속에 지호는 여전히 무덤덤한 시야 속에 남겨진 침전처럼 무겁고 여유로운 것이 있었다.

창밖을 향하던 고개가 돌아오면서 딱히 변한 것 없던 입가에 미소 한 어스름이 걸렸다. 소파 위로 올렸던 다리를 아래로 내리고 가볍게 일어선 지호는 찌뿌드드하게 굳은 몸을 간단하게 풀어낸 후에 미덕에게 향했다. 그리고 떨떠름하게 서 있는 그녀의 머리 위 수건으로 손을 올리더니 고요한 눈동자에 미덕을 한아름 담으며 입을 열었다.

"미덕아."

"응?"

머리에 손을 탁, 올려놓는 행동 속에 지호는 그 수건을 앞으로 확 내리며 젖은 머리카락은 개의치 않고 그대로 꽉 끌어안았다. 작고 아담한, 아무리 지호가 미덕에게 있어 가장 친하고 가까운 친구라 해도 확연하게 느껴지는 그런 가질 수 없는 섬세한 굴곡이 지호의 품 안으로 가득히 들어왔다.

콩콩거리며 심장이 뛰고 이대로 있으면 아마 지호는 가슴의 울림이 무엇인지 정확히 답을 내릴 수 있을 것이 분명했다. 하지만 얌전히 안겨 있던 미덕이 살며시 등을 안아오며 더없이 다정하게 토닥토닥 등을 두드리는 순간 빨라지던 심장의 고동이 느려지기 시작했다.

"무슨 일 있어?"

놀라는 기색조차 없는 것에 참담해진다. 조금도, 아주 조금도 놀라지 않는다. 그저 약간 당황했을 뿐. 다독이는 그녀의 손길에 지호는 진정 '친구'로밖에 표현되지 않는 것을 느꼈다. 마치 동생을 대하듯 천천히 두드려주는 그녀에게서 한 걸음 떨어진 지호는 조금은 일그러진 웃음으로 말했다.

"넌 진짜 옛날부터 예뻤다."

지호는 예쁜 것이 좋다. 그것이 무엇이든 각개가 가진 아름다움은 결코 사라지지 않는다. 비단 가진 생김새가 흉악하다고 해서, 추하다고 해서 없다는 것이 아니라 진정 자리한 어떠한 것이 존재했다. 솔직 담백한 부끄러움 없는 말에 미덕은 한 번 웃어버리며 지호의 머리를 쓰다듬었다.

현덕을 대하는 것처럼 귀여운 남동생에게 해주듯.

"너도 아주 많이."

생글거리는 웃음이 연신 이어진다.

"잘생겼어."

언젠가 풀릴지도 모르는 함이지만 지금은 단단히 봉해 놓는다. 이 피다가 만 애정이 어느 누군가에게 다시 불이 오르고 뜨거운 열락으로 변모할지 모르지만 지호는 자신도 모르게 고개를 끄덕이고 있었다.

꽤 오래전, 그 마음을 깨달았지만 이미 늦은 어느 날 지호는 더더욱 희도를 미워할 수밖에 없었다.

꿈에서 깬 것은 그때였다.

까마득할 정도는 아니지만 가물가물한 기억 속의 추억이 왜 갑자기 꿈에 나타나 꿈자리를 사납게 하는지는 몰라도 크게 불쾌하지는 않았다. 열일곱의 자신과 현재의 자신은 같았지만 달랐다. 그때의 소년이 억지로 마음을 숨겼다면 지금의 사내는 다른 의미로 표현할 줄 알게 되었다.

"후."

심장이 두근거렸다. 알 수 없게도 어떠한 것이 끝나가고 있음을, 지고지순했던 마음이 깨어지고 있음이 느껴진다. 아무런 의미도 어떠한 조짐도 없이 조금씩 마음이 달라져갔다. 막연한 그리움이 샘솟아 눈앞이 흐려졌다.

*

보내고 싶지 않은 마음.

기진맥진 잠이 든 것도, 그렇다고 아닌 것도 아닌 상태로 자신의 품에 안겨 이따금씩 아픈 통증에 몸을 파르르 떠는 것이 사랑스러워 희도는 몇 번이고 그녀의 이마에 입을 맞췄다. 성숙하지 못한 몸에 스스로를 묻고 아름답기 그지없는 눈망울에 입술을 가져가고 맨살 닿는 감촉에 한없이 뜨거운 숨을 토해냈다. 미안하지만 희도는 찬찬히 그녀의 몸을 끌어안았다.

"사랑해."

잠든 귓가에 속삭이고, 들리지 않는 귓가에 속삭인다.

"사랑해."

눈물이 차오를 것처럼 벅찬 마음에 미덕의 귓가에 지분거리는 입술로 살짝 깨물었다. 그리 나쁘지 않은지 움찔하고 몸을 굳게 만들면서도 조금 미소를 지어 올리는 그녀였고 희도는 조금씩 천천히 깨어나는 미덕을 향해 한 번 더 숨기지 않고 속삭여주었다.

"널 사랑해."

반짝, 뜬 눈은 가감 없이 희도를 바라보다가 먼저 다가서 입을 맞췄다. 고맙다고 말하듯.

"덕아."

나지막하고 달뜬 그의 목소리에 몽롱한 상태에서 반사적으로 그의 목을 팔로 휘감았고 가깝게 닿는 얼굴에 희도가 옛 생각에 빠진 듯 몽환적으로 말을 이었다.

"벌써 몇 년이지."

"으응?"

"우리 덕이 처음 본 거."

겨우 13살이었던 미덕이, 또래보다 몸집은 작았지만 그래도 제법 진중한 성격을 가진 그 아이는 한창 방황 속에 무료함을 느끼던 그에게 새로운 즐거움을 선사해 주었다. 어찌나 잘 울고 한 번 울면 그치지를 않는지 당황하며 어떻게든 미덕을 달래면서도 때때로 직접 울려 버릴 때도 있었다. 신기하게도 이 난공불락 울음요새는 희도가 업어주거나 다독여주면 거짓말처럼 뚝 울음을 그쳤다. 정말로 신기하게도.

"그때 너 갈래머리하고 있었다. 아니다. 갈래머리가 아니라 이렇게 돌돌 말았던가."

잘 기억이 나지 않아 눈동자를 한 번 굴린 희도는 별로 상관없다는 식으로 웃어보이고는 드러난 그녀의 속살을 핥았다. 불쾌감을 줄 수도 있는 행위가 또 다른 쾌감을 선사한다. 이 이후에 이어질 것이 무엇인지 알고 있는 이상 부끄럽게도 기대감까지 들었다. 막연한 기대감이 아니라 이어질 그의 몸과 행동들을 적나라하게 기대하고 원하고 있었다.

벌써부터 머리가 아찔하다.

희도의 입술이 미덕의 입술을 갈구했다. 사막에 떨어져 며칠째 물을 마시지 못한 사람이 오아시스를 발견하고 그 맑은 물에 입술을 가져가 사정없이 빨아들이는 것처럼 무척이나 농염하게 그녀의 혀를 빨아들였다. 그녀의 작은 볼이 조금 들어갈 정도로 급하게 당기며 살덩어리 간의 교류를 맛보던 그는 침대에 앉으며 눈부시게 예쁜, 자신에게만큼은 어느 것보다 아름다운 나신으로 자신의 다리 위에 있는 미덕의 등을 쓰다듬었다.

"응, 으응."

이미 한 번의 사랑으로 그녀의 가장 민감한 부분을 머릿속에 인지하고 있던 희도의 손이 날개 뼈를 어루만지며 목덜미에 코와 입을 박았다. 언제나 순수하고 맑았던 얼굴에 생기가 돌며 손을 파르르 떨고는 다리를 움츠린다.

목덜미를 아프지 않게 물어 붉은 흔적을 남기고 다리로도 뻔히 전해지는 그녀의 뜨거운 열기를 느끼며 희도는 금방이라도 날개가 돋을 듯 솟은 등의 날개 뼈를 움켜쥐었다. 신음을 막으며 미덕의 손이 그의 팔을 잡았다. 급하다고 느껴질 정도로 성급한 행동이다.

"오빠, 오빠."

오빠라는 단어가 이렇게까지 관능적으로 들릴 수 있는 것은 오직 강미덕이기 때문이라고 희도는 생각했다. 가슴이 먹먹해지고 귀가 아득해지는 순간에 미덕은 다리에 힘을 주어 몸을 비틀었다. 힘없이 상체가 뒤로 밀려진 희도의 어깨가 너무도 쉽게 침대 가장자리에 닿았다.

"아파."

머리가 닿아 더 밀려갈 곳이 없음에도 미덕은 그를 밀며 입술 밑에 키스를 했다. 해줄 수 있는 것은 이렇게 자극적인 입맞춤뿐이지만 그것으로도 그는 충분한지 다리 사이 굳건한 욕망이 서서히 반응을 보이고 있었다.

"아!"

"후."

이미 모두 드러난 나신임에도 숨은 듯 매만지는 행동이 더욱 야릇하고 짙었다. 군살 없이 매끄럽게 이어지는 허리를 타고 올라간 큰 손이 가슴 옆에 도달해 둔덕을 조금씩 눌렀고 아찔한 감촉과 눌러질 때의 고통이 한데 섞여 입으로 통과되었다.

움직이는 엄지손가락이 조심스럽게 가운데를 향하고 곧 우뚝 솟은 앙증맞은 절정에 맞닿았다. 찬물로 샤워기를 틀어 내리치듯 놀라운 전기에 미덕의 등허리가 조금 휘었다.

옅은 분홍빛이 살짝 감돌며 짙은 색의 정점이 희도의 혀에 희롱당하며 움직였다. 사람을 반으로 갈라 괴롭히는 것처럼 안달이 나서 그녀의 손이 희도의 머리카락을 파고들었다.

"오빠, 오빠아."

자신의 이런 행동이 낯설고 두려워 흐느끼는 그녀에게 그는 처음과 나쁜 알 수 없는 기분에 쌓였다. 그녀가 우는 것 따위는 생각조차 하기 싫은데도 불구하고 자신의 위에서 눈물방울을 만들며 애처롭게 떠는 그녀는 좋다. 몸의 궤도를 바꿔 최대한 누울 수 있도록 몸을 움직이자 그것만으로도 미덕의 팔에 힘이 들어갔다.

완전히 침대 위에 등을 댄 희도와 그의 가슴에 팔을 짚어 겨우 버티어 앉은 그녀가 금방이라도 떨어질 것 같은 눈물을 머금고 그를 내려다보고 있었다.

"좋아해요, 좋아해요."

희도가 그랬던 것처럼 그의 목덜미에 입술을 내리고 앙큼하게 이로 잘근 문 미덕은 간신히 소리를 참아내며 숨을 들이켜는 것을 희도는 알아차렸다. 그 손이 쾌감과 동반하여 미덕에게 주도권을 내어준다는 의

미와도 같아서 그녀는 창피함을 무릅쓰고 목덜미에서 입술을 내려 쇄골까지 입을 맞췄다.

"욕심나게 하지 마."

"……."

"충분하니까. 애쓸 것 없어."

미덕의 가슴을 움켜쥔 희도가 이번엔 반대로 미덕의 몸을 침대 위로 눕혔다. 좁은 침대라 행동범위가 좁아 마찰이 더욱 강해서 오히려 더욱 열기를 더하게 만들었고 오른쪽 가슴에 입을 대고 빨아내며 다른 손으론 나머지 가슴을 쥐고 끝없이 전희를 주었다. 혀의 끝이 그녀의 가슴 끝을 건드리며 더욱 솟게 만들고 메마른 엄지는 집요하게 당기고 손가락 사이에 두고서 굴린다.

미덕의 숨이 거칠어지고 희도는 견고하게 자리 잡은 상체를 조금 내리며 부드럽게 움직이는 근육 중 가장 유연하고 촉촉한 혀로 미덕의 온 몸을 훑었다. 짭짤하면서도 기대 이상의 풍미를 주는 육체가 그의 남성을 더욱 굳게 만들었다.

"아프지 않을까?"

이미 두 번째이지만 다시금 걱정이 된다. 그러나 그것은 잠시뿐.

대답을 바라지 않는 희도의 물음에 미덕이 고개를 흔들었다. 희도는 성급하지 않게 그녀를 달래며 숨은 전류가 젖어들기를 바랐다. 안 그러면 급하게 올라온 자신의 남성이 견디지 못할 것이 분명했다. 상처를 주고 싶지 않았고 그렇기 위해선 자신의 인내가 가장 큰 포인트였다.

기본적으로 여성을 안는 본능이 사랑하는 이를 보호하라, 하고 외치고 있었다.

미덕이 시트를 부여잡고 거침없이 신음을 뱉어내었다. 가늘게 뻗은 다리에 힘을 주고 아담한 엉덩이를 움켜쥐는 손길에도 불에 덴 것처럼 활활 타올랐다. 그러다 문득 미덕은 한 번의 사랑 이후 자신이 다시 씻지 않았음을 깨달으며 유연해진 틈을 타 가려진 꽃샘으로 다시 침범하려는 손가락을 막으며 몸을 돌려 희도를 끌어안았다.

"안 씻었어요."

"뭐?"

폭발하기 일보직전인 자신을 생각하지 않으며 애처롭게도 부탁하는 미덕에 희도가 난감해진 듯 눈살을 찌푸렸다. 그리고 무시하기 위해 다시 애무를 이어가려는 양 몸을 내렸지만 미덕은 고개를 절레절레 흔들었다. 처음에도 그랬지만 사람 애가 타게 만드는 데에는 재주가 있다.

"제발, 덕아."

자비가 있다먼 세발 자신을 이해해 주기를 바라는 희도에게 미덕은 더욱 집요하게 씻기를 원했다. 단 한 번이라도 그녀를 이겨 본 적이 없는 그로서는 선택의 여지가 없었다. 안긴 미덕의 등을 받쳐 몸을 세우고 시트를 잡아끌어 자신과 그녀의 몸을 감쌌다. 펜션에는 아무도 없지만 그렇다고 나신으로 오갈 마음은 없었기 때문에 조심스럽게 다락방의 문을 연 희도는 까맣게 정적을 이루는 거실을 보곤 곧바로 옆에 있는 욕실문을 열었다.

작은 욕실과 욕조를 보며 희도의 가슴이 일렁였다. 평범하기 이를 데가 없는 곳인데 오늘따라 너무도 색정적으로 보여서 여전히 안긴 미덕을 더욱 세게 안으며 욕조에 물을 틀었다. 희도는 더 나아갈 곳 없이 우뚝 솟은 남성에 찰랑거리며 차오른 욕조에 시트를 벗어내고 그녀를 내려놓았다. 참방거리는 물에 늘어지듯 앉는 그녀의 옆으로 욕조 바깥에 그대로 주저앉아 시트로 하반신을 가린 희도가 눈을 감고 인내했다.

"안 나가세요?"

물에 들어와 있으니 긴장감이 조금 풀어지자 미덕이 장난스럽게 그의 어깨를 쿡 찔렀다. 하지만 희도의 몸은 정말 아그리파 석고상이라도 된 것처럼 미동도 하지 않았다. 노벨 참기상이 있으면 그것은 단연 희도의 것임이 분명했다.

참방거리며 손으로 몸을 문지르는 미덕은 그나마 뒤돌아 있는 희도에 안도하며 빠르게 몸을 닦아내었다. 사랑을 하는 것은 좋지만 깨끗하지 않은 몸으로는 싫었다. 비누거품이라도 내어 닦고 싶었지만 그렇게 되면 희도가 정말 안타까워질까 나름의 배려를 통해 서둘렀고 튀기는 물방울이 희도의 몸으로 닿아 흘렀다.

작은 감촉에도 숨을 들이쉬는 희도의 뒷모습이 안타까워 조금 더 빠르게 하자니 이내 그의 몸이 일어섰다. 더 말할 것도 없이 완벽한 역삼각형을 이루고 늘어진 부분 또한 하나 없는 뒷모습에 미덕이 잠시 할 말을 잊었다. 지나칠 정도로 섹시하다.

"괜찮을까."

나지막하게 중얼거리며 한숨을 내쉰 희도가 그녀의 턱을 잡아 자신의 눈과 맞추고 곧장 입술을 범했다. 물의 찰랑거리는 기분 좋은 마찰과 함께 욕조의 물이 한껏 넘쳐흘렀다. 희도가 그 안으로 들어와 미덕을 들어 올리며 가슴을 베어 물었다. 망설임 없이 빨아내고 격정적으로 몰아세우는 그에게 이제는 미덕이 더 안달이 날 정도다 물에 젖어 있던 그녀의 온몸이 다시 땀이 나기 시작했다.

"괜찮아?"

이미 그녀의 여성은 희도의 손에 풋풋한 향을 내뿜으며 준비를 갖추고 있었다. 도리어 더는 참지 못할 것 같아서 미덕의 고개가 얼른 끄덕여졌다. 두 사람이 들어가며 넘치던 물이 다시 넘치고 이내 잠잠해졌다. 차고 올라오는 물의 기이한 일렁임, 숨을 멈추고 관통하는 아찔한 통증과 짜릿한 쾌감에 미덕의 몸이 굳고 또는 풀어졌다.

희도 역시 느릿한 행위가 두려울 정도로 답답했지만 점차 따뜻하게 감싸는 완연한 내부에 헉 소리를 내며 그녀의 몸을 끌어안았다. 잠시 잔잔하게 울렁거리던 물이 조금씩 거칠게 파문을 일으키기 시작했다. 깊은 곳까지 와 닿아 자신을 알리는 희도의 욕망에 미덕은 감당하기 어려운 감정에 휘말려 버텨내었다.

아픔으로 이어셨던 행위가 짐차 농밀헤지면서 미덕은 다시금 머릿속을 울리는 쾌감에 순간 입으로밖에 숨을 쉴 수 없었다. 아, 아아.

닿고 또 닿는다. 그녀의 마음까지 꿰뚫어 버릴 듯 희도의 애정이 온몸으로 휘감아 그녀를 사랑하고 있었다.

*

두 사람이 없든, 돌아오든 병원은 언제나 바빴다. 동반 휴가를 보낸 두 사람을 향해 좋겠다며 야유를 보내는 사람도 여럿이었지만 바쁜 일상 속에 다른 이의 사생활에 파고들 수는 없었다.

온갖 고민이 뒤섞인 뒤태였다.

흰색 와이셔츠에 정장 바지를 입은, 의사 가운을 갖춘 희도는 편의점에서 계산을 할 것인가, 말 것인가를 두고 미친 듯이 고민을 하고 있었다. 한쪽 팔에 걸쳐 놓은 재킷이 고민과 함께 흔들렸고 결국 그는 담배 한 갑을 사들고 몸을 돌렸다.

뒤이어 껌 하나를 사 계산을 치르던 지호는 두 손을 가운 주머니에 찔러 넣고 여유롭게 희도를 따랐다.

가뜩이나 더운 여름, 쨍쨍 내리쬐는 뜨거움 속에서 뭔가 긴장한 느낌이 가득한 그다. 일명 쭈그려 앉기를 보이며 자리를 잡은 희도는 새로 산 담배를 만지작거리며 무척이나 애달픈 눈을 만들었다.

미덕이가 보면 한눈에 뿅, 하고 반할지도 모를 애틋한 그 눈동자로 담배의 겉을 슬슬 문지르던 희도는 깊게 한숨을 내쉬며 그윽하게 담배의 포장을 툭, 뜯어내며 입구를 막은 은박지까지 뜯어내었다. 하얗고 긴, 기둥이 슬쩍 얼굴을 비추고 극심한 목마름이 시작되었다. 칼칼한 목구멍의 흡입욕구와 이미 라이터를 꺼낸 다른 손에서는 바퀴를 긁어대며 불꽃이 튕기고 있었다.

당장이라도 입에 물고 빨아들이며 붉은 불꽃을 만들어내고 싶은 충동이 일었다. 역시나 이 몹쓸 물건에게 한 자리 내어주는 것이 아니었는데, 이 욕심을 어찌해야 하는지 모르겠다. 사람 욕심이라는 게 별수 없는 것이라 혀를 차고 입에 담배 한 대를 물던 희도는 불꽃까지 만들어낸 라이터를 들어 올리다가 툭 떨어트렸다.

"됐다. 됐어."

무슨 부귀영화냐.

미덕만으로도 자신의 가슴은 벅차오르는데 더 바라는 건 분에 넘치는 일이다. 끝내 불을 붙이지 못한 희도는 여전히 아쉬움이 남았지만 그래도 꽤 수월한 손짓으로 들고 있던 새 담배를 바닥에 툭 버렸다. 이왕 버리는 김에 라이터까지 함께 버려주고 떨어져 있는 나뭇잎들로 휘휘 덮어버리고 나서 쓰레기 무단 투기를 아무렇지 않게 무시하고 제 갈 길 가는 뒷모습이 그리 당당할 수가 없다.

획 몸 돌려 대견하게도 미덕이 있을 병동으로 걸음을 떼던 희도는 아주 불건전한 태도, 등을 벽에 기대고 쭈그려 앉아 껌을 오물오물 씹으며 풍선을 불어내는 지호를 발견했다.

후욱, 풍선을 불고 다시 말아 먹기를 두어 번, 황당함에 빼딱하게 짝다리로 만들며 눈을 찡그린 희도였고 고개를 돌리며 한 번 더 풍선을 불어낸 지호는 비율 좋게 길쭉하게 뻗은 다리를 펴 일어서며 질겅질겅 껌을 씹었다.

"……."

하늘 높게 치솟는 건방과 주머니에 넣은 손끝까지 오만함이 넘치는 게 흡사 자신의 모습과 닮아있음에도 불구하고 희도는 찌푸린 미간을 펼 수 없었다. 속으론 그 건방짐에 헛웃음을 흘리지만 다행히 희도의 표정관리는 지호의 것보다 한 수 위다.

"한 해라도 젊은 게 좋을 텐데."

다만 속을 박박 긁어대는 대는 지호 역시 지지 않는다는 사실이다.

유치하지만 이 방법 이상으로 희도를 뒤틀리게 하는 방법은 없을 것이다. 아직 전부 이해하지 못한 희도에게 지호는 입술을 오물거렸다.

"우리 덕이가 아직 세상을 몰라."

정녕 저 입에 나오는 말이 말인지 된장인지. 희도는 순간 빠르게 오르는 핏대와 일그러진 얼굴로 같잖다고 생각하던 한낱 PK를 죽자고 노려보았고 그 눈에는 어느 누구에게도 보여주지 않았던 지독한 질투가 담겨 당장이라도 지호의 머리를 잡아챌 듯 날카로웠다.

팽팽하게 당겨진 매서운 눈동자에 지호는 오히려 어깨를 으쓱거리며 껌만 씹었다. 풍선을 불었다가 터트리기를 반복하고 이내 희도의 손에 여민 옷깃을 잡힌 지호는 찬찬히 자신을 살피는 그를 바라보았다. 뭔가 해하려는 것이 아니라 다소 거칠기는 했지만 흐린 기억을 더듬는 눈이다.

보기 드문 외모에 담담하지만 검게 물든 눈동자.

"내가 더 잘났다."

애초에 사내놈에게 자비를 베풀 정도로 성격이 좋은 것도 아니고 마음에 미덕을 담은 관계로 '적'이라고 밖에 답을 내리지 않은 희도는 아무리 보아도 눈에 익은 지호를 몇 번이고 훑어보았다.

이런 같잖은 놈, 하고 보는 듯하다.

"짜증나니까 손 떼시죠."

정말 기분이 나쁜 듯 희도의 손을 탁 치고 빠져나온 지호는 아주 불쾌한 얼굴로 다시 등을 기대며 팔짱을 꼈다. 이제는 더 말 걸기도 싫다는 어투였고 희도 역시 지호의 멱살을 잡았던 손을 툴툴 털어내고 미련 없이 병동 뒤편을 벗어났다. 정말 조금의 미련도, 무엇도 남기지 않은 뒷모습이었고 지호는 그렇게 한참을 서 있다가 멀어지는 희도를 노려보았다.

"아까워서 못 살겠네, 진짜."

순식간에 달리기 시작한 지호는 불쾌하게 걸어가는 희도를 지나쳐 누구보다 빠르게 달렸다. 으아아, 하고 달려가는 그를 멍하니 보던 희도 역시 눈에 불을 키우며 미친 듯이 다리를 놀렸다. 난데없는 추격전 아닌 추격전. 부리나케 달려가는 허우대 멀쩡한 의사 가운 입은 두 사내가 향하는 곳은 언제나 하나였다.

"온천?"
-그래! 전에 여행권이 생겼다더라고. 그게 한참 전 일인데 이왕이면 네 아빠 휴가에 맞추려다보니까 이제야 간다.
"못 들었어. 그럼 벌써 가신 거예요? 오늘 아침에도 말씀 없었잖아."
-와도 한참 전에 왔지. 난 또 가는 거 아는 줄 알았네? 아무튼 희도 애가 정말 싹싹하고 좋아. 좀 잘 만나봐.
이미 서당 잡힌 기 알면서.
-아무튼 오늘은 집 비니까 단속 잘하고 있어. 네 아빠도 바로 이쪽으로 오시기로 했으니까.
"알았어요. 오빠네 어머니도 같이 가시는 거예요?"
-그래! 아, 어지간하면 희도 저녁도 좀 차려줘라. 많이 마른 것 같던데.
"응. 다녀오세요."
한껏 들뜬 목소리에 덩달아 즐거워지는 것 같았다.
"말이라도 해주지."
부모님도 함께 여행을 보내주고 자신이 하지 못한 것을 대신 해주는 희도가 고마워 그녀는 괜히 볼을 긁적거렸다.

생각해 보면 희도는 바빠도 너무 바빴다.

물론 당연히 바빠야 하겠지만 레지던트 4년 차치고는 이리 뛰고 저리 뛰고 심지어 파견근무까지 다녀올 정도로 혹독한 4년 차를 보냈는데 그것은 다소 의아함을 안겨주었다. 그러니 살이 빠질 수밖에. 오늘은 맛있는 것이라도 해줘야겠다 싶어 퇴근준비를 마친 미덕이 막 데스크를 빠져나갈 때였다.

"강 간호사! 와서 케이크 먹어요!"

"네?"

갑자기 무슨 케이크? 수간호사의 손에 이끌려 회의실 안으로 들어서자 정말로 초 하나가 꽂힌 케이크 하나가 놓여 있었다. 더불어 많은 사람들이 모여 누군가를 향해 박수를 쳤다. 갑작스레 이끌려온 미덕 역시 이유도 모르고 열렬히 박수를 치다가 희도를 발견했다.

환한 얼굴 속에 묘한 이질감이 느껴지는 얼굴이다.

"잠깐 온 건데, 하하."

머쓱하게 머리를 긁적거리는 남자는 3년 전 이 병원 외과 전공의이자 최희도의 직속 선배이기도 했던 문경철이었다. 아는 사람은 아는 것 같고 희도 역시 친근하게 대하는 것이 아무래도 꽤나 친했던 사이였던 모양이다. 멀뚱멀뚱하게 서서 이게 대체 뭘 위한 축하일까 고민하는 그때 경철이 목을 가다듬으며 입을 열었다.

"정말 감사합니다. 안 그래도 다 모르는 분들일까 봐 걱정했는데 아는 사람이 더 많네요."

"여기 이번에 새로 온 인턴들이랑 간호사들이에요."

수간호사가 나서서 뒤쪽에 서 있던 인턴들과 신입 간호사들을 소개했다. 그 속에는 미덕 역시 껴 있었고 멍하니 서 있던 그녀는 얼른 고개를 숙여보였다. 역시 마주 인사를 하며 머쓱한지 머리를 긁적거린 그는 페이저를 살피고 있는 희도를 툭 치며 말했다.

"다 아시겠지만 이 사람한테 괜히 홀리시면 안 됩니다. 이거 얼굴 가죽만 반반하다고 넘어가셨다가는 된통 당하세요. 아주 제대로 못된 놈이거든요."

장난 반, 진담 반으로 희도의 어깨를 툭툭 친 경철은 다들 웃어주거나 놀랄 거라 생각했던 반응이 아니라 묘하게 싸해진 분위기에 일순 당황했다. 원래 이런 말을 하면 다들 하하 웃었는데 이 이상하게 당혹스러운 분위기는 무어란 말인가. 눈을 깜빡깜빡 뜨고 주변을 둘러보는 사이 정수가 얼른 말했다.

"저, 최 선생님 요즘 연애하십니다."

"응? 어······뭐?"

처음엔 흘러가듯 듣던 경철은 살아생전 그런 놀라운 이야기 처음 듣는다는 듯 경악하며 버럭 소리쳤다. 그 바람에 테이블까지 들썩거린 듯하다. 덩달아 놀란 좁은 회의실이 잠시 침묵으로 이어졌다. 그러든 말든 경철은 이 소름끼치도록 놀라운 사실에 가만히 있을 수가 없었다. 그가 이곳을 떠나기 전 공공연한 삼대 미스터리가 있었는데 하나는 최희도가 인턴이던 시절 지도훈계의 목적을 위한 선후배 간의 옥상담화에서는 무슨 일이 있었는가, 와 현재 외과 과장님과 최희도는 과연 부자지간인가 아닌가, 마지막으로 최희도는 과연 연애를 할 수 있는 생물인가였다. 어쩌다 보니 세 가지 다 희도를 지목한 것이었지만 당시 의사건 간호사건 혹은 병원 내 모든 직원이 절대 결론이 나지 않을 항목이라 여겼다.

"사고 쳤냐?"

사람들 많은 곳에서 다짜고짜 묻는 경철에 의해 좀 당황할 법도 하건만 희도는 담담히 대꾸했다.

"좀 치고 싶긴 합니다만 아쉽게도 아직은 아닌 것 같습니다."

'맙소사, 오빠!'

대체 지금 무슨 소리를 하는 거야! 다른 의미로 경악하는 미덕을 아는지 모르는지 경철은 사고 친 것도 아닌데 연애를 하고 있는 사실이 믿어지지 않는지 무척 혼란스러워했다. 아닌 말로 여자 보기를 돌같이 하라, 가 이 녀석의 신조인 줄 알았다. 그의 놀라울 정도로 잘생긴 외모에 홀린 예쁜 나비들이 하나같이 뿔 달린 마녀가 되어 돌아가는 것을 몇 번이나 목격했고 이건 동기들에게 알려주면 하나같이 뒤로 넘어갈 일임이 분명했다.

"뭐야, 대체 뭔데."

"저, 문 선생님. 죄송한데 그런 얘기는 나중에 하심이 좋을 것 같아요. 여기 그 당사자도 같이 있는데."

"……"

그를 만류하기 위해 꺼낸 말이었지만 오히려 더 큰 충격을 준 것 같았다. 같은 의국에서 그것도 이 자리에 여자친구가 있다니. 조금 있으면 그게 누구인가 찾아낼 것처럼 부리부리하게 살피는 경철의 모습에 수간호사의 이마 위로 핏대가 올랐다. 막무가내 두 남자로 인해 마음 여린 미덕이 당황해서 어쩔 줄 몰라 하는 모습이 눈에 선했다. 아니나 다를까 땀을 뻘뻘 흘리며 저 뒤에 서 몸을 움츠리고 있는 게 보였다.

"그만들 하시고 이만 해산해야 하지 않겠어요? 거기 권 선생님 지금 페이저 울리시는 것 같은데."

"예? 아, 이런! 저 나가보겠습니다!"

정수를 시작으로 하나 둘 흐지부지 축하 파티 현장에서 사라져갔다. 미덕 역시 안도하며 막 나가려는 그때 작지만 또렷하게 한 목소리가 들려왔다.

"너 인마 곧 가지 않아? 날짜 나왔을 텐데?"

"예. 내년 3월입니다."

"근데 너는 왜 이렇게 늦게 가냐?"

"학교 다닐 때 휴학했었던 거 말씀드렸잖아요. 그것도 올해가 마지막이라 간신히 기한 맞췄습니다."

뭔가 더 이야기를 하는 것 같았지만 이미 뒤로 사람들이 나오고 있어서 마냥 듣고 있을 수가 없었다. 간다는 건 뭐고 시험은 또 뭘까. 고개를 갸웃거리며 의아해 하던 미덕은 곧 나오는 수간호사에게 물었다.

"수간호사님, 혹시 저기 문 선생님 다른 병원으로 가셨다가 다시 오신 거예요?"

"응? 아니. 원래 있던 선생님인데 입대했었거든. 그리고 이번에 다시 채용되신 것 같아."

"아, 군대요."

군대라. 뭐 대개 의사들은 전문의 시험을 마치고 군의관으로 가는 경우가 많기 때문에 서른이 좀 넘어가곤 했다. 기간은 3년 정도로 다른 남자들과 달리 일단 부사관으로 가기 때문에 그리 힘든 일은 없던 것으로 알고 있다. 보통 32, 33살에 가는지라 군 제대를 하면 금방 중반을 넘겨 오곤 해서 대학 다닐 때 의사와 사귄다는 친구의 남자친구가 이미 서른 중후반인 경우도 있었다.

"그렇구나."

뭔가 찝찝함이 느껴진다. 설명하기는 어렵지만 질문이 해결되었음에도 불구하고 상당히 찝찌름한 이 느낌. 볼을 긁으며 데스크로 돌아온 미덕은 한참이나 이 복잡한 생각에서 빠져나올 수가 없었다. 아주 큰 것을 잊은 것 같다. 뭐였을까. 뭐였지? 뭐였나.

그에 대한 답은 오래지 않아 함께 있던 김 간호사에 의해 풀어졌다.

"그나저나 최 선생님도 이제 곧 아닌가? 그렇지, 강 간호사."

"예?"

"예는 무슨 예야. 최 선생님 내년 초에 가시잖아. 좀 많이 늦었지만."

김 간호사의 말에 크게 당황한 미덕은 들고 있던 펜까지 떨어트리며 반문했다. 오히려 그녀의 반응이 이상하다는 듯 그녀는 짧게 웃으며 말을 이었다.

"군대 말이야."

쾅!

잘못 들은 건가 싶어서 졸린 눈 비비듯 귀를 두 번 비벼보다가 연거푸 반문했지만 김 간호사는 퉁명스레 짧게 '군대' 하고 이야기를 해주었다. 마침내 머리를 복잡하게 하던 키워드가 맞춰지고 허공에 그 글자가 생겨나 코앞으로 다가온 듯 미덕은 입을 딱 벌렸다.

"어? 어어? 어어어?"

"저 모르핀 좀 주세요, 응? 강 간호사 어디 아파요?"

때마침 찾아온 정수가 부탁하자 자리에서 일어난 김 간호사가 금고로 향했다. 잠시의 짬을 이용해 데스크에 놓인 사탕을 집어 입에 넣던 그는 바로 앞에 하얗게 질린 미덕을 발견하게 물었다. 그러자 성난 맹수처럼 벌떡 일어난 그녀가 빠르게 말했다.

"바쁘신데 죄송한데, 혹시 뭐 하나 물어도 될까요?"

"어, 얼마든지요."

"저기 혹시 내년 초에 최 선생님 군대 가시나요?"

긴장하고 묻다가 훅 풀어진 정수는 당연한 걸 묻는다는 듯 대수롭지 않게 대꾸했다.

"예. 모르시는 것처럼 왜 그러……설마."

머리가 아찔하게 아파왔다. 이로써 한 가지 퇴로가 막힌 셈이었다. 애써 담담함을 유지하려 애쓰는 그녀를 본 정수는 실로 기겁에 가까운 놀라운 표정을 지었다. 세상에. 최 선생님 자기 여자친구에게 군대 간단 소리도 안 했단 말인가!

연달아 나오는 한숨을 내쉬고 로비에 비치된 의자에 앉아 조심스럽게 문자 하나를 남겼다. 여기 좀 오시라고, 다소곳하게 보내자 불과 10분도 지나지 않아 그녀의 뒤로 착각으로도 기억하고 있던 손길이 이어졌다. 소중하게 감싸 사람들이 있건 말건 더없이 사랑스럽게 볼에 입을 맞추는 할리우드스타일의 개방적인 스킨십에 미덕의 손이 작렬했다.

"깜짝 선물인가."

얼얼하게 아픈 손을 문지르며 앞으로 다가온 희도는 다정스레 손을 흔들었다. 잠깐 부른 터라 얼마나 앉아있을 수 있을지는 모르지만 사실 그리 오래 걸리지는 않는다. 제 연인을 대하는 태도만큼은 백 점 만점에 이백 점을 줘도 모자란데 미덕은 어디 권투장 링에라도 올라가는 사람처럼 진중한 눈으로 희도를 보았고 의아함에 바라보는 그에게 물었다.

"오빠."

병원에서 오빠라고 부르는 것은 흔한 일이 아니라서 희도는 머쓱하게 머리를 긁적이며 대꾸했다. 곧 죽어도 선생님이라 부르고 어지간하면 자기 이름 부르는 것도 싫어하는 미덕인데.

"응."

묘하게 굳은 분위기에 슬쩍 꼬았던 다리도 내려놓고 정자세를 한 그에게 미덕은 조심스레 운을 뗐다.

"오빠, 어디 갈비뼈 두세 대쯤 없으신가요?"

"그럴 리가. 그러면 우리 덕이를 안아주기 힘들잖아."

일단 하나의 가능성은 사라졌다. 이미 확답이 나온 일이지만 혹시 모른다. 정말로, 혹시 모르는 것 아닌가. 침착하게 하나하나씩 물어보자.

"아니면 심장이 약하시거나."

"내가?"

"……."

이건 물어보나 마나 한 질문이었음을 미덕은 곧 깨달았다. 참으로 미안한 질문이었다. 첫 번째 질문보다 쉽게 수긍하면서 미덕은 머릿속을 굴러다니는 질문 중 하나를 더 꺼냈다.

"평발이라도. 아니, 이건 아닌가."

"멀쩡해."

"정신과 질병이 있거나?"

"있긴 하지. 우리 덕이 없으면 못 사는 거, 못 자는 거, 덕이 키스 없으면 숨도 못 쉬고 덕이가 안 안아주면 힘도 못 쓰고 우리 덕이 천국 보내줄 때까지 좀 더 노력해야……아야."

"천국은 지금 당장 제가 직접 오빠 보내드릴 수 있는데요."

"미안."

다시 한 번 맞은 손을 문지르며 다시 함구하는 희도에게 미덕은 얼굴을 스르륵 쓸어내리며 침만 한 번 꿀꺽 삼켰다.

"그러면 아저씨, 그러니까 오빠 아버님이나 조부님, 혹은 3대 조부님 중에 국가유공자가 계실까요?"

"아니."

그렇다면 절대 아니길 바라지만 혹시나 하는 마음에 질문을 계속했다.

"혹시 제가 모르는 와중에 세쌍둥이나 아이 셋이 있으세요?"

꼬박 몇 년을 독수공방해 온 사람에게 대체 이게 무슨 말인가. 짧은 시간 만남의 기쁨을 나누기도 전에 해괴한 질문만 농담처럼 자꾸 이어대니 희도로서도 당황스럽다. 하지만 얼마 지나지 않아 미덕의 지금 말이 무엇인지 알아차렸고 희도의 장난기 서렸던 눈매가 단단해졌다. 그녀의 땀이 가득해진 두 주먹에 확신이 선다.

"알았구나."

휘파람이라도 불 것처럼 가벼운 말투에 미덕은 찌릿 그를 노려보며 말했다.

"그럼 여타 다른 면제 요소가 있는지 당장 지금 말해 보세요. 어서!"
"내가 또 제대로 하면 1급이지."

훗, 하고 코웃음을 치듯 자랑스럽게 콧대를 높이는 희도에게 미덕은 떡하니 입을 벌렸고 희도는 그녀의 머리카락을 쓰다듬으며 모자랐던 입맞춤을 하기 위해 입술을 가져갔다. 그리고 여전히 어안이 벙벙해져 굳은 미덕의 볼을 살짝 잡아당기며 말을 이었다.

"그럼, 혹시 예전에 없으면 좋겠냐고 말한 거……."
"기억해? 하하. 맞아."

기억난다. 슬그머니 운을 떼며 그녀를 혼란스럽게 만들었던 희도의 말이.

[덕이는 오빠가 없으면 좋을 거야.]

[오빠 어디 가세요?]

[글쎄?]

그것 말고도 너무 많았다! 어렴풋이 기억나는 것은 정수와 소개팅 아닌 소개팅을 했던 날 흐리게 들렸던 말이라던가. 이때라던가, 저때라던가! 그저 자연스레 넘어갔던 것들이 모두 이것을 의미한다는 사실에 미덕은 입을 떡 하니 벌리고 말았다.

아주 곰곰이 생각할 것도 없이, 고민도 필요 없이 지난 십수 년간 그녀는 희도와 떨어졌던 기억이 없다. 대한민국 남성이라면 꼭 가야 한다는 그 군대의 기한조차 물 흐르듯 지나쳤다. 아주 자연스럽게! 조각조각 맞춰지는 퍼즐 속에 큰 눈이 더욱 커져간다. 하느님, 부처님, 부모님. 지금 이게 현실인가요?

그런 그녀를 앞에 두고 희도는 우쭐거리며 입을 놀린다.

"원래 주인공은 뭐 하나씩 숨기고 있는 법이거든."

지금 이 남자가 뭐라는 건가.

"3년이라는데."

대체 지금 나에게 무슨 소리를 하는 거냔 말이다.

"오빠가 누구 밑에는 못 들어가. 이왕 하는 거, 위부터 시작해야지."

할 말이 없다. 아무런 말도 못하겠다. 멍하니 벌어진 그녀의 입에 희도의 뽀뽀가 연신 이어졌고 미덕은 끝내 참지 못하고 그의 입술을 콱 깨물어 버렸다. 애석하지만 그는 서른도 훨씬 넘은 그 나이에 〔군 미필(軍 未畢)〕이라는 글자를 이마에 박고 있던 그런 사내였던 거다. 그런 것을 그녀에게 조금도 얘기하지 않고서!

병원 로비, 어디선가 미덕의 외침이 길게 이어졌다.

"최희도!"

콱, 하고 멱살이 잡히고 흔들린다.

뚫린 입이라고 '네 손이라면 죽어도 좋아.' 하는 입만 아니었다면 좀 더 빨리 풀렸겠지만 어쨌든 그 멱살잡이는 꽤 오래 이어졌다.

집으로 돌아가는 발걸음은 그렇게 무거울 수가 없었다. 정말 아스팔트가 축축 녹아버리는 것은 아닐까, 하는 마음이 들 정도로 걷기가 어려워서 느리게 한 걸음씩 겨우 걷던 미덕은 오후의 따사로운 햇살에 주먹을 콱 쥐고 하늘을 노려보았다. 가을이 다가온 탓인지 모르겠지만 미덕은 외로움과 쓸쓸함에 목이 말랐다.

"너무해."

어떻게 그걸 말하지 않을 수가 있단 말인가. 그게 속상하고 갑자기 벼락 맞은 기분이라 눈물까지 찔끔 흐를 지경이었다.

"후."

몇 번째인지 모를 한숨만 흐른다.

배신을 당한 것 같아서, 가슴이 먹먹해져서 미덕은 나이답지 못하게 눈가를 훔쳤다. 설마하니 희도와의 헤어짐이 다른 것도 아니고 군대 때문일 거라고는 생각도 해본 적이 없어서 더 그랬다. 당연한 수순임에도 불구하고.

"끝까지 사람 놀려."

이제는 좀 더 진지하게 대해 줬으면, 조금 더 진중하게 바라보며 이야기하고 함께 했으면 했지만 끝까지 그는 장난에 가득했다. 어떻게 군대 가는 말까지 말하지 않고 다른 사람에게 듣게 하는지 야속하고 원망스러워 미덕은 꾹 입술을 물었다.

집으로 돌아가는 걸음이 너무도 무거워 미덕은 그 외로움과 비슷한 상실감에 주먹을 세게 쥐었다.

그렇게 따지면 예전이나 지금이나 변하지 않은 건 그녀도 마찬가지다.

멱살까지 잡고 흔들어댄 후 왔지만 여전히 속이 풀리지 않았다. 야속함이 앞섰다면 이제는 화가 난다. 화가 나니 속상하고 좀 더 꼬집어줄걸, 하고 물밀듯 후회가 밀려들었다.

"맛있는 거 해주려고 했는데."

오늘은 집에 아무도 없으니까 둘이서 오붓하게 저녁을 먹고 싶었는데. 난데없는 벼락에 다 틀어져버렸다.

단숨에 뺀 기운은 쉬이 돌아오지 않았다. 당장 내일 어떤 얼굴로 봐야 할지 막막해 어두운 얼굴로 현관문을 열던 그녀는 평소와 다르게 어두운 집 안에 고개를 갸웃거리다가 부모님이 온천 가신 것을 기억해 냈다. 바로 한 시간 전에 들어놓고.

더더욱 한숨이 나온다.

"밥……."

밥, 맛있는 것 해주고 싶은데.

내일 얼굴 보는 것도 난감한데 마주하면서 저녁을 먹을 용기가 나질 않았다. 그래도 저녁은 제대로 챙겨주고 싶은 마음에 구시렁거리면서도 냉장고 앞에 서서 눈을 굴렸다. 같이는 못 먹어도 차려줄 수는 있는 법이니까.

그렇게 난감해 하면서도 저녁은 와서 먹으라는 문자를 보내는 스스로에 미덕은 정말 울고 싶어졌다.

"덕아?"

얼마 지나지 않아 미덕의 집에 도착한 희도는 가지런한 신발만이 반겨주는 현관에서 일단 그녀의 이름을 불렀다.

"미덕아?"

일단 자신의 집이 아니니 조심스럽게 들어선 그는 미덕의 방 앞에서 문을 두드렸다. 문이 제대로 닫히지 않았는지 한 번의 노크로 삐걱 문이 열리고 그사이로 그가 찾던 사람이 보였다.

침대를 쓰려거든 제대로 완전히 쓰던가, 아니면 바닥에 누워 있을 거라면 제대로 눕던가.

너무도 달게 자고 있는 미덕의 모습에 웃음이 나온다. 뭐가 그렇게 욕심이 나는지 손까지 이용해 시트를 뭉개는 미덕을 허리 숙여 지켜보던 그는 헝클어진 그녀의 머리카락을 쓸었고 부드러운 손길에 흠칫 움직이던 미덕이 서서히 눈을 떴다.

"……선생님?"

"병원 아니다."

"아."

잠이 쉬이 깨지 않는지 자꾸 비비적거리며 꾸물꾸물 거렸고 그게 여간 안타까워 미덕을 안아 올렸다. 침대에 눕히자 그대로 잘 것처럼 눈을 감던 미덕은 순간 눈을 번쩍 떴다.

그러다 단숨에 눈가가 빨갛게 물이 든다. 당장이라도 울 것처럼 약한 마음을 고스란히 드러낸다.

"이런."

난처한 얼굴로 미덕에게 다가간 희도는 부리부리하게 자신을 노려보는 그녀의 눈빛에 모르는 척 능글맞게 입을 열었다.

"우리 덕이는 뭘 해도 예뻐."

"됐어요."

"간만에 한 고집 나오네."

"아닌데."

또 어린애 대하듯. 꽤 매섭게 찡그러진 미덕의 얼굴에 희도는 쓴 웃음을 지었다.

풀어주려고 해도 안으로 쑥쑥 들어가니 어떻게 해줄 방도가 없다.

"얘기하자."

"왜 진작 말 안 했어요."

"……."

"속상해요. 가는 것도 속상하지만 아무것도 모르고 있었다는 게 정말 속상해요."

금방이라도 울 것 같아서 안절부절못하던 희도는 생각보다 담담하고 맑은 목소리에 얌전히 그녀를 보았다. 사실 미덕도 갑자기 이야기의 물꼬를 틀 생각은 없었다. 자꾸 꾹꾹 눌리는 마음에 침대에 기대었다가 깜빡 잠이 들었던 미덕은 아직 남아 있는 잠기운에 전에 없이 또렷한 말투를 구사했다. 맨 정신에 낼 수 없는 또렷함이라니.

"만나는 사이잖아요. 서로, 얘기할 수 있는 사이잖아."

넌지시 바람만 불어 넣고 결국 중요한 것은 다른 사람에게 들었다는 게 어찌나 섭섭했는지 모른다. 얼마나 화가 났는데, 서운하고 맘이 아파서 멱살까지 잡아버렸다. 솔직하게 답하는 미더익 말에 희도는 흐뭇하다는 양 번지는 미소로 그녀의 양손을 잡았다. 작은 손이 쏙 들어와 잡히자 마음이 평온해진다.

"말하고 싶어도 쉽게 꺼낼 수 없는 게 있다."

"……."

"생각보다 우리가 대화가 부족했다는 걸 알 것 같아. 미덕아, 나도 가끔은 말하지 못하는 게 있어."

"오빠."

"차라리 처음부터 말했으면 모를까 이제 겨우 서로 확인했는데 거기서 어떻게 말해. 너 울면 나 정말 슬프다."

내 여자의 눈물에 슬프지 않은 남자는 이 세상 어디에도 없다. 희도는 자신의 말에 혹시라도 미덕이 울까 봐 그게 가장 두려웠다.

"미안해. 진작 말하지 못해서 미안하고 상처 줘서 미안해."

꼭 잡은 손은 아주 가늘게 떨리고 있었다. 그의 진심이 전해질 만큼 작지만 뜨거운 떨림이다. 항상 같았다. 희도와 미덕은 언제나 같았다. 마음도, 행동도……그렇다면 희도가 자신을 어리게만 본다 여겼던 것처럼 그녀 또한 그를 무작정 어른으로만 본 게 아닐까.

똑같은 사람이고 감정이다. 그녀가 희도에게 마음을 전하지 못하고 전전긍긍했듯이 그 또한 같았던 것일지도 모른다. 아니, 같았을 것이다.

"바보 같아."

"하하."

"웃지 말아요."

꼭 잡은 손이 조금 더 뜨거워지면서 미덕은 결국 자신이 먼저 그의 입술에 입을 맞췄다. 따뜻한 온기 가득히 말캉한 혀가 입술 사이를 가르고 들어와 엉킨다.

"덕아."

애달플 정도로 바라는 목소리. 꿀꺽 침을 삼키는 목울대. 너무도 유혹적인 눈빛에 미덕은 숨을 멈췄다.

"냄비 불에 올려놨는데."

"그 불보다 내 불이 더 중요해."

"하지만."

"그쪽 불은 내가 껐으니까 괜찮아."

"그, 그쪽 불이요?"

그럼 이쪽 볼은?

"달아."

짓궂은 말에 미덕의 발그레해진 볼이 점점 더 달아올랐다. 화끈거리며 주체하지 못하게 붉어진 목덜미며 얼굴을 간신히 팔로 가리던 미덕은 이를 꼭 물었다. 설마 제 방 침대에서 이런 일이 벌어질 거라고는 예상조차 해보지 못했다.

자극적인 행위에 어쩔 줄 몰라 하는 자신을 보며 귀여워 죽겠다는 듯 웃고 있는 희도를 발견한 미덕은 점점 더 달아오르는 얼굴에 끙 하고 앓는 소리를 냈다.

그 적나라한 표정에 창피해서 죽을 것만 같았고 지금은 희도의 얼굴은 볼 수 없을 것 같았다. 하지만 막 가로지르기도 전에 빠르게 손을 뻗은 그가 미덕의 허리를 제 배 쪽으로 당기며 심장이 덜컥 떨어져 내릴 만큼 강렬하게 입을 맞췄다.

요 며칠 나눴던 키스가 아니라 속까지 드러낼 듯 짙은 상황, 그의 반들거리는 입술이 다 떼어지지 않은 그대로 천천히 그녀에게 말했다.

"미덕아."

하얗게 점멸되는 시야, 그의 입술과 손끝이 온몸을 가로지르고 숨통이 막혀 깊은 곳까지 아우르는 뜨거움.

뭘까.

배 안이, 깊은 어딘가 따끔거리는 소용돌이가 치고 두 눈을 꽉 감고 손으로도 막았는데 마치 보이는 것처럼 그의 얼굴이 그려졌다. 긴장한 듯 조금 더듬거리는 손끝이 미덕의 얇은 옷자락을 들치며 여린 속살을 천천히 따라 내려갔고 생각보다 거친 손끝의 살갗이 조심스럽게 그녀의 등을 쓰다듬었다.

두 눈이 완전히 개안되어 그를 본 미덕은 곧 입술을 더듬은 희도의 혀끝에 사지가 풀려나갔다. 가물가물 물어대는 이의 간지러운 물림과 곧이어 그녀의 입 안을 헤집듯 돌아다니는 여유로운 듯하지만 지극히 뻣뻣해진 살덩어리가 혀를 날름, 휘감았다.

죽도록 야한 입맞춤이다. 미덕에게 있어서 전부 벗겨내듯 오는 키스는 솔직함이 가득했다. 미덕은 자신의 위에 있는 희도가 어느새 자신처럼 하얀 속을 내밀어놓고 있는 것을 알았다. 그의 등으로 퍼진 하얀 시트 자락을 끌어당겨 감추고 싶지만 입술이 코끝에 닿자 짜르르 다시 아랫배가 시큰거렸다.

"간지러워."

송곳처럼 따끔하면서 깃털처럼 하얀 촉감이 스쳤다.

"간지러워요."

온몸이 간지러웠다. 그래서 괜히 눈물이 나고 슬퍼져 또 찔끔찔끔 눈물을 맺자 희도는 짐짓 멈추며 고민했다. 미덕은 본래 눈물도 많고 감정도 많다. 그러나 이 비이상적으로 많은 눈물과 감정적인 태도, 행동들은 미덕의 몸 안에 변화가 있음을 말한다.

여기서 멈추고 그저 포근히 안아주는 것이 옳은 걸까. 설핏 움직이던 손을 멈추고 안아줄 듯 그녀를 품에 담던 그는 다시 자신에게 입을 맞추는 미덕의 입술에 무너지려는 몸을 간신히 버텼다.

"같이 있고 싶어요."

"다행이다."

생글생글 웃기 시작한 미덕이 고개를 끄덕였다.

포근했다.

단단하지만 열기로 얼룩진 살결은 다정한 희도의 모든 것을 보여주듯 따뜻했다. 이어 봉긋 솟은 가슴을 향한 촉촉한 숨결과 입가를 맴돌았던 혀가 다른 살을 물고 질척거리는 소리가 들린다.

분명히 아팠다. 여과 없이 다른 누군가의 무언가가 파고드는 묵직함은 잠시간의 휴식기로 인해 제법 아팠고 슬플 정도로 행복했다. 두 다리가 저려서 그렇고 가슴이 저려서 그렇고 한데 안아주며 땀방울이 흐르는 그의 숨은 표정조차 떨릴 정도로 저렸다.

이런 얼굴이었다. 이런, 표정을 만들어냈다. 안기는 순간 열락과 쾌감보다 먼저 가려진 것 없이 고스란히 드러난 이 얼굴이 좋았다.

사내의 얼굴에서 나오는 짙은 향기와 부담스럽지 않을 정도로 서로를 감싸는 공기에 미덕의 입에서는 미약하지만 가느다란 소리가 흘러나왔다.

"사랑해요."

두 번 다시없을 만큼 사랑해요.

와르르, 희도를 향한 미덕의 사랑이 무너져갔다. 더는 세워질 수 없게, 천천히 어둡게 잠식하듯 그의 나락 속으로.

남아 있는 것은 그 무엇에도 참지 못할 사내의 눈동자였다.

"나도."

"응."

"여기도."

"……응?"

짙은 눈동자에 담긴 것은 미덕의 늘씬한 배다. 놀라서 깜빡 눈을 뜨는 그녀에게 희도는 씩 웃으며 배꼽 아래 단전에도 입을 맞추었다.

"꺄악!"

온몸을 내리찍는 화끈한 낙인들. 치골과 허벅지까지 부위를 막론하고 더욱 깊은 곳으로.

"오빠······음."

더 이상 말이 나오질 않는다. 지그시 감기는 눈으로 어느덧 홀로 눈을 뜬 희도가 너무도 조심스레 그녀의 몸을 쓸었다. 손가락 끝의 부드러운 감촉으로 인해 그는 더 이상 참을 수가 없었다.

홀린 듯 거부할 수 없는 자제심에 희도의 손이 거칠다시피 빠르게 미덕의 머리를 당겨 제 입에 입술이 닿게 만들었다. 단숨에 닿았던 입술이 한 번 떼어지다 다시 붙고 다시금 떼어졌다. 이어 시선을 공유하며 또렷하게 뜬 눈동자로 붉은 기운이 서렸다. 온연한 본능적인 감각이 곤두서 뜨겁게 불이 붙는다.

미끈거리면서도 오돌토돌한 혀가 오가는 것이 낯설어 움츠리는 그녀의 목을 당긴 그는 어디 갈 곳 없어 움찔거리는 미덕의 팔을 휘감듯 모두 끌어안아 숨을 공유했다. 뜨겁다. 탄다. 타들어 간다. 미치겠다. 돌아버릴 것만 같다. 이 향기에, 숨 막힐 듯 가녀린 손짓에 죽어버릴 것 같다.

대체 어디까지가 유혹의 범주인지 달게 오른 불길은 사그라지지 않았다. 구석구석 붉은 멍울을 남기며 미덕의 숨은 가슴 위로 희도의 손이 내려앉았다.

"덕아."

그는 어떤 어둠에도 지지 않고 모든 것이 환히 비추듯 보이는 그녀가 두렵다. 아무런 반항도 없이 안겨오는 그녀의 향기가 무서울 만큼 유혹적이지만 그만 둬야지 해놓고도 멈춰지지 않는 자신의 손이 두렵다. 아래에 깔린 부드럽고 두꺼운 이불에 닿는 감촉마저 가슴이 떨린다.

미덕은 회도의 움직임이 멈출 때마다 너무도 쉽게 그의 아킬레스건을 건드렸다. 무의식인지 반사적인지는 몰라도 헐떡, 하고 숨이 넘어갈 듯하다.

어째서 이렇게까지 끌리는 것일까. 신기할 정도로, 어떤 의학적 지식으로도 그는 답을 찾을 수가 없다.

천천히 다가와 또렷한 음성으로 안아 달라 말하는 것이 조금 믿기지 않았다. 하지만 뱉은 말에 화살촉이라도 박힌 듯 작은 목소리 하나하나가 진솔했다.

특별하게 예쁘지도 않고 특별하게 눈에 띄는 개성도 없지만 그를 옴짝달싹하지 못하게 만드는 기이한 기운을 가진 그녀는 단 한 순간도 거짓을 말할 수 없게 만든다.

"······안 돼."

이미 파르르 떠는 미덕의 목소리는 어느덧 공중에 가득했다. 그의 입술이 드러난 살갗을 따갑게 쪼았고 이내 목덜미를 타고 내려와 가슴의 끝을 머금으며 입을 우물거린다. 입으로 나오는 안 돼, 하는 소리는 틀어놓은 라디오처럼 의미가 없었다. 그것은 진실이 아니라 환희에 찬 미덕의 작은 신음과도 같다.

들뜬 몸에 자연스레 맺힌 눈물이 어디선가 들어오는 옅은 빛에 비춰

보인다. 빤히 보는 그 시선에 매료되어 숨을 멈춘 그의 머리카락을 그녀가 가볍게 훑었다. 반사적으로 천천히 훑어 내린 그녀는 이미 한 번 가득히 머금은 입술을 오물거렸다.

"창피해."

"아직도?"

"모, 몰라요."

뜨겁게 전희를 주는 순간은 이미 지났다. 절반 이상을 차지한 본능은 그녀의 목덜미에 입술과 코를 파묻고 한껏 음미하라 말한다.

미덕은 그 순결한 눈동자로 희도의 가슴을 건드렸다. 색기로 범벅이 되어 그의 뺨을 스치는 가느다란 손가락이 유혹적으로 다가온다. 헉, 하고 숨을 마시는 순간 그녀는 눈을 감고 가쁜 숨을 몰아쉬었다.

그것으로 되었다.

이 여자의 마지막 남아 있는 열락을 앗아갈 준비는 모두 끝났다. 성인군자가 아닌 그는 속세에 찌든 사내답게 본능에 충실하기에 이르렀다. 지금은 하반신 자체가 저릿저릿 전율이 흐르고 그보다 왼쪽 가슴과 머리가 번개를 휘몰아쳤다.

자신이 흘러내리게 만든 것이 분명한 옷자락에 드러났을 살결을 보는 순간 가슴이 터질듯이 뛰었다. 떨고 있는가, 하고 부드러운 팔목과 그 위를 스치듯 만져보았지만 오히려 숨을 들이마실 뿐 겁을 내거나 떨고 있지는 않았다. 오히려 떨고 있는 것은 그다. 무서울 정도로 뜨겁게 떨며 이 순간을 더없이 만끽하고 있다.

생각했던 것보다, 눈을 마주치고 혼을 빼앗기고 있음에도 거짓인 듯하다. 그만큼 황홀해서, 가슴은 이상(理想) 무엇인지 몸으로 알려주는 듯했다. 심장의 고동이 교류되듯 달아오른 몸의 따끔거릴 정도로 부푼 정점은 희도의 손가락 사이로 희롱 당하듯 흔들렸다.

짧은 교성이 그녀의 입속에서 흘러나왔다. 아무도 없는 공간임에도 입술 사이에서 나오는 작은 소리가 누군가에게 들킬까 문득 솟는 질투심에 입을 맞췄다. 어느 누구에게도 들려주고 싶지 않다는 듯 유치할 정도로 솔직하게 여자의 소리를 모두 머금어 버렸다.

한순간인가? 아, 그래. 한순간이었다. 술기운에 홀린 것이리라.

어쩔 줄 모르는 그의 어깨에 박아 넣은 손톱이 길게 상처를 내고 잘게 유동하는 희도의 움직임에 활처럼 휘어버린 허리는 어느새 가늘게 떨렸다. 처음과 끝의 순간이 연거푸 반복되고 있었다. 조금은 퇴폐적으로 조금은 격렬하게 또는 느리게.

언제나 그래 왔듯 미덕은 제 숨을 숨기는 경향이 있다. 워낙에 부끄러움을 많이 타는 성격이라 그것을 탓할 수는 없지만 희도에겐 아쉬울 따름이다.

"참지 마."

빠르게 움직일 수 없으니 그 역시 이 순간이 온전하다고는 할 수 없었다. 하지만 아직도 꿈에서도 언뜻 비추는 미덕의 어린 시절을 붕괴시키듯 열에 들떠 눈물을 흘리는 그녀가 너무도 경이로웠다.

평소와 다르게 움직이느라 고통과도 비슷한 희열이 연거푸 이어지자 미덕은 입을 다물고 참는 것으로는 부족한지 희도의 어깨와 목을 휘감았던 손을 풀어 제 입을 틀어막았다.

이미 들을 만큼 들었음에도 들려주지 않겠다는 양 묘한 고집에 아직 제 입을 막은 손가락에 입술을 가져갔다.

"음."

그로서도 미덕이 먼저 입을 맞춰 올 것이라고는 생각하지 못했다. 달콤하게, 키스하며 웃는 듯 바뀌는 입꼬리가 느껴졌다. 조금은 우는 듯 일그러져 있기도 하다.

"으응."

낮은 신음과 함께 희도의 얕은 움직임이 다시 이어졌다. 여전히 느린 사랑의 행위 속에는 언제나 그랬듯 배려가 가득하다. 남에게 보일 수 없는 은밀한 몸의 대화, 희도는 자신의 모든 것을 가져가버린 그녀에게 먹혀들어가고 있었다.

나지막하게 그녀의 입술이 희도의 귓가로 와 속삭인다. '안아주세요, 안아줘요.' 하고 그렇게 작게 말한다.

글쎄.

처음부터 그는 그녀를 안고 놓아준 적이 없었다.

*

백색의 드레스가 길게 퍼져 한곳으로 향한다.

모이고 접힌 부위에 매달린 옅은 핑크빛의 코르사주와 끈 리본이 부담스럽지 않게 늘어져 있었고 그 위로 잘록하게 들어간 허리선으로는 살짝 선이 들어가 있어 본래의 허리보다 더욱 가늘어 보이게 만드는 효과를 주었다. 의외로 과감한 가슴 선은 부푼 듯 제법 탐스럽게 솟아 있었고 끈 없는 라인은 무척이나 여성스러움을 안겨주고 있었다.

이 주간 혹독한 다이어트를 겪으며 만들어진 물이 고일 듯 파인 쇄골에 평소답지 않게 진하지만 예쁘다. 귀엽다가 아닌 '아름답다' 라는 단어를 써도 되어 보이는 모습.

언제였더라.

소년에서 남자로 성장한 김지호의 가슴에 조막만 한 계집애가 박혔던 것이.

아마도 꼴사납게 우는 모습에서 반했으리라. 비 오던 그날 자신의 가방을 끌어안고 추하게 우는 것이, 앞뒤 사정도 모르는데도 불구하고 그 울음의 이유가 '그 남자' 라는 것을 알았음에도……다른 남자 때문에 우는 모습에 반했다.

[차라리 지금이 나아. 어설프게 깨질 거라면 지금이 나아.]

그 말은 그가 하고 싶었던 말이었다. 어설프게 깨질 것이라면 시작조차 하지 않는 것이 낫다고, 말하고 싶었고 그것은 옳았다. 미덕이 주는 애정이 사랑이 아니면 어떠하랴.

"괜찮다."

이 세상에서 자신보다 강미덕과 친한 친구는 없었다. 그 친하다는 여자들보다도 그보다 친한 이는 없다. 지호는 만족했고 더 바라지 않았다. 이것 또한 사랑이다. 너에게 주는 애정이자 솔직한 마음이다.

바쁘게 움직이는 사람들의 틈으로 벽에 기대어 흥미조차 떠오르지 않는 눈으로 지호는 한곳만 바라보고 있었다.

아름답게 깔린 희고 고운 웨딩로드.

겹겹이 층진 레이스들과 뿌려놓은 하나하나가 영롱하기 그지없는 꽃잎들까지 모두 아름답다. 조금씩 주변이 정리되면서 사람들이 차올랐고 막 홀로 들어오던 희영이 그의 어깨를 치며 자리에 앉자는 시늉을 해보였다. 그는 정리 후 가볍게 울리는 피아노 소리와 착석을 바라는 사회자의 말에 무심하게 고개를 돌렸다.

조금씩 천천히 조명이 꺼지고 웨딩로드의 스포트라이트가 내려진다. 그 길을 걷는 당당한 정장 차림의 남자의 수려한 외모에 감탄이 흘러나왔고 한없이 진지한 미소와 눈길에 벽에 기댔던 등을 떼어낸 지호는 이내 뒤를 돌아 어느 한 곳을 바라보는 정장 차림의 사내와 눈이 마주쳤다. 이내 마주친 눈이 무색하게 고개를 돌리고 웨딩마치와 함께 사라락 스치는 소리에 그는 조용히 입구서부터 들어오는 누군가를 향해 눈길을 돌렸다.

하얗고 하얀 드레스 자락이 보이며 들어서는 순간 그는 제대로 보지도 않고 몸을 옆으로 돌려 입구로 걸어갔다. 미련도 무엇도 없는 산뜻하기 그지없는 움직임이었고 입가에는 잔잔한 미소까지 하나 달려 있었다.

내 여자도 아닌 여자의 드레스 차림을 볼 필요는 없다. 다만, 친구의 행복한 모습은 눈에 담고 싶었다.

굳은살과 같다.

아프지도, 그렇다고 물렁하게 느낌도 없지만 딱딱하게 자리 잡아 다음의 무언가에 대해서도 상처받지 않도록, 익숙해질 수 있도록 도와주는 굳은살처럼 박혀 조금은 아련한 의미를 가지고 기억에 남는다.

"설마하니 진짜 끝까지 갈 줄이야."

솔직담백하게 자신의 속을 드러낸 지호는 이를 아득바득 갈며 머리를 박박 긁었다. 오늘만큼은 좀 아름답게 끝내고 싶었건만 역시 억울해서 좋은 말이 안 나왔다.

"도둑놈, 날도둑놈."

나이 차이가 몇 살이란 말이냐. 그것도 어릴 적부터 알아온 애를 어떻게 여자로 보느냐, 하고 혼자 외쳐 보아도 이 공간에서 불만을 가진 것은 그 혼자인 것 같았다.

아니, 한 명 더 있다.

혹독한 추위가 다시 돌아온 시간.

그보다 더 추운 어린 소년의 계절.

현덕은 자신의 곁에서 누나를 빼앗아간 나이만 많은 아저씨가 원망스러워서 죽을 것 같았지만 소년은 더 이상 어리광을 부리지 않기로 마음먹었다.

키가 자라고 교복을 입으면서, 교복 입은 모습에 다 컸다며 눈물을 보이던 누나를 위해 어린애처럼 떼를 쓰지 않을 것이다. 다만 이 쓰린 속은 어떻게 달래야 하나. 어른들처럼 술이나 담배를 할 수도 없고.

엄마의 잔소리를 피해 가장 뒤로 왔지만 오히려 전체가 환히 보여서 현덕은 현기증이 났다. 극심한 누이 콤플렉스에 빠져있지만 당사자는 그것이 당연하다고 여기니 지금의 불평불만도 이해는 가능했다.

단지 끓는 속을 어찌해야 할 지 막막한 게 문제라면 문제지만.

"야, 요구르트 한 잔 해라."

부들부들 떨리는 주먹에 이제는 빼도 박도 못하게 가족이 된 매형을 노려보는 현덕의 앞으로 작은 요구르트병이 빨대를 머금고 내밀어졌다. 눈에 익은 남자, 아 누나의 친구라던 그 녀석이다.

"속 쓰릴 땐 유산균이 최고야."

"……."

쪽쪽쪽.

심드렁한 말투와 태도에 현덕은 짜증으로 범벅되어 거칠게 요구르트를 받아들었다.

본의 아니게 속 쓰린 속을 유산균으로 달래는 한 소년과 한 남자의 사정은 그렇게 이어졌다.

누구도 부정할 수 없는, 어느 때보다 눈부시게 행복한 순간에서.

 에필로그—그의 눈물

"이거 어쩌냐. 예정일이 당장 코앞이라 여기까지 데려오기가 힘들더라."

"잘했어. 괜히 무리할 필요 없지. 지금 혼자 있어?"

"아니. 설마 혼자 뒀을라고. 옆에 보디가드 계시니까 걱정 마."

"근데 누난 왜 왔어."

"와주면 감사합니다하고 넙죽 절을 해라, 이 자식아."

길고도 길었던 3년의 시간이 어떻게 흘렀는지 희영은 어떻게 벌써 제대를 하냐며 투덜투덜 거렸지만 희도는 콧방귀도 뀌지 않으며 막 차에서 내려 달려오는 조카에게 손을 뻗었다.

"삼촌!"

"어이쿠, 이놈!"

옆에서 '꼼짝없이 아저씨네.' 하고 시비를 거는 누이의 말을 무시하며 희도는 나날이 커가 이제 내후년이면 학교에 가는 종호를 안아 올렸다. 제 엄마를 닮아 사근사근한 눈웃음이 벌써부터 걱정스럽지만 성격은 순하니 얼마나 귀여운지 모른다.

"잘 지냈어?"

"네. 외숙모가 삼촌 되게 보고 싶다고 그랬는데."

"그래?"

"네."

어찌 이렇게 예쁜 말만 골라서 하는지. 희도는 씩 웃으며 종호의 머리를 흐트러트리곤 내려주었다. 그리고 차키를 던진 희영을 대신해 운전석에 올랐다. 어제저녁 통화를 했을 때도 오겠다는 것을 막느라 진땀을 뺐던 터라 서둘러 위로 올라가고 싶은 마음뿐이다.

"두 달쯤 못 봤지?"

조수석에 오르며 말을 건네는 희영을 힐끗 보던 희도는 쓰게 웃으며 답했다.

"바쁘기도 했고 혼자 두면 불안해서."

"어떻게 집은 잘 처리했어?"

"그냥 비우면 그만이지."

두 달 전까지 미덕은 그의 군복무지 관사 안의 주택에서 희도와 함께 생활을 했다. 그의 입대 후 한 일 년 간은 미덕이 병원 일을 정리해야 해서 부득이하게 결혼 후 독수공방이라는 끔찍한 상황이 이어졌지만 장교 숙소를 배정받아 한 이 년 전부터 함께 살았다.

강원도 산골에서부터 이어지는 아스팔트를 따라 시내로 나서면서 희도는 피식피식 나는 웃음을 멈출 수가 없었다.

"그렇게 좋냐."

"당연하지."

희영의 짜증나서 죽겠다는 얼굴이 영 마음에 들지는 않지만 그래도 웃음은 연거푸 이어졌다. 보던 얼굴을 제대로 보지 못하고 곁에 있던 사람이 없다는 것은 지독한 외로움이었다. 결혼 직후 함께 살기는커녕 불과 몇 주 뒤 바로 입대를 해야 했고 그로부터 일 년이나 지난 후에야 같이 살았으니 오죽 좋았으랴.

"어쩔 수 없었으니까."

미덕이 다시 부모님께로 가야 했던 건 그녀의 뱃속에 자리 잡은 소중한 생명 때문이었다. 그 기쁨, 말로 할 수 없었던 뜨거운 감격 속에 축복받은 새 생명을 위해서라도 좀 더 안정을 취할 수 있게끔 보낼 수밖에 없었다.

"그래도 제대가 빨라서 다행이냐."

"내 두 번째 이름이 최 계획 아닙니까. 다 계획적이지."

"얼씨구."

예정일까지 불과 3일 정도밖에 남지 않았다. 그 사이 제대를 하게 된 게 천만다행이고 뒤에 망토라도 달고 날아가고 싶은 심정에 희도는 웃음과 한숨을 반복하며 조금 더 속력을 냈다.

"나도 연애 좀 해볼까."

"사람 있어?"

"없으면 만들지 뭐. 부러워서 살 수 있냐."

가벼운 그녀의 말에 희도는 피식 웃었다. 결혼 후 3개월 만에 헤어진 희영에게 남자란 오직 단 한 사람, 종호밖에 없었다. 크게 한 번 데인 이후로는 단 한 번도 남자를 만나지 않았던 그녀이고 희도 또한 누이가 좋은 사람을 만난다면 꼭 응원해 주고 싶다.

다행히 차는 그리 막히지 않았다. 많은 대화는 없었지만 종호의 맑은 목소리를 라디오마냥 들으면서 희도는 메마른 입술을 적셨다. 어제 그리고 오늘 아침의 통화 때문인지 자꾸 안달이 나서 속이 끓었다. 일단 보고 손을 잡고 안고 입이라도 맞춰야 이 조바심이 사라질 것 같았다.

보고 싶다. 보고 싶다, 덕아.

막 고속도로로 접어들어 속도는 빨라졌다. 좀 과하다 싶을 정도로 빨라지는 것 같았지만 어린 종호도 외삼촌이 왜 저렇게 초조해 하는지 어설프게나마 알 정도여서 희영 역시 말을 꺼내진 않았다.

다만 요란하게 울리는 전화벨 소리만 아니었다면.

"어머, 사돈총각이네."

"사돈총각?"

자신의 말에 기가 차서 되묻는 희도를 무시하며 희영이 서둘러 전화를 받았다.

"여보세요?"

"그 꼬마한테 총각은 무슨."

희영이 말할 수 있는 사돈총각은 단 한 사람, 미덕의 옆에 보디가드로 붙여 놓은 현덕뿐이었다. 이제 겨우 고등학생인 현덕보고 총각을 운운하는 것이 우스워 입가를 가리는데 희영의 얼굴이 새파랗게 질렸다.

"그, 그래서? 지금 어디야!"

"무슨 일이야?"

"잘했어! 그래, 그러니까……우선은 안정을 취해! 안정, 절대 안정! 악! 최희도 전화 받아!"

심장이 한순간 구겨졌다가 갈기갈기 찢어지는 듯한 충격이었다. 달리던 차가 단숨에 갓길에 멈추고 희도는 희영의 손에 있던 휴대폰을 빼앗아갔다.

"여보세요."

-애 나온다고! 나와! 나온다고!

예정일은 앞으로 3일이나 남았다. 아니, 3일밖에인가? 기본적인 지식은 있는 만큼 당연히 철두철미하게 현덕이 당면한 상황을 이끌어줘야 했다. 그는 의사다. 그것도 꽤 실력 있는 의사.

"119! 119불러!"

단지 의사라는 타이틀보다는 누군가의 남편이라는 것이 좀 더 강세라는 게 문제다. 오히려 희영보나 더 다급해진 목소리로 안전부절 발만 구르고 차 놔두고 고속도로를 달려 갈 것처럼 119만 연호하는 희도다.

"이게 진짜 미쳤나! 너 비켜, 내가 운전할 테니까."

지금 상태로 운전을 맡기면 무슨 사고가 날지 모른다. 발로 뻥뻥 희도를 차낸 희영은 뒷좌석에 올라타 휴대폰을 잡고 완전히 맛이 간 동생을 힐끗 보았다.

"정말 어떻게 저렇게 쓸모가 없어."

필요할 땐 전혀 쓸모가 없어서 확 쥐어박아주고 싶지만 그녀는 한숨만 한 번 내쉬며 차를 출발시켰다. 당황스럽기는 매한가지지만 희영은 출산 경험자인 만큼 빠르게 정신이 돌아온 반면 희도는 갈수록 패닉에 빠져가고 있었다.

네 시간이나 지난 후에야 도착했지만 초산이다 보니 진통이 꽤 오래 이어졌고 미덕은 아직 분만실이 아니라 분만대기실에 있었다고 이를 가는 현덕의 목소리로 생생하게 들었다.

"괜찮아. 괜찮아. 괜찮아."

길지 않은 시간을 살아오면서 지금보다 다급했던 적이 있었나? 장담하건대 그는 지금처럼 다급하고 지금처럼 마음이 조여 정신을 놓아버릴 것 같은 적은 없었다. 진정 이렇게 온몸을 다해 무서웠던 적이 없다.

"괜찮아."

하염없이 괜찮다고 연호하고 아무렇지 않을 거라고 생각하면서 조금도 괜찮아지지 않는 것에 격분했다. 이미 입구가 열려 하혈이 시작되었다는 말을 들었다. 그 이후로 머릿속은 새하얗게 변했고 걷고 있는지 기고 있는지도 사실 인식되지 않는다.

"왜 이렇게 바쁘게 나오냐. 어?"

사정이 이렇게 되니 병원 안으로 들어서 분만실까지 달려가면서도 발이 꼬여댔다. 아내와 관련된 일이니 허둥지둥 거리는 게 이상한 건 아니지만 하필이면 그 병원이 희도에겐 너무도 익숙한 곳이라는 거다.

"어? 최 선생님!"

3년이나 지났음에도 어째서 아는 얼굴이 이토록 많은 건가. 정신없이 달려가는 희도를 알아보는 사람이 하나둘이 아니다.

"선생님 제대하셨어요?"

"와! 다시 오신 거예요?"

"선생님!"

"최 선생님, 강미덕 간호사는……"

"애 낳습니다!"

우렁차게 외치는 그의 목소리에 경악하는 이들의 표정은 전해지지 않았다. 다시 이곳에 복귀하는 것은 맞지만 설마하니 이렇게 오게 될 줄은 희도 역시 예상치 못했다.

분만대기실의 앞에서 그는 땀으로 범벅이 된 얼굴을 쓸어내렸다. 두 달 만에 보는 미덕이다. 흐트러진 모습은 보여주고 싶지 않다. 좀 더 강단 있게, 불안해하지 않도록 해줘야 하니까. 잠시 문에 이마를 기대며 죄는 심장 부근을 꾹 잡고 당겨본다.

그러나 현실은 어찌나 직설적이고 시간이 없는지, 다가온 재회의 시간과 긴박한 순간에 대비하기도 전에 열린 문으로 훤칠하게 잘 큰 소년이 일그러진 미간을 보이며 입을 열었다.

"쇼해요?"

"……"

"쟤는 다 죽어 가는데 여기서 드라마 찍어요? 안에서 다 보이는데 혼자 뭐하는 거야."

애석하게도 미덕이 있는 분만대기실의 문은 불투명한 유리문이었고 잘만 보면 바깥의 동태가 고스란히 비춰졌다. 병원에 도착했다고 해놓고 오지 않는 희도를 찾기 위해 나서던 현덕은 문 앞에서 모노드라마를 찍는 매형을 발견하고 기가 차서 문을 열지도 못했다.

"어, 그래. 나 좀 들어가도 될까."

"들어가지 말라면 안 들어가려고?"

"처남, 자네 한 대 쳐도 되겠나. 이제 때릴 구석도 많은데."

"신고할 거니까 그렇게 알고."

그리 고운 말이 오가는 것은 아니지만 덕분에 희도의 말려버렸던 정신이 본래대로 돌아오는 것 같았다. 말은 그렇게 하면서도 서둘러 비켜서는 현덕에게 고개를 끄덕여준 희도는 천천히 들어서며 바로 앞에 있는 그녀를 한동안 멍하니 바라만 보았다.

"왔어요?"

전화가 아니라 실제의 목소리가 귀에 들리자 희도는 울컥 치미는 무언가에 허리를 곧게 세웠다. 그리고 생각했던 것보다 단정하게 앉아 있는 미덕의 모습은 지금껏 보아왔던 어떠한 모습보다도 아름다웠다. 심지어 결혼식장에서 보았을 때보다 더욱.

"아."

"지금은 좀 괜찮아져서. 희영 언니는?"

"……밑에, 어 종호가 멀미가 나서. 미안하다고 전해달라고, 아니 그냥 내가 먼저 왔어."

"그렇구나."

느린 걸음으로 겨우 미덕의 앞에 다가서 자리를 잡는다. 부은 듯한 얼굴에 힘껏 깨물어 빨갛게 부푼 입술, 따끔거릴 것만 같은 눈 밑까지 어느 하나 안 예쁜 곳이 없고 그만큼 안쓰럽기까지 하다.

"아파?"

"지금은 괜찮다니까."

"아프잖아."

꾹 눌린 말에 담겨있던 설움과도 같은 일렁거림을 알아차린 미덕이 대충 묶은 머리를 신경 쓰듯 만지작거리다가 눈을 깜빡였다. 그 사이 멎었던 진통이 살살 다가오고 있어 눈을 찌푸리자 희도의 손이 다급히 그녀의 손을 붙잡았다.

"수술할까?"

조심스레 묻는 그의 말에 미덕은 설레설레 고개를 저었다. 진통의 간격이 빨라지고 있기는 하지만 아직은 괜찮았다. 물론 더 가다보면 참기 어려울 수도 있겠지만.

"제대 축하해요. 같이 축하해 주고 싶었는데."

"이렇게 얼굴 봤으니까 됐어."

수줍게 고개를 내리는 미덕의 모습에 입을 맞추고 싶은 충동이 일었다. 까진 입술이 어찌나 아파 보이는지 그는 엄지로 미덕의 아랫입술을 쓸었다. 달콤한 말은 없지만 그녀의 입술에 닿는 엄지는 설탕을 뿌린 것처럼 달았다.

"장인어른이랑은."

"집에 계시라고 했어요. 엄마는 계셨다가 오빠 온다니까 한 삼십 분 전에 짐 챙기러 가셨고."

"그래."

한동안 말이 사라졌다. 미덕은 몰려오는 진통에 고통을 참아내느라, 희도는 이상하리만치 밀려드는 감격과 애달픔에 자꾸 말문이 막혔다.

거짓말처럼 훅 오기 시작하는 진통에 미덕의 표정이 흉할 정도로 세게 일그러졌다. 그와 함께 희도의 이마로도 땀이 맺혔고 그녀의 손을 꾹 잡았다.

얼마나 시간이 지났는지는 가늠도 되지 않았다. 1초가 한 시간 같고 한 시간이 일 년 같은 끔찍할 만큼 고통으로 가득한 시간이 흘렀다.

"미안해, 미안하다. 미안하다."

그 잘난 사람이 맞는지. 괜한 여자 가슴 설레게 할 만큼 수려한 용모를 가진 최희도가 맞는지 알 수 없을 정도로 그는 단시간에 마른 장작처럼 바짝바짝 말라 있었다.

몇 번인지 모를 사과에도 미덕은 부푼 배의 밑에서 오는 통증에 결국 소리를 내고 말았다. 악, 하고 오는 소리에 희도의 놀랐던 눈이 떠지고 그는 벌떡 일어나 금세 땀으로 젖은 그녀의 이마에 제 이마를 가져갔다.

"내가 미안해. 오빠가 미안해."

처음 진통이 시작된 후부터 더디게만 오던 것이 희도가 도착했다는 말을 듣는 순간부터 잦아지고 거칠어졌다. 어떻게 참을 수 있는 것도 아닌지라 미덕의 손으로 핏대가 오르고 온몸이 바들바들 떨리는 고통에 휩싸였다.

축축해진 하복부에 희도는 빠르게 상황 파악에 나섰다. 자궁이 완전히 열려 금방이라도 아이가 나올 상황이다. 그만큼 극심해진 고통에 미덕은 피가 나도록 입을 물었고 희도는 그런 그녀가 안타까워 자그마한 입술에 제 손가락을 넣어주었다.

"입술 다쳐, 조금만 참아. 응?"

희도의 검지가 입술을 가르고 들어서고 그것을 알고 있었지만 미덕은 있는 힘껏 그의 손가락을 깨물 수밖에 없었다. 금방 살이 벗겨지고 피가 난다. 비릿한 향에 놀라 눈을 번쩍 떴지만 희도는 그녀의 머리를 쓸며 차분한 눈으로 말했다.

"옆에 있을 게. 다른 데 안 가고 계속 여기 있을게."

왈칵 눈물이 쏟아지면서 미덕은 '오빠' 하고 낮게 외치며 다시 소리를 질렀다. 손가락을 물다가도 떼고를 반복하면서 미덕은 대기실에서 분만실로 급히 옮겨졌다.

그 와중에도 희도를 아는 사람들이 놀라서 반사적으로 그를 불렀지만 지금의 최희도는 의사가 아니라 가엾을 정도로 아픈 아내의 곁을 지키는 나약한 사내에 불과했다.

연신 가슴을 치는 울컥거림이 도무지 멈추지 않는다.

분만실 안에 들어서 함께 앉아있으며 고통에 우는 미덕을 보며 동시에 일그러지는 제 얼굴을 알지 못했다.

길게 이어진 기계들 틈으로 땀과 피가 얼룩진다. 기도와 기원이 섞여 진심이 간절해지는 그때. 마침내 세상에 새로운 생명이 태어나 크고 건강한 울음소리를 뱉어내고 희도는 그제야 제 눈을 막고 있는 얇은 수막을 뱉어냈다.

"축하합니다!"

귀로는 소리가 들리는데 몸이 움직이질 않는다. 눈에서 흐르는 게 무엇인지, 너무도 오랜만에 느끼는 것이라 낯선 액체는 하염없이 흘렸다.

눈물.

십 년에 가까운 시간 동안 단 한 번도 흘린 적 없는 그 눈물이 미덕의 눈물과 함께 교류되어 흐른다.

"고마워."

고맙다.

"너라서 다행이다."

이만큼 사랑할 수 있는 너라서 다행이다.

"사랑해, 사랑한다. 덕아……."

이토록 사랑할 수 있는 너라서 고맙다.

멈추지 않는 눈물은 추하지도, 창피도 없다. 그는 이를 악물며 잇새로 퍼지는 울음을 참지 않았다. 세상에서 가장 기쁜 눈물을 막을 이유는 이 세상 어디에도 없으니.

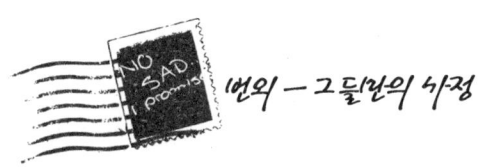

번외 — 그들만의 사정

"차라리 총을 맞지 저건 진짜 아프다."

"마, 많이 아픕니까?"

"총알보다 아프다니까."

총알에 맞아본 적이 없어서 동감할 수 없는 말인지라 이등병 권정식은 아무에게도 보이지 않게 아주 작게 한숨을 쉬었다. 그러나 그 순간 매의 눈이 짜릿하게 꽂히고 권 이병은 허리를 곧추세우며 덜덜 떨기 시작했다. 처음 자대배치를 받고 생각보다, 그러니까 생각했던 것보다 훨씬 친절하고 상냥한 선임병들의 태도와 말씨에 정말 복 받았다며 고개를 주억거리던 이때, 뒤에서 후광 비추듯 훤칠하게 잘생긴 간부복 위에 가운을 입은 사내가 다가왔다.

간부다. 이등병이 감히 바라볼 수도 없는 그러한 장교.

아직 이십일 년도 살지 못한 청년. 군복무 육 개월, 병동 끝에서 천천히 다가오는 장교의 아우라에 권 이병은 속으로 온갖 긴장감을 도무지 참을 수 없었다.

딱 한 끗만 올라간 입가와 그 어떤 군 장교와 비교해도 뒤지지 않는 체구와 군병원 통틀어 벼룩의 눈알만큼 분포하고 계시다는 진정한 여성분들의 눈을 한 몸에 받는 자가 바로 지금 그의 앞에 선 사내였다.

아무리 흠을 잡아보려 용을 써도 보이는 것이 전부 흠인데 다른 사람-특히 여자-들이 몰라주니 어쩔 수 없고 텔레비전 아이돌이나 연예인을 봐도 사실상 바로 뒤에서 후광 비추는 장교와 감히 비교를 할 수가 없다.

일단 스펙 문제다.

전문의를 패스하고 장교 그것도 대위로 무려 국군수도병원에 자대배치를 받아 온 그는 실력 하나만큼은 정말 대단했다. 복무 직전까지 뛰어난 외과의 실력에 여럿 감탄했다 하고 확실하진 않지만 여기저기서 그 실력만큼은 고개를 주억거릴 만하다, 라고 한다.

솔직한 말로 일개 사병인 자신이 수도병원까지 올 일은 결코 흔치 않으니 이 이야기가 진실인지 아닌지는 잘 알 수는 없다.

단지, 단지.

"팔."

이놈은 성격이 더럽게 나쁘다는 것만큼은 정확한 사실이 공공연하다는 것이다.

요즘 들어 부대 내에서 발생한 간염이 빠르게 유행되면서 간염주사를 맞고 있었다. 줄도 길고 간호장교는 물론 다른 많은 장교들이 이리 많은데 어째서 이 장교가 자신의 앞에서 손을 내밀고 있는 것인지 권 이병은 호기심은 고사하고 겁이 나서 죽을 지경이었다.

날짜로 따져 이 장교가 자신의 부대에 있었다면 자신은 그보다 선임이었고 짬밥으로 따지면 지금 같은 상황이 말도 안 되지만 그 짬밥보다 무서운 게 계급장이라고 했다.

"예!"

이등병과 일병의 거리가 맨틀과 혹성 사이라면 이등병과 장교, 대위의 거리는 은하와 은하 사이쯤 된다. 그 은하도 한두 어 개쯤 건너뛰어서. 아니, 어쩌면 2차원과 3차원의 거리일지도 모른다.

어째서 자신에게 와서 이러는 것인지, 간호장교만 기다리고 있는데 어째서 이 시커먼 사내가 오는 것인지 권 이병은 이제 슬슬 열이 받았다. 조금만 더 기다리면 자신의 차례로 저 예쁜 간호장교의 손길을 느낄 수 있었을 텐데!

그러던 그 순간 속내로 꼭꼭 숨겨 놓았던 말이 툭 튀어나오고 말았다.

"젠장……합!"

오 세상에.

권 이병은 지금 자신이 무슨 짓을 했는지 말로 뱉는 순간 폐부까지 깊게 느끼고 말았다. 막 주사를 놓기 위해 팔을 잡고 늠름한 팔뚝 가까이 바늘을 놓으려는 위험한 순간, 장교는 피식 웃으며 입을 열었다.

"어이."

"이병 권정식!"

"기회를 주지."

"예!"

뭐가 뭔지도 모르면서 일단 감사하다는 양 대꾸하며 더욱 몸을 경직시키는 권 이병의 팔을 놓은 장교는 그 잘난 얼굴에 아주 매력적인 미소를 올리며 말했다. 뭔가 아주 상냥해 보이는 그런 얼굴이라 권 이병은 이 장교가 제대로 라는 사실을 느끼고 있었다.

"젠과 장으로 이행시를 지어 내 가슴을 울려보는 거다."

"……."

"내 말 안 들려?"

"시정하겠습니다!"

"그래서 들려, 안 들려."

"들립니다!"

"시제가 뭐라고?"

바늘이 흥흥하게 팔뚝 위에서 움찔거린다는 사실에 꽉 굳어버려서 그는 넓은 군병원이 쩌렁쩌렁하게 울릴 정도로 크게 외쳤다.

"젠! 장! 입니다!"

"……."

어이가 없어 쏘아보는 시선들에 권 이병은 제 실수를 깨달았으나 후회는 아무리 빨라도 늦어지는 법. 한 번에 두 번이나 실수를 하고만 그였고 순식간에 감히 대위에게 젠장이라 외쳐주신 대범한 이등병이 되어버렸다.

악마다!

제기랄, 악마다!

보란 듯이 웃으며 총알보다 아프다는 극악의 주사 실력을 보이며 팔뚝을 꿰뚫어버리는 장교를 보며 권 이병은 진심으로 울고 싶어졌다. 그날 밤 권정식 이등병은 부대의 자갈이 고운 모래알이 되도록 구르고 또 굴렀다.

"오빠는 또 휴가 나왔어? 요즘 군대 진짜 좋아졌다."

동생이 아니라면 진심으로 멱살을 잡고 흔들어 버렸을지도 모른다. 아니, 이 나라 이 땅의 수많은 장병이 가만히 두지 않으리라. 제 동생이지만 머리털을 밀어 골방에 가두고 싶은 충동과 여자만 아니었다면 정말 제대로 다리몽둥이를 꺾어버렸겠으나 그놈의 여동생이 뭐라고 안으로 삭이고 또 삭여보는 정식이었다.

씩씩거리며 고등학생인 주제에 머리카락은 무엇으로 볶아놨는지 겉멋만 들어서 얼굴에 화장까지 한 것이 간만에 온 휴가임에도 반갑지 않았다. 이래서 여자건 남자건 일단 나이 되면 군대를 보내야 한다, 이 말이다. 여자도 안 보낼 거면 남자도 보내지 말라!

남녀차별 등 아주 깊고 깊은 논란 건은 다행히 속으로만 구시렁거리며 여동생 정아를 지나친 정식은 막 방에서 나오는 제 형을 발견하고 순식간에 으르렁거리기 시작했다. 그러니 황당한 것은 동생을 맞이하기 위해 간밤까지 철야를 하고 새벽이나 돼서야 돌아와 겨우 한 시간밖에 자지 못했음에도 기쁘게 나오던 형 정수였다.

군대에 가더니 산짐승이 된 것인가 순하기 그지없던 동생의 아르릉거림이 당황스러워 멈칫하자 아차, 하며 정식이 다가왔다.

"아, 미안. 나도 모르게 반사적으로."

"……."

정식은 입대 전까지 존경해 마지않는 의사인 형님을 보는 순간 경계심부터 드러내 돈독했던 우애심에 흠집이 좀 가버렸다. 미적미적 다가와 떨떠름하게 한 번 다독거리고 있지만 뭐라고 해야 하나, 정식은 자신의 형이 조금 못마땅했다.

"형 군대 안 가?"

"어?"

"아니, 그냥."

그런 동생의 말에 정수는 입을 뜨악 벌리며 어찌할 바를 몰랐다. 의대를 들어가고 전공의 생활 이제 막 3년 차. 위에서 신명나게 쪼아대던 얼굴만 잘난 성격 더러운 치프가 군대에 들어가고 마침내 병원이 평온해졌는데 의외의 복병으로 동생이 이런 말을 해대니 어딘가 서러움이 올라왔다.

정수 역시 군대를 아직 가진 못했지만 군대와 엇비슷하게 혹독하다는 인턴생활과 레지던트생활을 이겨내고 있었다. 주말과 주간의 경계가 허물어지고 낮과 밤, 수면과 활동의 능선이 뒤틀리면서 3년 동안 살이 12킬로그램이나 빠져 있었는데 이 건방진 동생은 감히 자신에게 군대를 가라 재촉하고 있었다.

빠지직, 빠직.

흠집이 난 형제의 우애는 걷잡을 수 없이 뒤틀리고 머리카락을 손가락으로 빙글빙글 꼬며 형제의 침묵으로 이어지는 공방을 보던 정아는 어깨를 으쓱거리며 휙 지나쳐버렸다.

한 명은 군대, 한 명은 병원생활로 고생하는 것을 알기에 세 남매의 부모님은 간만에 상당히 좋은 패밀리 레스토랑을 잡고 식사를 하며 이런저런 이야기에 흠뻑 빠졌다. 아버지는 힘든 군생활을 하는 작은아들을 데리고 자신의 옛 생각에 푹 빠져 도란도란 이야기의 꽃을 피웠다.

말을 듣자면 호국군인으로서 참으로 훌륭한 군생활을 보내는 것 같지만 개인의 입장이라는 것이 있듯 정아는 이미 이야기가 지겹다며 하품을 하기 직전이고 정수는 아버지와 동생 둘이서 저 군대 가라 채근하는 것 같아 자리가 거북해졌다.

괜히 형에게 화풀이를 한 것 같아 미안한 감정도 일지만 현재 정식은 의사라는 사람만 보면 이가 갈릴 지경이다. 안 그래도 힘든 군생활에 그나마도 선임들도 비교적 괜찮아 아주 나쁘지는 않았건만 그 '젠장' 하나로 이유도 없이 해코지를 당하기 시작했다. 그로 인해 비실비실했던 몸은 본의 아니게 근육으로 쌓여갔고 눈에는 독기가 서렸다.

군복무 중 한 번 보기도 어렵다는 국군수도병원의 장교.

단 한 번 봤을 뿐인데 생각만으로도 열이 솟아올랐다. 화장실에서 볼일을 보면서도 자신의 짧은 머리를 감추기 위해 쓴 비니 모자를 열심히 고쳐 쓰면서 정식은 떨떠름하게 손을 씻는 형과 어색하게 웃으며 자리로 향하다가 순간 등골을 찌리릿하게 올리는 전류에 멈춰 섰다. 바로 옆에 선 정수도 마찬가지였으나 두 사람 모두 자신들의 감각에 치중해 서로 같은 동작, 같은 표정으로 같은 곳으로 고개를 돌리고 있음을 인지하지 못했다.

"!"

한 번을 보든 두 번을 보든 절대 잊을 수 없는 얼굴이 이 레스토랑에서 가장 좋은 자리 그것도 그들이 앉은 자리에서 불과 세 테이블 정도밖에 떨어지지 않은 곳에 떡하니 앉아있었다. 거만하게 다리를 꼬고서 창밖을 보고 있는 그 모습이 하나의 화보와 같았다.

"뭐 이런!"

"무슨!"

동시 다발적으로 크지도 않고 작게 바락 말이 나온 형제는 깜짝 놀라 서로를 보았고 곧이어 민망한 얼굴로 머리를 긁적거렸다. 그리고 거침없이 몸을 돌려 자리로 돌아와 그 테이블에 있는 '못된 놈'과 등을 지기 위해 동생이 앉은 자리와 최대한 밀착하기 시작했다.

"뭐야, 왜 그래?"

그다지 살갑지 않은 오빠들이 갑자기 저에게 딱 달라붙으니 짜증이 오르는 모양이었다. 그러나 작은오빠는 한껏 이를 가는 표정이고 큰오빠는 겁에 질린 표정으로 정아의 말을 그대로 무시하고 있었다.

원수는 외나무다리에서 만난다.

정수는 정수 나름대로 결코 보고 싶지 않은 치프의 모습에, 정식은 보면 한 대 때려주고 싶으나 군인의 신분으로 털끝도 건드리지 못할 장교의 모습에 눈을 부릅떴다. 정수는 물론 정식은 이 웃지 못할 상황에 앞에 놓인 스테이크를 작살냈다. 아무리 한국이라는 나라가 좁다고 하지만 두 사람이나 군인인데 어떻게 한 곳에서 본단 말인가.

그러나 그들은 몰랐다. 현재 자신의 형제가 같은 사람을 보고 치를 떠는 것을.

짧은 머리임에도 무슨 짓을 했는지 더없이 세련되어 보이고 꼰 다리 길이는 경인고속도로처럼 쭉쭉 뻗었다. 겉은 물론 속도 알차고 성격만 나쁠 뿐인 사내.

등 뒤가 따끔따끔 아파 오며 밥을 입으로 먹는 것인지 코로 먹는 것인지 헷갈릴 즈음 끝내 자리 보존하고 있기가 어려워진 형제는 평소보다 더욱 먹지 못하고 다시 가족들에게 양해를 구하며 자리에서 일어났다.

어째 조금 전부터 서로 똑 닮은 행동만 하고 있는지라 어색하게 눈만 마주치는 가운데 레스토랑 아래 흡연 장소에 자리한 두 사람은 각자의 생각에 빠져 담배 한 개비 입에 물고 불안하게 다리만 떨었다.

'말씨가 서울씬 걸 보아 서울 놈인 건 알았다만 그렇다고 여기서 만날 건 또 뭐야? 하여간 이놈에 군의관들은 진짜 뻑 하면 휴가 써서 밖으로 쳐 나오고. 대관절 뭐 때문에 여기 와서 저 난리야. 아, 진짜 짜증나 죽겠네. 그렇다고 그냥 집에 갈 수도 없는 노릇이고 괜히 걸리면 그냥 지나칠 수도 없는데. 그래도 두어 달 전 일인데 기억하려나? 그냥 눈 마주쳐도 무시해도 되겠지? 아씨, 그런데 기억하면? 진짜 이러다 영창 가겠네! 이런……'

'군대 갔다는 작자가 대체 왜 여기 있어? 전생에 무슨 죄를 지었다고 밥 먹는 데까지 와가지고 그러는 거야? 하여간 왜 늙지도 않는 건데. 훈련도 좀 빡세게 받았으면 어디 늙은 구석이라도 있어야지. 설마 병원에서 보톡스 혼자 맞고 있는 거 아닌가. 진짜 미치겠네! 괜히 잘못 걸리면 좋을 것도 없잖아. 가족도 다 있는데……이런.'

"젠장!"

"젠장!"

다시금 호흡 척척 맞게 욕지기 내뱉은 그들은 아까부터 비슷한 듯 아닌 분위기 폴폴 풍기며 안절부절못하는 서로의 형제에게 의아함을 느꼈다. 지나치게 닮은 행동을 하고 있는 그들이 뭔가 막 물어보려던 찰나 흡연구역 바로 옆의 레스토랑으로 올라가는 외부 계단의 옆으로 어느 여자가 다가오더니 흡연구역에 앉아 담배를 피우는 것이 아니라 괴이한 행동을 해댔다.

"이 개놈, 내가 먼저 인터셉트 해주마."

무척이나 매력적이고 아름다운 여자는 눈에 광기 어린 살벌함을 띄우고는 그대로 굳은 듯 뚫어져라 사람들이 오가는 도로변을 바라보고 있었다. 저러다 도로를 눈으로 엎어버릴 것만 같은데 어쩐지 형제의 눈에는 어떤 누군가와 닮은 것도 같았다.

지나치게 수려한, 수수한 매력이 아닌 한눈에 봐도 눈에 들어오는 그런 화려함 가득한 미인상은 눈길을 끌기도 하지만 불쾌감도 올린다. 어디선가 본 듯한 그런……

"헉."

먼저 신호가 온 것은 정수였다. 조금 떨어진 곳에서 도로를 보는 여자의 모습은 꽤 오랜만이기는 하지만 몇 번이나 보았던 여성이다. 그러니까 분명 저 여자는 그 망할 치프 선생의 누나다!

정수의 헛바람 들이켜는 소리에 도도하게 고개를 돌린 여자, 희영은 역시나 눈에 익은 정수를 보며 아는 척 눈을 동그랗게 떴다. 일어선 라인은 무척 여성스럽지만 높은 힐로 인해 본래 큰 키는 형제와 엇비슷할 정도였고 자박자박 걸어와 선 그녀는 악수를 건넸다.

"동생이 많이 실례 끼쳤던 것 같은데, 권정수 씨 맞죠?"

신세가 아니라 실례라 말하며 순수한 악의를 여실히 보이는 희영을 향해 하하, 웃은 정수는 악수를 받으며 아니라 말은 했다. 그저, 말만 했다. 절대적으로 인정할 수밖에 없지만 그 누나의 앞에서 뭐라고 할 수는 없다.

눈이 돌아가게 예쁜 미인과 아는 척을 하는 형을 새삼스레 보던 정식은 서둘러 담배를 버리고 멀뚱히 섰다. 보고만 있어도 기분 좋아 보이는 여자가 눈앞에 있으니 마음이 풀리는 기분이다. 안 그래도 치마만 두르면 여자 좋다는 속설이 돌 정도인데 미인은 언제 봐도 좋다.

"축하드려요."

"예?"

"그 망할 놈이 오죽했겠어요. 사람은 마음이 편해야 하거든요."

"아."

말인즉 제 동생의 부재가 정수에게 얼마나 좋은 영향을 주는지를 축하해 주고 있음이다. 입이 풀리기 시작한 것인지 아직 허공을 떠도는 담배 연기를 훌훌 손으로 젓은 희영은 위에서 자리 잡고 있을 동생의 험담을 늘어놓았다. 그리 이야기를 나눠 본 적도 없고 만난 것도 동생의 옷을 좀 가져다줄 때 잠시 본 것이 전부인데도 불구하고 흐르는 여유는 절친한 친구에게 대하는 듯하다.

"사람 여럿 버려놓고 저 잘난 맛에 살죠. 아시죠? 요만한 것 가지고 일 크게 불리는 거. 생긴 것도 뒷동산 민둥머리처럼 줄줄 흘러선 사람 볶을 줄만 안다니까요."

어쩐지 저도 모르게 고개를 주억주억. 그 결과 정수는 저도 모르게 헛소리를 내뱉었다.

"참 예쁘시네요."

"응? 아, 고마워요."

이 형이 지금 무슨 소리야. 그리고 당연하다는 듯 받아들이는 이 여자는 뭐고.

어쨌거나 저쨌거나 길고 길게 이야기를 늘어놓는 사이 무엇 때문인지 세 사람은 옹기종기 모여 저마다 불평불만을 마구 하기 시작했고 한 사람은 동생을, 한 사람은 선배를, 다른 한 사람은 군 장교를 열심히 헐뜯어댔다.

듣는 바로는 그렇게 몹쓸 놈이 없는데 정식은 그야말로 날개라도 단 듯 열렬하게 제 군생활을 망가트린 장교에 대한 울분을 놓았고 나머지 두 사람은 그를 다독거렸다. 그렇게 열심히 끝날 줄 모르는 이야기를 봇물처럼 터트리는 그때 어디선가 퍽, 하고 누군가 박히는 소리가 들려왔다.

레스토랑으로 올라가는 외부 계단의 초입으로 작은 여자가 엎어져 민망해서인지 아파서인지 모르겠지만 쉽사리 일어나지 않았고 바닥으로 통 떨어지는 휴대폰이 완전히 떨어져버렸을 때 그와 함께 빠른 속도로 누군가가 계단으로 내려왔다.

"덕아!"

낮은 목소리, 무척이나 놀라 서둘러 내려오며 작은 여자의 옆으로 다가온 사내는 걱정이 하나 가득 담긴 표정으로 끙끙거리는 여자를 부축하며 재킷을 벗었다. 그리고 계단에 제법 값이 나가 보이는 재킷을 평평하게 깔더니 그 위로 여자를 앉혔다.

"괜찮아?"

두어 계단 밑으로 내려가 여전히 고개를 못 드는 여자의 몸을 살피며 마지막으로 헝클어진 머리를 가볍게 정리해 주었다. 세밀하게 빰을 조금 닦아주곤 무슨 해괴한 짓인지 다시 옆으로 앉으며 자신의 널따란 허벅지 위로 가볍게 여자를 안아 앉혔다.

"저 자식 또 저 난리네. 아, 진짜."

중간에 인터셉트를 하기 위해 일부러 찾아왔건만 애석하게도 이들과 이야기를 하던 도중 타이밍을 놓치고 만 희영이다. 본래 부끄러워하며 거부해야 할 미덕이지만 엎어지면서 박은 무릎의 충격이 여전히 머리를 울리고 있던지라 희도의 흑심 가득한 행동도 막지 못하고 눈물까지 찍 흘리기 직전이었다.

"괜찮아?"

"네, 네. 괜찮아요."

약속시간에 늦어버리는 바람에 서둘러 달려오다가 익숙하지 않은 힐에 발이 엇갈리면서 그대로 계단 모서리에 무릎을 박았다. 정말 아파서 죽을 것 같았고 한 번 눈물이 그렁그렁 맺히자 그 수맥을 따라 눈물이 흘렀다.

"많이 아파? 어디 봐. 일단 오빠가 보고······."

그렇게 말하며 드러난 미덕의 맨다리를 살피던 그는 그제야 바로 아래 흡연구역에 옹기종기 모인 세 사람을 발견했다. 그리고 그들 역시 희도와 눈이 마주쳤고 각자 저마다 포즈와 표정으로 그를 맞이했다.

"흐음."

조금 짧다 싶은 미덕의 치마 아래, 드러난 다리를 바닥에 놓인 자신의 재킷으로 덮은 희도는 슬슬 통증은 사라져가지만 이제는 너무도 창피해져 더 고개를 들지 못하는 미덕을 품에 가깝게 안으며 시선은 그대로 세 사람에게 유지하면서 말했다.

"업어줄까? 다리 움직이기 힘들 거야."

"아뇨, 아니! 잠깐, 오빠!"

그건 더 창피할 것임을 알기에 고개를 번쩍 들며 거부하려던 그때 희도의 손이 가볍게 미덕의 뒤통수를 제 쪽으로 당기며 휘파람을 불었다.

"이거 반갑네."

네 사람의 입을 단번에 막아버리는 솜씨. 그러나 세 사람에게는 곧 흥미를 잃고 미덕을 세우며 결국 포기하고 업히는 그녀를 받친 희도는 주머니를 뒤적거리며 정수와 정식에게 한 번씩 시선을 주며 특유의 입꼬리 올리는 미소를 만들었다.

"다들, 아는 얼굴이네?"

너무도 놀라 관등성명도 잊은 정식과 오래간만에 만난 전 치프에게 뭐라 할 말도 잊은 정수. 그리고 미덕이 희도에게 가기 전에 인터셉트를 시도하다가 실패한 희영에게 한 번씩 더 시선을 주고는 그는 그대로 레스토랑으로 올라가 버렸다. 물론 제 누이인 희영에게는 부탁 아닌 부탁을 하는 것도 잊지 않았다.

"덕이 휴대폰 좀 챙겨줘."

툭, 툭 계단 올라가는 소리와 함께 고개를 들어 올린 미덕의 정말 미안하다는, 난감한 표정을 마지막으로 다시 세 사람은 그들끼리 남아버렸고 그 순간 동시에 그들의 입에서 같은 말이 튀어나온다.

절대 고운 말이 아님은 확실하다.

Hiddenstory 1

세호초등학교 3월 2일.

총 427명의 초등학교 입학생들이 각 반의 푯말을 든 6학년 언니 오빠들의 뒤로 두 줄 맞춰 서서 어리바리한 얼굴로 이리저리 주변을 둘러보고 있었다. 아직 엄마 젖도 떼지 못한 어리광쟁이들이 절반이고 말썽이 이만저만이 아닌 아이들이 절반의 절반. 거기에 벌써부터 엄마가 보고 싶다고 울먹거리는 아이들이 또 절반이다.

키 순서대로 나란히 서 있지만 가장 끝에 있는 아이도 가장 첫 줄의 아이와 그리 다를 바 없고 눈높이가 맞아서 그런지 이미 몇몇 아이들은 앞뒤에 선 친구들과 친해져 손바닥 짝짜꿍 맞춰 개구진 행동을 서슴없이 해대고 있었다. 그러나 유독 이런 아이들 중에서도 눈에 쏙 들어오는 부류가 나뉘어 있다.

1학년 7반 가장 뒷줄에서 두 손을 주머니에 찔러 넣고 구령대 위에서 열변을 토하시는 교장선생님의 훈화 말씀은 듣자마자 엿 바꿔 먹는 것인지 끝내 고집 부려 입에 물고 있는 껌을 질겅질겅 씹어대고 있는 아이 한 명이 유독 우뚝 크게 서서 빤히 한 곳만 바라보고 있었다. 족히 열 살쯤은 되어 보이는 키와 체구에 볼 것 없는 모래알 가득한 운동장의 아이들 중 자신의 옆줄, 같은 반 여자아이들 줄의 가장 앞쪽만 쭉 보고 있다가 이내 우물우물 거리던 껌을 훅, 풍선을 불었다. 참고로 이 풍선 불기는 제 누나를 신들린 듯 닦달해 겨우 연습한 나름 멋있는 행동 중 하나였다.

아무튼 눈을 떼지 않고 앞만 보던 아이는 고개를 아예 홱 돌려 중얼거렸다.

"완전 못생긴 게 어디서 예쁜 척이야."

아이, 현덕의 눈에 무려 십여 분이나 담겼던 같은 반 친구는 예쁘게 기른 머리카락의 끝만 살짝 웨이브를 주어 곱슬곱슬하게 만들어 놓고 귀여운 머리띠를 한 원피스 차림의 여자아이였다.

유난히 하얗고 예쁜 얼굴에 큰 눈이 깜빡거리는 아이는 이제 막 남자와 여자의 성 구별을 하기 시작한 친구들 사이에서는 제법 인기를 끌었다. 끝만 조금씩 쳐내 곱게 기른 머리카락은 아주 예쁘게 자리 잡아 단정했고 오늘 입학식을 맞이해 마련한 하얀 원피스 또한 무척 잘 어울렸다.

"예주야."

"응?"

바보같이 미련할 정도로 순박해 보이는 표정이다. 딱 나이다운 모습이지만 약간 어눌한 말투나 흡사 고양이 탈에 강아지 혼을 넣은 미묘한 반비례감이 있었다.

새침함이 눈에 비치는 친구의 부름에 막 알림장을 꺼내고 연필을 쥐던 예주가 고개를 돌렸다. 교실에 도착해 같은 짝꿍이 되면서 친해진 아이인지라 이름을 들었지만 잘 기억이 나지 않는다.

"저기 뒤에 애가 너 보고 막 웃어. 아니, 암튼 이상해."

"애……."

친구의 말에 예주의 고개가 뒤로 향했다. 사실 예주에게 전해지는 호감 있는 미소는 아주 자주 있는 일이다. 지금보다 조금 더 어릴 적에는 과자 사줄 테니 함께 가자는 소리도 몇 번 들어봤을 정도였고 대개 까다로운 외향에 비해 배시시 웃는 예주를 향해 좋은 말만 해주는 터였다.

"……."

그러나 이번에 보이는 눈빛은 그야말로 바늘로 콕콕 찌르듯 아픈 눈길이었다. 입에는 껌이라도 씹는 것인지 느릿느릿하게 우물거리고 뭐가 그렇게 못마땅한지 전혀 좋아 보이지 않는 눈초리는 물론 새 책상에 앉아 건들건들 오만함이 절절 넘치는 행태가 말하지 않아도 '나 너 진짜 싫어' 하고 말하는 것만 같았다.

난생처음 만난 생소한 눈길 때문에 가슴이 철렁, 내려앉아 덜컥 겁이 나 움찔거리는 예주와 다른 아이들과 놀지도 않고 혼자 앉아서 예주만 뚫어져라 보던 남자아이, 현덕은 또래답지 않게 길고 튼튼한 다리를 쭉 뻗어 일어나더니 저벅저벅 걸어와 예주의 앞에 섰다.

콩닥콩닥, 아기 주먹만 한 예주의 심장이 콩닥거린다.

8살 난 아이들은 보통 여자아이들이 월등히 큰 키를 가지고 있건만 현덕만큼은 그 여자아이들보다 손가락 하나만큼 더 크다. 그래서 더 무섭고 괜히 되게 잘생겨 보이는 아기자기한 마음속에 예주가 괜히 수줍게 볼을 붉히고 있을 때 현덕의 손이 정확히 예주의 머리 위에 있는 작고 귀여운 리본이 달린 머리띠로 향했다.

"왜?"

조심스레 천천히 물어보는 예주의 물음에 현덕은 조금도 망설임 없이 또박또박 하고픈 말을 뱉어냈다.

"빼."

"어?"

"빼라고."

"머리띠?"

"어."

당황스럽게도 다짜고짜 머리띠를 빼라는 말에 예주는 선뜻 그 말을 따라 줄 수가 없었다. 원피스와 함께 가장 마음에 들었던 것인지라 살랑살랑 고개를 좌우로 젓자 현덕의 고집스러운 눈썹이 위로 비죽 올라갔다.

충분히 겁을 내기에도 어렵지 않은 상황인데 예주는 어쩐지 두 뺨이 발그레 물이 들어가기 시작했다. 빼기 전까지는 절대 가지 않을 듯 책상을 탁 짚고 상체를 앞으로 내밀며 역시나 별말 없이 예주의 예쁘게 자리 잡은 코끝에 제 코끝이 닿을 듯 가깝게 대며 흡사 아기 맹수처럼 아르릉거렸다.

"빼."

후다닥.

일단 겁이 난 게 먼저였다. 헐레벌떡 머리가 망가지는 것도 개의치 않고 얼른 잡아 내리자 금방 머리가 얼굴을 가리고 헝클어졌다. 하지만 현덕은 그 머리띠가 빠져 있는 게 만족스러웠는지 흡족하게 고개를 한 번 짧게 끄덕이고 허리를 세웠다. 그러다 마구 헝클어진 예주의 머리에 여전히 무뚝뚝한 표정 그대로 대충 손을 뻗어 뒤로 넘겨준다.

"너 그거 또 하면 죽어."

전혀 상큼하지 않은 현덕의 말에 옆에 있던 7반 아이들이 흠칫하는데 예주는 이미 반쯤 해롱해롱 거리는 눈으로 '응' 하고 반사적으로 대답을 하고 있었다. 때마침 들어오시는 담임선생님의 발소리도 들리지 않고 예주의 귀에는 역시나 오만하게 허리를 쭉 펴고 제자리로 돌아가는 현덕만 빤히 바라보았다.

콩콩, 콩콩.

예주는 점점 더 빨갛게 변하는 제 볼에 손을 올렸다.

우와, 우와. 난 몰라.

지금 현덕의 행동이 제 누나와 같은 머리띠를 하고 있었다는 이유 때문이라는 것을 예주가 알게 되는 것은 지금으로부터 꽤 오랜 시간이 흐른 후였다.

*

"덕아."

길게 늘어지는 목소리에 교복 주머니에 두 손 찔러 넣고 앞으로 슬슬 걷던 현덕은 짧게 친 단발머리를 하고 얼른 뒤따르는 예주를 노려보았다. 짜증이 이만저만 섞인 것이 아닌, 당장이라도 갈아엎어버릴 성질 가득한 눈빛에 예주는 다시 하트가 그려질 듯 얼굴을 붉혔다. 안 그래도 학교에서 현덕이 멋있다고 계집애들이 소곤대지만 그래도 이렇게 상대해 주는 것은 예주, 이 소녀뿐이다.

"네 혀는 나이 먹을수록 자라냐?"

물론 나오는 말은 싸가지라곤 눈곱만큼도 찾아볼 수 없지만 또 그게 현덕의 매력 아니겠는가.

"에이, 설마."

"그럼 혀를 좀 말던가, 입을 닫던가."

안 그래도 성질나는데 지금 저 계집애는 힘들지도 않은지 낑낑거리며 따라오고 있었다. 휴대폰으로는 신나게 연락이 오고 받기도 싫은데 하필이면 액정에 뜬 이름에 안 받을 수도 없다. 다른 사람이었으면 모를까 하필! 하필!

"아, 왜! 간다니까! 가고 있어! 간다고!"

있는 성질, 없는 성질 바락바락 해대는 현덕의 개차반 음성에도 예주는 뒤에서 방긋방긋 웃고 있었다. 그렇게 소리치면서 걷는 걸음은 조금 더 빨라졌고 이제는 예주도 따라잡기 어려울 만큼 거리가 벌어져버렸다. 끝내는 달려가는 폼이 상당히 다급해 보였고 결국 예주는 현덕을 놓치고 다시 한 번 혓바닥 늘어난 소리로 '덕아아아' 하고 부를 수밖에 없었다.

태어나기 전 태몽부터 커다란 호랑이 한 마리가 거만하게 산 위에 올라 세상을 아래로 내려 보고 있어 혹여나 싶어 결코 자만하지 말라는 뜻으로 이름으로는 그리 흔히 쓰지 않는다는 검을 현(玄)자에 덕 덕(德)자를 쓰고 있고 제 부모님과 누이와는 다르게 훤칠하게 큰 키를 자랑하는 소년은 지금 머리 꼭대기까지 화가 나서 이를 아득바득 갈고 있는 상태였다.

모르는 사람도 박수를 치며 축복을 내린다는 결혼식장.

아름다운 백색의 휘장들이 멋스럽게 여울지고 길게 이어진 웨딩로드의 사이드로 색색의 화환들이 길게 늘어져 있었다. 그리고 이 웨딩로드만큼이나 긴 주례를 귓등으로도 듣지 않으며 식장 벽에 착 달라붙어 블랙 정장을 입고 늠름하게 선 뒷모습을 뚫어져라 노려보던 현덕은 살짝 고개를 돌리다가 보인 누나의 얼굴에 더욱 사납게 눈을 추켜 떴다.

이미 초등학교를 졸업하면서 누나의 키를 완전히 넘어서고 중학교에 입학했을 때에는 또래와는 비교할 수 없게 커져 체구만큼은 아버지와 엇비슷해진 상황이었다. 이제야 지켜줄 수 있을 만큼 커졌는데 그 사이를 못 참고 이상한 저놈과 결혼을 하고 있는 누나에게 현덕은 못내 배신감을 느꼈다. 비상식적으로 누이에 대한 애정도가 높아 그만큼 괴롭히기도 많이 괴롭혔던 현덕은 겨우 결혼식에 자리 잡고 있으면서도 못마땅함을 홀로 힘껏 발산하고 있었고 그 사나운 기운에 소년의 옆에는 소녀만 자리하고 있었다.

"덕아, 저기 저 오빠 되게 멋있다."

그런 식으로 부르지 말라니까 죽자고 불러대는 말에 현덕의 눈썹이 올라갔다. 하지만 그보다 더 짜증나는 건 예주의 말이다.

"뭐?"

날카롭게 예주를 내려 본 현덕은 끈질기게 따라온 예주의 말이 마치 무슨 망언이라도 되는 양 어처구니없어하며 되물었고 예주는 두발규정 때문에 자른 단발 머리카락을 단정하게 귀 뒤로 넘기며 다소 눈치 없이 말을 이었다.

"정말 잘생긴 것 같아. 너희 누나랑 너무너무 잘 어울려."

확실히 현재 저기 웨딩로드 끝 단상에 선 신랑 신부는 누가 보아도 감탄이 나올 만큼 잘 어울리는 커플이었다. 가녀리고 작은 신부님은 무척이나 예뻤고 그 옆에서 검은색 턱시도의 신랑은 주례가 이어지는 가운데에서도 신부에게서 눈을 떼지 못하고 있었다.

그 바람에 신랑의 옆선이 고스란히 하객들에게 보이고 있었는데 조금 비추는 그 옆얼굴이 실로 대단할 만큼 미남이어서 예주는 절로 박수를 서너 번 쳤다. 순수하게 막바지를 향하는 결혼식에 빠져 방긋 웃음을 짓고 있었는데 현덕은 울컥 입가를 구기며 매섭게 예주의 눈을 큰 손으로 가려버렸다.

"으앗!"

다정함이라고는 눈곱만큼도 없는 소년의 손길은 여린 소녀의 얼굴을 가득 문질러버렸고 예주는 험하기 그지없는 현덕의 손에 눈이 가려져 어쩔 줄 몰라 파닥거렸다. 그렇게 몇 분이나 예주의 눈을 가리고 놓아주지 않는 통에 마지막 주례까지 제대로 듣지 못한 예주는 웨딩마치가 들리고 나서야 겨우 소년의 손에서 벗어날 수 있었다.

"손 더 커졌나봐."

충분히 화를 내도 무방할 상황에서 눈만 몇 번 비비적거리며 안도의 숨을 내쉬고 머리를 정돈하는 소녀에게 현덕은 콧방귀를 뀌며 고개를 돌렸다. 백색 웨딩로드를 걸어오는 누나의 눈이 현덕에게 닿았고 소년은 다정하게 미소를 지어주는 누나의 얼굴에 씩씩거렸다. 그 사이 옆으로 다가온 지호가 요구르트병 하나를 건네주었고 현덕은 그 것 자체도 짜증이 치밀어 예주를 그대로 두고 웨딩홀을 빠져나가버렸 다.

"어, 어어!"

마치 자석이라도 붙여 놓은 듯 따라붙는 예주를 무시하고 현덕은 로 비에 비치된 소파에 앉아 다리를 쭉 뻗어 꼬아버린 현덕은 어느새 다가 와 방긋 웃는 예주를 보며 고개를 삐딱하게 움직였다. 기어코 식장까지 따라와 실실 웃어대며 현덕과 조금 떨어져 소파에 앉은 예주는 막 폭죽 이 터지고 박수소리가 크게 울리는 웨딩홀로 다시 들어가 보고 싶은 듯 아쉬움이 가득한 눈으로 웨딩홀 쪽을 보며 혼자 '우와, 우와.'를 중얼거 리고 있었다.

이게 또 괜히 짜증이 난다.

"야."

"웅?"

"대답 제대로 안 해? 웅? 곰이냐?"

"아, 응. 왜 덕아?"

습관적으로 입 모으는 버릇이 있는 예주는 무의식중에 나오는 '웅?' 하는 대꾸 소리에 얼른 입을 가리며 고개를 끄덕였다. 제대로 대꾸하며 자신을 보는 예주 때문에 다소 마음이 누그러진 현덕은 무척이나 비릿 한 비웃음을 여과 없이 비추며 말을 이었다.

"이제 집에 가지?"

매정한 한 마디에 예주는 금세 강아지 귀가 축 늘어지듯 서운한 얼굴 로 우물우물 눈동자를 굴렸다. 기껏 기다려주지 않고 빠르게 걷는 현덕을 따라 버스 타고 차 타고 모르는 동네까지 와버려서 무척 난감한 상태였다.

"나 길 모르는데……."

소심하게 도움을 바라듯 말하는 소녀에게 현덕은 하등 신경 쓰지 않는 듯 소파 등받이에 팔 한쪽을 올리며 뒤로 길게 등을 기대며 대꾸했다.

"근데."

깔끔하기로는 말할 것도 없는 태도 속에 예주는 한숨을 숨겼다. 이미 오래전부터 알고 있는 촌철살인적인 태도이지만 역시 들을 때마다 가슴이 따끔따끔 아프다. 지금껏 다정한 적 한 번 없고 무작정 뒤따르는 예주를 돌아본 적도 없지만 여전히 자신은 현덕이 정말로 좋으니까, 그러니까 무심한 태도에도 버틸 수 있다.

"아니야. 그럼 오늘은 먼저 갈게, 학교에서 보자."

"아 몰라. 좀 가라, 귀찮다."

하품까지 하며 눈길도 주지 않는 매정한 태도다. 입을 살짝 내밀고 한참을 현덕을 보던 예주는 이내 다시 한 번 한숨을 쉬고 느린 걸음으로 식장을 벗어났다. 학교에서 걸어서 10분, 지하철을 타고 삼십 분에 버스를 타고 사십여 분을 달려왔기 때문에 예주에게는 정말 생소하기 짝이 없는 동네였다.

오늘따라 기운이 없어 보이는 현덕을 혼자 두는 것이 마음이 불편해서 따라왔지만 결국 필요 없이 밀쳐지고 풀이 죽어 어깨를 늘어트리고 이미 한 시간이나 지나 가물가물해진 길을 찾기 위해 사위를 살피며 걸음을 옮긴 예주는 알쏭달쏭 미로 같은 골목을 빠져나가 겨우 버스정류장 하나를 발견했다.

"하아."

다른 때보다 훨씬 더 농도 짙은 성질머리를 보여주는 것이 무척이나 동요하고 있던 현덕이었다. 항상 까다로운 아이지만 뭐 하나 집중하지 못하고 쉬는 시간이면 사람 눈 신경 쓰지 않고 개인플레이에 바빴던 애가 오늘은 유독 멍하니 있던 것이 걱정되었는데 역시나 누나 일 때문이라는 것에 안심이 되기도 하고 씁쓸하기도 했다.

"강현덕 바보."

작게나마 속삭이고 버스정류장에 있는 먼지 묻은 의자에 앉은 예주는 벌써 햇수로 꼬박 7년째인 만남 속에 멍하니 하늘을 향해 고개를 올렸다. 구름 한 점 없이 맑은 5월의 하늘이 아스라할 정도로 따스했다.

매년, 매월, 매일 사시사철 2월 꽃샘추위처럼 냉정한 현덕이지만 언젠가는 한 번이라도 저렇게 따뜻하게 웃어주시는 않을까. 괜한 기대 속에 현덕이 웃는 것을 상상하다가 소리 내어 웃던 예주는 때마침 오는 파란 버스 한 대에 번호도 확인하지 못하고 벌떡 일어나 올라탔다.

뭐든 타고나면 도착할 거라는 생각에 빠르게 차에 올라타 비어 있는 자리에 살짝 엉덩이를 대고 앉은 예주는 타고나서, 이미 버스가 출발하고 나서야 버스의 노선도를 살피기 위해 이리저리 둘러보고 있었다. 이런 어리바리한 행동 때문에 현덕에게 몇 번이나 욕을 먹었지만 잘 고쳐지지 않는다.

어느 지명인지도 모르는 노선을 따라 지하철역이라도 나올까 싶어 손가락으로 노선표를 짚던 예주는 자신이 탄 곳이 어딘지도 모른다는 것에 낭패감을 지었고 그때 들린 변성기를 맞아 낮아진 목소리가 정확히 귀에 들려왔다. 그것도 바로 위에서.

"서울 가냐?"

화들짝 놀라 노선표를 하나, 둘 살피던 예주가 소리가 난 쪽으로 시선을 두었고 거기엔 못마땅함이 흘러넘치는 현덕이 씹어 먹을 듯 부리부리하게 예주가 가리키는 노선표를 보고 있었다.

"덕아."

"바보냐? 노선표 못 봐? 이게 어딜 봐서 집으로 간다고 생각하냐? 혀가 도니까 눈도 돌았어?"

단번에 세찬 어조가 이어졌다. 주위에 있던 사람들이 혀를 찰 만큼 신랄한 어조였지만 예주에게는 지독하게 익숙한 질책이었고 소녀는 더듬더듬 얼굴을 붉혔다.

"아, 아니 그러니까……"

"그러니까 따라오지 말라고 했잖아! 귀찮아 죽겠네!"

그러면서도 잘못 탄 버스에 함께 타주고 앞에 서 있는 현덕 때문에 예주는 배시시 웃을 수밖에 없었다. 절대 틀린 것을 고쳐주지도 않고 가르쳐주지도 않지만 무엇이든 그 틀린 것에 함께 해주는 아이다.

배려심이라고는 눈곱만큼도 없고 이름 한 번 제대로 불러주지 않는, 못된 현덕이지만 그래도 무시하지 않아서 그것이 고마웠다. 그래서, 그래서 소녀는 소년이 좋았다. 어느 날 문득 정신을 차리면 항상 눈에 박혀 있는 현덕이 정말로 좋다. 예주는 귀찮음이 얼굴에 덕지덕지 묻어 있는 표정으로 창밖만 바라보는 현덕을 올려보면서 언제나처럼 한 마디 했다.

"덕아, 나는 네가 정말 좋아."

"시끄러워."

비록 웃기는 소리 말라는 듯 가차 없이 비웃어버리는 이런 놈일지라도.

 Hiddenstory 2

그대 뒤에 있는 어느 누군가.

상상할 수도 없는 두통이 몰려와 저도 모르게 벌어지는 입과 지끈거리는 머리를 감싼 두 손의 악력을 막을 수가 없었다. 돌아버릴 정도로 쿡쿡 찌르고 턱턱 숨이 막힐 만큼 답답한 가슴에 일어나 앉아 있으면서도 주변 사위 둘러보기 어려울 정도였다.

난생처음 맛보는 숙취였다.

평소보다 기분이 좋아서, 언제나 가슴 깊은 곳을 억누르고 있는 듯했던 많고 많은 사심들이 녹아내려 더없이 기분이 좋아 평소답지 않게 조금 과음을 하기는 했지만 이렇게까지 숙취가 올 것이라고는 생각하지 못했다. 머릿속을 누군가가 송곳으로 찌르는 듯, 그러나 둔탁하면서도 메슥거리는 기운이 함께 몰려와 당장이라도 구역질이 나올 것 같았다.

미덕의 결혼식이 있던 날이다. 길고 길었던 사랑의 종지부를 찍은 그런 황홀한 날. 그러니 기분이 좋을 수밖에 없었다.

일단 먼저 스스로 그것을 억누르기 위해 몇 번이고 가슴을 들썩거리고 눈을 찌푸리며 아픈 머리를 다시 감싸 겨우 올렸던 상체를 앞으로 접듯 숙인 지호는 정신이 든지 십여 분이 지나서야 겨우 자신이 있는 곳이 어디이고 또 왜 있는 것인지 분간하기 위한 노력을 기울였다.

장식용으로 디스플레이가 되어 있는 바의 벽면 와인 거치대와 듬성듬성 원형의 색이 짙은 소파, 주인공이 사라져 마치 스포트라이트가 비추듯 이른 아침의 빛이 들어옴에도 쓸쓸함이 감도는 무대가 차례로 눈에 들어오고 빠르게 주변을 인식하면서 한 차례 머리를 흔든 그는 기이하게도 숙취라고만 하기엔 어려울 만큼 안쪽으로 깊게 지끈대는 두통에 여전히 머리를 감싼 상태로 자신이 누워 있던 바의 소파에 제대로 앉았다.

어느 미련 맞게 속 좋은 주인이 술에 취한 젊은 놈을 가게에다 재웠는지 고마움을 느끼기도 전에 신랄하게 그 안이함을 비판한 지호는 눈을 찌푸리며 허리를 세웠다.

일단 주인을 찾아 그리 원하지는 않았지만 여하튼 받은 도움의 값은 치러야 했고 주섬주섬 정신이 온전히 돌아오지 않은 상태에서도 뒷주머니를 뒤지던 지호는 일순 움직임을 멈출 수밖에 없었다.

"……하아."

그러면 그렇지. 만취한 젊은 놈의 뒷주머니를 챙기지 않을 바보 같은 사람이 어디 있을까. 뒷주머니에 찔러놓았던 지갑은 물론 주머니 어디를 뒤져도 동전 하나 나오지 않고 휴대폰의 흔적도 보이지 않는다.

연방 쿡쿡 찔러대는 머리 때문에 미간이 모이면서도 때 이른 아침 햇살을 머금은 무대의 공허함에 눈길을 주며 나른하게 늘어진 지호는 뭔가 꾸물꾸물 거리는 무언가에 모인 미간을 더욱 찌푸렸다.

주인이 언제 올지도 모르니 괜히 머리 쓰며 고민하지 말고 편하게 앉아있자는 마음으로 그냥 늘어져 있을 뿐인데 무대 위에서 슬금슬금 움직이는 검은 인영이 자꾸 신경을 거슬리게 만든다.

꾸물꾸물.

"뭐야 대체."

지끈거리는 머리는 한층 더해 가는데 무대 위의 그것이 신경 쓰여서 힘주어 미간만 못살게 굴어버린다. 뭘까, 저것은 대체 무엇일까. 작고 덩어리져 흰색 그랜드 피아노 아래에서 이리저리 짧게 움직이고 가끔은 안으로 들어갈 듯 보이지 않다가 다시 존재감을 드러내곤 한다.

지호는 제법 심도 있게 피아노 아래를 노려보듯 지켜보고 있었다. 미세하게 끼릭, 끼릭 하고 맞추는 소리도 들리고 맑은 듯 울리는 소리도 들린다.

호기심이 동한다.

삶의 모토가 모럴이 깨어지지 않는 이상 그 무엇에도 신경쓰지 않는 그에겐 지금의 상황은 상당히 특별한 것이었고 귀찮게 다리 움직여 무대까지 나아가는 걸음에도 게으름은 느껴지지 않았다. 소리도 잘 나지 않는 카펫 로드를 걸어 무대 근처까지 도달한 지호는 미약하게 느껴지던 둔통도 사라져 전에 없이 맑은 머리에 조금 놀랐다.

피아노의 근처까지 올라가 아직도 그 아래에서 꼼지락거리는 작은 생물에 신경을 곤두세우고 있는 그를 전혀 느끼지 못하는지 부스럭부스럭 연신 뭔가를 해대던 덩어리는 짧은 박수소리를 내면서 작게 웃음소리를 냈다. 그리고 때를 맞춰주듯 엉덩이부터 쭈그려 앉은 상태로 슬슬 나오기 시작하더니 피아노 아래에서 나와 겨우 허리를 펴고 손을 두어 번 털어냈다.

무대 아래에 선 지호를 전혀 눈치 채지 못하고 한 걸음, 두 걸음 뒤로 물러선 여자는 뒷모습만 보아도 생동감과 생기가 가득히 흘러넘쳤다. 무대 위에 있어서인지는 몰라도 상당히 커 보이는 장신에 아무리 봐도 가녀리다고는 할 수 없는 건강미 넘치는 피부 그렇다고 뼈마디가 커서 풍채가 늠름한 것은 아니다.

쾌활함이 가득한 여자의 진한 청색 청바지를 입은 늘씬한 다리와 카키색의 레이어드 티가 한눈에 보이면서 허락도 구하지 않고 상대방을 훑어보고 있음에 전혀 망설임이 없는 지호의 눈이 몇 번 위아래로 움직인다.

만족스럽게 긴 머리카락을 하나로 높게 묶고 손에 들고 있던 Y자형의 소리굽쇠를 무겁게 툭툭 던졌다 받기를 하던 여자는 피곤함을 털어내기 위함인지 길게 기지개를 켜며 마침내 뒤를 돌았고 지호는 묘하게 바짝 긴장한 자신을 알지 못하고 언제나 그랬듯 담담한 표정으로 위를 올려다보고 있었다.

어쩌면 정해진 수순일지도 몰랐다.

졸린 눈으로 뒤를 돌아보던 여자의 제법 날카로운 눈동자가 크게 떠지고 뒤로 선 남자의 모습에 놀라 빠르게 뒤로 물러섰을 때 안 그래도 무겁던 소리굽쇠가 공중을 선회했다. 빙글빙글 돌아 순식간에 아래로 떨어져버린 소리굽쇠가 떨어진 곳은 황당하게도 무대의 근처에 자리한 지호의 캐주얼 구두의 바로 앞.

"누구시죠?"

여자의 목소리에 지호의 머리가 구두 앞에 떨어진 소리굽쇠만큼이나 세게 흔들렸다. 두통이 원인인지 아니면 징징거리는 소리굽쇠가 원인인지는 모르지만 그는 맑은 눈을 가진 그녀에게 넋을 놓았다.

단숨에 올라가 안아주고 싶을 만큼 빛이 나는 그런 여자가 마침내 지호의 가슴에 날아들었다.

Hiddenstory 3

"아, 난 몰라."

난 몰라, 라고 하는 주제에 무척이나 담담한 표정으로 주변을 훑은 미덕은 그대로 그 자리에 무릎을 접고 주저앉았다. 쪽박이 굴러가도 지금의 상황보다는 잘 굴러가겠다고 문득 생각하면서 한숨을 내쉰 소녀는 살벌하게 차가운 바람이 부는 논길에서 옷깃을 여몄다. 그래 봐야 속살 드러난 교복 치마와 겨우 다리를 감싼 검은 스타킹이 얼마나 보온 효과를 주겠냐마는 바람이 조금이라도 덜 들어와 살 것 같다.

"후, 후."

버스를 잘못 탄 것은 그 누구의 잘못이 아니다. 하필이면 같은 학군이라는 주제에 외진 곳에 박힌 것을 탓할 수도 없고 버스가 가다 말고 논바닥 한복판에 내려주곤 종점이라며 가버린 것에서는 더더욱 할 말이 없었다. 다음 정거장이 걸어서 30분이라는 사실도 말이다.

순식간에 차가워지는 몸에 팔만이라도 휘휘 문지르며 목도리를 칭칭 감은 미덕은 겨우 걸음 하나를 뗐다. 그 많고 많은 학교들 중에서 전교에서 딱 두 명 가게 된 그 학교를 자신이 가는지에 대한 분노와 불평은 이미 오래전에 마친 상태였다. 당장 이사를 갈 수도 없는 상황이고 특별한 사유가 아닌 이상은 다녀야 하는 고등학교이고 그리 평판이 나쁜 곳은 아니다. 단지 지나치게 멀어서 그렇지.

"눈 오겠다."

뿌연 하늘을 빤히 올려다보며 느릿하게 걷던 그녀는 장갑도 없어 빨갛게 언 손에 입김을 넣었다. 등교는 다른 학교보다는 좀 늦은 8시 30분. 지금이 8시니까 버스를 갈아타고 간다 해도 지각은 맡아놓은 당상이다. 그러다 보니 점점 더 걸음은 느려질 수밖에 없었다.

정말로 재수가 없어야 떨어진다는 그 먼 곳을 두 시간 가깝게 걸리는 시간 동안 통학해야 한다는 것은 정말 하늘이 노랗게 변하는 일이다. 그나마 학교에서도 사정을 봐주어 다른 친구들보다 빠르게 야간자율이 끝나지만 어차피 집에 도착하는 시간은 거기서 거기다.

고등학교 생활을 처음 시작하는 입학식 날.

미덕은 꿈과 희망 대신 무거운 가방과 세찬 바람에 휩싸여 걷고, 걷고 또 걸어야 했다. 그렇게 십여 분을 걸었을까. 코끝이 떨어져 나갈 것 같은 차가운 바람에 온몸이 시렸다. 3월의 찬바람이 이렇게나 추울 줄은 또 새삼 처음이라 당장 감기에 걸려도 할 말이 없을 듯싶었다.

"으아."

다리가 동상으로 인해 간지러워지는 것을 떠나 살점이 떨어질 것 같앉다. 결국 몇 걸음 더 걷던 미덕은 그 자리에 다시금 주저앉아버렸다. 일단 좀 몸을 웅크려서 체온을 보충해야 할 듯했다. 이래서 엄마 말씀은 팥으로 메주를 쑨다고 해도 '아, 그렇구나.' 하고 믿어야 한다고 했던가. 일기예보만 믿고 가볍게 입었던 터라 아침에 두꺼운 재킷을 줬던 엄마에게 한층 더 미안해졌다.

끙끙거리며 앉아있으니 체온은 상승하는데 일어날 수가 없다는 게 문제라면 문제였다. 이대로 일어나면 다시 칼바람에 몸이 훅 날아갈 것 같아서, 조금 더 웅크리고 있자 슬슬 추운 것도 잊어간다. 다만 살짝 졸음도 오는 게 정말 큰일이 날 듯싶다.

"으으."

나오는 것이라곤 신음이고 다시 나오는 것이라곤 웅얼웅얼 중얼거림이다. 춥다, 춥다. 정말로 추워서 돌아가시기 직전이다. 정신 상태가 쇠약해지는 것이 느껴지며 다소 몽롱한 상태로 이어져 몸을 웅크려 꽉 쥔 팔의 힘이 풀려나갔다. 더 늦기 전에 일어나야겠다.

막 그렇게 생각하던 찰나였다. 다리에 힘을 주어 당장이라도 눈이 내릴 것 같은 이곳을 한시라도 빨리 벗어나려 마음먹은 그때 미덕의 어깨 위로 따듯한 온기가 빠르게 번졌다. 크고 두꺼운 점퍼는 그녀의 몸을 감쌌고 곧 앞에 앉은 누군가가 말려 있는 그녀의 몸 그대로 지퍼까지 채워버렸다. 상당히 체구가 큰 사람의 것인지 다리가 들어간 쭈그려 앉은 자세에도 점퍼는 아주 쉽게 잠긴다.

"……누구."

한동안 멍하니 앞에 앉은 사람을 보았다. 확실히 어린 티가 가득하지만 체구가 제법 크고 서글서글하니 웃는 얼굴이 무척이나 부드러워 보이는 사내아이는 자신이 두르고 있는 목도리까지 풀어 미덕의 목에 돌돌 말아주었다. 단순한 호의임이 분명하겠지만 덜컥 가슴 떨리게 밝고 상냥한 웃음에 미덕은 눈만 깜빡거려야 했다.

"최희도."

겨우 나온 말이 이름 석 자였다. 이미 변성기를 지난 목소리는 미덕의 것과 비교해 상당히 낮았고 다소 거칠거칠한 느낌도 있었다. 자전거를 타고 온 모양인지 옆으론 자전거가 세워져 있고 바로 앞에 그저 앞에 있을 뿐인데 체온이 전해지는 듯하다.

"누구야?"

그러나 이름을 들어도 누구인지 알 수가 없어 같은 말로 되묻고 말았다.

"강미덕 맞지?"

"……."

"최희도라니까. 몰라주니까 섭섭한데."

최희도, 최희도.

아!

뒤늦게 최희도라는 이름이 생각났다. 학군이 같다는 이유 하나로 이 미치게 먼 고등학교로 떨어진 두 사람 중 나머지 하나의 이름이 최희도였다. 정말 재수 옴 붙었다, 생각하며 자신과 같이 이 먼 타지로 떨어진 나머지 한 사람. 반가움도 아니고 즐거움도 아니고 한탄도 아닌 미묘한 기분이 든다.

동지를 만났다는 동병상련의 기분이 드는 것은 확실하다.

"나 이 근처에 자전거 세워놓고 타고 다니려고."

얼굴을 마주한 것은 처음이고 당연히 대화도 처음인데 자연스럽게 이야기를 이어나간 사내아이. 희도는 자전거 열쇠를 보여주며 다시 씩 웃었다. 상냥함이 흐르는 부드러운 미소에 미덕은 여전히 눈만 깜빡거렸다. 자전거라.

"탈래?"

"그래도 돼?"

조금의 망설임 없이 나온 말. 그만큼 그녀는 딱 얼어 죽을 것만 같다. 언 목소리에 잔떨림이 전해지고 희도는 얼른 고개를 끄덕였다. 부들부들 떨리는 다리를 세워 겨우 자전거 뒤 안장에 앉은 미덕은 앞에 앉아 장갑까지 주는 그를 만류했다. 자전거로 달릴 때 핸들에 닿은 손이 얼마나 차가울지 모르지 않는다.

"그럼 여기다 손 넣어."

그가 가리킨 곳은 주머니였다. 교복 상의 주머니는 다른 점퍼처럼 기울어져 뚫린 것이 아니고 위로 뚫려 있지만 미덕은 추위 때문에 덥석 그 주머니에 손을 가져갔다. 고작 해봐야 손가락 두 개 정도가 들어갔을 뿐이지만 점퍼에서부터 오는 온기에 비로소 살 것 같다는 느낌을 받았다. 모르는 애든 아는 애든 이 논바닥에서 좀 데려가 줬으면 좋겠다는 생각밖에 없다. 코를 훌쩍이는 소리에 결국 웃음이 터진다.

"푸하하."

희도의 시원한 웃음과 함께 자전거가 출발했다. 바람은 걷고 있던 때보다 훨씬 차가웠지만 어쩐지 날카롭지도, 또 세차지도 않은 듯했다. 눈이 올 것 같던 하늘에서는 정말로 하얀 눈을 뿌리고 있었다.

*

"덕아, 덕아?"

"으응."

멀리서부터 들려오는 목소리에 겨우 눈을 떴다. 비몽사몽한 시야로 눈을 비비적거린 그녀가 겨우 정신을 차리며 주변을 둘러보자 가장 가까운 곳에 있던 희도가 씩 웃으며 미덕의 머리를 쓰다듬었다.

"무슨 좋은 꿈을 꿨는데 그렇게 웃어?"

"아……꿈."

꿈인가, 꿈이구나.

정확히 기억나지는 않지만 찬바람이 녹듯 따뜻한 온기가 가득했던 그런 꿈이었다. 꿈에서 자신은 희도와 동갑이었고 그 역시 처음 만났던 때보다 어렸다. 그러나 그것이 당연하게 여겨지던 꿈이었다.

"오빠랑 같이 등교하는 꿈."

"나랑?"

"응. 나랑 오빠랑 둘이 자전거 타고……같은 반이었던 것 같아."

"같은 반이라."

그녀의 뜬금없는 말에 희도는 제법 흥미가 가는지 눈동자를 굴리며 생각에 빠졌다. 한 번도 생각한 적 없다. 그녀와 자신이 함께 학교를 다니는, 같은 나이대가 되는 상상은. 하지만 그것은 그것대로 너무도 달콤해서 생각만으로도 가슴이 뛴다.

생각에 빠진 그를 빤히 보던 미덕은 씩 웃으며 그의 볼을 쿡 찔렀다.

"그랬으면 오빠는 나 안 좋아했을지도 몰라. 어리지 않잖아."

"내가 뭐 진짜 변탠 줄 아냐."

"아닌가?"

제법 능글맞게 되묻는 그녀에게 희도는 눈살을 조금 찌푸리다 투덜거리듯 말을 이었다.

"꼭 아닌 건 아니지만 그래도 상관없어."

키득키득 웃으며 자리에서 일어나는 미덕의 뒤로 창가의 달빛이 비쳤다. 그 모습이 너무도 사랑스러워서 희도는 역시 그녀와 닮은 미소를 지으며 천천히 입을 맞추며 이불을 끌어당겼다.

"너니까."

"……"

"네가 너이고 내가 나인 이상 변하는 건 없어."

머리끝까지 덮는 이불의 기분 좋은 촉감을 안으며 미덕이 웃었다.

"그렇지?"

"네."

변하는 것은 아무것도 없다.

⟨fin.⟩

 작가후기

    2010년에 끝난 글이 이제야 드디어 종이로 태어났습니다. 게으름도 문제였지만 지난 1년 몇 개월 동안 거듭된 수정과 수정, 또 수정을 통해 한 권의 책으로 나왔다는 게 지금 이 후기를 쓰는 시점에도 잘 믿어지질 않습니다.

    감개무량이라는 말이 지금 저에겐 가장 알맞은 말 같습니다. 먼저 이 글을 읽어주신 모든 분들께 감사의 인사를 올립니다. '디딤돌앤'이라는 닉네임을 달고 글을 쓴지도 햇수로만 6년입니다. 그리고 그 6년 만에 첫 종이책이 나오는 실력도 부족하고 모자란 글쓴이이기도 합니다.

    글을 쓰기는 아주 많이 썼습니다. 1년에 두세 편정도 완결을 낼 정도로 한때는 열심히 썼던 때도 있고 답지 않은 슬럼프에 빠져 1년 가까이 글을 쓰지 않은 적도 있습니다. 그래도 글 쓰는 분들이라면 누구나 가지고 있다는 글 쓰는 중독이 쉽게 사라지질 않았습니다. 결국 이렇게 처음으로 책을 내고 나니 머리가 멍, 합니다.

 희도와 미덕이는 제 첫사랑을 모토로 했던 글입니다. 물론 글 속의 내용은 다르지만 미덕의 마음이 곧 제 마음이었습니다. 좋아한다고 말하고 싶어도 혹시 이 관계가 깨질까 봐 무서워 말하지 못하고 고백을 들어도 이게 정말인지 확신이 들지 않아 전전긍긍. 이러면 안 되는 걸 알면서도 그게 쉽지 않았던 것이 지금 생각해 보면 너무도 아쉽습니다.

 아마 그분도 답답하셨겠지요? 그분 덕분에 참 많이도 울고 많이도 행복했던 기억을 이 책에 담아보았습니다. 보신 분들께는 어떤 식으로 다가갔을지 궁금하고 걱정이 됩니다. 역시 조금 답답하셨을까요?

 의학물인 척하지만 사실 사랑이 주제인 사랑 글입니다. 말하자면 짝퉁 의학물이죠. 아마 틀린 부분도 많을 테고 본래 직업을 가지신 분들이 보시면 코웃음을 치실 줄 모르지만 정말 코피가 터지도록 노력했습니다. 흑흑.

 감사 인사를 드려야 할 분이 너무 많네요. 우선 오래전부터 제 고질병인 오타와 문법을 잡아주신 연재시의 교정자 jiyoons님. 아마 jiyoons님이 아니었다면 얼마나 많은 오타가 있었을지……감사합니다. 그리고 제 가장 친한 글쟁이 친구 첼시걸! 밤마다 같이 글 쓰느라 고생했는데, 언제나 고마워. 책 출간하느라 정말 고생 많았어. 제 주변 사람 중에 가장 똑똑한 해수을 언니. 정말 많은 도움을 받았어요. 수정하는 글 파이팅! 마음 약하고 귀엽고 글 잘 쓰시는 콧대높은마녀 언니. 글을 넘넘 잘 쓰셔서 부러움에 침 흘렸었다는 거 잊지 말아줘요. 나의 정신적 지주 미바와 왕초는 앞으로도 오랫동안 함께하기를 진심으로 바라고 있어. 먼저 연락 못해서 미안해. 더불어 제 미련한 행동에도 너그러이 보아주신 나바사와 로맨틱시즌의 모든 분들께도 인사 올립니다.

너무 오래 걸린 출판으로 인해 답답하셨을 텐데도 지켜봐주신 부모님과 오빠, 친척분들. 제목이 뭐냐고 물어보실 때마다 소심하게 나중에요, 만 반복했던 저를 용서해 주세요.

특별히 고마운 분들도 계십니다. 같은 동네에 살며 길지 않은 제 인생에 정말로 큰 도움과 조언을 해주시는 두 분의 언니. 숙영 언니, 미순 언니. 이렇게 이름 써도 될지 모르지만 언니들을 만나 처음으로 글에 대해 진솔하게 이야기를 나눌 수 있었고 힘들 때에도 큰 힘을 받았습니다. 철없었을 저를 귀엽게 봐주셔서 더할 나위 없이 소중한 언니들께 고개 숙여 인사드립니다.

정말 마지막으로 한 곳 더!

소리 소문 없이 연재하고 사라지고 다시 연재하기를 반복했던 로망띠끄의 카멜리아방. 사실 사교성이 부족해서 작가 분들을 잘 모르지만 괜히 혼자 친해지고 싶어서 부끄러워했던 카멜리아방의 모든 작가 분들. 모두 힘내세요!

앞으로도 뻔뻔할 정도로 천천히, 조용히 연재를 하겠지만 부디 기분이 상하는 글이 아니기를 기원하고 있습니다. 즐거우셨나요? 이 글이 불쾌한 글이 아니었기를.

2010년 12월에 완결 난 아이들을 이제야 내보내는 2012년 2월의 새벽.

홍설 올림.